PHOENIX

Bei Phoenix erschienen/ erscheinen folgende Titel:

Shadowrun			
Chromscherben	M. A. Stackpole	Coll.	10550
Wiener Blei	Leo Lukas	Roman	10555
Nachtstreife	Björn Lippold	Roman	10558
Auf dem Sprung	Harri Aßmann	Roman	10567
Töne der Unendlichkeit	Harri Aßmann	Roman	10569
ASH	Lara Möller	Roman	10574
Pesadillas	Maike Hallmann	Roman	10575
Die Anfänger	Ivan Nedic	Roman	10572
Vertigo	Maike Hallmann	Roman	i.Vorb.
Armalion			
Das Dämonenschiff	Harald Evers	Roman	10568
Kompanie der Verdammten	Manuel Krainer	Roman	10562
Der Tag des Zorns	Daniela Knor	Roman	10573
MechWarrior			
Väterchen Frost	Stephen Kenson	Roman	10559
Triumphgebrüll	Blaine L. Pardoe	Roman	10560
Blutsverrat	Pardoe & Odom	Roman	10561
Feuertaufe	Robert N. Charrette	Roman	10576
Ein guter Tag zum Sterben	Thomas S. Gressmann	Roman	i. Vorb.
BattleTech			
Schrapnell	Hrsg. M. Immig	Anth.	10551
Weitere Titel			
Der große Heliumkrieg	M.A. Stackpole u.A.	Anth.	10563
Lexikon der Horror-Literatur	Hrsg.:Alpers/ Fuchs/ Hahn		10556
Liverollenspiel-Handbuch	Evers und Schiele		10557

Es handelt sich um eine Bibliographie und nicht um ein Verzeichnis lieferbarer Titel. Es ist leider nicht möglich, alle Titel vorrätig zu halten. Sollten Sie Fragen zu Phoenix haben, kontaktieren Sie uns bitte unter

Fantasy Productions Gmbh
Postfach 1517, 40675 Erkrath
www.fanpro.com

Robert N. Charette

FEUERTAUFE

Vierter MECHKRIEGER®-Roman

Deutsche Erstausgabe

Titel der amerikanischen Originalausgabe
INITIATION TO WAR
Deutsche Übersetzung von Reinhold H. Mai

Redaktion: Sarah Nick
Titelbild: Franz Vohwinkel
Umschlaggestaltung: Ralf Berszuck
Satz und Layout: Sven Peters, Sarah Nick
Druck und Bindung: Elsnerdruck Berlin

Besuchen Sie unsere Website *http://www.fanpro.com*
Printed in Germany 2002

Phoenix ist ein Imprint von Fantasy Productions GmbH.

ISBN 3-89064-576-3

Für FB, in Dankbarkeit für einen Anstoß im richtigen Moment

Teil I

Harte Lektionen

1

Redvers-Einöden, Grafschaft Shu, Epsilon Eridani
Chaos-Marken

26. November 3061

Der Partikelstrahl erwischte Tybalt Kelly, als der *Lineholder* aus der Deckung einer Gruppe verwitterter Sandsteinsäulen trat. Die knisternden Energietentakel gruben sich in die Mechpanzerung, und er kämpfte ums Gleichgewicht, als die Schadensanzeige rot aufleuchtete. Alarmglocken schrillten. Beinpanzerung zerstört! Aktivatorschaden! Interne Struktur im unteren Torso beschädigt!

Er feuerte einen hastigen Schuss auf den Angreifer ab, weniger, um den Mech zu beschädigen, als vielmehr, um dessen Piloten abzulenken. Im Moment ging es ihm vor allem darum, den *Lineholder* zu wenden, um dem Gegner eine intaktere Panzerung anzubieten, während er zurück in Deckung lief. Der Neurohelm drückte ihm schwerer denn je auf die Schultern. Er wollte ihn davon schleudern, wagte es aber nicht, denn es war die Elektronik im Innern des Helms, die über eine Feedbackschleife Tybalts natürlichen Gleichgewichtssinn zur Steuerung des riesigen Kreiselstabilisators benutzte, der den BattleMech aufrecht hielt. Die Sensorkontakte im Helm schienen sich in die Kopfhaut zu bohren, als er sich abmühte, den Mech zu drehen.

Es ging langsam. Zu langsam!

Laserbahnen zuckten vorbei. Ein Partikelblitz sprengte Brocken harten Sandsteins aus der Klippenwand. Steine prallten laut hallend vom *Lineholder* ab, aber das war alles. Nichts Tödlicheres fraß sich in die Panzerung. Er drehte den mittelschweren Mech mühsam und brachte ein paar der in der Schlucht aufragenden Felsensäulen zwischen sich und den Feind. Die sich nach oben verjüngenden Felstürme waren das Einzige in dieser Wüstenlandschaft, das einem BattleMech als Deckung dienen konnte. Diesmal hatte Tybalt keinen Treffer abbekommen, eine Tatsache, für die er sich mit einem Stoßgebet bedankte.

Gegen den ersten Gegner, einen *Vindicator*, hatte er sich gut geschlagen, aber das war keine besondere Leistung gewesen, denn sein Mech war gut 10 Tonnen schwerer. Aber dann waren die zwei Kumpel seines Kontrahenten aufgetaucht und hatten ihn vom Jäger zum Gejagten gemacht. Wäre er Teil einer Lanze gewesen oder hätte er auch nur einen Partner gehabt, hätte die Sache anders ausgesehen, aber er war allein. In der Simulation waren Kämpfe gegen eine dreifache Übermacht irgendwie nie so wild gewesen, aber hier und jetzt war das ganz etwas anderes. In der Enge der Kanzel stiegen ihm seine Ausdünstungen unangenehm in die Nase. War das der Geruch der Angst?

Trotz Kühlweste schwitzte er fürchterlich. Er hatte auch guten Grund, sich zu fürchten. Laut Schadensanzeige war keine einzige Trefferzone des *Lineholder* noch intakt. Plötzlich waren die beiden *Commandos* aufgetaucht, und er hatte gezögert und sich nicht entscheiden können, welchen der beiden er zuerst angreifen sollte. Im Gegensatz zu seinen Gegnern. Die hatten ihn mit allem eingedeckt, was ihre Maschinen aufbieten konnten. Tolle Schützen waren die beiden Piloten nicht, und nur diesem Umstand hatte er sein Überleben zu verdanken. Aber selbst so hatten sie ihm übel zugesetzt. Die internen Bauteile funktionierten noch, aber die Panzerung war Schrott. So ziemlich überall war er jeder Waffe, die über einen mittelschweren Lichtwerfer hinausging, schutzlos ausgeliefert.

Und es stand drei gegen einen. Er stierte mit verkniffenen Augen durch den Wald aus Felsnadeln, der das weite Talbecken füllte. Irgendwo da draußen waren sie. Seine beiden *Commando*-Gegner waren noch immer unbeschädigt. Der dritte, sein ursprünglicher Kontrahent, musste sich in einem fast genauso schlimmen Zustand befinden wie er. Wenn er sich nur hätte sicher sein können. Er wusste, dass der angeschlagene *Vindicator* noch immer mindestens eine funktionierende Partikelprojektorkanone besaß, denn die beiden leichten Mechs verfügten über keine derartig schwere Bewaffnung. Zumindest nahm er das an. Dafür waren sie zu leicht. Sic brachten doch gerade mal 25 Tonnen auf die Waage, oder?

Tscha! Er drehte langsam durch.

Raketen schlugen in den Rücken des *Lineholder* ein, verursachten zusätzlichen Schaden. Kelly beschleunigte, flüchtete aus der vermuteten Schusslinie des Gegners. Er gestattete sich einen Blick auf die Ortung. Zwei rote Leuchtpunkte bewiesen, dass die *Commandos* in einer Umgehungsbewegung in seinen Rücken gelangt waren.

Er schwang den rechten Arm des Mechs herum, um zumindest einem der beiden Mechpiloten mit dem schweren Laser einen Denkzettel zu verpassen. Nur die dickste Panzerung eines *Commando* konnte vielleicht einem Treffer mit dieser Waffe widerstehen. Erst als er den Feuerknopf drückte und nichts geschah, bemerkte er, dass die letzte Salve die Waffe unbrauchbar gemacht hatte.

Was nun?

Die *Commandos* duckten sich hinter die Felstürme und boten ihm nur flüchtige Schussmöglichkeiten, während sie sich in eine bessere Angriffsposition für ihre Kurzstreckenraketen bewegten. Er konnte es sich nicht leisten, ihnen dazu Gelegenheit zu geben.

Er feuerte eine Salve Raketen ab. Sie flogen ins Blaue hinein, veranlassten aber zumindest einen der Gegner, hinter den Geröllhaufen am Fuß einer längst zertrümmerten Felssäule in Deckung zu hechten. Sein Gefährte wurde langsamer, rückte aber weiter vor. Möglicherweise war der Pilot überrascht, dass Tybalt sich noch wehrte. Wie auch immer, er hatte vor, die Trägheit seines Gegners auszunutzen.

Er wirbelte den *Lineholder* herum, um den kleineren Mech mit einer Laser-Breitseite zu erwischen. Die Intek-Lichtwerfer im Torso der Maschine waren nicht so schlagkräftig wie der BlazeFire im rechten Arm, aber dafür hatte er vier davon. Mehr als genug, um einem *Commando* den Tag gründlich zu verderben.

Nur drei feuerten tatsächlich. Der vierte Laser war von einem der Treffer, die Tybalt bereits hatte einstecken müssen, zerstört worden, ohne dass er es bemerkt hatte. Aber drei Treffer – und es waren Treffer – genügten, dem leichten Mech Schwierigkeiten zu bereiten. Der *Commando* kippte nach hinten. Seine Raketensalve wurde im Abschuss aus der Bahn geworfen und jagte auf weißen Rauchbahnen über das Cockpit davon.

Erwischt!

Tybalt feuerte noch eine Raketensalve auf den angeschlagenen *Commando* ab, um seinen Vorteil auszunutzen. Ob sie traf, sah er nicht mehr, denn der *Lineholder* wurde vom Einschlag eines PPK-Blitzes durchgeschüttelt und herumgerissen. Der *Vindicator* war zurück und hatte ihn von hinten überrascht. Alarmglocken schrillten, als der BattleMech das Gleichgewicht verlor und gegen die Felswand schlug, die Tybalt als Deckung nach links benutzt hatte.

Der Schlag ging ihm durch Mark und Bein. Seine Zähne knallten so hart aufeinander, dass sie splitterten. Dann schlug eine Hitzewoge durchs Cockpit, und ihm wurde klar, dass er ernstere Probleme hatte. Die Abschaltwarnung blinkte. Er versuchte, den Vetocode einzutippen. Er konnte die Tasten kaum erreichen, weil die Kanzel in Schräglage gekippt war und er auf der Pilotenliege in den Gurten hing. Seine Finger wollten nicht, machten Fehler. Bildschirme und Instrumente wurden dunkel, als der Reaktor des *Lineholder* sich abschaltete.

Tybalt lag nur da. Die Gurte schnitten ihm in die Schultern. Er war nass vor Schweiß, zerschlagen und erschöpft. *Besiegt!* Seine Hände zitterten vor Wut über das Versagen. Er hatte es vermasselt. Sein Blick fixierte in morbider Faszination die wie zum Hohn noch leuchtende Schadensanzeige, auf der ein dumpfroter Glanz den größten Teil des Rumpfschemas überdeckte. Kein Blau. Nichts war unbeschädigt geblieben. Einzig der Kopf war noch grün, nur das Cockpit hatte noch eine nennenswerte Panzerung. Er war sicher, er lebte noch, aber sein Mech war so gut wie Geschichte.

»Es ist vorbei.«

Die tiefe Stimme hallte durch Tybalts Helm, fasste seine Gedanken in Worte und zerrte ihn aus dem dunklen, zeitlosen Abgrund, in den er versunken war. Hydraulik zischte, die Zugangsluke des Cockpits schwang auf. Ein dunkler Schatten schob sich zwischen Kelly und das helle Sonnenlicht wie die düstere Gestalt eines Todesengels.

Aber es war kein Todesengel. Es war Subcommander Veck.

Schatten verdeckten das Gesicht des Offiziers, als seine kurzen Finger Tybalts Neurohelm abkoppelten. Kelly wollte den Ausdruck auf den Zügen seines Vorgesetzten sehen. Er erwartete mindestens Unzufriedenheit, schlimmstenfalls Verachtung. Er versuchte zu helfen, aber Veck stieß seine unbeholfenen Finger angewidert beiseite. Beschämt ließ Tybalt ihn ungestört weitermachen. Als der Helm hoch in die Halterung schwenkte, beugte Veck sich herüber und packte das Kinn des jungen Piloten. Er drehte ihm den Kopf erst zur einen, dann zur anderen Seite.

»Alles in Ordnung?«

Er grinste Veck verlegen an. »Kein echter Schaden. Ich hab nur den Kampf verloren.«

Der Subcommander lehnte sich weit genug zurück, um die Sonne an sein wettergegerbtes Gesicht zu lassen. Es zeigte keinerlei Ausdruck. »Ich habe schon Schlimmeres gesehen.«

Wilde Hoffnung stieg in Tybalt auf. »Dann habe ich bestanden?«

»Ich habe nicht gesagt, dass ich dich gebrauchen kann. Nur, dass ich schon Schlimmeres gesehen habe.«

Veck öffnete die Abdeckung des Schiedsrichters, des grauen Kästchens, das zwischen Kellys Kontrollen und die Systeme des *Lineholder* geschaltet war, und veränderte eine

Einstellung. Die Instrumente leuchteten wieder auf. Alle Schäden verschwanden, als der Bordcomputer die Treffer der Manöverprüfung vergaß. Der Subcommander klappte den Notsitz herunter und zwängte sich darauf. »In Ordnung, bring die Kiste wieder auf die Füße und zurück in die Scheune. Und versuch, unterwegs nichts zu rammen.«

2

Distrikt Redvers, Grafschaft Shu, Epsilon Eridani
Chaos-Marken

26. November 3061

Tybalt legte den Neurohelm wieder an und war froh, dass der Vollhelm sein Gesicht verbarg. Er schämte sich für die jämmerliche Vorstellung, die er geboten hatte. Vielleicht hatte sein Vater Recht. Vielleicht war er tatsächlich nicht zum MechKrieger geschaffen. Sein ganzes Leben hatte er auf diese Chance gewartet, und er hatte versagt.

In den MechKrieger-Simulationen war er nie derart abgestunken! Er hätte den *Vindicator* ausschalten müssen, bevor die beiden *Commandos* auftauchten. Er hätte sich von den leichten Maschinen nicht von hinten überrumpeln lassen dürfen. Er hätte in der Lage sein müssen, wenigstens einen *Commando* zu erledigen. Er hätte den immer noch gefährlichen *Vindicator* nicht vergessen dürfen. Er hätte …

Hätte …

Was spielte das jetzt noch für eine Rolle? Es war vorbei. Vecks Schweigen sprach Bände. Tybalt hatte die Prüfung vergeigt.

Entschlossen, die Situation nicht noch schlimmer zu machen, als sie schon war, steuerte er den *Lineholder* mit äußerster Sorgfalt zurück zum Hangar. Die Schritte der

Maschine waren gleichmäßig und flüssig. Sie ließen das Wüstengebirge hinter sich und kamen in das grünere Flusstal. Normalerweise wären ihm die hohen Nadelbäume und ausladenden Büsche mit den leuchtenden Blüten nach den brennenden Rot- und Brauntönen der Einöden ein willkommener Anblick gewesen, aber jetzt waren sie nur ein Hinweis darauf, dass er sich dem Ausbildungszentrum und den neuen BattleMechanlagen der Grafschaft näherte.

Dem Urteil.

Er lenkte den Mech in den Hangar und strengte sich jetzt erst recht an, »nichts zu rammen«. Eine Aufgabe, die in der engen Halle deutlich schwieriger war als im Freien. Er drehte den *Lineholder* um und manövrierte ihn vorsichtig rückwärts in den Wartungskokon. Die Instrumente bestätigten das Andocken, und er schaltete nacheinander die Bordsysteme aus.

Veck war bereits wieder auf den Beinen und öffnete die Luke, bevor Tybalt den Neurohelm fertig verstaut hatte. Auf dem Weg nach draußen sagte er: »Komm. Duschen. Kasernenappell Punkt 17 Uhr.«

Die letzten beiden Befehle verstand Tybalt, aber »Komm« verwirrte ihn, bis er nach unten schaute und feststellte, dass er vergessen hatte, das Kommunikationssystem auszuschalten. *Idiot!* Im Wartungskokon gehörten alle Bordsysteme abgeschaltet. Vermutlich glaubte Veck jetzt, er hätte heimlich den Bewertungskanal abhören wollen, um herauszufinden, wie er sich gemacht hatte. Leise fluchend korrigierte er seinen Flüchtigkeitsfehler und hievte dann seinen erschöpften Leib aus dem Kampfkoloss.

Im Hangar war es erheblich kühler als im Innern des *Lineholder,* und die spärliche Montur, die in der Enge des Cockpits gute Dienste leistete, war unzureichend. Die plötzliche Kälte ließ Tybalt zittern. Zumindest wollte er glauben, dass er deshalb zitterte. Es konnte nicht daran liegen, dass er gerade seine Chance verpatzt hatte, ein echter MechKrieger zu werden. Oder doch?

Nein, versuchte er sich zu trösten, während er die Leiter des Gerüsts hinunter zum Boden der Halle stieg. *Ich kann nicht wissen, ob ich wirklich hoffnungslos versagt habe. Nicht mit Sicherheit. Die anderen Kandidaten bauen vielleicht noch viel größeren Mist.*

Ja, bestimmt! Keiner der anderen, die vor ihm ausgerückt waren, hatte bei der Rückkehr gezittert wie ein kleines Kind, dessen Schoßtier gerade überfahren worden war.

Du solltest ein Tech werden, hörte er die Stimme seines Vaters. *Du hast Talent zum Tech. Verschwende dein Leben nicht damit, diesen MechKrieger-Hirngespinsten nachzujagen.*

Das ist keine Zeitverschwendung, antwortete er beinahe laut. *Ich kann ein MechKrieger werden!*

Die schon gewohnheitsmäßige Wut klang so schnell ab, wie sie aufgestiegen war. Ein echter MechKrieger hätte sich bei der Prüfung besser geschlagen.

Er war dankbar, dass wenigstens keine Menschenmenge anwesend war, um seine alles andere als triumphale Rückkehr zu beobachten. Vom Fuß des Gerüsts sah er nur eine Tech, die in einem Radwagen auf den *Lineholder* zurollte, und Veck, der entschiedenen Schritts auf dem Laufsteg über ihm marschierte. Der Subcommander war unterwegs zu dem *Vindicator*, der sich soeben in den Kokon senkte. Kellys erster Gegner und Chefbewerter steuerte die Maschine. Vecks verdeckter Vorwurf, lauschen zu wollen, war gar nicht so weit hergeholt gewesen. Kelly wollte wirklich wissen, was seine Bewerter dachten, aber er hatte keine Möglichkeit mitzuhören, was sie zu sagen hatten.

Mit einem Seufzen ging er langsam zum Ausgang. Er hasste die Unsicherheit, nicht zu wissen, ob er bestanden hatte oder durchgefallen war. Und mehr noch hasste er die Ahnung, dass Letzteres bei weitem wahrscheinlicher war.

»He, Jockey!«

Er drehte sich um und sah die Tech in ihrem Wagen näher kommen. Tybalt wusste, dass sie nicht ihn meinen konnte, denn er war kein Mechjockey. Möglicherweise würde er nie einer werden. Aber ihre tiefgrünen Augen waren ganz eindeutig auf ihn gerichtet.

»Ich bin kein Pilot, nur ein Anwärter.«

»Ich würde sagen, du hast das Zeug zu mehr als nur einem Anwärter.« Sie grinste, als sie seinen halbnackten Körper musterte.

Tybalt war nicht in der Stimmung, sich auf eine Plauderei einzulassen. »Ich habe keine sonderlich gute Vorstellung abgeliefert.«

»Nicht? Möglicherweise warst du besser, als du glaubst.«

Konnte das sein? Er wollte es glauben, aber Veck war zu kalt gewesen. Hätte Tybalt die Prüfung bestanden, wäre der Subcommander einem zukünftigen MechKriegerkameraden gegenüber doch bestimmt freundlicher gewesen.

»Das warst doch du, der die alte Nummer 2 zurückgebracht hat, oder?«

»Ja.«

»Wie ich schon sagte, möglicherweise warst du besser, als du glaubst.« Sie zwinkerte ihm zu, als sie an ihm vorbei und zum Gerüst des *Lineholder* weiterrollte. »Lass was von dir hören, wenn du es geschafft hast. Ich heiße Meryl LaJoy-Bua. Ich bin diejenige, die diese Blechkameraden in Bewegung hält.«

Sie trug die Rangabzeichen eines Lance Sergeants. Das bedeutete, sie war eine SeniorTech, wichtig, aber nicht wirklich die Chefin. Trotzdem hatte sie einen höheren Rang als er, zumindest solange er kein MechKrieger wurde. Die deutliche Einladung in ihrer Stimme veranlasste ihn, genauer hinzusehen. Ihr unter die Kappe und aus dem spitz zulaufenden Gesicht geschobenes Haar war glänzend schwarz. Und ihre grünen Augen! Unvergesslich. Außerdem hatte sie unter dem Overall eine durchaus annehmbare Figur. Sie mochte sogar hübsch sein, wenn sie den Dreck abwusch. Während sein Hirn noch beschäftigt war, die Eindrücke zu verarbeiten, zeigte sein Körper bereits Interesse, und erwachende Hormone versuchten seine Stimmung zu heben.

Er gab ihnen nicht nach. Wozu auch? Diese Meryl war an einem MechKrieger interessiert, und das war er nicht. Würde es jetzt wahrscheinlich auch nie werden.

Mit einem traurigen Nicken drehte er sich um und machte sich auf den Weg zu den Duschen. Das kalte Wasser würde seine Lust wegspülen.

Und möglicherweise auch seine Träume.

Zwischen ihm und den Duschen lag der Bereitschaftsraum, in dem die anderen Anwärter auf ihre Chance warteten. Heute Morgen waren es noch zwanzig gewesen, ihn eingeschlossen, die sich um die letzten MechKriegerpositionen im Freiwilligen-Bataillon der Grafschaft bewarben. Mindestens fünf würden jetzt noch warten.

Er zog die Schultern nach hinten und stählte sich für die Begegnung. Zumindest würde sie leichter werden als die Rückkehr zu seinem Vater. Von dem würde er sich anhören müssen, wie Recht er von Anfang an gehabt hatte.

Sechs Anwärter warteten noch. Und fünf von ihnen stürzten sich auf ihn wie Infrarot-Sucherraketen auf einen überhitzten Mech. Das Fragenbombardement war im Durcheinander der Stimmen nicht zu verstehen, aber natürlich ging es um die Prüfung. Es waren dieselben Fragen, die sie schon den anderen Rückkehrern gestellt hatten, aber das tat ihrem Enthusiasmus keinen Abbruch. Sie würden selbst bald an die Reihe kommen und wollten wissen, was sie erwartete, bildeten sich scheinbar ein, er besäße nach dem Test irgendeine Art Geheimwissen, das er mit ihnen teilen würde, um ihre Prüfung leichter zu machen.

Von wegen. Ein MechKrieger musste sich seinen Platz verdienen. Allein. Bayard Sten schien das zu begreifen, selbst wenn er ein arroganter Bastard war, und blieb an seinem Platz.

»He, Eismann.« Das war Jorge Jurewicz, der darauf bestand, von seinen Freunden JJ genannt zu werden, einer Gruppe, der Kelly beigetreten war, ohne es zu bemerken. JJ hatte ihn vor ein paar Tagen nach der schriftlichen Prüfung »Eismann«

getauft, weil er so beeindruckt davon gewesen war, wie cool Tybalt geblieben war. Aber im Moment fühlte er sich gar nicht cool, und JJ machte erst recht nicht diesen Eindruck.

»Wie ist's gelaufen?«, fragte JJ und schien seine innere Unruhe in Mitgefühl zu kanalisieren. »Du siehst nicht so toll aus. Alles gut gegangen?«

»Nicht gut.«

»Tut mir leid. Es ...«

»Zu schade«, höhnte Sten. Die Gruppe teilte sich und machte ihm Platz, als er herüberkam. Sten war groß, muskulös und hatte glatte eurasische Gesichtszüge, die ihm in der Holovidindustrie auf Sarna oder sogar auf Sian ein Vermögen hätten einbringen können. Auf jeden Fall hatten sie dafür gesorgt, dass er sich seines Wertes sehr bewusst war. Im ersten Moment, als sie einander im Prüfungszentrum begegnet waren, hatte Tybalt eine tiefe Abneigung gegen Sten entwickelt, und dessen nächste Bemerkung verstärkte diesen Eindruck noch. »Echtes Talent lässt sich halt nicht verstecken. Aber mach dir keine Sorgen, Kelly. Jetzt weißt du, wo du hingehörst, und brauchst dir keine Sorgen mehr zu machen. Überhaupt keine. Mein Mech und ich werden dich beschützen, jetzt, wo du als Schlammhüpfer wiedergeboren bist. Ein Schlammi.«

»Halt's Maul«, schnappte Tybalt wütend. Am liebsten hätte er ein paar dieser perfekten Gesichtszüge mit den Fäusten umarrangiert. Aber MechKrieger prügelten sich nicht einfach so.

Bayard Sten dachte nicht daran, ihn in Ruhe zu lassen. »Harmonie kommt nur zustande, wenn alles so ist, wie es sein sollte. Wenn jeder an seinem Platz ist. Sei dankbar, dass du deinen Platz gefunden hast.«

Tybalt wäre dankbar gewesen, wenn Sten den Mund gehalten hätte, aber diesen Gefallen tat der ihm nicht. »Du brauchst keine Angst zu haben, Schlammi. Ich muss mich auch um die Benachteiligten dieses Lebens kümmern. Das ist eine Verpflichtung für uns MechKrieger.«

»Ich gebe dir was, worum du dich kümmern kannst.«

Aber jemand hielt seine zum Schlag ausholende Faust fest. Und JJ schob sich vor ihn und drückte ihn fort. »Nicht doch, nicht doch, nicht doch. Eine Prügelei könnte uns allen Minuspunkte bringen.«

Sten war das gleichgültig. Und warum sollte es Tybalt noch kümmern?

»Ein toller Hauskrieger bist du.«

JJs Bemerkung traf Kelly wie eine Ohrfeige und holte ihn zurück auf den Boden. Seit Jahren studierte er die Ideale der capellanischen Kriegerhäuser und versuchte sein Leben an ihnen auszurichten. Das wusste selbst JJ, den er erst vor Kurzem kennen gelernt hatte. Und JJ wusste ebenso gut wie Kelly, dass es kein Teil dieser Ideale war, sich seine Wut anmerken zu lassen. Tybalt war schon bemüht gewesen, den Kriegerhausmaßstäben gerecht zu werden, bevor er sich zum Militär gemeldet hatte, bevor er den Versuch unternommen hatte, ein MechKrieger zu werden. Nichts von dem, was geschehen war, änderte etwas am Wert dieser Ideale oder dem Wert seiner Bemühungen, nach ihnen zu leben. Jahre der Entmutigung durch seinen Vater hatten Kelly nicht davon abgebracht, mit ganzer Kraft seinen Idealen nachzustreben. Stens arroganter Spott war nur ein Tropfen im Ozean, verglichen mit der gewohnheitsmäßigen, einstudierten Verachtung seines Vaters. Sten war nicht das Problem hier, Tybalt war es. Seine Wut und Erregung waren die wirklichen Probleme. Sten zu schlagen, so verlockend es auch war, konnte Kellys Situation nur verschlimmern.

Selbst ein gerader Weg bietet Wahlmöglichkeiten, riet ein Kriegerhaus-Aphorismus. Tybalt traf seine Wahl.

Er ergab sich den Händen, die ihn gepackt hatten, und ließ sich vom abfällig schmunzelnden Sten fort ziehen.

Nachdem sie sich vergewissert hatten, dass es zu keiner Prügelei kommen würde, setzten die besorgten Anwärter sich von Tybalt Kelly, dem Unruhestifter, ab. Alle außer JJ. Tybalt war ziemlich sicher, dass er diese Treue nicht verdient hatte.

»Den Prahlsack darfst du gar nicht weiter beachten. Er pumpt sich nur auf«, erklärte JJ. »Der hat nichts zu sagen, was es wert wäre, das man ihm zuhört. Jedenfalls nicht, solange er nicht selber draußen war. Aber du, mein Freund, warst schon draußen. Erzähl mir, was wirklich passiert ist.«

»Ich war wie gelähmt«, gab Tybalt zu. »Hab alles vergessen. Es ist ganz anders als eine Simulation.«

»Schitt, wenn der Eismann Muffensausen gekriegt hat, bin ich Hundefutter.«

Kelly wusste nicht, was er sagen sollte. Er setzte zu einer billigen Aufmunterung an, aber Subcommander Vecks brüllende Stimme kam ihm zuvor.

»Jurewicz! Sten! Sung! Antreten!«

JJ schreckte auf, als er seinen Namen hörte.

»Sieht aus, als würdest du es gleich herausfinden«, stellte Kelly fest und schlug JJ auf die Schulter. Die Berührung riss diesen aus dem Schock. Er hastete zur Tür.

»Wünsch mir Glück«, bat er über die Schulter.

Kelly konnte ihm nicht ehrlich etwas Besseres als den zweiten Platz wünschen, aber das auszusprechen brachte er nicht fertig. Kein MechKrieger eines capellanischen Kriegerhauses wäre so missgünstig gewesen. »Glück«, rief er JJ hinterher.

3

Hylant-Hotel, Duviçer Pfalz, Epsilon Eridani
Chaos-Marken

26. November 3061

Cara Price, Vorsitzende der Duviçer Pfalz, hatte ihr Amt nicht wegen Dummheit bekommen. Sie wusste, wer Roman diMassi war. Wichtiger noch, sie wusste, *was* er war. Natürlich bildeten sich viele Menschen ein, das behaupten zu können. Sie gehörten zu der Sorte Mensch, die einen Blick auf diMassis Blakes-Wort-Robe warfen und daraus ihre Schlüsse zogen. Aber Price ließ sich nicht von einer Robe blenden. Sie sah den Mann und hörte, was er sagte. Sie hörte auch, was er nicht sagte. Price wusste, dass diMassis Zugehörigkeit zu Blakes Wort nur ein Teil der Wahrheit war, und dieses Wissen machte das Lächeln auf ihrem Gesicht ehrlich.

»Dann sind wir uns einig, Adept diMassi?« Sie lehnte sich vor und schenkte sich aus dem Krug, den das Hotel auf dem Tisch bereitgestellt hatte, ein Glas Wasser ein.

Das schmale Gesicht des Adepten verzog sich zu einem Lächeln. »Ich glaube tatsächlich, wir haben Einigkeit erzielt, Vorsitzende Price. Gelobt sei der Selige Blake.«

»Und Sie werden persönlich als Vermittler fungieren?«

Einen Moment zuckte Besorgnis über die normalerweise erhabenen Züge des Mannes. »Das hatte ich eigentlich nicht beabsichtigt. Angelegenheiten dieser Natur sind in anderen Händen besser aufgehoben.«

»Sie sind es, in den ich mein Vertrauen gelegt habe, Adept diMassi. Kein anderer. Kann ich die Sicherheit der Duviçer Pfalz in die Hände von Fremden legen? Doch wohl kaum.«

»Es gibt andere, die ...«

»Soweit es mich betrifft, gibt es keine anderen, Adept diMassi. Sie verstehen, was ich meine, nicht wahr?«

DiMassi saß mehrere Sekunden schweigend auf seinem Platz und ließ sich die Situation durch den Kopf gehen. Schließlich stand er auf. »Ja, ich verstehe.«

Sie bezweifelte, dass er wirklich verstand. Sie wusste, er diente mehr als einem Herrn, und sie hatte sehr behutsam agieren müssen, um sicherzustellen, dass er an die Übereinstimmung ihrer Interessen glaubte. Sie stand auf und gab ihm die Hand. Das Geschäft war abgeschlossen, und er hatte mindestens so viel investiert wie sie.

Sie verließen das kleine Konferenzzimmer unabhängig voneinander und ebenso das Hylant-Hotel. Die Sicherheitsbeamten meldeten kein ungewöhnliches Interesse an der Abreise des Blakisten oder an ihrer Rückkehr in die Amtsräume.

* * *

Der Rest des Tages verlief routinemäßig, und Price glaubte, das Gespräch erfolgreich geheimgehalten zu haben, bis sie die breite Marmortreppe des Regierungspalais hinabschritt und Verhandlungsführer Aaron Waterhouse ihr entgegenkam. Er keuchte von der ungewohnten Anstrengung, und sein Mondgesicht war angewidert verzogen. Er stoppte sie etwa auf halber Höhe und sprach sie leise in bester Verschwörerstimme an.

»Ich habe mir sagen lassen, Sie haben heute mit Roman diMassio gesprochen.«

Wenn Waterhouses Spione gut genug waren, ihn auch nur auf die Möglichkeit hinzuweisen, war es besser, es nicht abzustreiten. »Ja, wir haben uns unterhalten. Er ist auf einer Rundreise als Goodwill-Botschafter für Blakes Wort.«

»Dieser diMassi ist der personifizierte Ärger auf der Suche nach einem Schauplatz. Blakes Wort ist reaktionärer, als es ComStar je war. Die Blakisten sind Feinde des Fortschritts.«

»Und das macht sie zu unseren Feinden.«

»Exakt. Falls wir je eine Garantie für die Unabhängigkeit unseres Systems erreichen, dann bestimmt nicht durch eine Beziehung zu Blakes Wort. Epsilon Eridani braucht keine ›Freunde‹ wie diese Fanatiker.« Vor etwa fünf Jahren hatten die Capellaner versucht, Epsilon Eridani dem Vereinigten Commonwealth zu entreißen. Als die Invasion ins Stocken geriet, hatte Herzog Benton das System in die Unabhängigkeit von beiden Sternenreichen geführt. Die bedrohte Unabhängigkeit ihrer Heimatwelt war eines der Lieblingsthemen für Waterhouses nervtötende Monologe.

»Aaron, ich habe einen langen Tag hinter mir. Sie haben sich doch nicht die Mühe gemacht, mir aufzulauern, nur um mir eine Predigt zu halten, oder etwa doch?« Sie unterstrich ihr Desinteresse durch einen matten Seufzer. »Was gibt's?«

Er schob sein vorderstes Kinn zwischen dessen Gefährten. »Ich wollte mich mit Ihnen über den neuesten Bericht über die Aktivitäten in Shu unterhalten.«

»Die Grafschaft-Shu-Freiwilligeneinheit?«

»So ist es. Unsere Agenten bestätigen, dass es sich um eine reine BattleMecheinheit handelt. Neun *Lineholder* sind heute Morgen von den Kressly-Kriegswerken auf dem Südkontinent ausgeliefert worden. Alle neun sind unterwegs zu Shu. Das bringt die Gesamtzahl auf elf.«

»Fast eine komplette Kompanie. Sehr patriotisch von ihm.« Der *Lineholder* wurde auf Epsilon Eridani hergestellt, aber die Wahl war ebenso finanziell motiviert, denn er war ein relativ billiges Modell, insofern man überhaupt irgendeinen BattleMech als billig bezeichnen konnte. Und für Graf Gabriel Shu kam ein niedriger Preis sehr gelegen.

Price sah hinaus auf die Straße, wo die Menschen auf dem Heimweg nach des Tages Arbeit vorübereilten. Sie verspürte ein starkes Verlangen, sich ihnen anzuschließen. »Unsere Berichte melden, dass der Rest seiner Mechs alt und abgenutzt ist. Manche sind nicht einmal mehr vollständig.«

»Wir sollten diese Einheit nicht unterschätzen. Sie steht unter dem Befehl von Majorin Essie Ling-Marabie, einer Veteranin des Clan-Feldzugs.« Waterhouse trat dichter an sie heran, um seinen Worte Nachdruck zu verleihen.

»Ling-Marabie verdankt ihren Posten blanker Vetternwirtschaft«, winkte Price ab. »Die gute Majorin ist Graf Shus Nichte. Wenn Sie sich ihre Militärlaufbahn einmal näher ansehen, werden Sie feststellen, dass sie ganz und gar nicht bemerkenswert war. In der Hauptsache Verteidigungsaufgaben in ruhigen Raumsektoren. Sie ist mehr SchreibtischKriegerin als MechKriegerin.«

»Das mag ja sein. Aber sie befehligt ein ganzes Bataillon BattleMechs! Das ist eine Streitmacht, die selbst eine SchreibtischKriegerin mit vernichtender Wirkung einzusetzen vermag. Wir müssen etwas unternehmen, oder Shus regionale Macht stellt unsere in den Schatten. Und angesichts der momentanen Unsicherheit lässt sich gar nicht ausmalen, wohin das führen könnte.«

»Wir unternehmen etwas.«

»Was?«, fragte Waterhouse mit schmalen, harten Augen.

Der fordernde Ton dieser Frage gefiel Price ganz und gar nicht. Waterhouse schlug in letzter Zeit immer häufiger einen solchen Ton an, ganz so, als wäre er der Vorsitzende und nicht sie. Aber es gab eine Zeit und einen Ort für Wutanfälle. Jetzt waren Versöhnung und Schmeichelei gefragt. »Immer mit der Ruhe, immer mit der Ruhe«, sagte sie lächelnd.

»Cara, langsam glaube ich, Sie verlieren das Vertrauen in mich.«

Er klang verletzt, aber sie waren beide lange genug Politiker, um zu wissen, dass seine »Verletztheit« kein Gefühl, sondern eine Position war. Trotzdem verlangte sie nach einer Reaktion. »Ganz und gar nicht, alter Freund, ganz und gar nicht. Es ist nur so, dass die Verhandlungen sich momentan in einem delikaten Stadium befinden, und je weniger Leute wissen, was geschieht, desto besser. Das geschieht alles nur im Interesse unserer Sicherheit. Ich weiß, niemand wird das besser verstehen als Sie. Aber ich kann Ihnen verraten«, sagte sie leise, und beugte sich zu Waterhouse vor, der ihrer Bewegung folgte, »dass wir eigene Söldner angeworben haben. Deswegen war diMassi hier. Die Blakisten träumen von vergangenen Zeiten. Sie glauben immer noch, eine wichtige Rolle in der Vermittlung von Kontrakten spielen zu können, und warum sollte ich ihnen diese Illusion nehmen, solange es unserem Vorteil dient? Würden Sie das an meiner Stelle tun? Natürlich nicht. Und ich fand, dass Duviç gebrauchen kann, was diMassi anzubieten hatte, also habe ich mich unserer robentragenden Freunde bedient. Jetzt sind wir nicht länger auf Präsident Bentons Reste angewiesen.«

»MechKrieger?«

»Ja, allerdings. Elemente vom Zahn des Ymir. Seit die Souveränität Sarna als offizieller Auftraggeber des Zahns von den

Capellanern dominiert wird, finden einige seiner besten MechKrieger diesen Einsatzort nicht mehr nach ihrem Geschmack.«

»Wir reden also von Kriegern mit Prinzipien.«

»Ob sie wirklich Prinzipien haben, weiß ich nicht, aber BattleMechs haben sie, und die kann ich gebrauchen, ganz egal, wo ihre Piloten politisch stehen. Das *sind* Veteranen, jeder einzelne zwei oder mehr von Shus Freiwilligen gewachsen.«

Waterhouse zog eine buschige Augenbraue hoch. »Dann planen Sie, irgendwie gegen Shu vorzugehen?«

»Oh, ich beschränke mich ganz und gar nichts aufs Planen, alter Freund. Ganz und gar nicht.« Sie lachte laut, während sie schnellen Schritts den Rest der Stufen hinablief und ihn in Gedanken zurückließ.

* * *

Der Präzentor strich seine Robe glatt und setzte sich in den Lehnstuhl am Fenster des Büros, um den Bericht noch einmal gegenzulesen.

AN: Präzentor Blane, Gibson, Liga Freier Welten
VON: Adept Roman diMassi
DATUM: 26. November 3061
BETRIFFT: Epsilon Eridani – Statusbericht

Die Situation hier entwickelt sich gut. Ich habe in Dori mehrere nützliche Kontakte geknüpft, und die meisten haben ein Interesse an unseren Vorschlägen zumindest angedeutet. Gelegentlich weigert man sich, mit uns zu sprechen, wenn bekannt wird, wen wir repräsentieren. Zum Teil aus Widerstand gegen die Zusammenarbeit mit »einer Bande von Fanatikern«, wie eine Person es ausdrückte, zum Teil, weil man sich noch immer an Operation Skorpion erinnert und uns mit Prima Myndo Waterlys gescheitertem Versuch in

Verbindung bringt, die Zivilisation zu retten. Die meisten Menschen hier denken allerdings in erster Linie an ihre Finanzen, und in diesem Punkt haben sie an uns wenig auszusetzen. Wenn alles weiter so läuft wie bisher, sollte unsere Arbeit hier in zwei Monaten abgeschlossen sein. Ich habe auch die Namen mehrerer Händler erfahren, teilweise hier auf Epsilon E. ansässig, teilweise nicht, deren Waren unseren Zwecken dienen könnten. Im Anhang übermittle ich die Namen und kurze Beschreibungen der vielversprechendsten Kandidaten, in der Hoffnung, dass dieses Material ausreicht, um ROM vollständigere Profile ausarbeiten zu lassen. Zusätzliche Druckmittel können bei den Verhandlungen mit diesen Leuten nicht schaden.

Ich bin Präsident Benton kurz begegnet, hatte aber noch keine Gelegenheit zu einem offenen Gespräch mit ihm. Ich hielt es für das Beste, mir zuerst einen Eindruck von dem Mann zu verschaffen und herauszufinden, wie wichtig ihm Epsilon E.s Unabhängigkeit wirklich ist. Er besitzt ausgezeichnete Führungsqualitäten, gepaart mit enormer persönlicher Integrität und hohem Charisma. Er wäre ein effektiver Verfechter unserer Sache, wenn es uns gelänge, ihn von ihrer Richtigkeit zu überzeugen. Blakes Wort gegenüber erscheint er skeptisch, aber nicht feindselig. Er gehört zu denen, die »Fanatikern« misstrauen, und hat für interstellare Politik wenig übrig. Sollte er unsere Aktivitäten als politische Einmischung wahrnehmen, wird er mit ziemlicher Gewissheit nichts damit zu tun haben wollen. Zugleich wird er uns aber auch nicht behindern, solange er nicht den Eindruck erhält, wir würden seine Heimatwelt in Gefahr bringen.

Epsilon Eridanis HPG-Stationen könnten sich als Möglichkeit erweisen, hier mit oder ohne Bentons Unterstützung zu bekommen, was wir brauchen. Als eine der wenigen sicheren Inseln in den Chaos-Marken ist Epsilon E. ein blühendes Handelszentrum, das von schneller und ungehinderter Kommunikation abhängig ist. Die schiere Menge an Geschäften, die auf diesem Planeten abgeschlossenen werden, führt zu einem hohen Nachrichtenaufkommen, das derzeit die Kassen der ComStar-Ketzer füllt. Falls wir ein besseres Angebot machen können – sei es von Präsident Benton oder einer genügend großen Zahl örtlicher Geschäftsleute – haben wir eine Chance, ComStars Platz einzunehmen.

Ich werde meine Nachforschungen fortsetzen und mich in zwei Wochen wieder melden.

Der Präzentor legte den Compblock auf den Schoß und schaute einen langen Moment aus dem Fenster. »Alles geht seinen Gang«, flüsterte er leise und lächelte. Dann stand er auf, strich die Robe wieder glatt und ging zum Schreibtisch, um eine weitere Botschaft abzuschicken.

4

Distrikt Redvers, Grafschaft Shu, Epsilon Eridani
Chaos-Marken

27. November 3061

In der für den Morgen nach der Prüfung angesetzten Besprechung wurde nicht, wie alle erwartet hatten, bekannt gegeben, wer die begehrten MechKriegerplätze ergattert hatte. Stattdessen gab Subcommander Veck allen Urlaub. Niemand schien sonderlich begeistert, warten zu müssen, und Tybalt Kelly war es ganz sicher nicht, aber andererseits schienen sich fast alle über die unerwartete Freizeit zu freuen. Mit Ausnahme Tybalts. Er wollte nicht wirklich fort, aber da ihm die Militärunterkunft verschlossen war, blieb ihm keine andere Wahl.

So ehrenhaft der Dienst bei der Shu-Grafschaftsmiliz auch sein mochte, er wurde lausig bezahlt. Solange Tybalt in der Basis wohnen und in der Messe essen konnte, war das für ihn kein Problem gewesen, aber ein kurzer Blick auf die Preise für Privatunterkünfte machte ihm schnell klar, dass er sich mit seinen geringen Ersparnissen kein Zimmer leisten konnte. Die Preise im nahen Miradagol waren weit höher, als er sie in Erinnerung hatte, und Mirandagol war ein Kaff. Er hörte immer wieder, dass die Preise gestiegen waren, seit Präsident Benton die capellanischen Wiedervereiniger zurück ins All gescheucht hatte. Mancher gab auch Gerüchten über den drohenden Steiner-Davion-Bürgerkieg die Schuld, einem möglichen Vorstoß Haus Mariks in diese Region des Weltraums oder einer erwarteten Offensive der Konföderation Capella. Was auch immer der wahre Grund war, die Preise hatten jedenfalls angezogen, und Tybalt hatte nichts davon mitbekommen. Es war eine brutale Lektion in Sachen Inflation. Wie es schien, hatte die Unabhängigkeit ihren Preis.

Irgendwo aber musste er schlafen, und er hatte nicht vor, in einem Park oder einer Seitenstraße zu übernachten. Seine definitive Armut ließ ihm keine andere Wahl, als Heim zu fahren. Widerwillig traf er die nötigen Vorbereitungen. Wo er schon einmal dabei war, überwies er die Hälfte seiner Ersparnisse auf das Familienkonto, für den Fall, dass seine regelmäßigen Einzahlungen nicht dankbar genug angenommen worden waren. Er wollte eine Szene mit seinem Vater über eine Belastung des Familienhaushalts vermeiden. Um einen weiteren Streitfaktor auszuschalten, gab er einen Teil des restlichen Geldes für zivile Kleidung aus, so dass er nicht in der Uniform nach Hause kam, die seinem Vater ein Dorn im Auge war.

* * *

Barrquell, Grafschaft Shu, Epsilon Eridani
Chaos-Marken

28. November 3061

Die Ankunft daheim verlief friedlich genug, vor allem, da sein Vater bei Tybalts Eintreffen noch im Gewerkschaftshaus war. Seine Mutter freute sich, ihn zu sehen, und noch mehr, als er ihr von der Überweisung erzählte. Zu seiner Überraschung war auch seine kleine Schwester Cordelia da und wohnte in seinem alten Zimmer. Die Familie hatte Cordelia wieder aufgenommen, während sie sich von einer bitteren Scheidung erholte. Nach dieser Neuigkeit fiel es Tybalt leichter zu akzeptieren, dass er auf der Couch im Keller des Familienbungalows übernachten musste.

Wenigstens freute sein Großvater sich, ihn zu sehen, und erkundigte sich sofort nach Tybalts Erlebnissen. Sein Großvater hatte den größten Einfluss auf Kellys Militärlaufbahn gehabt. Seit er noch ein kleiner Junge gewesen war, hatte der alte Mann ihm den Kopf mit Geschichten über die ruhmreichen Tage der capellanischen Herrschaft und Erzählungen von den großen, ehrenhaften Kriegerhäusern gefüllt.

Aber bevor er ein Wort herausbringen konnte, hatte seine Mutter ihrem Vater das Wort abgeschnitten und ihn an sein Versprechen erinnert. Großvater hatte etwas über die Respektlosigkeit der Jugend gemurmelt, die ihren Erzeugern Vorschriften machte, was Tybalts Vater galt, aber er hatte sich gefügt. »Falls er auch nur einen Funken Ehre hat, muss ein Mann den Vorstand eines Hauses anerkennen«, hatte er geknurrt und kein Wort mehr über Militärisches verloren.

Wirklich ungemütlich wurde es erst, als Tybalts Vater am Abend durch die Tür gehumpelt kam.

»Was machst du hier?«, bellte Augustus Kelly.

»Ich habe Urlaub, Paps.«

»Du nimmst keinen Urlaub, Mister ›Das Militär ist mein Leben‹.«

»Diesmal hatte ich keine Wahl.«

»Also haben sie dich rausgeschmissen«, schloss er und klang durchaus nicht betrübt, als er seinen Mantel im Flur an die Garderobe hängte.

»Ich bin nicht rausgeflogen!«

»Nicht? Schade. Dann hättest du endlich keine andere Wahl mehr gehabt, als dich dem Leben zu stellen.«

»Augustus!«, warnte seine Mutter.

»Als Tech ist der Junge besser aufgehoben.«

»Ich bin kein Junge mehr«, protestierte Kelly. »Ich bin ein Mann. Und ich werde ein MechKrieger!« Damit nahm der vertraute alte Streit wieder einmal seinen Anfang.

»Soll heißen, du willst sterben.«

»Großvater war ein MechKrieger und lebt auch noch.«

Die Miene des Vaters verhärtete sich, sein Blick schien in eine unbestimmte Ferne gerichtet. »Damals war es anders.«

»Was war anders?«, fragte Tybalt und das nicht zum ersten Mal. Er beobachtete, wie sein Vater schwiegenddurchs Wohnzimmer humpelte und sich schwerfällig in einen Sessel fallen ließ.

Aus irgendeinem Grund gab er sich diesmal nicht mit dem üblichen steinernen Schweigen zufrieden. Tybalt ließ nicht locker und sprach etwas aus, das er seit Jahren gedacht hatte. »Es ist dein Bein, oder? Du sprichst nie davon, wie du es verloren hast, aber ich wette, ein MechKrieger hatte damit zu tun, und deshalb kannst du sie nicht ausstehen. Ich habe recht, oder?«

Sein Vater starrte weiter stumm vor sich hin.

Irgendwo in Tybalts Hinterkopf brannte eine Sicherung durch, und er zischte: »Ich wette, du hast dein Bein verloren, als du dich im Dunkeln verkrochen hast, während *Soldaten* gekämpft haben, um dich zu beschützen.«

Das Eis in Augen und Stimme seines Vaters rang mit der Zornesröte, die an seinem Hals emporstieg. »Du verstehst es nicht, Junge.«

»Dann erkläre es mir. Sag mir, was anders war«, forderte er.

»Alles«, antwortete Augustus Kelly leise. »Man kann mehr verlieren als nur ein Bein. *Du verstehst es nicht.*«

Das war keine Antwort. »Hältst du mich für zu dumm, es zu kapieren?«

Sein Vater setzte zu einer Entgegnung an, aber die Mutter kam ihm zuvor. »Es geht nicht um dich, Tybalt. Es ging nie um dich.«

Tybalt schien es sehr wohl, dass es in dieser Sache um ihn ging, zumindest was seinen Vater betraf. Als er ein kleiner Junge gewesen war, hatte Augustus ihn ermahnt, stark zu sein, sich von niemandem den Weg verstellen zu lassen. Aber seit seinem dreizehnten Geburtstag, an dem Tybalt verkündet hatte, MechKrieger werden zu wollen, stand dieser selbe alte Mann ihm mitten im Weg.

Zu Beginn war es noch eine Art Spiel gewesen, die Verlockung des Verbotenen. Aber als der plötzlich kalte Vater sich immer massiver gegen Tybalts Traum gestellt hatte, war daraus offene Rebellion geworden, gespeist von einer hartnäckigen Entschlossenheit, es dem Alten zu zeigen. Seine Ablehnung MechKriegern gegenüber als falsch aufzudecken. Und, was noch wichtiger war, ihm zu beweisen, dass Tybalt sehr wohl das Zeug dazu hatte, einer zu werden.

Bevor Tybalt Soldat geworden war, hatte er immer wieder nach Gelegenheiten gesucht, die Ansichten des Vaters zu widerlegen. Nachdem er sich dienstverpflichtet hatte, war die Kluft zwischen ihnen noch tiefer geworden, und er hatte den Versuch, sie zu überwinden, mehr oder weniger aufgegeben, die Feindseligkeit des Vaters als Faktum akzeptiert. Er nährte noch immer die Hoffnung, der alte Mann würde eines Tages das Licht sehen, aber Tybalt war nicht bereit, bis dahin auf die Verbindung zum Rest der Familie zu verzichten. Er hielt Kontakt, wenn auch nicht sehr oft und nie für lange. Seine Heimkehr hatte alte Wunden aufgerissen. Aber nach all diesen Jahren hätte er gedacht, der Vater hätte ein wenig über den Charakter seines Sprösslings dazugelernt.

»Ich bin kein Idiot«, erklärte er.

Sein Vater schnaubte. »Du musst einer sein, wenn du ein MechKrieger werden willst.«

»Augustus ...«

Ein strenger Blick des Vaters erstickte den erneuten Protest seiner Mutter. Aber er gab nach und wechselte das Thema. »Was gibt es zu essen?«

Das schloss die Auseinandersetzung für den Moment ab, aber alle Beteiligten wussten, dass nichts geklärt war. Das Leben bei den Kellys würde weitergehen wie seit Jahren schon, also angespannt.

Das Abendessen verlief schleppend, ohne wirkliche Unterhaltung. Am nächsten Tag besserte sich die Stimmung etwas, hauptsächlich dank der Mutter und Cordelia. Die Kelly-Frauen waren schon immer die Friedensstifter der Familie gewesen, selbst wenn diese Aktivität nur darin bestand, Unangenehmes unter den Teppich zu kehren. Bis zum nächsten Abendessen hatten Tybalt und sein Vater die jüngste in einer langen Reihe von Feuerpausen vereinbart.

* * *

Im Lauf der Woche gewöhnte Tybalt sich an eine gewisse Routine. Morgens turnte er und lief durch die Nachbarschaft. Aus irgendeinem Grund hatte er kein Interesse an Mechsimulatorspielen, die früher den Großteil seiner Freizeit beansprucht hatten. Stattdessen hing er vor dem Vidschirm. Wenn er keine Unterhaltungssendung fand, die ihn interessierte, schaltete er aufs Epsilon-NachrichtenNetz.

Am achten Tag kommentierte Carolyn Genetian, ENNs Top-Militärberichterstatterin, den neuesten Banditenüberfall.

»Da sich ein Bataillon der Elite-Eridani-Garde weiterhin außerhalb des Systems befindet, so General Horatio Sung vom Planetaren Verteidigungsamt, waren schlichtweg nicht genügend Truppen verfügbar, um einzugreifen. Der General hat mir jedoch versichert, dass eine Verfolgung des Piraten-Landungsschiffs bereits eingeleitet ist. Eridani-Raumeinheiten sind auf Abfangkurs, und ein Kontakt wird innerhalb der nächsten dreißig Stunden erwartet. Was der General nicht sagen konnte, war, ob die Piraten vor dem Kontakt ihr Sprungschiff erreichen und im interstellaren Raum untertauchen werden … wie schon viel zu viele ihrer Vorgänger.«

»Glaubst du, sie werden es schaffen?« Cordelia kam ins Zimmer und reichte ihm eine Flasche Bier. Kai Lung, eine capellanische und Tybalts erklärte Lieblingsmarke. Er nahm sie dankbar entgegen und kostete ein wenig von dem teuren Stoff, während sie sich neben ihm aufs Sofa fallen ließ.

»Schaffen sie was?«

»Die Banditen zu schnappen.«

»Vielleicht«, antwortete er, glaubte aber nicht wirklich daran. Um eine reelle Erfolgschance zu haben, musste ein Abfangmanöver am Boden oder spätestens in der Umlaufbahn erfolgen. Da nur ein Wahnsinniger auf ein Sprungschiff feuern würde – die empfindlichen interstellaren Schiffe waren die einzige Verbindung der Menschheit in der Leere des Alls –, waren die Piraten in Sicherheit, sobald sie ihr Mutterschiff erreichten, und angesichts des Vorsprungs vor den Epsilon-E-Luft/Raumstreitkräften hatten sie dazu jede Chance.

»Ich hoffe es.«

»Der Bericht ist noch nicht zu Ende«, stellte er fest, um sie abzulenken und ihr die Illusion nicht nehmen zu müssen.

Genetians Reportage stellte im restlichen Verlauf die Position der Regierung fest, derzufolge die Eridani-Garde in den Zentral- und Südregionen benötigt wurde. Ein Bataillon bewachte die dichtbesiedelten Gebiete rund um die Hauptstadt, während das andere die strategisch und wirtschaftlich unentbehrlichen Kressly-Kriegswerke vor Angriffen schützte, insbesondere vor Überfällen durch die immer aggressiver werdenden Raumpiratenbanden.

Es waren diese zunehmenden Überfälle und die Erfolglosigkeit der amtlichen Verteidigungspolitik gewesen, die zum Wandel in der Militärstruktur Epsilon Eridanis geführt hatten. Die Banditen beschränkten ihre Attacken nicht mehr auf das Hinterland des Nord- und Südkontinents. Präsident Benton hatte Söldnereinheiten verpflichtet, um der Probleme Herr zu werden, aber der Angriff, über den ENN soeben berichtete, war nur der jüngste Beweis für das Scheitern dieses Programms. In mehreren Regionen wurden von Grafen und Pfalzbehörden »Freiwilligen«-Einheiten ausgehoben, um die nötige Verteidigungskapazität zu schaffen. Graf Shus BattleMecheinheit war eine davon.

»Diese Freiwilligeneinheiten sind im Endeffekt Privatarmeen«, schloss Genetian. »Und viele Stimmen außerhalb der Regierung betrachten sie als Zeichen, dass Epsilon Eridani an der Schwelle zu feudaler Anarchie steht.«

»Besser loyale Haushaltstruppen als Söldner«, knurrte Tybalt Kelly.

Die Entgegnung eines Regierungssprechers betonte die Legitimität der Verteidigungseinheiten, die von den rechtmäßigen Oberhäuptern anerkannter politischer Einheiten ausgehoben wurden, und argumentierte rational für eine Politik, die auch Tybalt als die richtige erkannt hatte. Auf den Kommentar folgte ein Werbefilm für die Planetare Miliz. Das war sicher kein Zufall. Der Film zeigte Dutzende von Mechs. Er wusste genau, wie übertrieben diese Reklame war, aber trotzdem besserte sich seine Laune unwillkürlich beim Anblick der gewaltigen Kampfkolosse.

Der Anblick trug Tybalt zurück in die Jugend, als er an nichts anderes hatte denken können als an seinen Traum, ein MechKrieger zu werden. Er hatte alles verschlungen, was er an Informationen über die großen Kriegerhäuser hatte finden können, diese gewaltigen Bastionen der Ehre. Er hatte die ruhmreichen Geschichten der großen MechKrieger auswendig gelernt, alle Simspiele gemeistert, die Taten seiner Helden und der stolzen Hauseinheiten verfolgt (natürlich nur die der echten Kriegshelden, nicht die abgesprochenen Triumphe der Solaris-Arenakrieger). Er hatte Einheitsgeschichten und Schlachtverläufe in derselben minutiösen

Genauigkeit beschreiben können, mit der seine Klassenkameraden über Sportmannschaften und Ligaspiele plapperten. Schon damals hatte er gewusst, dass er anders war als die anderen.

Als sein Vater sich diesem MechKriegertraum widersetzt und Tybalt sich dessen Verwirklichung erst recht zum Ziel genommen hatte, hatte er genaugenommen keine Ahnung gehabt, wie er ihn verwirklichen sollte.

Die einzige Verbindung zum Militär, die sich angeboten hatte, war der Ehrendienst gewesen. Er hatte ihn nicht nur absolviert, weil er damit dem Vaterhaus den Rücken kehren konnte, sondern weil er es für die eine große Chance gehalten hatte, die es für einen jungen Burschen aus einer Familie ohne MechKriegertradition, seinen Großvater einmal nicht mitgerechnet, gab.

Obwohl er sich heftig den Anschuldigungen seines Vaters widersetzte, ein Dummkopf zu sein, musste er zugeben, dass der Ehrendienst eine ziemliche Dummheit gewesen war. Die zwei Jahre Dienstzeit hatte Tybalt ausschließlich bei der Infanterie verbracht. Außer in Ausbildungsfilmen hatte er keinen einzigen Mech gesehen, und am Ende der Dienstzeit war ihm klar gewesen, dass die Armee Epsilon Eridanis ein trauriges Bild bot. Sie war alles andere als die stolzen planetaren Streitkräfte der Werbespots. Tatsächlich waren die verschiedenen Regionen praktisch autonom. Die einzelnen Abteilungen der planetaren Miliz unterstanden den jeweiligen örtlichen Behörden, und die einzige wirklich planetare Einheit – gleichzeitig die einzige Mecheinheit des Systems – waren die Elitetruppen der Eridani-Garde. Die aber rekrutierte ihre Mitglieder ausschließlich unter MechKriegerveteranen.

Es hatte ganz danach ausgesehen, als würden Tybalts sorgsam gehegte Träume an den Klippen der Wirklichkeit zerschellen, ganz so, wie der Vater es vorhergesagt hatte.

Tybalt hatte ernsthaft befürchtet, er würde ausmustern und mit eingekniffenem Schwanz nach Hause zurückkehren müssen, was er ganz und gar nicht wollte, oder aber als Schlammhüpfer in der Miliz bleiben – eine nicht wesentlich bessere Aussicht.

Dann hatte er von Graf Shus neu gegründeter Mecheinheit gehört. Der Zeitpunkt schien ein Wink des Himmels. Nach Beendigung des Ehrendienstes war er augenblicklich ins nächste Werberbüro der Grafschaft Shu marschiert und hatte seine Absicht verkündet, MechKrieger zu werden.

Er erinnerte sich noch sehr gut, wie der Truppführer hinter dem Schreibtisch ihn von oben bis unten gemustert hatte. »MechKrieger willst du werden?« Mit dem Ausdruck auf dem wettergegerbten Gesicht hätte er locker um höchste Einsätze pokern können. »Leicht ist das nicht. Es schafft nicht jeder Anwärter.«

»Ich schon!«, hatte Tybalt selbstsicher geantwortet.

»Du musst erst Prüfungen ablegen.«

»Werde ich.«

»Sie sind hart.«

»Ich bestehe sie.«

»Der Graf kann es sich nicht leisten, jeden zu testen. Es gibt nur ein paar Plätze, und nur die besten kommen durch.«

»Ich komme durch«

»Meinst du?«

»Ja.«

»Hier unterschreiben.«

Kelly hatte unterschrieben. »Wann werde ich geprüft?«

»Wenn man es dir sagt. Du bist jetzt Soldat. Von nun an bestimmt die unendliche Weisheit des Offiziersstabs über dein Leben.«

Wie jung und dumm war er gewesen, sich einzubilden, es würde alles so einfach sein! Nach einem Jahr knochenharter Anstrengungen, um sich zu beweisen, hatte er endlich die Erlaubnis erhalten, an einer Manöverprüfung für eine Mechpilotenstelle teilzunehmen. Und er hatte kläglich versagt.

»Und, wann bekommst du deinen Mech?«, riss Cordelia Tybalt aus den Gedanken.

So wie es aussieht, am selben Tag, an dem die Höllen zufrieren. »Ich erwarte jeden Tag die Order.«

»Du siehst bestimmt toll aus in einer Gardeuniform.«

»Schwesterchen, lass es dir gesagt sein, so bald werde ich bestimmt keine Gardeuniform tragen.« *Falls je.* »Die Garde akzeptiert nur Veteranen. Und außerdem sind derzeit keine Stellen frei.«

»Was heißt, es sind keine Stellen frei?«

Die Stimme seines Vaters schockte ihn dermaßen, dass ihm fast das Bier aus der Hand fiel. Er hätte hören müssen, wie der Alte die Treppe herunterkam, aber das Faulenzen daheim hatte ihn unaufmerksam werden lassen.

»Tyb sagt, die Garde ist voll«, erklärte Cordelia.

Der Vater hob eine Augenbraue. »Tatsächlich? War ohnehin eine närrische Idee. Werd vernünftig, Junge. Lass sie ziehen, so wie deine Fantasien, in ein capellanisches Kriegerhaus einzutreten. Trotz all ihrer angeblichen Stärke haben diese überschätzten Größenwahnsinnigen die Konföderation Capella auch nicht retten können.«

»Die Kriegerhäuser ...«

»Sind Geschichte! Und verdientermaßen, wenn du mich fragt. Wir wären alle besser dran, wenn es keine MechKrieger mehr gäbe.«

Cordelia floh vor dem aufziehenden Donnerwetter. Sie wusste, dass dies nicht der Zeitpunkt für friedensstiftende Maßnahmen war. Tybalt versuchte es mit seiner üblichen Ausweichtaktik und starrte zur Decke. Er würde sich nicht wieder auf diesen Streit einlassen. Er wusste, dass es sinnlos war. *Ein Krieger lässt sich auf keinen Kampf ein, den er nicht gewinnen kann.*

»Niemand hat dich gezwungen, zum Militär zu gehen«, sprach sein Vater weiter. »Ich habe mich nicht beschwert, als du deinen Ehrendienst abgeleistet hast.«

Von wegen.

»Und dann die Miliz. Du musstest unbedingt zur Miliz. Da konnte ich nicht länger schweigen, und ich habe etwas gesagt, aber hast du zugehört? Natürlich nicht. Du musstest unbedingt Soldat werden. Nein, nicht einfach Soldat, ein MechKrieger!«

Eines Kriegers Krieger.

»Hast du nichts zu sagen, Junge?« Tybalts Schweigen fachte die Wut des Vaters noch weiter an. »Du erzählst doch sonst so gerne, dass du an das Beste der capellanischen Kultur glaubst, dass du ihre Ideale verfichst.«

So ist es. Tybalt konzentrierte sich ungerührt weiter auf die Zimmerdecke.

»Was ist mit dem capellanischen Ideal des familiären Gehorsams? Was ist mit ›Ehre deinen Vater‹? Du hättest eine gute Karriere in einem technischen Beruf haben können. Die Götter wissen, du hast Talent genug dafür. Aber nein, du musstest deinen Hirngespinsten vom Leben als ein zu nichts zu gebrauchender MechKrieger nachrennen! Warum, werde ich nie verstehen.«

Weil du es nicht willst, wollte Tybalt antworten. *Du bist nicht einmal bereit zuzuhören.*

»Gib es auf, Junge. Steig aus, solange du noch kannst. Bevor es zu spät ist. Such dir ein richtiges Leben.«

Ich habe ein Leben und manchmal ist es nur zu real. Heute zum Beispiel.

»Immer noch nichts zu sagen?«

Tybalt nahm einen Schluck aus der Bierflasche und stellte nüchtern fest: »Ich erwarte jeden Tag meine Order.«

Die Nasenlöcher des Vaters blähten sich, und er stampfte aus dem Zimmer. Tybalt blieb sitzen und trank sein Bier. Der Vidschirm lief.

5

Barrquell, Grafschaft Shu, Epsilon Eridani
Chaos-Marken

6. Dezember 3061

Als Tybalt Kellys Befehl endlich eintraf, lautete er nur: Versetzung. Darunter standen eine Zeitangabe und ein Meldepunkt in Mirandagol. Er besorgte sich die Fahrkarten, packte seine Tasche und verabschiedete sich. Die Abschiedsworte seines Vaters waren: »Du hast dir dein Grab geschaufelt, jetzt leg dich hinein.«

Trotz seiner heimlichen Besorgnis war Kelly entschlossen, positiv zu denken. Er entschied sich, die Bemerkung seines Vaters als Sprichwort aufzufassen, wie das über das selbstgemachte Bett oder das über Zitronen und Limonade. Ja, er hatte seinen Weg gewählt und jetzt würde er ihn gehen, selbst wenn er keinen BattleMech erhielt. Was ihn auch erwartete, es würde ihm die Gelegenheit bieten, seinen Vater zu widerlegen. Er würde das Beste daraus machen, egal was kam.

Das Wetter war nicht geeignet, Tybalts Optimismus zu fördern. Von seinem Platz im Bus aus konnte er die Regenschleier über den Asphalt der Straße fegen sehen. Es war ein grauer Tag. Der von turmhohen Wolken bedeckte Himmel wechselte zwischen verregneter Dunkelheit und der Andeutung versteckter Helligkeit und Wärme. Das wechselhafte Wetter passte zu seiner Stimmung. Es war eine Erlösung, wieder den Dienst aufnehmen zu können, aber die knappe Order gab keinerlei Hinweis darauf, was genau ihn erwartete. War er auf dem Rückweg ins erbärmliche Leben eines Schlammhüpfers? Oder wartete hinter der nächsten Biegung der Sonnenschein?

Der Bus setzte ihn in Mirandagol ab. Er schlang sich die Tasche über die Schulter und ging den Rest des Wegs zu Fuß.

Im Befehl hatte gestanden, dass er auf dem Parkplatz des städtischen Sportstadiums warten sollte. Er war früh dran und wanderte zweimal um die menschenleere, verriegelte Arena, bis er auf der Straße die gebückte Silhouette eines zweiten Soldaten sah, der sich langsam zum Parkplatz schleppte.

Genau wie Tybalt war es einer der Anwärter, die vor fast zwei Wochen die Prüfung abgelegt hatten, aber darüber hinaus kannten sie einander nicht und hatten kaum Gesprächsstoff. Ein dritter Neuankömmling war eine Frau. Kelly konnte sich nicht erinnern, sie jemals gesehen zu haben, aber sie kannte den vierten Soldaten, der den Parkplatz erreichte, und die beiden entfernten sich von den anderen, um sich zu unterhalten. Als der Fünfte eintraf, wurden Tybalts Ängste vor einem Leben als Schlammhüpfer wieder wach. Er konnte weitere gebückte Gestalten aufs Stadium zu marschieren sehen. Noch mehr Soldaten mit derselben Order. Hatte er nicht gehört, dass nur vier MechKriegerplätze zu besetzen gewesen waren? Sie konnte nicht alle unterwegs zur MechKriegerausbildung sein.

Der sechste, der am Stadium eintraf, war JJ. Seine Order war um nichts aufschlussreicher gewesen, aber er hatte seine Vermutungen. »Hast du von dem Überfall auf Trophilly gehört?«

Wie hätte Tybalt das verpassen können. Gestern erst war Trophilly zur ersten Stadt in der Grafschaft Shu geworden, die von Banditen überfallen wurde, seit der Graf seine Absicht bekannt gegeben hatte, sich zum Schutz seines Territoriums nicht länger auf Präsident Bentons Truppen zu verlassen. Ein BattleMech hatte ein mit Erz beladenes Binnenschiff beschädigt, dann war ein KargoMech aufgetaucht und hatte das Erz übernommen. Beide Maschinen waren wieder verschwunden, bevor eine Gegenwehr organisiert werden konnte. Die Truppen des Grafen waren nicht in Position gewesen, um die Banditen abzufangen. Die Duviçer Truppen hatten den Banditen auch nicht den Weg abschneiden können, als sie ins Territorium der Pfalz geflüchtet waren, da die Pfalzeinheiten mit der Abwehr eines Überfalls auf eines ihrer eigenen Bergwerke beschäftigt waren. Es wurde allgemein angenommen, dass die Schurken irgendwo im Hinterland einen Stützpunkt aufgebaut hatten. Das Problem dabei bestand darin, diesen Stützpunkt zu finden, denn der Nordkontinent hatte eine Menge Hinterland.

»Ich schätze, deswegen werden wir mobilisiert. Es geht auf die Jagd«, stellte JJ fest und reckte die breiten Schultern. »Soll mir Recht sein. Benton scheint nichts auf die Reihe zu kriegen, also zeigt Graf Shu ihm, wie's gemacht wird.«

Das machte Sinn, aber wenn Tybalt auf Mechjagd ging, wollte er das, wenn irgend möglich, im Cockpit angehen. Die bloße Menge der nach und nach eintrudelnden Soldaten ließ das allerdings immer unwahrscheinlicher werden. Die Wolken nahmen ihm das Weinen ab. Ein Wolkenbruch scheuchte die Soldaten in die Nischen an der Außenmauer des Stadiums. Zwei der jüngsten Neuankömmlinge entschieden sich für denselben Unterschlupf wie Tybalt und JJ: Bayard Sten, dessen höhnisches Grinsen zu einer Art Markenzeichen zu werden schien, und Harry Trahn, ein schlanker Bursche mit einer störrischen blonden Mähne, die unter seiner Mütze hervorlugte. Trahn war ein alter Schulkamerad Kellys. Sie hatten ein Jahr zusammen in der Fußballmannschaft der Oberschule gespielt, bevor Trahn weggezogen war, aber davon abgesehen hatten der stille, wohlhabende Harry und der raufiustige Gewerkschaftlersohn Tybalt wenig gemein gehabt. Das schien sich inzwischen geändert zu haben.

»Hallo Harry, was machst du in so schlechter Gesellschaft?«

Sten ließ Trahn keine Gelegenheit zur Antwort. »Hallo, JJ, hast du dir einen Burschen besorgt?«

»Du darfst mich Jorge nennen«, erwiderte JJ mit einem kalten Lächeln. »Und nein, ich habe keinen Dienstboten. Könnte aber einen gebrauchen. Bist du an der Stellung interessiert? Obwohl, wenn ich es mir recht überlege, vergiss es. Du bist mir zu lang. Wir haben Order, genau wie alle hier.«

Sten ignorierte JJs Sticheleien. Er musterte Tybalt und verzog den Mund. »Stimmt das, Schlammi? *Du* hast Order, dich hier einzufinden?«

»Ja, es stimmt«, bestätigte Tybalt tonlos.

»Na, der Graf wird seine Auswahlkriterien überprüfen müssen. Sie sind offensichtlich fehlerhaft.«

Stens abfällige Witzeleien brachten Kelly in Rage. »Was quatschst du da?«, raunzte er ihn an.

»Bist du ernsthaft so naiv? Wir wenigen tapferen Seelen sind, wie wir uns hier versammelt haben, die in Kürze legendären Piloten der Grafschaft-Shu-BattleMech-Truppen.«

»Des Freiwilligen-Bataillons«, ergänzte Trahn leise den offiziellen Namen der Einheit, gleichgültig welche Größe sie tatsächlich hatte.

Tybalt sah zu JJ. Konnte das stimmen? Wagte er, das zu glauben? Er durfte nicht vergessen, woher die Information stammte. »Sonst noch was?«

Sten zuckte die Schultern. »Sag du es ihm, Trahn. Er ist offensichtlich nicht in der Lage, die Wahrheit zu erkennen, ohne dass es jemand ihm vorbuchstabiert. Eine verbreitete Schwäche bei Schlammis.«

Trahn zeigte Tybalt seine Order, die sich von dessen eigener nur in der Anschrift unterschied. »Am selben Tag, an dem ich das hier bekommen habe, sind sie gekommen und haben einen Mech der Familie abgeholt. Und mir gesagt, ich bräuchte mir keine Sorgen zu machen, wir wären bald wieder vereint.«

Tybalt traute seinen Ohren kaum. »Du kommst aus einer Mechfamilie?«

Viele davon gab es nicht mehr. In den Großen Häusern sollten sie beinahe ausgestorben sein, verdrängt vom Beinahemonopol der Regierungen auf Mechbesitz.

Harry Trahn zuckte die Achseln. »Ich weiß, ich hab nie groß drüber geredet, aber ja, meine Familie sind Besitzer. Ich habe allerdings nie gedacht, dass ich die Kanzel mal erben würde. Dan war der Krieger bei uns, ein richtiger Draufgänger, aber Dan lebt nicht mehr.« Tybalt und JJ drückten ihm leise ihr Beileid aus, aber Harry winkte ab. »Soll sehr ehrenhaft gewesen sein, so wie Dan es sich gewünscht hätte.«

Eine Eignerfamilie musste es wissen. »Es stimmt also?«

»Auch nicht wahrer, als wenn ein Prahlsack es sagt«, stellte Sten fest und verriet, dass er den Spitznamen kannte, den JJ ihm gegeben hatte.

»Ja, es stimmt«, bestätigte Trahn.

Tybalts und JJs Juchzen erregte die Aufmerksamkeit der anderen Soldaten, und als sie erfuhren, was Sache war, drängten sie sich ebenfalls um Harry. Dank der Beziehungen seiner Familie hatte Trahn ein paar Gerüchte über die neue Einheit aufgeschnappt.

Ja, sie waren alle einer der BattleMech-Einheiten zugeteilt, die unter dem Namen Freiwilligen-Bataillon Grafschaft Shu liefen. Nein, er wusste nicht, warum sie mehr als zwölf Personen waren, aber es hieß, die Einheit hätte eine unkonventionelle Struktur. Nein, er wusste nicht, wer mit wem in einer Lanze Dienst tun würde. Ja, Essie Ling-Marabie war die Kommandeurin. Nein, er wusste nicht, ob das Gerücht stimmte, dass sie eine grobe Schleiferin war. Ja, er hatte sie getroffen, aber das war bei einem gesellschaftlichen Anlass gewesen und verriet nicht viel darüber, wie sie im Dienst war, erst recht nicht als Kommandeurin einer eigenen Einheit. Nein, sie würden sich ihre Mechs nicht aussuchen können, zumindest die meisten nicht. Harry würde natürlich die Maschine seiner Familie steuern, einen *Raven*. Ja, er hatte auch gehört, dass die meisten Mechs alt und verschlissen waren und manche nicht einmal mehr vollständig, aber er hatte auch gehört, dass in Port Tsing ein Bataillon fabrikneuer *Lineholder* angekommen war. Letztere Information löste eine Diskussion über den relativen Wert der einheimischen Kampfmaschine aus.

Tybalt löste sich aus dem Pulk der Diskutanten. Momentan kümmerte es ihn herzlich wenig, wie gut oder schlecht ein *Lineholder* war. Es interessierte ihn nicht einmal, ob sie irgendeine der neuen Maschinen bekommen würden oder nur runderneuerte Schrotthaufen. Verglichen mit konventionellen Truppen waren Mechs die Könige des Schlachtfelds. Kelly wollte noch immer ein MechKrieger werden. Und jetzt erfüllte sich sein Traum!

Die Zweifel, die seit der Prüfung an ihm genagt hatten, waren verflogen, hatten wildem Stolz Platz gemacht. Er hatte es geschafft! Er war dabei! Er würde ein MechKrieger werden! Die ganze Welt schien ihm wie neugeboren.

Sein Blick viel auf die lautstärkste Wortführerin der Anti-*Lineholder*-Fraktion. Sie war schlank und gut in Form, und die Uniform lag ihr auf eine Weise am Körper, die man nur als interessant beschreiben konnte. Das kurze Haar formte einen Lockenhelm über Augen von der Art Meerblau, in dem ein Mann ertrinken konnte. Laut Namensschild hieß sie Liu.

»Das noch, und das Leben wäre vollkommen.«

JJ, der sich ebenfalls aus der Debatte abgesetzt hatte, folgte Tybalts Blick. »Ja, da hast du wohl Recht.«

Das dumpfe Rumpeln zweier mattbraun bemalter Laster, die sich auf den Parkplatz wuchteten, ersparte ihnen die Verlegenheit, vom Objekt ihrer Blicke entdeckt zu werden. Es schien fast, als hätten die beiden Fahrzeuge den Regen verjagt, denn als sie in der Nähe der Soldaten zum Stehen kamen, fielen die letzten Tropfen. Die Fahrer blieben in den Kabinen, aber der Beifahrer des vorderen Wagens sprang mit platschenden Schritten ins Freie, während die Soldaten sich hastig neben den Lastern in einer unregelmäßigen Reihe aufstellten.

Der Mann, der um den Kotflügel trat, bewegte sich mit einem leichten Humpeln. Die Feststellung, dass er eine MechKriegeruniform trug, war beinahe enttäuschend, aber Tybalt zuckte zusammen, als er den graumelierten Bürstenschnitt, das kantige Kinn mit der weißen Narbe und die stechenden Augen erkannte, die das ganze Gesicht beherrschten. Es war Subcommander Veck. Nein, erkannte er an dem goldenen Streifen, der an die Stelle des ausgeblichenenen grünen

Rangabzeichens am Kragen des Offiziers getreten war, es war Commander Veck.

»Behaltet die Papiere in der Tasche«, knurrte Veck. »Ich kenne euch. Himmel hilf, ich kenne jeden einzelnen von euch. Und ich kann nur beten, dass ich das nicht noch bedauern muss. Ich werde alles tun, was in meiner Macht steht, um das zu verhindern. *Ihr* werdet eurerseits alles tun, was in eurer Macht steht, um es zu verhindern. Oder *ihr* werdet es bedauern. Das ist keine Drohung, sondern eine Tatsachenfeststellung. Ich hoffe, wir verstehen uns. Bevor wir uns jetzt in Richtung unseres neuen Zuhauses in Bewegung setzen, habe ich noch ein paar Worte an euch Damen und Herren zu richten. Ja, ich rede mit euch! Ihr seid jetzt alle Damen und Herren. Jedenfalls offiziell. Lasst es euch nicht zu Kopfe steigen!«

Veck stieß mit dem Kopf herab, bis er nur Zentimeter von JJs Gesicht entfernt war. »Du bist jetzt ein Herr, weil nur ein Herr es wert ist, im Freiwilligen-Bataillon Grafschaft Shu einen BattleMech zu steuern.«

Der nächste Schritt trug ihn vor Liu, die *Lineholder*-Gegnerin. »Du bist eine Dame, weil du ein Subcommander bist. Das sagt Graf Shu.«

Vecks Blick glitt an der Reihe entlang. »Das sagen eure Offizierspatente. Ihr bekommt alle niegelnagelneue Subcommander-Abzeichen für den Uniformkragen. Aber das besagt gar nichts! Ihr glaubt mir nicht? Ein Herr, habe ich mir sagen lassen, lügt nicht, und Graf Shu sagt, ich *bin* ein Herr. Mein Offizierspatent sagt das ebenfalls. Und ich habe auch die niegelnagelneuen Rangabzeichen. Die Rangabzeichen eines *Commanders*. Das besagt nichts! Ich steuere einen Mech für mein täglich Brot. Ich bin nichts weiter als ein Mechpavian. Aber ich habe einen höheren Rang als jede einzelne von euch Gestalten. Was macht das aus euch?«

Niemand antwortete Veck.

»Ich habe euch eine Frage gestellt, Mechpaviane. Was macht das aus euch?«

Diesmal kam die Antwort. »Mechpaviane, Sir!«

»Neurohelmrückkopplung kann zu Schwerhörigkeit führen. Ich leide nicht unter diesem Problem, aber ich HÖRE NICHTS! Also frage ich noch einmal. Was seid ihr?«

»MECHPAVIANE, SIR!«

Veck drehte ihnen den Rücken zu und ging zurück zu den Lastern. Tybalt glaubte den Commander so etwas wie »erste Anfänge von Weisheit« murmeln zu hören. Veck blieb am Fahrerhaus des vorderen Wagens stehen. Auch ohne sich umzudrehen, erreichte seine Stimme die Soldaten laut und deutlich. »In Ordnung, Mechpaviane! Ihr habt eure Pilotenlizenz. Die bedeutet gar nichts! Ihr habt Simulatorzeit hinter euch. Die bedeutet gar nichts! Ihr bildet euch ein, euch mit Mechs auszukennen. Ihr wisst gar nichts!«

Veck drehte sich zu ihnen um, und sein kalter Blick glitt über die jungen MechKrieger.

»Aber ihr werdet es lernen.«

6

Port Tsing, Grafschaft Shu, Epsilon Eridani
Chaos-Marken

7. Dezember 3061

Romano Shu strahlte die fünf Personen am Tisch mit ihrem berühmten Lächeln an, als sie in den Konferenzraum schwebte. Ihr langes, rabenschwarzes Haar war zu einem komplexen Arrangement aus Windungen und funkelnden Perlen hochgesteckt, das angemessener für einen Galaball schien als für eine Geschäftsbesprechung. Über einem enganliegenden Kleid trug sie ein kurzes, goldgesäumtes Schnürjackett im Marik-Stil, das höchstens für einen Maskenball passend gewesen wäre.

Graf Gabriel Shu runzelte die Stirn und wünschte sich, seine Schwester würde Staatsgeschäfte mit mehr Ernst behandeln. Was bildete Romano sich ein? Ihre lockere Art und der Aufmerksamkeit heischende Stil kamen in den Medien an, aber für eine Ratssitzung waren sie wirklich nicht angebracht.

»Du bist zu spät«, tadelte er.

»Tut mir leid, Gabriel, aber ENN hat mir unten aufgelauert.« Sie setzte sich an ihren Platz. »Du hättest doch nicht gewollt, dass ich ihnen die kalte Schulter zeige?«

»Was wollten diese Hyänen jetzt schon wieder?« Die Frage kam von Justin Whitehorse, Vorsitzender von Eridani-Gesamtbergbau und dank der herausragenden Position des Konzerns in der Wirtschaft der Grafschaft Mitglied des Grafschaftsrats. »Ging es ums Geschäft, oder hält die Lady die Gesellschaft mal wieder mit einer ihrer Affären in Atem?«

»Ist nicht alles in gewisser Weise Geschäft?«, erwiderte Romano schnippisch. »Wie der Zufall es will, ging es mal wieder um die Transitzölle. Cara Price hat eine neue Rede gehalten. Anscheinend sind wir Heuchler, die Präsident Bentons Wirtschaftsförderungsprogramm unterstützen und gleichzeitig unser Möglichstes tun, um zu verhindern, dass irgendein anderer Eridanischer Staat davon profitiert. Unsere Straßen-, Kanal- und Hafenzölle erdrosseln …« Sie legte die Hände um den Hals und steckte die Zunge heraus. »… erdrosseln den freien Handel der armen Cara ganz und gar. Die gesamte Duviçer Pfalz siecht dahin.«

»Die Zölle sind fair«, protestierte Finanzminister Ismael Shu-Larabie.

»Natürlich sind sie das, Liebling. Glauben Sie etwa, ich hätte den, äh, Hyänen …« Sie nickte Whitehorse zu. »… etwas anderes gesagt?«

»Ich verstehe nicht, was für ein Problem Price hat«, gab Gabriel zu. »Sie hat doch all die Verbesserungen an den Hafenanlagen, die wir durchgeführt haben, unterstützt. Irgendwoher muss das Geld dafür kommen.«

»Edie wird ihr zusetzen«, vermutete Whitehorse. Edie Vauxhall war die Chefin von Vauxhall Minerals, einem Rivalen EGBs mit weitreichenden Interessen in der Duviçer Pfalz. »Sie sieht lieber mich zahlen, als selbst einen Credit auszugeben.«

»Sie *haben* einen erheblichen Vorteil von den neuen Anlagen«, stellte Claudia Hall fest. Sie war die Gouverneurin von Port Tsing, der größten und wichtigsten Stadt der Grafschaft, und des Hafens, über dessen Gebühren sich Price beschwerte. Wenn jemand wusste, wer von den Verbesserungen profitierte, dann sie.

»Genau wie Vauxhall!« Whitehorses schon im Normalzustand gerötete Züge verdunkelten sich zu einem tiefen Blutrot, als er einen kurzen Finger in Halls Richtung stieß. »Und ich bezahle einen beachtlichen Anteil der Kosten! Habe ich nicht Recht, Ismael?«

»Einen Anteil.« Shu-Larabies nüchtern und ohne erkennbare Regung vorgetragene teilweise Zustimmung löste vereinzeltes Kichern am Tisch aus.

Majorin Essie Ling-Marabie räusperte sich und erstickte die Erheiterung. »Hat Price in ihrer Rede irgendwelche Drohungen erhoben, Lady Shu?«

»Majorin, Cara Price und die Duviçer Pfalz sind nicht der Feind«, stellte Gabriel fest.

»Sind Sie da so sicher, Graf Shu? Die Pfalz hat ›zu Verteidigungszwecken‹ Söldner angeheuert, und in den Duviçer Medien haben gewisse, der Vorsitzenden nahe stehende Quellen uns beschuldigt, eine militärische Aggression vorzubereiten.«

»Wir sind natürlich politische Gegner. Immerhin ist sie eine Expansionistin. Aber Ihre Sorge wegen militärischer Angriffe entbehren der Grundlage.« Die Grafschaft Shu und die Duviçer Pfalz waren keine souveränen Nationen, die einander jederzeit hätten den Krieg erklären können, auch wenn die planetare Föderation ihnen weitreichende Freiheiten und einiges an Unabhängigkeit garantierte.

Diese Beinahe-Selbstständigkeit hatte in jüngster Zeit eine unerwünschte Seite offenbart, als Präsident Benton, den ausschließlich planetare Belange interessierten, die Provinzoberhäupter ermutigt hatte, sich selbst und auf eigene Kosten um ihre Verteidigung zu kümmern. »Dieser Medienunsinn ist nichts als Effekthascherei, politisches Getöse. Aber die Notwendigkeit von Verteidigungsmaßnahmen ist angesichts der zunehmenden Banditengefahr höchst real. Price kümmert sich einfach um ihre Amtsaufgaben, so wie ich.«

»Und wir haben immerhin das Freiwilligen-Bataillon Grafschaft Shu, nicht wahr, Majorin?«, fragte Shu-Larabie. »Auch wenn ich nicht begreife, warum Sie diese Einheit als Bataillon bezeichnen. Der Aufstellung nach verfügt sie über genügend BattleMechs für ein Regiment. Das ist doch sicherlich ausreichend, um Banditen zu jagen und eingebildete Aggressoren abzuschrecken.«

»Wäre die Aufstellung komplett, würde ich Ihnen möglicherweise zustimmen, dass diese Streitmacht ausreicht, Minister. Und die gewünschte Antwort bezüglich des Namens und der Organisationsfragen finden Sie in meiner ursprünglichen Eingabe zur Einheitsstruktur, die Sie offensichtlich nicht gelesen haben. Ich danke Ihnen aber dafür, dass Sie das Thema auf die Vervollständigung der Einheit bringen.« Die Majorin wandte sich an Gabriel. »Graf Shu, wie lange müssen meine MechKrieger noch von Versprechungen leben? Wo sind die neuen Mechs, die mir zugesagt wurden? Wo sind die Ersatzteile für die Mechs, die ich habe?«

Gabriel zuckte schockiert über die Unverblümtheit der Majorin zurück.

»Wenn Sie gestatten, Graf«, unterbrach Hall. »Die Lieferung der Kressly-Kriegswerke wird morgen im Hafen erwartet. Ist das zufriedenstellend?«

Ling-Marabie rümpfte die Nase . »Es wird genügen müssen.«

Whitehorse beugte sich über den Tisch. »Majorin, nehmen wir für einen Augenblick an, dass eine Notwendigkeit besteht, sich Sorgen zu machen. Ich habe gehört, dass Price sowohl Söldner anheuert als auch die eigenen Truppen der Pfalz verstärkt. Ich möchte nicht hoffen, dass sie einen Rückfall in die Anarchie vorhersieht, aber eine derartige militärische Aufrüstung lässt sich nicht einfach ignorieren. Wie gefährlich sind die Duviçer Streitkräfte?«

»Das ist, wie ich zu meinem Bedauern feststellen muss, Herr Whitehorse, eine offene Frage. Die Vollständigkeit unserer Geheimdienstberichte lässt zu wünschen übrig.«

»Aber unsere Aufrüstung reicht doch sicher aus, das auszugleichen, oder?«, fragte Shu-Larabie. »Sie hat uns auf jeden Fall genug gekostet.«

»Ausgleichen? Materialmäßig vielleicht. Aber zu Streitkräften gehören mehr als nur Maschinen. Mechs ohne MechKrieger sind nur tonnenweise Altmetall, und wir haben viel zu wenig erfahrene Piloten.«

Whitehorse schnaubte. »Ich habe auf meine Frage noch keine zufriedenstellende Antwort erhalten, Majorin. Ich will wissen, über welche Streitkräfte Price verfügt. Eine Kurzfassung, bitte.«

»Na schön.« Die Majorin war sichtlich erfreut über die Gelegenheit, ausführlicher zu antworten. »Was die konventionellen Streitkräfte betrifft, gibt es kaum eine Veränderung. Aber im Bereich der BattleMechtruppen verschiebt sich das Machtgleichgewicht. Die beiden Standardlanzen BattleMechs, um die Duviç die Pfalz-Beschützer kürzlich verstärkt hat, sind beide mittelschwer. Selbst eine hätte bereits eine beträchtliche Anhebung der Schlagkraft über das hinaus dargestellt, was die alte Grafschaftsgarde-Lanze hätte ins Feld führen können. Zusätzlich hat Duviç Söldner verpflichtet. In erster Linie zwei Lanzen des Zahn des Ymir, eine schwere und eine mittelschwere. Beide Söldnerlanzen sind unter Sollstärke, aber ihre Piloten sind Veteranen mit erheblicher Kampferfahrung. Ihre mittelschwere Lanze ist gefährlicher als jede der Beschützerlanzen, obwohl sie einen Mech weniger umfasst. Der Kommandeur der Söldner ist ein gewisser Kingston Crawford, der ursprünglich aus dem Magistrat

Canopus stammt. Bevor er zum Zahn stieß, hat er gegen die Clans gekämpft. Wir haben Hinweise darauf, dass Crawfords Leute sich von der Hauptstreitmacht ihrer Einheit getrennt haben. Falls das stimmt, ist es eine gute Nachricht, denn dann brauchen wir uns keine Sorgen zu machen, dass weitere Truppen des Zahn des Ymir sie verstärken.«

»Aber sicher wissen wir das nicht, oder?«, fragte Romano nach.

»Nein, Mylady, sicher wissen wir es nicht. Und gerade dieser Mangel an Informationen ist unser Problem. Wir wissen zum Beispiel kaum etwas über die zweite Einheit, die Duviç verpflichtet hat: eine Söldnereinheit, die sich ›Die 48.‹ nennt. Unsere Quellen bei der Söldnerprüfungs- und Vertragskommission berichten, dass die 48. eine verstärkte Lanze von fünf Mechs in der Duviçer Pfalz stationiert hat.«

»Fünf Mechs? Ist das nicht das, was man bei den Clans einen Stern nennt? Haben wir es etwa mit Clan-Söldnern zu tun?« Whitehorse klang beinahe verängstigt.

»Das ist Panikmache«, wies Hall ihn zurecht.

»Und dumm«, setzte die Majorin in einem beleidigenden Tonfall hinzu, der ihre Privatfehde mit dem Bergbaumagnaten noch anheizte. »Alle Mechs der 48. sind Modelle aus der Inneren Sphäre. Wahrscheinlich haben diese Söldner nur die überlegene Organisationsmethode der Clans übernommen, genau wie wir. Oder wie wir es tun würden, hätten wir genügend Kampfkolosse.«

»Ich habe bereits gesagt, dass Ihre Mechs unterwegs sind«, stellte Hall ärgerlich fest.

»Die *Lineholder* allein reichen nicht aus, die Einheit zu vervollständigen.« Wieder drehte die Majorin sich zu Gabriel um. »Graf, ich brauche mehr Mechs.«

Gabriel empfand die Forderungen der Majorin als unerhört. Die Entscheidungen darüber, wann sie wie viele Maschinen erhalten würde, waren bereits gefallen. Und das wusste Ling-Marabie auch. Es wurde Zeit, sie zur Ordnung zu rufen. »Majorin, Sie haben selbst festgestellt, dass Mechs ohne ihre

Piloten nur Altmetall sind und dass Sie zu wenige Mech-Krieger für die Maschinen haben, die bereits geliefert wurden. Wozu brauchen Sie in dem Fall weitere Mechs? Wäre es nicht besser, Sie kümmern sich darum, dass wir die Mechpiloten bekommen, die wir brauchen, um die Kampfkolosse zu steuern, die wir schon haben?«

Gabriels Schelte schien wie Wasser von der Majorin abzuperlen. »Die entsprechenden Maßnahmen sind bereits im Gange.«

7

Distrikt Mirandagol, Grafschaft Shu, Epsilon Eridani Chaos-Marken

7. Dezember 3061

Die morgendlichen Turnübungen waren für Tybalt eine Gelegenheit, die Gedanken wandern zu lassen, während sein Körper das Programm abarbeitete. Heute Morgen war es anders. Heute Morgen war sein Geist voll bei der Sache, so wie schon den ganzen gestrigen Tag. Er zählte durch und versuchte auszurechnen, was das Ergebnis für ihn bedeutete.

Es brauchte keine höhere Mathematik. Auf dem Asphalt standen sechsundzwanzig Kampfkolosse, und in den Wellblechhütten, die dem Freiwilligen-Bataillon Grafschaft Shu als Kaserne dienten, waren dreißig Kojen belegt. Jemand würde leer ausgehen – mehrere Jemande, um genau zu sein. Und es würden nicht die vier alten Männer aus Graf Shus Ehrengarde sein. Es würde auch nicht Commander Veck sein oder einer der sechs wettergegerbten Veteranen, mit denen der Commander letzte Nacht gepokert hatte, und ganz bestimmt auch nicht die drei Mann mit eigenen Maschinen. Damit blieben zwölf Mechs für die siebzehn Neulinge oder genauer gesagt sechzehn Neulinge, denn Harry Trahn war zwar ein Neuling, hatte aber seinen eigenen BattleMech. Also zwölf Mechs und sechzehn mögliche Piloten. Bei dieser Rechnung blieben vier Piloten übrig.

Vier.

War es ein Zufall, dass man ihm bei der Prüfung gesagt hatte, er würde sich um eine von vier Stellen bewerben?

»Ich würde sagen, vier von uns sehen alt aus«, keuchte JJ, als sie am Ende der Laufstrecke ankamen.

»Aber welche vier?«

»Wenn es eine Gerechtigkeit gibt, ist einer davon Prahlsack.«

»Von deinem Mund in der Götter Gehörgang.«

Ob die Götter seinen Wunsch gehört hatten, konnte Tybalt nicht feststellen, aber er und JJ hörten auf jeden Fall Vecks gebrülltes Kommando, Aufstellung zu nehmen. Als sie sich in Habtachtstellung vor ihm aufgebaut hatten, musterte der Commander sie mit einem dünnen Lächeln, das seine zerklüfteten Gesichtszüge noch grimmiger erscheinen ließ als sonst.

»In Ordnung, Damen und Herren. Heute werden ihr euch vertraut machen. Ich bin sicher, da steht nicht ein Kampfkoloss auf dem Platz, den ihr Mechpaviane nicht schon in einem Simulator ausprobiert habt. Und was immer ihr bei dieser Herumspielerei gelernt habt, bedeutet gar nichts. Die Zeit der freien Liebe ist vorbei! Heute werdet ihr heiraten! Ihr werdet euren Mech besser kennen lernen als einen Ehepartner. Das ist gut so. Das ist lebenswichtig. *Über*lebenswichtig. Wenn ihr euren Mech nicht kennt, wenn ihr nicht jede kleine Eigenheit kennt, jede Nuance, werdet ihr sterben. Das ist ein Versprechen, keine Prophezeiung. Ihr werdet jetzt gleich bei Truppführerin LaJoy-Bua eure Handbücher abholen. Ihr werdet zu euren Mechs gehen. Ihr dürft ins Cockpit steigen, aber ich werde persönlich jeden Finger amputieren, der es wagt, einen Startknopf zu drücken oder irgendein System zu aktivieren. Das gilt auch für die Mecheigentümer unter euch. Jede einzelne von euch unglückseligen Gestalten wird bei ihrem Mech warten, bis ich persönlich etwas anderes anordne. Habe ich mich verständlich genug ausgedrückt?«

»Sir! Ja, Sir!«

»Das macht mich dermaßen glücklich.« Er deutete auf seine Pokerrunde. »Diese mehr als großzügigen Menschen werden euch von Zeit zu Zeit besuchen. Ihr dürft ihnen Fragen stellen, aber ihr werdet nicht ihre kostbare Zeit verschwenden. Ich werde euch ebenfalls besuchen, und *meine* Zeit werdet ihr erst recht nicht verschwenden. Verstanden?«

»Sir! Ja, Sir!«

»Wie ihr euch sicher bereits selbst ausgerechnet habt, werden vier von euch heute keinen Mech erhalten. Diese vier Glückspilze werden Spezialhandbücher erhalten und die alte Garde zu Halle A begleiten. Nehmt hier vor Stübel in einer Reihe Aufstellung. Und«, Veck starrte sie an, »versucht euer neues Spielzeug heil zu lassen.«

Das »Sir! Ja, Sir!« war besonders enthusiastisch.

Während er wartete, musterte Tybalt die Mechs des Bataillons und fragte sich, welchen von ihnen er wohl bekommen würde, falls überhaupt. Die Mechs im Privatbesitz waren leicht zu erkennen. Die Techs waren noch damit beschäftigt, sie in den Farben des FBGS zu lackieren. Neben Trahns *Raven* waren da noch ein zerbeulter alter *Vulcan* und ein neu aussehender *Strider*. Die vier Maschinen in der vordersten Reihe, zwei *Cataphracts* und zwei *Commandos,* stammten aus der alten Grafschaftsgarde. Das auf der linken Torsoseite aufgeschweißte Kennschild ließ an ihrer Herkunft keinen Zweifel, aber Tybalt redete sich ein, dass er sie an der subtilen Individualität der häufig reparierten Panzerung erkannt hatte. Dicht am Wartungshangar standen neun *Lineholder* in Dreierreihen, und zwei weitere waren auf der anderen Seite des Platzes abgestellt. Weiter hinten entdeckte er den *Vindicator* und die beiden *Commandos*, gegen die er in der Prüfung gekämpft hatte. Über das Feld verstreut standen die restlichen

Maschinen: eine *Javelin*, ein ziemlich heruntergekommener *Blackjack*, ein einarmiger *Caesar*, ein weiterer *Strider* und schließlich noch ein zweiter *Raven*.

Die Anzahl der *Lineholder* entsprach jener der Anwärter noch am ehesten, aber auch nicht genau. Und die meisten von ihnen waren neu. Kelly hielt es für wahrscheinlicher, dass die Neulinge mit den alten, weniger begehrten Mechs abgespeist werden würden. Götter, hoffentlich bekam er nicht den Krüppel-*Caesar*, aber besser den als gar keinen Mech. Andererseits waren die meisten der alten Maschinen leicht, und es gab eine Schule im Militär, die leichte BattleMechs für die besten Piloten reservierte. Teilte ihr Commander diese Auffassung? Natürlich waren alle Spekulationen sinnlos, falls er einer der Vier war.

»Sieht aus, als hättest du es doch geschafft«, stellte die Truppführerin hinter dem Tisch fest, als er am Kopf der Schlange ankam. Es dauerte einen Moment, aber dann erkannte Tybalt die Tech, die er nach der Prüfung getroffen hatte. Sie zwinkerte ihm zu und reichte ihm ein Handbuch. »Das Angebot gilt noch.«

Er hörte sie kaum, als er auf den Umschlag des Handbuchs blickte. *Commando-5S* las er. Er hatte es geschafft! Er hatte keines der »Spezialhandbücher« erhalten. Begeistert machte er sich ohne einen Blick zurück auf den Weg über den sich langsam erwärmenden Asphalt. Er war unterwegs zu *seinem* Mech.

JJ kam ihm nachgerannt. Gut. Das konnte nur bedeuten, er hatte auch eine Maschine erhalten. »Was hast du bekommen?« JJ juchzte.

»Ich habe die *Javelin*. Und du?«

»*Commando*.«

»Bist du sicher?«

Tybalt brauchte nicht noch einmal nachzusehen, um sich zu vergewissern. Er hatte einen *Commando* zugeteilt bekommen. »Was?«

»Na, da!«

JJ zeigte zu zwei Gestalten in frischgebügelten FBGS-Uniformen, die auf den *Commandos* herumturnten, gegen die Tybalt in der Prüfung gekämpft hatte. Er traute seinen Augen nicht. Jemand hatte einen Fehler gemacht.

Sie hielten in der Nähe von Harry Trahns *Raven* an. Ihre Schatten fielen auf das Fußgelenk, wo Harry gerade den Kopf in eine offene Wartungsluke steckte. Er zog ihn zurück, um nachzusehen, wer ihm das Licht nahm. »Was gibt's, Jungs?«

»Sieht aus, als hätte man Kellys Zuteilung vermasselt«, erklärte JJ. »Er hat ein *Commando*-Handbuch bekommen, aber die beiden *Commandos* sind schon besetzt.«

Trahn schaute hinüber zu den beiden Maschinen. »Das ist kein Problem, Kelly. Das ist eine Ehre.«

Tybalt starrte ihn verwirrt an.

»Bua und Dok Li, die beiden *Commando*-Piloten der alten Garde, sind auf *Lineholder* versetzt worden. Sie holen vermutlich bloß ihre Privatsachen aus den Maschinen.«

Tybalt schaute noch einmal genauer hin. Tatsächlich, die beiden Männer, die dort hinten gerade die Leitern hinabkletterten, waren nicht die Neulinge, für die er sie gehalten hatte. Wie Trahn gesagt hatte, waren es alte Gardepiloten und sie waren unterwegs zu den beiden abseits stehenden *Lineholder*n. Die neuen Uniformen hatten sie wie Neulinge aussehen lassen.

»Gutes Karma«, erklärte Trahn. »Wenn du eine von den Maschinen bekommst, musst du bei jemandem Eindruck gemacht haben.«

Die letzten Reste von Zweifel über seine Leistung gingen in der wilden Hitze der Begeisterung über diesen Beweis seines Könnens in Flammen auf. Dieser Tag entwickelte sich immer besser.

»Wirf die Wärmetauscher an, Eismann. Du wirst sonst zu heiss, um dir auf die Schulter zu klopfen.«

Tybalt unterdrückte sein Grinsen. Er versetzte JJ einen Boxhieb in die Schulter, dann stürmte er los wie eine Lenkrakete und hielt erst vor dem breiten, flachen Metallfuß des *Commando* an. Er stand vor dem Kampfkoloss und starrte lange Sekunden nur zu ihm auf, sprachlos vor Glück. Es war kein sonderlich großer Mech. Genau besehen war er sogar ziemlich klein, nur fünfundzwanzig Tonnen schwer. JJs *Javelin* war schwerer, genau wie so ziemlich alle anderen Maschinen auf dem Platz. Der *Commando* war kantig und eckig, leichtbewaffnet und dünn gepanzert, aber er war *sein* Mech.

Er griff nach der aus dem Cockpit hängenden Leiter und stieg hoch. Die Anstrengung war der Rede kaum wert. Wie nicht anders erwartet, stand die Cockpitluke offen. Auf halbem Weg im Cockpit erlebte er allerdings doch noch eine Überraschung. Die Kanzel war besetzt. Liu saß auf *seinem* Platz. Sie drehte den Kopf mit den kastanienbraunen Haaren zu ihm um und fragte ärgerlich: »Wie kommst du dazu, an meinem Mech herumzuklettern?«

»Hä. Ich würde sagen, du bist hier falsch.«

»Tatsächlich? Du hast einen *Commando-5S* zugeteilt bekommen?«

»Allerdings.«

»Seriennummer 398-01487?«

»All…« Er hatte die Seriennummer nicht überprüft. Er warf einen Blick auf das Handbuch und las *Seriennummer 398-01486.*

Seine Verlegenheit musste ihm vom Gesicht abzulesen sein, denn Liu gluckste. »Dachte ich's mir. Nebenan.«

»Ich war wohl ein bisschen übereifrig.«

»Versteh ich. Hätte jedem passieren können. Ich bin Samantha Liu. Meine Freunde nennen mich Sam. Da wir Lanzenkameraden werden, trifft das für dich vermutlich auch zu.«

»Weißt du was?«

»Nein, aber ich glaube nicht, dass die sentimentalen alten Säcke im Stab dieses Pärchen auseinanderreißen werden. Schlimm genug, dass sie die Aufstellung der Lanze ändern.«

»Ich dachte, du weißt nichts. Woher weißt du, dass sie die alte Gardelanze aufbrechen?«

»Sie trennen die Mechs, oder? Sonst wären wir nicht hier eingeteilt worden.«

»Woher weißt du, dass wir nicht mit in der alten Garde sind?«

»Zwei von uns, vier von denen. Wie viele Mechs sind in einer Lanze?«

»Kapiert. Aber vielleicht teilt sich die alte Garde auf. Verstehst du, so dass jeder eine eigene Lanze führt. Harry Trahn sagt, Bua und Dok Li steigen auf *Lineholder* um.«

»Man trennt kein eingespieltes Team ohne guten Grund, und neue Mechs sind nicht gut genug.«

Das leuchtete Tybalt ein. »Wir werden es vermutlich herausfinden, wenn sie die Lanzenaufstellungen bekannt geben.«

»Schätze ich auch. In der Zwischenzeit hat Veck mir einen Auftrag gegeben, und ich möchte weitermachen. War nett, dich kennen zu lernen, Namenlos Kelly.«

Ihm wurde schmerzhaft klar, dass er sich nicht vorgestellt hatte. »Tybalt Kelly. Meine Freunde nennen mich Kelly.«

»He, Eismann!«, rief JJ von seinem Sitzplatz auf der Schulter des *Javelin* herüber.

»Eismann?«, wiederholte Liu. »Muss ich annehmen, dass das keiner deiner Freunde ist?«

»JJ gibt jedem einen Spitznamen.« Lauter schrie er zurück: »Was willst du, JJ?«

»Blechheini im Anmarsch.«

Tatsächlich war Veck zu ihrem Teil des Felds unterwegs. Liu summte ein paar Takte von »Ärger im Anmarsch«, eines Evergreens, der als Titelmusik der klassischen Holovidserie *Mechkampf!* diente. »Vielleicht verziehst du dich besser zu deinem Mech, bevor Veck zu dem Schluss kommt, dass du ihn nicht willst.«

Das war das Letzte, was Tybalt riskieren wollte. Er schob sich rückwärts aus der Luke und wäre vor Hast fast ausgerutscht. Veck hatte die Anwärter zwar Mechpaviane getauft, aber kein Affe hätte schneller einen Mech hinunterflitzen können als Tybalt. Sobald er die Brustpartie des *Commando* hinter sich hatte, ließ er sich die Leiter bis zum Boden hinabrutschen. Die Reibung verbrannte ihm die Handflächen, und er wusste, dass er dafür später würde bezahlen müssen, aber er schaffte es auf den Boden und hinüber zum eigenen Mech, bevor Veck ihn erreichte.

»Probleme, Kelly?«

»Nein, Sir!«

»Sie werden feststellen, dass viele Mechs sich ähneln, Kelly. Der Feind benutzt unter Umständen dasselbe Modell wie wir, und Sie können sich nicht allein auf die Silhouette verlassen. Wie unterscheiden Sie einen feindlichen Mech von einem eigenen, wenn beide gleich aussehen, Kelly?«

Das war eine leichte Aufgabe. BattleMechs verfügten über Identifikation-Freund-Feind-Transponder. »IFF, Sir!«

»Auf die Idee, die Seriennummer zu überprüfen, kämen Sie nicht?«

Tybalts Mund war staubtrocken, aber er schluckte trotzdem. Aus seiner Kehle drang nur ein undefinierbares, ersticktes Geräusch.

»Weitermachen, Kelly. Wir sprechen uns noch, bevor Sie vom Platz gehen.«

Das taten sie tatsächlich, und diesmal gelang es Tybalt, Vecks Fragen besser zu beantworten. Der Commander beantwortete kaum eine von seinen Fragen, und was er sagte, beschränkte sich auf technische Details. Der lakonische Veck und die ebenso schweigsamen Veteranen waren ein beliebtes Gesprächsthema in der kurzen Freistunde am Abend in Halle A.

Tybalt schnappte sich eine Flasche Bier und zog sich zurück, um die Abendnachrichten zu sehen. JJ leistete ihm Gesellschaft, und zusammen sahen sie Lady Romano Shu den Grafen gegen Anschuldigungen der Wucherei und unfairer Handelspraktiken verteidigen.

»Lady Shu zeigt's dem ENN-Reporter aber«, bemerkte JJ.

»Sie hat die Wahrheit auf ihrer Seite. Ein kluger Schachzug des Grafen, sie als Gesicht der Familie in der Öffentlichkeit einzusetzen.«

»Und was für ein hübsches Gesicht.« JJ hob anerkennend die Flasche. »Gutaussehend und reich. Manche Leute haben eben Glück.«

»Der wirkliche Glückspilz ist der Knabe, der sie sich angelt.«

»So wie du, wenn du könntest?«

»Warum nicht? Sie soll eine Schwäche für MechKrieger haben.«

»Du redest von Unerreichbarem, Eismann. Visier kein Ziel an, das außer Reichweite liegt. Es gibt reichlich Ziele in der Nähe. Und ich hätte im übrigen gedacht, dass du schon eines im Fadenkreuz hast. Falls ich mich irre, brauchst du's bloß zu sagen. In dem Falle hätte ich nichts dagegen, es zu übernehmen.«

Bevor Tybalt JJ auffordern konnte zu erklären, was er meinte, wurde der Schirm schwarz, und Romano Shus zarte Gesichtszüge wichen dem besorgten Gesicht des ENN-Hauptsprechers.

»Wir unterbrechen diesen Bericht für eine Sondermeldung. Die eintreffenden Nachrichten sind zwar noch bruchstückhaft und widersprüchlich, aber ENN hat erfahren, dass es Probleme in Severagol gibt.«

8

Severagol, Grafschaft Shu, Epsilon Eridani
Chaos-Marken

7. Dezember 3061

»Willkommen in Severagol« hatte auf dem Schild am Ortseingang gestanden. »Heimat von Superamalgamat, eine Abteilung von Eridani-Gesamtbergbau.«

Der breite Ausleger an der Rückseite des Mechfußes schlug gegen die Stange und rasierte sie knapp über dem Boden ab. Der Pilot des *Axman* bemerkte es nicht. Er war zu beschäftigt damit, die Stadt und die Reaktion auf sein Erscheinen zu beobachten. Alles wirkte ruhig. Er vergrößerte das Bild auf dem Sichtschirm und holte den Fuhrpark der Garnison am westlichen Rand der Siedlung ins Blickfeld. In den Lichtkegeln mehrerer Scheinwerfer arbeiteten Techs an einem halb auseinandergebauten Panzer. Er identifizierte das Gefährt als *Goblin*-Schützenpanzer und grinste zufrieden über diese in doppelter Hinsicht gute Neuigkeit.

Der *Goblin* wurde anscheinend planmäßig generalüberholt, also ahnte auch niemand in der Garnison etwas von dem bevorstehenden Angriff. Und zusätzlich würden Severagols Verteidiger, wenn der Alarm erklang, auf ihr schwerstes und am besten bewaffnetes Kampffahrzeug verzichten müssen.

Gut zu wissen, dass die Informanten kein doppeltes Spiel trieben. Er hasste es, in einen Hinterhalt zu marschieren, noch mehr, als er das nasse Klima dieses gottverlassenen Dreckklumpens von Planet hasste. Der Wetterbericht sagte dichten Niederschlag voraus. Die turmhohen Wolken vor den Monden und der böige Wind versprachen eine baldige Erfüllung der Vorhersage. Hoffentlich erst, wenn er seine Geschäfte erledigt hatte. Hinterher konnte es regnen. Dann würde es ihm sogar sehr recht sein, weil der Regen einen Großteil der Spuren verwischen würde. Aber soweit war es noch nicht. Erst einmal ...

Der *Axman* hob den rechten Arm. Das Beil, das er ursprünglich in der Faust getragen hatte, war längst fort. Irgendwo auf einer weit entfernten Welt steckte es irreparabel verbogen im Wrack eines *Black Knight*. Aber er hatte einen passenden Ersatz, den schweren Laser eben dieses *Black Knight*.

Rubinrotes Licht zuckte in einer enggebündelten Strahlbahn durch die Nacht. Die sichtbare Lichtkomponente war weder für das Vernichtungspotential der Waffe noch als Zielhilfe notwendig, sondern ein eher zufälliger Begleiteffekt, aber es vermittelte einem MechKrieger ein Gefühl der Befriedigung, den Energiestrahl der Waffe zu sehen.

Der *Axman*-Pilot grinste in barbarischer Freude, als der rote Lichtstrahl einen der Brennstofftanks der Bergwerksgesellschaft aufschnitt.

Megajoules an Energie entzündeten den Inhalt des Tanks in einer spektakulären Explosion, die gewaltige Flammenzungen himmelwärts schleuderte. Die Tankwände flogen in großen Fetzen Metall durch die Nacht davon. Ein paar Trümmer trafen sogar den *Axman* und prallten von der Ferrofibritpanzerung ab. Einige Zivilfahrzeuge in der Umgebung waren weniger gut geschützt. Kleinere Feuerbälle gesellten sich zu ihrem großen Vorgänger.

Das sollte reichen, um die örtlichen Notfalldienste beschäftigt zu halten.

Während er sich überlegte, ob er einen zweiten Tank in die Luft jagen sollte, um dem Ganzen etwas Pfeffer zu geben, drang die nervöse Stimme seines Kameraden auf diesem Ausflug aus dem Kommgerät.

»Haudrauf von Langfinger. Du strahlst wie ein Neujahrsfeuerwerk. Ich schlage vor, du bewegst deinen Arsch, bevor ihn dir jemand wegschießt.«

»In diesem Nest ist das kaum zu erwarten.«

»Sie sollen Panzer und Truppentransporter haben.«

»Die große Schildkröte hält ein Nickerchen, und die kleinen können nur pieksen.« Selbst wenn es den Verteidigern gelingen sollte, ihre Fahrzeuge zu mobilisieren, bevor der Überfall vorbei war, hatten sie keine Chance gegen den 65 Tonnen schweren *Axman*. »Das Einzige, was uns hier Sorgen zu machen braucht, ist, ob dein Rosthaufen durchhält, bis du die Beute geholt hast.«

»Das kann ich erst, wenn der Weg frei ist.«

Armseliger Feigling.

Der *Axman* entfernte sich von dem Großbrand, den er entfacht hatte. Sein Pilot steuerte einen Kurs, der ihn zurück auf Langfingers Weg führte. Inzwischen hatte die Explosion die Menschen aus den Häusern gelockt. Die Intelligenteren verzogen sich wieder, sobald sie den BattleMech sahen. Die Dummköpfe blieben stocksteif stehen und starrten oder rannten in blinder Panik hin und her. Die riesigen Metallfüße des *Axman* kümmerten sich um die natürliche Auslese.

Selber schuld.

Die einzige Gegenwehr, auf die er traf, war ein einsamer Polizist, der sinnlos seine Waffe auf den Kampfkoloss abfeuerte. Der Pilot eliminierte den Narren mit einem kurzen Feuerstoß aus einem der Kaliber 4 cm Intek-Laser am rechten Handgelenk der Maschine. Er erreichte den Güterbahnhof ohne weitere Zwischenfälle.

Hier traf die Hauptlinie auf die Schmalspurgleise, die in die Bergwerksschächte mündeten wie Adern in ein Herz. Kurz vor Sonnenuntergang war ein Langstreckentransport eingetroffen, zu spät, um noch entladen zu werden; so spät sogar, dass die Waggons nicht einmal mehr auf die Abstellgleise rangiert worden waren. Die meisten enthielten Massengüter zur Versorgung der Stadt oder waren leer, um das Fördergut des Bergwerks aufzunehmen, aber zwei der Tankwagen enthielten eine ganz besondere Ladung: Kühlmittel, den Stoff, der BattleMechs in Gang hielt. Durch die luftdichten Siegel und Warnschilder waren die Waggons mit diesem flüssigen Schatz leicht zu erkennen.

Reif zum Pflücken.

»Alles frei«, gab er durch und wartete.

Seine Ortung zeichnete den anrückenden KargoMech, lange bevor er in Sicht kam. Es war eine unbeholfen wirkende vierbeinige Konstruktion, ein einziges Gewirr aus Streben, Trägern und Myomerbündeln. Wenn sie sich schnell bewegte, wankte sie wie ein betrunkener Elefant. Die Steuerkabine und Besatzungsplattform schwankten hin und her, als die Maschine heranstampfte. Es war ein Wunder, dass keines der ohne Zweifel grünstichigen Besatzungsmitglieder über Bord ging, aber die Burschen klammerten sich verbissener an die Geländer, als sie jemals ihrer Mutter Rock gepackt hatten. Als sie den Güterbahnhof erreichte, wurde die Maschine langsamer, um sich auf dem engen Gelände besser bewegen zu können.

Der Pilot zog den *Axman* ein Stück zurück, um dem KargoMech Platz zum Arbeiten zu geben, und suchte nach einer Position, die ihm den Überblick bot, den er haben wollte. Er fand sie neben zwei Getreidesilos. Von hier aus hatte er die wichtigsten Einfallstraßen des Bahnhofs im Blick.

Hinter ihm schob sich der KargoMech neben einen der Tankwaggons. Er hob wie ein riesiger insektoider Sumoringer gleichzeitig beide linken Beine und stieg über den Wagen. Langfinger löste die Hebeklammern, und sie rasselten an ihren Ketten abwärts, zusammen mit den auf ihnen stehenden Arbeitern. Mit schnellen, effizienten Bewegungen befestigten diese die Klammern und koppelten den Tankwagen anschließend vom Rest des Zuges ab. Sie traten beiseite, und der Tankwaggon wurde aufwärts an den Rumpf des KargoMechs gezogen. Der Mech bewegte sich kurz seitwärts und marschierte dann in Richtung des zweiten Tankwaggons. Mit lautem Rasseln und Scheppern senkten sich weitere Halteklammern. Die Bergungsarbeiter machten sich daran, auch den zweiten Waggon zum Abtransport vorzubereiten, als die Außenmikros des *Axman* das Rumoren von Verbrennungsmotoren und das Rasseln von Panzerketten auffingen.

Irgendjemand hatte Severagols schwachbrüstige Garnison alarmiert.

Aber wusste sie schon, gegen was sie sich verteidigte?

Er holte die Störenfriede auf den Sichtschirm und fluchte. Drei mittelschwere *Vedette*-Panzer brausten aus der Richtung des Milizarsenals heran. Wo waren die alten *Galleons*, die den Rest der Panzerlanze hätten bilden sollen? Die Modernisierung der Milizkräfte auf *Vedettes* war erst für die nächste Woche vorgesehen gewesen. Während der Pilot noch überlegte, ob er es mit Verrat oder nur einer versehentlichen Falschinformation zu tun hatte, kamen die Milizpanzer näher. Wieder fluchte er, als die *Vedettes* Richtung Güterbahnhof einbogen. Es gab noch reichlich andere Orte, zu denen sie auf diesem Weg unterwegs sein konnten, aber darauf durfte er sich nicht verlassen.

»Beute gesichert«, meldete Langfinger. »Nehme Bergungsteam wieder auf.«

»Beeil dich und mach, dass du von hier wegkommst.«

»Was ist los?«

Langfinger klang verängstigt. *Was für eine Überraschung.* Der KargoMech verfügte nicht über die Sensorausstattung eines Kampfkolosses. Sein Pilot ahnte nichts von den sich nähernden Feinden, aber die Verteidiger hatten ihm schon Angst gemacht, bevor er den Bahnhof erreicht hatte. Der *Axman*-Pilot war nicht in der Stimmung für beruhigende Worte. »Hol deine Leute rein und verschwinde. Wenn ich sehe, dass du dich umdrehst, schieß ich dir die Augen aus.«

»Ich wusste es, ich wusste es! Es geht …«

»Du sollst abhauen, hab ich gesagt! Hier gibt es nichts, womit ich nicht fertig würde.« Trotzdem war er froh, den KargoMech abziehen zu sehen. Und noch erleichterter war er, dass Langfinger ihm nicht mehr mit seinem Gewinsel in den Ohren lag, denn so konnte er sich ungestört auf den Gegner konzentrieren.

Die *Vedettes* jagten mit 70 Stundenkilometern vom außerhalb der Stadt gelegenen Fuhrpark heran, schneller, als der

Axman sich bewegen konnte. Sobald sie die Innenstadt erreichten, würden sie abbremsen müssen, aber auch in den engen Straßen blieben sie beweglich. Derartige Jagdhunde konnten ihm mehr zusetzen als ihm lieb war.

Er hatte nicht vor, ihnen die Gelegenheit zu geben. Auf ihrem momentanen Kurs mussten sie durch eine enge Straße in seinem Schussfeld. Er visierte die Fahrbahn an und wartete, bis die Panzer hinter den Gebäuden außer Sicht waren, bevor er mit einem kurzen Laserimpuls die Entfernung überprüfte. Es war zu weit für akkurates Autokanonenfeuer, aber für die schweren Laser ein Kinderspiel.

Als die vorderste *Vedette* sich zeigte, feuerte der MechKrieger beide Rohre auf den Milizpanzer ab. Als zusätzliche Draufgabe löste er auch noch die leichten Laser aus. Die Temperatur im Innern der Pilotenkanzel schoss in die Höhe, aber das war es wert. Panzerung kochte von der Flanke des Panzers. Es gab keine Sekundärdetonationen, aber die *Vedette* legte sich zur Seite, und lose Kettenglieder flogen unter der Metallabdeckung hervor. Auch wenn sie nicht zerstört war, war sie zumindest gestoppt. Und was noch wichtiger war, sie blockierte die Straße. Ihre Begleiter mussten zurücksetzen und einen anderen Weg nehmen, um den *Axman* zu erreichen.

Schwitzend beobachtete er, wie die beiden überlebenden *Vedettes* den Rückwärtsgang einlegten. Aber statt an der nächsten Kreuzung abzubiegen, wendeten sie, um zurück zum Garnisonsposten zu fahren. Ganz offensichtlich wollten die Besatzungen nichts mit dem BattleMech zu tun haben, der ihre Lanzenkameraden abgeschossen hatte.

Der Pilot des *Axman* lachte hämisch über die Feigheit der Milizionäre.

Und er hatte sich Sorgen gemacht, sie könnten ihn bis zur Basis hetzen. Jetzt, wo er die Verteidiger in die Flucht geschlagen hatte, war ihm Severagol schutzlos ausgeliefert. Aber ihm ging es vor allem darum, den Überfall zum Abschluss zu bringen.

Als er über den Güterbahnhof zurückmarschierte, fiel ihm ein von einem Kran hängendes gefülltes Frachtnetz auf. Was auch immer es enthielt, es war offenbar wertvoll genug, es außer Reichweite normaler Räuber unterzubringen. Er packte das Netz mit der linken Mechfaust und durchtrennte mit der Rechten das Kabel. Dann überzeugte er sich, dass er die Beute sicher im Griff hatte, blockierte die Faust und folgte seinem Begleiter. Der *Axman* neigte sich etwas nach links, aber das war leicht genug auszugleichen. Die zusätzliche Masse war sein kleiner Privatbonus.

Wieder ein erfolgreiches Nachtwerk auf Epsilon Ewigwolkig.

9

Distrikt Mirandagol, Grafschaft Shu, Epsilon Eridani
Chaos-Marken

8. Dezember 3061

Am nächsten Morgen begann Veck den ersten Tag der offiziellen Pilotenausbildung auf die übliche abrupte Art. »Wir haben alle von dem Überfall auf Severagol gehört. Der braucht euch nicht zu interessieren«, bellte er.

Vecks strenger Blick unterband jeden Widerspruch der Anwärter, und selbst Tybalt hielt den Mund, auch wenn er sich seine Gedanken über Vecks Haltung machte. Wie konnte ein Soldat und Patriot das ignorieren? Dieser dreiste Überfall auf eine der Städte des Grafen war genau die Art von Angriff, zu deren Verhinderung das Freiwilligen-Bataillon Grafschaft Shu ausgehoben worden war.

»Ich werde euch sagen, was euch zu interessieren hat«, fuhr Veck fort. »Eure Ausbildung hat euch zu interessieren. Ihr seid hier, um MechKrieger zu werden. Sobald ihr ein akzeptables Maß an Erfahrung gesammelt habt, bekommt ihr möglicherweise die Erlaubnis, auf Banditenjagd zu gehen, aber nicht eher. Diese Angreifer haben eine skrupellose Effizienz bewiesen, und ich werde euch weder gegen einen solchen Feind in den Kampf schicken noch führen, bevor ihr in der Lage seid, auf euch aufzupassen. Möglicherweise habt ihr auch Gerüchte über Probleme mit unseren Nachbarn gehört. Die brauchen euch auch nicht zu interessieren. Ich habe nichts dagegen, dass ihr euch auf dem Laufenden haltet. Ein informierter MechKrieger ist ein *lebender* MechKrieger. Aber Nachrichten, Gerüchte, selbst Briefe von daheim bedeuten gar nichts. Bis ihr Mechpaviane euch weiterentwickelt habt, existiert ihr außerhalb der Zeit. Wann ihr wieder in die Wirklichkeit zurückkehrt, hängt allein von euch ab. Ehrlich gesagt ist es mir je eher desto lieber. Das würde mich froh stimmen. Und ihr wollt mich doch froh stimmen, oder?«

»Sir! Ja, Sir!«

»Das ist schön. Und es wäre auch schön, wenn ihr Mechpaviane jetzt der folgenden Botschaft eure ungeteilte Aufmerksamkeit schenken würdet, die unsere geliebte Kommandeurin uns hat zukommen lassen. Sie wird viele eurer Fragen beantworten, nicht zuletzt die nach eurer Lanzeneinteilung.«

Tybalt fragte sich, warum Ling-Marabie die Ansprache nicht persönlich hielt. Eine Kriegerhaus-Kommandeurin hätte das getan. Aber er dachte nicht lange über diese Frage nach, denn der Vidschirm leuchtete auf, und ein Haus-MechKrieger hätte der Botschaft, wie Veck es verlangt hatte, seine ungeteilte Aufmerksamkeit geschenkt. Und genauso hielt es Tybalt.

Wie sich herausstellte, sollte das Bataillon entsprechend den Anordnungen von Majorin Essie Ling-Marabie auf eine neuartige Weise organisiert werden. Wie die Aufzeichnung erklärte, war der bei den Clans übliche Stern aus je fünf BattleMechs die effizienteste und flexibelste Struktur für eine taktische Mecheinheit. Außerdem stellte sie fest, dass die Organisation der Clans oberhalb des Sterns zu wünschen übrig ließ, aber nicht mehr als die der Inneren Sphäre. Sie hatte ein überlegenes Modell ausgearbeitet, und glückliche politische Umstände in Verbindung mit Graf Shus lobenswerten Anstrengungen ermöglichten ihr, diese Vorstellungen in die Wirklichkeit umzusetzen. Das Freiwilligen-Bataillon Grafschaft Shu würde aus fünf Kompanien zu je zwei Lanzen bestehen, die trotz des herkömmlichen Namens jedoch aus je fünf Mechs bestanden. Dadurch würde das FBGS, wenn es erst seine volle Sollstärke von 50 Mechs erreicht hatte, um beinahe 50% stärker als ein normales Bataillon der Freien Inneren Sphäre und fast so stark wie ein mittelgroßer Sternhaufen der Clans sein, dabei aber taktisch flexibler als beide und hervorragend geeignet für die Bedürfnisse der Grafschaft Shu und die Anforderungen Epsilon Eridanis. Leider war das FBGS noch längst nicht auf Sollstärke. Die Majorin versicherte ihren Soldaten, dass sie sich bemühte, weitere Mechs und sonstigen Nachschub zu beschaffen, dabei aber mit Hindernissen zu kämpfen hatte. Trotzdem hatte sie ihr Menschenmöglichstes getan, um eine ausgeglichene Streitmacht aufzubauen und Piloten und Maschinen zu einer, so hoffte sie, schlagkräftigen Einheit zusammenzuschweißen, einer Einheit, auf die sie stolz sein konnte.

Tybalt Kelly hoffte, dass sie Recht hatte. Nur die 1. und 2. Kompanie hatten Sollstärke. Die 3. Kompanie war unterzählig. Die ebenfalls unterzählige 4. Kompanie bestand aus Anwärtern/Ersatzpiloten ohne Mechs – den Empfängern der »Sonderhandbücher«. Die 5. Kompanie bestand nur auf dem Papier. Das FBGS war noch weit entfernt davon, die Traumeinheit Majorin Ling-Marabies zu werden.

Jede Kompanie sollte aus einer Kampflanze relativ schwerer Mechs und einer Vorhutlanze leichterer Maschinen bestehen. Und Tybalt war gehörig stolz darauf, Franny Lazlos 1. Kompanie zugeteilt zu werden, die bereits jetzt den Beinamen »Alte Garde« trug. Liu hatte Recht behalten. Die Piloten der alten Grafschaftsgarde blieben ein Team. Yi Cha-song und »Black Sartaq« O'Reilly in ihren *Cataphracts* vervollständigten zusammen mit Bua und Dok Li in den neuen *Lineholder*n Lazlos Kampflanze.

Aber Tybalts Stolz, zur VorhutLanze der Alten Garde zu gehören, wurde von der Mitteilung gedämpft, dass Jeremy Veck die Lanze anführen würde. Für Kelly bedeutete das, er konnte nicht damit rechnen, Vecks MechKriegerschule irgendwann zu verlassen. Selbst nach dem Abschluss der Ausbildung würde er weiter unter dem Kommando des bärbeißigen Veteranen bleiben. Wenigstens konnte er erwarten, dieses Jammertal in angenehmer Gesellschaft zu durchqueren, denn auch JJ und Harry Trahn gehörten zu seiner Lanze, ebenso wie die bezaubernde Samantha Liu. Wie von ihr schon vorhergesagt, hatte man die beiden *Commandos* nicht getrennt.

Tybalt freute sich zu hören, dass Sten und sein einarmiger *Caesar* der 3. Kompanie zugeteilt waren, der kleinsten der drei bisherigen Einheiten. Sie hatten den Prahlsack damit aufgezogen, dass er den Krüppelmech bekommen hatte, aber viel hatte es nicht gebracht. Sten hatte ihnen höhnisch geantwortet: »Natürlich habe ich den *Caesar* bekommen. Ich habe um ihn gebeten.« Tybalt glaubte ihm zwar die Beteuerungen nicht, dass er diese Behinderung bräuchte, um die anderen Rekruten nicht alt aussehen zu lassen, aber er hatte die Sticheleien eingestellt und JJ ermahnt, das ebenfalls zu tun. Sten zu ärgern konnte die Atmosphäre innerhalb des Bataillons nur verschlechtern. Und je schneller und glatter sie Vecks Programm hinter sich brachten, desto eher konnten sie auf einen Einsatz hoffen.

Kelly wiederholte diese Ermahnung seinen Lanzenkameraden gegenüber noch einmal, sobald Ling-Marabies Ansprache vorbei war und die Formation sich auflöste. Sie waren nicht begeistert, erklärten sich aber einverstanden, den Prahlsack vorerst nicht mehr aufzuziehen. Liu bestand allerdings auf einer Einschränkung, bevor sie zustimmte: »Solange er es nicht darauf anlegt.«

Sten verlor allerdings schnell seinen Rang als größtes Ärgernis in ihrem Leben. Commander Veck verdrängte ihn von dieser Position. Bevor der erste Trainingstag vorbei war, hatte JJ ihn schon »Folterknecht« getauft.

Die Ausbildung verlief nicht gerade nach Lehrbuch. Veck konnte mit den einfachen Simulatoren, die ihnen zur Verfügung standen, wenig anfangen und bezeichnete sie als ebenso wertlos wie Spielautomaten.

Seit seinem Erlebnis auf einer echten Pilotenliege verstand Tybalt genau, was der Commander damit meinte. Er wurde immer noch leicht rot, wenn er sich an die Prüfung erinnerte und daran, wie groß der Unterschied zu einem simulierten Mechkampf gewesen war. Und das war noch nicht einmal ein echter Kampf gewesen. *Den* Unterschied konnte er sich nur ausmalen, und er glaubte Veck unbesehen, dass er gewaltig war.

Aber Tybalt schwor sich, bereit zu sein, wenn es irgendwann soweit war. Er schwor sich, den Kriegerhausidealen gerecht zu werden und sich *nicht* wie bei seiner Prüfung aus dem Konzept bringen zu lassen. Um das zu erreichen, unterwarf er sich Vecks unnachgiebigem Trainingsprogramm mit grimmiger Entschlossenheit.

Tagein, tagaus trainierte das Freiwilligen-Bataillon Grafschaft Shu in den Mechs, von morgens bis abends und oft auch noch bis in die Nacht. Sie absolvierten Manövriertests, feuerten auf den Schießplätzen die Geschütze ab und unterzogen sich Ausdauerprüfungen, die sie durch die Einöden bis in die Gebirgsbereiche der Redelk-Region führten, in deren Mitte sich das Ausbildungslager befand. Und wenn sie Mechkämpfe trainierten, benutzten sie dieselben Schiedsrichter wie in den Prüfungen. Ein solches Mechkampftraining war zwar kein Gefecht mit scharfer Munition, aber es war weit härter als eine Simulation. Unglücklicherweise war es nicht immer real genug, denn die Vorschaltgeräte funktionierten nicht immer fehlerfrei, registrierten Treffer nicht korrekt oder vergaßen gelegentlich ganze Waffen oder Bordsysteme. Und manchmal fielen sie auch schlichtweg aus und blockierten einen Mech, bis die Techs ihn erreichten und mit einer tragbaren Diagnosekonsole das Computersystem neu starteten.

Mit jedem Tag wurden die Piloten des Freiwilligen-Bataillons Grafschaft Shu besser. Und jeden Abend zogen sie sich, sofern sie nicht auf einem Marsch oder einer Nachtübung waren, zum Abendessen und zu ihrer knapp bemessenen Freizeit in Halle A zurück. Den größten Teil dieser Freizeit verbrachten sie mit erschöpftem Abhängen, aber ein paar von ihnen, Samantha Liu zum Beispiel, schienen voller nervöser Energie zu stecken, die verbraucht werden wollte. Die Lanzen neigten dazu, unter sich zu bleiben, mit Ausnahme der Offiziere, die ihre eigene Clique formten, und Vecks Paviane bildeten keine Ausnahme. Da »Schneck« Trahn, der selbsternannte »Sofakönig«, meistens die Nase in ein Techhandbuch steckte und JJ eine Knieverletzung entdeckte, die sich irgendwie nur außer Dienst bemerkbar machte, war Tybalt Sams üblicher Spielgefährte beziehungsweise ihr Opfer. Aber obwohl es ihn auf kaum noch erträgliche Weise erschöpfte, hatte es auch eine positive Seite: Sie verbrachten eine Menge Zeit miteinander.

Und *das* gefiel ihm.

Zusätzlich zu ihrem angenehmen Äußeren war Sam auch eine gute Pilotin. Natürlich hätte sie es sonst gar nicht erst bis ins Bataillon geschafft, und im Gegensatz zu vielen der Anwärter, die nur auf einem Gebiet besondere Leistungen zeigten, war sie auch noch vielseitig begabt. Manche der anderen waren wie JJ gute Schützen mit der einen oder anderen Waffe, andere waren Experten in bestimmten Aspekten der Mechhandhabung, wie Schneck, der seinen *Raven* besonders gekonnt durchs Gelände steuerte. Sam beherrschte so ziemlich alle Aspekte des BattleMecheinsatzes. Ähnlich wie Tybalt. Tatsächlich neigten die beiden dazu, sich an der Spitzenposition der Lanzenbewertung abzuwechseln.

Das entwickelte sich zu einer Rivalität, die Kelly Sorgen machte, denn er hatte noch keine Rivalität erlebt, die nicht irgendwann zum Streit geführt hatte, und das war kein

Ergebnis, auf das er sonderlich erpicht war. Aber es war kein Zweifel möglich, Sam war ein schlechter Verlierer. Wenn sie gewann, zauberte das ein Lächeln auf ihre Lippen, das den ganzen Planeten erhellte. Wenn nicht, war ein Spaziergang durch eines der seltenen, aber spektakulären Sturmgewitter des Nordkontinents einladender.

Mit jedem Tag wurde ihr strahlendes Lächeln für ihn unverzichtbarer. Aber er war nicht bereit, dafür weniger als sein Bestes zu geben. Und wenn er sie dadurch bei einer Schieß- oder Manöverprüfung schlug, um so besser. Er verlor auch nicht gerne.

Dieses Dilemma hinderte ihn auch nicht daran, sich an diesem Abend bei ihrem Tischtennis-Match nach Kräften anzustrengen. Sie hatten jetzt mehrere Wochen Ausbildung hinter sich, und am Nachmittag auf dem Schießplatz hatte er weniger geschwitzt als jetzt hier. Sams Haut glänzte ebenfalls, als sie einen harten Querball schlug. So schnell er sich auch bewegte, sein Schläger schaffte es nicht ganz, den Ball abzufangen. Er hob ihn auf, und als er zum Tisch zurückkehrte, lächelte sie.

»Damit steht's 20 zu 18«, erinnerte sie ihn und fing den Ball auf. »Gut geschossen heute, Eismann.«

Es gefiel ihm nicht, dass Sam JJs Spitznamen für ihn benutzte. Er wollte nicht, dass sie auf die Idee kam, er sei ihr gegenüber kühl. »Danke. Ich dachte, die Ergebnisse wären noch nicht bekannt gegeben.«

»Sind sie auch nicht. Willst du wetten, dass du Nummer 2 bist?«

Er war klug genug, nicht gegen sie zu setzen, wenn sie ihrer Sache so sicher klang. Sie gluckste, als er den Kopf schüttelte. »Du hast beinahe meine Trefferquote erreicht. Natürlich habe ich mich nicht sonderlich angestrengt.«

Das war geblufft. Sie strengte sich immer und überall an, was sie mit dem nächsten Ballwechsel unter Beweis stellte. Er nicht minder. Er dachte, er hätte sie, als er einen schwach geschlagenen Ball gerade noch übers Netz hob, aber sie hechtete um den Tisch und fing ihn ab, bevor er auf den Boden schlug. Es hätte ein Kinderspiel sein müssen, ihn zu retournieren, aber sie hatte dem Ball eine Drehung mitgegeben, und er hüpfte unerwartet links neben den Schläger und entschied das Spiel für sie. Sam grinste, was die Helligkeit in Raum um einige Lux erhöhte und den Schmerz der Niederlage wegbrannte. Das Bier, das sie ihm ausgab, war ein zusätzlicher Trost. Sie packten Schläger und Ball weg und gingen zur Holovidecke, in der schon ihre Lanzenkameraden saßen. Statt wie üblich ENN, lief irgendein Actionstreifen.

»He, wo sind die Nachrichten?«, beschwerte Tybalt sich.

JJ machte sich nicht die Mühe, die Augen aufzumachen, als er antwortete. »Der Folterknecht hat eine Nachrichtensperre verhängt.«

»Und woher weißt du das und wir nicht?«

»Was die zweite Frage angeht«, antwortete Jurewicz und hob den Kopf vom Sofapolster, »so liegt das daran, dass ich mir die Nachbesprechungen anhöre, statt meine Zeit damit zu verbringen, die Abschussquoten durchzurechnen und meine Leistung mit der unserer süßen Sammy zu vergleichen.« Er duckte sich mit eingeübter Leichtigkeit unter Sams Ohrfeige weg und sprach weiter. »Bezüglich Punkt eins: Ich kann die Gedanken des Folterknechts nicht lesen, aber ich gehe davon aus, dass es nicht seine Idee war, schließlich ist ein informierter MechKrieger ein lebender MechKrieger.« Er lehnte sich wieder zurück und schloss die Augen.

»Die Majorin?« Veck mochte zwar behauptet haben, dass der Überfall auf Severagol und die zunehmenden Spannungen in den Beziehungen zur Duviçer Pfalz die MechKrieger-Anwärter nicht zu interessieren brauchten, aber Kelly war sich ziemlich sicher, dass irgendjemand – vermutlich ihre abwesende, politisch hochaktive Majorin – sehr darauf erpicht war, dass die Piloten die nötige Einsatzbereitschaft erreichten und sich deshalb dafür interessieren mussten. Irgendwer machte Veck sicher Feuer unterm Hintern. »Jemand noch Höheres?«

»Wen kümmert's, wer es ist. Mich interessiert das Warum.«

»Warum was, Subcommander Jurewicz?«

JJs Augen sprangen auf, als er Vecks knurrende Stimme hörte. Obwohl die Regeln von Halle A das normale Dienstprotokoll außer Kraft setzten, sprang er auf und nahm Haltung an. »Warum wir keine Nachrichten erhalten, Sir!«

»Stehen Sie bequem, Jurewicz.« Beinahe glaubte Tybalt ein Lächeln auf das Gesicht des Folterknechts schleichen zu sehen, als er ins Zimmer trat. »Das hier ist Halle A. Der Freiraum, wo es erlaubt ist, die Katze einen Bastard zu nennen.«

»Und warum bekommen wir keine Nachrichten, Sir?«, fragte Tybalt.

»Weil Sie diese Informationen nicht benötigen, Subcommander. Der Befehl wurde erteilt. Er ist umgesetzt. Haben Sie damit Probleme? Irgendeiner von Ihnen?«

Das zerfledderte »Nein, Sir!« hätte ihnen auf dem Drillplatz ein Donnerwetter eingetragen, aber hier in Halle A verzichtete der Folterknecht auf einen Kommentar.

»Aber Sie wissen, was los ist, Sir, oder?«, fragte Sam.

In Vecks Augen flackerte es. »Wie es scheint, benötige ich diese Informationen auch nicht.«

10

Port Tsing, Grafschaft Shu, Epsilon Eridani
Chaos-Marken

27. Dezember 3061

Das Gebrüll und die Beleidigungen verstummten, als sich die Tür der gepanzerten Limousine schloss. Gabriel Shu ließ sich dankbar für die Stille in die Sitzpolster sinken. Die abgedunkelten Fenster, der Duft von Räucherstäbchen und der sanfte Klang der Zhengsaiten verwandelten den Fond des

Wagens in einen samtenen Kokon der Ruhe, in krassem Gegensatz zum Tumult außerhalb.

Romano reichte ihm einen Kristallkelch, der vom duftenden Pflaumenwein in seinem Innern einen Stich ins Lavendelfarbene hatte. Er murmelte ein Danke. Sie wartete, bis er den ersten Schluck getrunken hatte, bevor sie etwas sagte.

»Du scheinst keinen Erfolg gehabt zu haben.«

»Sie wollen nicht auf mich hören.«

Gabriel hatte gehofft, sein Erscheinen auf der Kundgebung würde eine beruhigende Wirkung haben. Er hatte den Menschen zeigen wollen, dass er um ihr Verständnis für seine Politik bemüht war, ihre Ängste ernst nahm. Aber die Menge schien mehr daran interessiert, ihre aufrührerischen Sprechgesänge zu brüllen, als sich Fakten und Erklärungen zur Zollsituation anzuhören. Der Gedanke, was davon es in die Abendnachrichten schaffen würde, betrübte ihn.

Der größte Teil der Menge bestand aus Mitgliedern der Duviçer Transportarbeitergewerkschaft, aber es hatten sich noch andere Demonstranten versammelt, darunter auch ein Sympathiekontingent der einheimischen Transportarbeiter, das sich sehr viel besser betragen hatte als die Rowdys aus der Duviçer Pfalz. Und keiner von ihnen hatte eine dieser furchtbaren Spruchtafeln getragen, die Gabriel beschuldigten, unschuldigen Kindern das Essen vom Munde zu stehlen, Familien hinaus in die kalte Nacht zu jagen, ja sogar mitschuldig am Tod unglücklicher Mittelloser zu sein, die sich keine ärztliche Behandlung leisten konnten.

Das war natürlich alles Unsinn.

Was ihn vor allem schmerzte, war, dass zum Teil seine eigenen Bürger in der Menge gestanden und ihn im Chor mit den Pfälzern beschimpft hatten. Die Eifrigsten unter ihnen hatten das Abzeichen der Fairnessliga am Aufschlag getragen. Es war eine neue, aber schnell wachsende und sehr lautstarke Organisation. Ihre neuestes Angriffsziel waren die angeblich skandalös überhöhten Zölle und Steuern, die in der Grafschaft Shu auf Transitwaren erhoben wurden. Der

Sicherheitsdienst hatte sie im Verdacht, aber bis jetzt hatten Oberst Buas Frettchen nichts Inkriminierenderes gefunden als vage Verbindungen zu Blakes Wort. Trotz der Beziehungen zu diesem zwielichtigen Orden, die möglicherweise rein privater Natur waren, schien die Fairnessliga tatsächlich zu sein, was sie zu sein behauptete: ein Verein einfacher Bürger, die ihre Meinung äußerten, so ignorant und irregeleitet diese Meinung auch war.

»Unser Großvater hätte sich so etwas nie gefallen lassen«, stellte er fest. »Das hätte kein capellanischer Adliger. Haus Davion hat unsere Welt verändert.«

»Früher hast du die Befreiung immer sehr positiv gesehen.« In Romanos Stimme lag leiser Spott. »Wünschst du dir jetzt die alten Zeiten zurück?«

Er seufzte. »Nein. Das Letzte, was ich mir wünsche, ist, wieder von den Liaos unterdrückt zu werden. Das Leben hat sich gebessert, als die Crucier der Konföderation unser System abgenommen haben. Und unter der gutmütigen Gleichgültigkeit der Steiner-Davions ist es uns noch besser gegangen. Ich wünschte nur, wir hätten es geschafft, nach der tatsächlichen Unabhängigkeit diesen Wohlstand aufrechtzuerhalten. Ich wünsche mir nicht einmal die Steiner-Davions zurück, ich wünschte nur …«

»Cara Price würde zu Staub zerfallen, den der Wind davon weht«, vervollständigte seine Schwester.

Das war in der Tat eine angenehme Vorstellung, aber er hatte an etwas anderes gedacht. »Ich wünschte mir nur, es wäre nicht mein Problem.«

»Komm ja nicht auf die Idee, jetzt zu meinen Gunsten abzudanken.«

»Würde ich heute sterben, wäre die Grafschaft dein.«

»Meine Güte, sind wir heute morbide.«

»Fatalistisch.«

»Morbide.«

»Fahrer«, öffnete er das Mikro. »Geht es nicht schneller?«

»Tut mir leid, Mylord. Die Menge hält uns auf.«

Er unterbrach die Verbindung. »Die Menge ist nicht das Einzige, was uns aufhält.«

Er lehnte sich zurück, trank seinen Wein und fragte sich, was er sich in früheren Leben hatte zu Schulden kommen lassen, um diesen Ärger zu verdienen. Erst als Romano wieder das Wort ergriff, wurde ihm bewusst, dass er seinen letzten Gedanken laut ausgesprochen hatte.

»Und, willst du mich nicht erleuchten, weiser Mann?«

»Inwiefern?«

»Insofern, als ich gerne wüsste, was uns deiner Ansicht nach noch aufhält.«

»Ach so, ich dachte nur gerade, dass es eine Sache gibt, die unsere alten Liaos besser verstanden haben als die Crucier oder die Lyraner, besser als irgendjemand sonst … außer vielleicht den Draconiern. Pflicht. Die Pflicht ist das Herzblut der Liao-Aristokratie. Wir sind zwar keine Capellaner mehr, aber ihr Blut fließt noch immer durch unsere Adern. Wir verbeugen uns nicht mehr vor dem Kanzler, aber die Pflicht ist uns geblieben.«

Romanos Antwort wurde von einem Schlag gegen den Wagen abgeschnitten. Lichtstreifen flossen am Fenster hinab, als wäre eine leuchtende Flüssigkeit über die Limousine ausgeschüttet worden. Als Gabriel die Hand ans Glas legte, fühlte er Wärme.

Ein improvisierter Brandsatz.

Er fing einen leichten Hauch von Rauch und Brandgeruch und noch etwas anderem auf. Es war dieses andere, das seine Augen tränen ließ. »Bitte um Verzeihung, Mylord. Ich habe nicht rechtzeitig auf die interne Luftversorgung umgeschaltet«, meldete der Fahrer das Offensichtliche.

Gabriel verzichtete darauf, ihn zurechtzuweisen. Es gab Wichtigeres. Wenn die Sicherheitsleute Tränengas einsetzten, hatte sich die Demonstration in einen Aufruhr verwandelt.

11

**Distrikt Mirandagol, Grafschaft Shu, Epsilon Eridani
Chaos-Marken**

5. Januar 3062

Vorsichtig einen Fuß vor den anderen setzend, bewegte Harry »Schneck« Trahn den *Raven* zwischen den Felsen vorwärts. Während er ihn beobachtete, kam Tybalt der Gedanke, dass der Mech vom Aussehen her aus dem Rahmen der Lanze fiel. Im Gegensatz zu den anderen Maschinen war der *Raven* nicht humanoid geformt. Stattdessen entsprach er dem zweiten Hauptstil, an dem sich BattleMechkonstrukteure orientierten, und war eine vogelartige Maschine mit rückwärts eingeknickten Beinen, einem mehr waagerecht als senkrecht orientierten Torso und einem Cockpit, das an der Vorderseite des Rumpfes untergebracht war, statt in einem separat darauf sitzenden Kopf. Manche avoide Mechs, zum Beispiel die *Cataphracts* der Alten Garde, hatten vollständige Arme, die statt in modellierten Händen in Waffen endeten, aber der *Raven* hatte geschützturmartige Waffengondeln, die direkt an der Schulter saßen. Die fehlenden Arme und der an der Frontseite hakenartig abwärts gebogene Rumpf verstärkten den vogelartigen Eindruck noch und ließen Schnecks Mech wie einen überdimensionalen Strandläufer aussehen, der in den Wellen nach Nahrung suchte. Und dieser Vogel suchte in der Tat nach Nahrung: Mechnahrung. Fetten, saftigen Zielen.

Diese Ziele waren allerdings nicht zwischen den Felstrümmern versteckt, durch die der *Raven* watete, sondern draußen in den Redelk-Einöden, wo Metallablagerungen die Magnetischen Anomaliedetektoren und ausgedehnte Mineralienvorkommen die Radarortung behinderten, so dass es selbst unter den besten Umständen schwer fiel, einen Gegner zu entdecken. Von allen Mechs bei Veck's Vigilantes war Schnecks Maschine dank ihrer modernen Sensortechnik für diese Aufgabe am besten geeignet.

Natürlich war irgendwo dort draußen auch Prentis Moy mit seinem *Raven* und machte Schneck die Arbeit so schwer wie möglich, aber bis jetzt schien Harry den elektronischen Teil dieses Duells zwischen ihrer Lanze und der Commander Chuns zu gewinnen.

Schneck hatte ihnen schon geholfen, Reese Fus *Vulcan* zu stellen, als der Rest von Chuns Champions ihm nicht zu Hilfe kommen konnte. Sie hatten Fu schwer zugesetzt, bevor es ihm gelungen war, zurück zu seinen Kameraden zu stoßen. Diese kleine Begegnung hatte das Kräftegleichgewicht zu ihren Gunsten verschoben und, da war Kelly sich sicher, Veck's Vigilantes auf direkten Kurs zum Sieg im bevorstehenden Trainingskampf gesetzt.

»Chuns Piloten werden uns nicht mehr lange Veck's Virgins schimpfen, wenn wir ihnen erst eine Abreibung verpasst haben, was?«, bemerkte Tybalt zu seinem Schiedsrichter. Der Spitzname, den Bayard Sten der Lanze verpasst hatte, war ihm vom ersten Moment an aufgestoßen, noch mehr als JJs private Version Veck's Victims. Mit der lanzeninternen Verballhornung konnte er leben, aber die andere wollte er ausradieren. Er stieß den Schiedsrichter mit dem Ellbogen an, wie er es bei einem menschlichen Gesprächspartner getan hätte. »Wie?«

Der graue Kasten ignorierte ihn.

Oder?

Der Bordcomputer registrierte drei Raketentreffer am linken Bein des *Commando*. Die Sensoren hatten keine anfliegenden Geschosse gezeichnet, und die Phantomraketen der Übung hätten von der Ortung aufgezeigt werden müssen. Trotzdem meldete die Anzeige jetzt Panzerungsschäden am linken Mechbein. Und wie zum Hohn blinkte auch noch die Statusanzeige der Blitz-Kurzstrecken-Raketenlafette am Arm der Maschine rot.

»Blitz-KSR 2er-Lafette ausgefallen«, meldete der Computer.

Es konnte das Werk eines der menschlichen Schiedsrichter sein, der das Spiel etwas realistischer machen wollte. Gelegentlich programmierten sie verzögerte Fehlfunktionen ein, um es für die Anwärter *interessanter* zu machen. Es konnte aber auch nur ein weiterer Fehler im Innern des Geräts sein. Verärgert versetzte er dem Schiedsrichter einen Schlag. Die Blitzlafette wurde wieder verfügbar.

»Du, mein Freund, hast eine Verabredung mit Truppführerin LaJoy-Bua, wenn wir hier fertig sind.«

Aber in der Zwischenzeit waren da draußen noch Gegner, um die er sich zu kümmern hatte. Schneck meldete eine Ortung.

»Sicherer Kontakt sechshundert Meter voraus, an zwei Uhr von meiner Position«, gab der *Raven*-Pilot durch. »Laut Massenanzeige einer ihrer schweren Jungs.«

Chuns Champions, ihre heutigen Gegner, entsprachen in drei der fünf Maschinen, mit zwei *Commandos* und einem *Raven,* exakt ihrer eigenen Aufstellung. Ihre beiden restlichen Mechs waren die schweren Jungs, mittelschwere Modelle, zwei gegen das eine bei Veck's Vigilantes. Die Champions hatten Eigner Reese Fus reichlich geflickten, mit Energiewaffen und Maschinengewehren bewaffneten *Vulcan,* der JJs mit Raketen bestückter *Javelin* zehn Tonnen voraus hatte. Die Vigilantes machten die Hälfte dieses Gewichtsunterschieds mit den 45 Tonnen von Vecks *Vindicator* gegen Chuns 40 Tonnen schweren *Strider* wieder wett. Fünf Tonnen waren kein nennenswerter Gewichtsvorteil.

Aber die bloße Massedifferenz war trügerisch, denn der *Strider* war ein OmniMech. Er war zwar »nur« ein FIS-Omni und damit weit weniger gefährlich als die Clan-Maschinen, die das OmniMechkonzept in der Inneren Sphäre eingeführt hatten, aber jeder Omni war einem normalen BattleMech derselben Tonnage gegenüber im Vorteil. Die technologische Übermacht lag in diesem Gefecht bei der Lanze ihrer Gegner.

Als kleiner Trost für die Vigilantes war Lanzenführer Chuns

Maschine Bergegut, ursprünglich ein Beinahewrack, das die draconischen Militärs als »keine Reparatur mehr wert« aufgegeben hatten. Danach war sie als Teil eines Paars auf dem grauen Markt Käufern angeboten worden, die weniger wohlhabend oder wählerisch waren als das mächtige Draconis-Kombinat. Aaliyah Shu-Bua hatte in Graf Shus Auftrag sofort zugegriffen, und die Techs der Grafschaft hatten sich lange abgemüht, die beiden Maschinen wieder in Gang zu setzen. Sie verfügten nicht mehr über die modernste Bewaffnung, und ihre Panzerung war Flickwerk, aber trotzdem waren sie noch immer harte Gegner. Von den beiden *Strider*n im FBGS war der Chuns nach Tybalts bescheidener Meinung der sinnvoller Bewaffnete. Chuns Omni besaß zur Unterstützung der Langstrecken-Raketenlafetten schwere und mittelschwere Lichtwerfer, eine bessere Mischung als bei Shu-Buas ausschließlich mit Lafetten bestückter Maschine.

Als wären Tybalts Gedanken an die Maschine des gegnerischen Commanders eine Art magische Beschwörungsformel gewesen, verkündete Schneck, dass er Chuns *Strider* geortet hatte. Das hätte sich als schlechte Nachricht herausstellen können, aber sie hatten Glück, denn aus irgendeinem Grund hatte Chun sich vom Rest der Lanze getrennt. Das war die Gelegenheit, ihn mit allen Vigilantes zugleich anzugreifen.

»King Chung scheint gepatzt zu haben«, stellte JJ fest.

»Kinder, unsere Lektion heute lautet: Nutzt die Fehler eurer Gegner aus«, erklärte Veck. »Trahn, Kursvektoren aktualisieren und Ausschau nach Banditen halten. Ich ziehe links in seine Flanke. Jurewicz, Flankenmanöver rechts. Liu, Kelly, Vormarsch durch die Mitte. Doppelmoppel.«

Tybalt hörte Sam den Befehl bestätigen und folgte ihrem Beispiel. Er grinste erwartungsvoll. »Doppelmoppel« war das Codewort für eine Taktik, die er vorgeschlagen hatte. Die Inspiration war seine Verwirrung an dem Tag gewesen, als er seinen Mech bekommen hatte. Sie nutzte die Tatsache aus, dass die Lanze über zwei beinahe identische Kampfkolosse verfügte. Die beiden *Commandos* würden abwechselnd vorrücken, jede sich bietende Deckung ausnutzen, dafür sorgen, dass ihre Wege sich ständig kreuzten, und dem Gegner zu keiner Zeit beide Maschinen gleichzeitig zeigen. In einer ortungsfeindlichen Umgebung wie den Redelk-Einöden konnte das einen Gegner verwirren, möglicherweise sogar entscheidend, indem es einen *Commando* auftauchen ließ, wo er nicht hätte sein dürfen, und schneller, als er sich je hätte bewegen können. Zu mindestens konnte es den gegnerischen Piloten unsicher machen, mit welcher der beiden Maschinen er es jeweils gerade zu tun hatte.

Gegen Chuns Champions würden sie den Trick nicht voll zur Geltung bringen können, weil deren Mitglieder alle wussten, dass die Vigilantes zwei *Commandos* hatten. Aber trotzdem brannte Tybalt darauf, ihn auszuprobieren.

Sam erregte Chuns Aufmerksamkeit als Erste und fing sich einen Laserschuss und zwei LSR-Treffer ein. Sie erwiderte das Feuer mit einer schnellen, aber dank des Leitsystems der Raketen treffsicheren Blitz-Salve und duckte sich dann hinter einen Felsvorsprung. Als Kelly seinerseits vorrückte, sichtete er Chun in der Nähe eines der zahlreichen Felsen direkt voraus. So wie vorher auf Sam feuerte der Commander auch auf Tybalt, traf aber nur mit einem Streifschuss des schweren Lasers. Der Schiedsrichter wertete den Treffer als ausreichend, um die halbe Panzerung von der linken Torsoseite des *Commando* zu schälen.

Ist nur Panzerung, beruhigte Tybalt sich und erwiderte im Spurt das Feuer. Er erwischte das Ziel mit einem Laser, ein sauberer Treffer auf Taillenhöhe. Die Blitz-Raketen konnten den *Strider* nicht erfassen und blieben in den Rohren. Die Artemis-gelenkte Sechserlafette brachte einen kümmerlichen Treffer zustande. Chuns Raketen waren an kein Blitzsystem gekoppelt und glitten aus den Abschussrohren, sobald er den Feuerknopf drückte. Zwei Geschosse der Salve erwischten Tybalt, bevor er es zurück in Deckung schaffte.

Er und Sam erlitten Schaden, aber der Plan schien zu funktionieren. Chun wirkte verunsichert, gezwungen, auf unvorhersehbare Gegner zu reagieren. Der gegnerische Lanzenführer schoss nicht so sicher, wie es zu erwarten gewesen wäre. Seine Lage verschlimmerte sich noch, als JJs *Javelin* vorpreschte und ihn mit einer Breitseite Kurzstreckenraketen eindeckte. Jetzt musste Chun drei Ziele im Auge behalten.

Trotzdem genügte schon ein Treffer aus Chuns schwerer Lichtkanone, um den größten Teil der Panzerung von den bestgeschützten Rumpfzonen der leichten Maschinen zu brennen. Jeder Treffer an einer anderen Stelle, wie JJ ihn beim zweiten Anlauf einstecken musste, und der Schiedsrichter rechnete ernste Schäden aus.

Bis Veck sein Flankenmanöver abgeschlossen hatte, gab es keinen Anwärtermech mehr in der Lanze, den Chun nicht beschädigt hatte, aber das Opfer erwies sich als gerechtfertigt, denn der Folterknecht kam über Chun wie der Blitzschlag, der aus der Partikelkanone des *Vindicator* schlug. Die Langstreckenraketen, die Veck laut Computer abgefeuert hatte, trafen ebenfalls. Der *Strider* wankte. Tybalt konnte nicht feststellen, ob Chuns Schiedsrichter das irgendwie veranlasst hatte oder ob der Commander eine dramatische Ader hatte. Jedenfalls gelang es Chun nicht, den *Strider* zu wenden, bevor Veck ihn mit einer zweiten Salve erwischte.

Der Omni zog sich humpelnd zurück, als Schneck plötzlich schrie, dass er angegriffen wurde. Was die Vigilantes mit Chun gemacht hatten, schien jetzt Schneck zu blühen. Möglicherweise hatte Chun das sogar so geplant gehabt. Tybalt drehte den *Commando*, als Veck bellte: »Sammeln auf Trahn.«

»Was ist mit dem *Strider*?«, fragte Kelly. Selbst den angeschlagenen Omni wollte er nicht frei im Rücken haben.

»Ich gebe euch Deckung«, antwortete Veck. »Bewegung.«

Tybalt rannte zurück, um Schneck zu helfen. JJs *Javelin* hielt mit ihm Schritt, aber Sams *Commando* überholte sie. Ohne Beinaktivatorschäden kam sie schneller voran. Dadurch war sie es, die Moys *Raven* erwischte, als er aus dem Versteck trat.

Was danach passierte, war reichlich wirr. Beide *Ravens* waren in ein Mechduell verstrickt, so dass keine der Lanzen mehr einen Lotsen durch die von den Sensoren kaum erfassbare Felsenlandschaft hatte. Ein tödliches Katz-und-Maus-Spiel war die Folge.

Tybalt bemühte sich, reale Mechkontakte von Sensorschatten zu unterscheiden, und fand sich plötzlich in der Rolle des Gejagten wieder, als Fus *Vulcan* ihn hetzte. Er hängte ihn ab und überraschte seinerseits einen *Commando* der Champions, den Stübels, falls er sich nicht irrte. Er konnte mehrere Treffer landen.

Dem nach zu urteilen, was er über Funk von seinen Kameraden aufschnappte, waren die Vigilantes im Vorteil. Dann heulte Schneck auf, als er ins Kreuzfeuer eines *Commando* und des *Strider* geriet. Die Schiedsrichter erklärten, er sei rechtzeitig ausgestiegen, bevor die restliche Munition explodierte und den Mech von innen heraus zerfetzte. Die Vigilantes wehrten sich nach Kräften. In einer Serie von Attacken erledigten Tybalt, Sam und JJ Moy auf dieselbe Weise, wie es Schneck erwischt hatte, und juchzten, als die Schiedsrichter das Ende des *Raven* meldeten.

Danach wurden Chuns Champions vorsichtiger, aber es half ihnen nichts. Wie drei Furien hämmerten Tybalt, Sam und JJ auf jeden Gegner ein, den sie beim Räuber-und-Gendarm-Spiel zwischen den Felsen allein erwischten. Veck gesellte sich zu ihnen, um Stübels *Commando* zu erledigen, nachdem er den von Wong allein abgeschossen hatte. Stübels Verlust war das Ende für die Champions. Chuns beschädigter *Strider* zog sich unter dem Deckungsfeuer von Fus *Vulcan* zurück.

Alle leichten Mechs der Champions waren zerstört, während bei den Vigilantes nur Schnecks *Raven* als Komplettverlust zu Buche schlug. Wäre es ein echter Kampf gewesen, wären sie nur mühsam heimwärts gehumpelt, aber da alle Schäden ausschließlich im Elektronengehirn der Schiedsrichter existierten, marschierten sie zackig in den Hangar. Tybalt kletterte aus der Maschine so schnell er konnte. Ein kurzer Salut war alles, als er den Techs den *Commando* übergab. Die Anwärter hatten ihre ersten Gefechtsübung als Lanze gewonnen. Sie gratulierten einander mit Schulterklopfen, freudigem Juchzen und breitem Grinsen. Veck marschierte mit steinerner Miene durch die Feier. »Nachbesprechung. Hütte 12. Sofort.«

»Jetzt knallt die Peitsche«, flüsterte JJ.

Sie begegneten Commander Chun und seinen Anwärtern, die ebenfalls unterwegs zur Nachbesprechung waren. Veck blieb stehen, um sich mit Chun zu unterhalten, und die Vigilantes nutzten die Gelegenheit, um die Verlierer der Übung aufzuziehen. Ihr Kommandeur unterbrach das Geplauder mit einem gebellten: »Hat euch irgendwer erlaubt, stehen zu bleiben?« Beide Lanzen marschierten im Laufschritt zu ihren Besprechungsräumen.

Kelly fand, dass die Champions den Spott gut weggesteckt hatten, und sagte das auch, sobald sie außer Hörweite waren.

»Das war erst der Anfang, Eismann.« Sam strahlte. »Warte ab, bis wir uns heute Abend in Halle A wiedersehen.«

Veck traf kurz nach ihnen in der Hütte ein. »Schadensberichte« der Schiedsrichter zuckten über den Schirm, als er durch die Tür trat. Er marschierte an die Frontseite des Raums und baute sich mit auf dem Rücken verschränkten Händen vor dem Bildschirm auf. Sein Kopf bewegte sich hin und her, als er die Daten durchging.

Tybalt betrachtete die Anzeigen ebenfalls und grinste beim Anblick der drei komplett schwarzen Schadensdiagramme der abgeschossenen Champions. Die beiden anderen hatten Gliedmaßen verloren und zeigten reichlich rote Bereiche mit schweren Schäden. Die Vigilantes trugen ebenfalls reichlich Rot zur Schau, mit Ausnahme von Vecks *Vindicator*, aber das hinderte die Anwärter nicht, einander mit erhobenem Daumen zu gratulieren.

»Ich sehe eine Menge Schwarz bei den gegnerischen Mechs. Das ist gut. Dem Feind Schaden zuzufügen, ist gut.« Veck drehte sich zu seinen Piloten um. Sein Mund war streng, aber die Andeutung eines Lächelns spielte um seine Lippen.

»Und an dem Grinsen auf euren Gesichtern sehe ich, dass ihr sehr zufrieden mit euch seid.«

Und warum auch nicht?, dachte Tybalt. *Wir haben gewonnen, und das klar.*

»Ihr seht aus wie fröhliche kleine Kinder.« Plötzlich verschwand jede Spur von Freundlichkeit aus Vecks Miene. »Vielleicht würdet ihr Mechpaviane es vorziehen, euch wieder mit Computerspielchen die Zeit zu vertreiben, denn genauso habt ihr dieses Gefecht gewonnen, wie Kinder, die im Traumland spielen. Ich habe Neuigkeiten für euch: Ihr seid keine Kinder mehr. Die Mechs, die ihr steuert, sind real. Das sind keine Computerkonstrukte. Sie reparieren sich nicht von selbst, sobald das Spiel vorbei ist. Reparaturen kosten Geld. Reparaturen kosten Zeit. In einem Feldzug kann die Notwendigkeit, Schäden zu reparieren, Leben kosten. Sie *wird* Leben kosten. Wenn ihr zu blöde wart, das bisschen Grips in eurem Schädel einzusetzen und euren Mech aus der Schussbahn des Feindes zu halten, wird irgendjemand dafür bezahlen. Möglicherweise euer bester Kumpel, möglicherweise ihr selbst. Lasst euch das durch den Kopf gehen.« Veck starrte sie streng an. »Fürs Erste habe ich eine kleine Übung für euch. Jeder von euch wird die Kosten in C-Noten für die Reparatur der an seinem Mech angefallenen Schäden berechnen. Diese Kosten werdet ihr durch Hunderttausend teilen. Das Ergebnis ist die Anzahl ›freiwilliger‹ Stunden allgemeiner Wartungsarbeiten, die ihr diese Woche in der Basis ableisten werdet. Schluss mit dem Gestöhne! Ich bin kein Sklaventreiber. Diejenigen von euch, die es nicht schaffen, die angefallenen Stunden abzuleisten und trotzdem noch vier Stunden Schlaf pro Nacht zu bekommen, dürfen den Rest der freiwilligen Arbeitsstunden nächste Woche ableisten. Und ihr *werdet* eure Berechnungen auf meinen Comp überspielen. Und ich *werde* sie überprüfen. Ich möchte nicht, dass sich jemand von euch unnötig überstrapaziert. Haben wir uns verstanden, Mechpaviane?«

»Sir! Ja, Sir!«

»Sehr gut.« Veck drehte zackig um und marschierte zur Tür. Als er sie öffnete, schaute er noch einmal über die Schulter zurück. »Noch etwas. Morgen früh um 6 Uhr wiederholen wir die Übung gegen Commander Chuns Lanze. Der selbe Ort. Die selben Regeln. Angenehme Träume wünsche ich, Mechpaviane.«

Er schloss die Tür begleitet von ungehemmtem Stöhnen.

12

Regierungspalais, Duviçer Pfalz, Epsilon Eridani
Chaos-Marken

5. Januar 3062

Cara Price lächelte höflich, als Kommandanthauptmann Kingston Crawford ihr Büro betrat. Er war ein muskelbepackter Hüne von einem Mann, mit dem Spitznamen »Kralle«, den er der blanken Metallprothese verdankte, die seine linke Hand ersetzte. Wenn er sie nicht benutzte, bogen sich die Finger wie die halb entspannten Krallen eines monströsen Raubvogels nach innen. In einer Zeit, in der auf nahezu jeder zivilisierten Welt von der Natur kaum zu unterscheidende Prothesen erhältlich waren, war das Tragen einer derartigen Ersatzhand eindeutig das Ergebnis einer bewussten Entscheidung. Die blanke Metallkralle in Verbindung mit dem rasierten Schädel und dem Vollbart verliehen ihm eine gewisse Ähnlichkeit mit einem mythischen Piraten. Manch einer mochte allerdings überhaupt nichts Mythisches an seiner piratenartigen Natur entdecken. Nichts, aber auch gar nichts. War er nicht ein Söldner und damit ein sehr realer Pirat des 31. Jahrhunderts?

Cara Price hatte keine Zeit für derartig melodramatischen Unsinn, außer wenn sie eine Rede hielt. Crawford war ein

Angestellter. Ihr Angestellter. Möglicherweise arbeitete er noch für andere und ganz bestimmt hatte er seine eigenen Ziele, aber für wen galt das nicht? Der Trick, wenn man es mit Leuten wie Crawford zu tun hatte, bestand darin, ihnen immer einen Schritt voraus zu bleiben, um auf den Moment vorbereitet zu sein, an dem sie versuchten, diese Position zu einem Dolchstoß auszunutzen. Price hatte sich schon immer sehr sorgfältig den Rücken freigehalten, und daran würde sich auch nichts ändern.

Immer noch lächelnd, stand sie auf und deutete mit offener Hand auf den Nynthledersessel vor dem Schreibtisch. »Guten Morgen, Kommandanthauptmann. Bitte nehmen Sie Platz.« Sie verlor kein Wort über sein Aussehen. Oberhalb des Gürtels trug er nur eine offene Kühlweste. Sie stellte muskulösen Arme, eine behaarte Brust und beeindruckende Brustmuskulatur zur Schau, aber auch einen beachtlichen Bierbauch. Wie die beiden übergroßen Revolver, die er ständig in über Kreuz geschlungenen Patronengürteln an der Hüfte trug, war das alles Teil seines Images. Da Price sich mit Imagepflege bestens auskannte, war sie bereit, Crawford die Show zu gestatten.

Er warf einen bohrenden Blick auf den Sessel und zog dann einen antiken Windsorstuhl mit senkrechter Lehne aus der Ecke. Er stellte ihn schräg vor den Schreibtisch, so dass er Price und die Eingangstür gleichzeitig im Blick behalten konnte, und ließ sich verkehrt herum darauf nieder. Das überbeanspruchte Holz knirschte protestierend. Der Söldner legte die wuchtigen Arme auf die Oberkante der Rückenlehne.

»Watt wollten Se mit mir bereden, Pfälzerin? Sin' Ihnen die Einnahmen zu dürftich?«

Das war eine Herausforderung, denn sie wussten beide, dass er und seine Leute einen Teil der Beute für sich abzweigten. Aber sie ignorierte es. Das konnten sie sich leisten. Vorerst.

»Um ehrlich zu sein, Kommandanthauptmann, sind die Einkünfte in der Tat geringer als erwartet, aber ich betrachte sie trotzdem als zufriedenstellend.«

»Freut mich ze hören, dasse zufrieden sind. 'Ne hübsche Lady wie Sie jehört befriedicht.« Er grinste lüstern. »Dat Mädel soll auch was von haben, sach ich immer. Un' et hat sich noch keine beschwert.«

Sie warf ihm einen mitleidig trockenen Blick zu. »Offiziell geht es bei diesem Treffen um die Abwehr von Überfällen. Ich habe Ihr Interview auf ENN gesehen. Sie klangen ziemlich verärgert darüber, dass Ihre MechKrieger die Banditen nicht gestellt haben.«

»Ja, nich'?« Er grinste selbstzufrieden. »Die Carol Genetian issen hübsches Ding. Hat 'ne Schwäche für Soldaten, die Kleine. Das hat 'se. Sieht man im Blick. Wie se einen anguckt.«

Er starrte ihr direkt in die Augen. Sie erwiderte den Blick ruhig, gleichmäßig und kalt. »Und wie wäre das?«

»Brauch ich Ihnen doch nich' ze erklären.« Er zwinkerte ihr zu. »Oder?«

Price runzelte die Stirn. Stereotype Piraten waren, abgesehen von einer sehr begrenzten Anzahl fiktiver Halbhelden, nicht gerade für Höflichkeit und gutes Benehmen berühmt. Und in dieser Hinsicht entsprach Crawford voll den Erwartungen. Aber trotz des barbarischen Aussehens und Auftretens war der Mann intelligent. Price erinnerte sich noch sehr gut an die harten Verhandlungen um seinen Kontrakt und wusste, dass die Grobheiten und das Getöse des MechKriegers nur Fassade waren, ein Täuschungsmanöver, damit man ihn unterschätzte. Price fiel darauf nicht herein, aber sie war auch nicht interessiert an seinen grobschlächtigen Annäherungsversuchen. »Kommandanthauptmann, ich habe Sie und Ihre MechKrieger in der Erwartung angeworben, dass Sie auch Ihren Verstand auf die sich uns stellende Problematik anwenden. Wir haben eine Geschäftsbeziehung, sonst nichts. Drücke ich mich klar genug aus?«

Crawford zuckte die Achseln. »Se ha'm schon jesacht, dasse an meiner Arbeit nich's auszesetzen ha'm.«

»Für die Öffentlichkeit werde ich vermutlich weniger zufrieden auftreten müssen. Aber einzelne Fraktionen meiner

Regierung werden Sie weiter unterstützen. Haben Sie Minister Waterhouse' Bemerkungen gehört? Er war sichtlich darauf bedacht, Ihre Anstrengungen nicht als Fehlschlag darzustellen.«

»Nett von ihm.«

»Sie wissen sehr gut, dass Nettigkeit damit absolut nichts zu tun hat. Die Öffentlichkeit hat gehört, die Duviçer Pfalz sei wie die meisten Regionen des Nordkontinents Opfer zunehmender Banditenaktivitäten. Es ist wichtig, dass sie jetzt erfährt, wie wir im Gegensatz zu unseren Nachbarn unsere MechKrieger losschicken, um auf diese Banditen Jagd zu machen.«

»Selbst wenn wir's nicht schaffen, diese verflixten Schurken zu erwischen«, sagte Crawford grinsend.

»Besonders wenn keine Banditen in unser Netz gehen. Manche unter ähnlichen Angriffen leidende Jurisdiktionen setzen nicht einmal die BattleMechs in Marsch, die sie angeblich speziell dazu angeschafft haben. Das ist ein wichtiger Unterschied, den ich der Öffentlichkeit Epsilon Eridanis deutlich zeigen will.«

»Das ist nicht meine Aufgabe.«

»Aber Sie können Bemerkungen darüber fallen lassen, wie schnell Mechtruppen zur Abwehr von Angriffen in Marsch gesetzt werden können. Ihre Truppen können bei Operationen dieser Art beobachtet werden, so ergebnislos diese unglücklicherweise auch sein mögen.«

»Ich bin noch nie dafür bezahlt wor'n, meinem eijenen Schwanz nachzejachen, aber et gefällt mir. Besser, als den Arsch wegjeschossen ze kriejen.«

»Die Anschuldigungen, die Duviçer Pfalz heuere Söldner für andere Zwecke an, müssen aufhören.«

»Kommt der Wahrheit ein bisschen ze nah, wa'?«

»Ob nahe an der Wahrheit oder nicht, ich erwarte, dass die Aufmerksamkeit der Öffentlichkeit sich verlagert.«

Viel zu viele Beobachter, nicht zuletzt diese unerträgliche Medienhure Romano Shu, redeten ununterbrochen von der expansionistischen Politik der Vorsitzenden. Es war eine Position, die ihre Vorteile hatte. Immerhin war sie damit an die Macht gelangt.

Aber letztendlich waren expansionistische Programme zum Scheitern verurteilt, und Price hatte nicht vor, mit ihnen unterzugehen. Es war gut und schön, von einer Ausweitung der epsilon-eridanischen Einflusssphäre zu träumen, vom Ausbau ihres Systems zu einem Machtfaktor der Inneren Sphäre. Wünschenswert. Verführerisch. Aber realistisch? Kaum. Versuche, von Epsilon Eridani aus einen neuen Nachfolgerstaat aufzubauen, waren haltlose Hirngespinste.

In den Chaos-Marken war es unmöglich, etwas frei vom Einfluss der Großen Häuser aufzubauen. Wieviel Freiheit Systeme wie Epsilon Eridani auch immer hatten, war temporär und nur möglich, weil die Großmächte derzeit anderweitig beschäftigt waren. Es wäre illusorisch gewesen anzunehmen, dass diese Umstände ewig anhalten könnten. Cara Price hatte vor, auf die unvermeidliche Wende vorbereitet zu sein. Die ersten Anzeichen waren bereits zu erkennen. Die Expansionisten hatten Präsident Benton dazu gebracht, Epsilon Eridani mit dem Herzogtum Small und dessen ehrgeizigem Oberhaupt zu verbändeln. Dieses Bündnis war eine Garantie für Schwierigkeiten.

Aber um zu überleben, musste sie eine persönliche Machtbasis aufbauen, bevor Epsilon Eridanis Träume von Unabhängigkeit und Einfluss verpufften. Wenn es soweit war, wollte sie sich aus sicherer Position mit Haus Liao oder wem auch immer auseinandersetzen können. Das jedoch war ein Ziel, dass sie nicht offen verfolgen konnte. Sie erinnerte sich nur zu gut, wie es den Liao-Aufrührern ergangen war, die sich gegen Bentons Unabhängigkeitsbewegung gestellt hatten, und wusste, wie fest verankert die Unterstützung für die hart erkämpfte Unabhängigkeit des Systems bei denen war, denen Cara Price' politische Weitsicht abging. Sie konnte es sich noch nicht leisten, offen über ihre Pläne zu reden, nicht einmal mit ihren Mitverschwörern.

»Sieht aus, als wäre es Ihre Aufmerksamkeit, die sich verlagert hat, Pfälzerin.«

Crawfords Bemerkung holte sie zurück in die Wirklichkeit. Wenn ihre Pläne Erfolg haben sollten, konnte sie es sich nicht leisten abzuschweifen. In Anwesenheit eines wichtigeren Gegenübers als dieses MechKriegersöldners konnte das schlimme Folgen haben, und denen setzte sie lieber ihre Gegner aus.

»Nur eine kurze Nachdenklichkeit, Kommandanthauptmann. Ich habe mir überlegt, wie man Ihre Beteiligung an den Pfälzer Angelegenheiten ins beste Licht rücken und den gegnerischen Anhängern den Irrtum ihrer Politik aufzeigen kann. Gerüchte können eine mächtige Waffe sein, Kommandanthauptmann. Die Leute hören Gerüchte von verschiedenen Seiten und verlieren den Überblick darüber, wie sie entstanden sind. Je öfter sie etwas hören, desto mehr glauben sie daran.«

»Wenn's nicht stimmen würde, würden es nicht alle sagen.«

»Ganz genau, Kommandanthauptmann. Auf eben diese Weise wächst die Überzeugung der Öffentlichkeit, dass mein geschätzter Nachbar Graf Shu ein geldgieriger, ausbeuterischer Kapitalist ist, der die von den Banditen verursachte Unsicherheit ausnutzt, um sich an den Rohstoffen der Duviçer Pfalz zu bereichern. Mit jedem Tag nimmt die Anzahl der Menschen zu, die ihn so sehen. Es tauchen die ersten, übrigens wahren Gerüchte auf, dass die Ausbildung seines neuen BattleMech-Bataillons so gut wie abgeschlossen ist. Manche halten es für eine Angriffsstreitmacht und erwarten, dass er in Kürze die Maske fallen lässt und seine wahre Raubtierfratze offenbart.«

»Dann zerschlachen wir se.«

»Das wäre ein erfreuliches Ergebnis, und ich habe keinen Zweifel, dass Sie bei dieser ›Zerschlachung‹ eine wichtige Rolle spielen werden.« Price warf einen kalkulierten Blick auf den Wandkalender des Büros. »Aber bevor es soweit ist, stehen noch einige Runden unseres Spiels bevor.«

Crawford blickte erwartungsvoll. »Mehr Banditenüberfälle?«

»Ich wäre ganz und gar nicht überrascht, wenn es zu weiteren dieser unglückseligen Zwischenfälle käme. Vielleicht sogar, während Sie für die Medien deutlich sichtbar Ihre Pflicht erfüllen.«

»Jetzt ha'm Se mich verloren, Pfälzerin.«

Price genoss seine Verwirrung. »Lassen Sie mich Ihnen eine Frage stellen. Hatten Sie schon Gelegenheit, die 48. kennen zu lernen?«

Die neue Söldnereinheit war zwei Wochen zuvor eingetroffen, eine volle Woche eher als vertraglich festgelegt. Eine Überpünktlichkeit, die ihr Kommandeur Sho-sa Namihito als reine Höflichkeit abtat.

»Se meinen die Dracos?«

»Die Ex-Draconier. Sie haben jede Verbindung zum Kombinat nachdrücklich abgestritten.«

»Schlangen lügen«, erklärte Crawford mit Überzeugung.

»In diesem Fall gibt es keinerlei Hinweis darauf, dass ihre Verbindung zu Haus Kurita über die Abstammung eines Großteils ihrer Soldaten hinausgeht. Wie auch immer, ich möchte Ihr Urteil über die Verwendbarkeit dieser Söldner hören. Insbesondere möchte ich wissen, ob Sie glauben, dass sich Namihitos Leute problemlos in Ihre Aktivitäten einbeziehen lassen.«

Crawford lehnte sich zurück und hakte die Daumen in die Patronengurte. »Se wollen also meine Meinung hören? Ich sach Ihnen, ich finde die ein büschen daneben. Sie nennen sich de Achtunvierzichste. Watt soll datten für'n Name sein, he? De 48. watt?«

»Kommandanthauptmann.«

»Zu 'ner Nummer jehört noch was dahinter. Wie de 2. Proserpina-Husaren oder de 1. Chorsakows Kosaken. Un' für 'ne Einheit, die nich' Hausmilitär is, isses eh Beschiss, 'ne Nummer im Namen ze haben. Söldner brauchen 'n juten Namen, versteh'n Se. Was, datt sich verkaufen lässt und womit ma Eindruck schindet. Datt ...«

»Kommandanthauptmann.« Sie ließ ihre Verärgerung hörbar werden. »Haben Sie noch etwas anderes getan, als sich an ihrem Namen zu stoßen?«

»Ja, ich hab en paar jetroffen. Ich bin rüber, als ihr Landungsschiff aufjesetzt is. De Jungs un' ich, wir ha'm ein Fässchen mitjenommen, nettichkeitshalber. Se ha'm et auch mit uns jetrunken, aber datt hätte auch auffer Beerdichung sein können. Der kalte Fisch Namihito-sama is so'ne altmodische Kurita-Samurai-Type, dat er schon fast wie 'en Standbild ist, und der Rest ist doch och schon halberweche Stein, wie ihr Boss.«

»Wollen Sie andeuten, es war ein Fehler von uns, sie zu verpflichten?«

»Kommt janz drauf an, watt Se mit ihnen vorha'm. Kämpfen wer'n se janz sicher. Wie de Teufel sojar, möcht ich druff wetten, or wenichstens so jut et irchendwer in den ihren kümmerlichen Blechbüchsen kann. Aber watt de mehr, äh, delikaten Teile von diese Operation anjeht, würd ich sachen, ziehen Se lieber Ihre eijenen Leute ran.«

Das war nicht die Antwort, die sie sich gewünscht hätte. »Na gut. Ich werde einen Alternativplan einsetzen. Ein guter Spieler behält immer etwas in der Hinterhand, Kommandanthauptmann.«

»Trau'n Se mir und meine Jungs etwa nich' zu, datt wir die Sache schaukeln?«

»Aber nein, das sage ich nicht.« Das zu *sagen*, wäre äußerst unklug gewesen. Es war schon gefährlich genug, es zu tun. »Beschränken wir uns darauf, dass ich mich dem Ziel auf mehr als einem Wege nähere.«

Der misstrauisch kalkulierende Ausdruck in Crawfords Blick zeigte, dass er sich nicht sicher war, wie er ihre Antwort auffassen sollte. Um ihn wieder in weniger gefährliches Fahrwasser zu lotsen, stellte sie fest: »Es ist schade, dass die 48. den Erwartungen nicht ganz entspricht. Ich hatte eigentlich auf eine, sagen wir, flexiblere Einheit gehofft. Immerhin sind es Söldner.«

Crawford hob die buschigen Augenbrauen. »Un' ich hab mir einjebildet, Se hätten 'ne hohe Meinung von Söldnern. Jetz' seh ich, datt Se bloß 'ne Schwäche für mich ha'm.«

»Manche Söldner verdienen eine hohe Meinung, Kommandanthauptmann, aber nicht alle Söldner sind gleich.«

»Oder wer'n gleich bezahlt.«

Price täuschte vor, beleidigt zu sein. »Wollen Sie damit andeuten, die Duviçer Pfalz würde gleiche Arbeit nicht gleich honorieren?«

»War nur 'ne kleine Erinnerung.« Er beugte sich verschwörerisch vor. »Und ich habe nich' mit Duviç geredet, Pfälzerin. Ich und meine Jungs, wir erledigen wichtige Arbeit für Se. Teure Arbeit. *Jute* Arbeit. Wir sin' vielleicht keine Samurairitter in schimmernde Wehr, aber wir erledichen unsere Arbeit.«

»Ich verstehe, Kommandanthauptmann.« Sie zog eine Schreibtischschublade auf und zog den Umschlag heraus, den sie vor seinem Eintreffen vorbereitet hatte.

Er grinste, als er den Bonus im Empfang nahm. Sein Grinsen wurde noch breiter, als er den unmarkierten Chip in das Lesegerät an seinem Gürtel schob. »Ich mag verständnisvolle Arbeitjeber.«

»Und ich mag verständnisvolle Angestellte. Besonders diejenigen, die ihre Arbeit tun, ohne dabei zu viel von der Zeit ihrer Arbeitgeberin zu beanspruchen.«

»Und ich mag et, so jeschätzt ze werden. Aber ich kann nich' en janzen Tach hier rumsitzen un' mich in Ihre Bewunderung sonnen. Ich hab Arbeit. Ich möchte wetten, dass diese Banditen heute Nacht schon wieder zuschlachen.«

»Ja«, stimmte sie zu, als sie ihn zur Tür begleitete. »Ich bin ganz Ihrer Meinung.«

13

Distrikt Mirandagol, Grafschaft Shu, Epsilon Eridani
Chaos-Marken

6. Januar 3062

Missmutig, mit blutunterlaufenen Augen und zu keinem klaren Gedanken fähig, schleppte Tybalt sich durch das Morgentraining. Er hatte nicht einmal die vier Stunden Schlaf bekommen, die der Folterknecht ihnen zugestanden hatte, aber dafür konnte er niemandem die Schuld geben außer sich selbst. Seine Gedanken hatten sich wie im Rausch um das Ergebnis der Übung gedreht und nach Möglichkeiten gesucht, seine Leistung zu verbessern. Er war überzeugt gewesen, dicht vor der Entdeckung einer brillanten neuen Taktik zu stehen, als ihn der Schlaf übermannt hatte. Der Weckalarm war, zumindest hatte es den Eindruck gemacht, nur Sekunden später durch den Schlafsaal gegellt und hatte ihm die Antwort abrupt aus dem Hirn geblasen. Weder das Frühstück noch der angeblich aufmunternde Sport hatten sie zurückgebracht.

Er saß mit gespreizten Beinen und gesenktem Kopf auf dem Asphalt und dehnte die Rückenmuskeln, als ihn eine vertraute Stimme ansprach.

»Was sehen sie doch süß aus, wenn sie schwitzen. Fast wie jemand, der richtig arbeitet.«

Es war LaJoy-Bua, die eine mit Werkzeugtaschen und grauen Schiedsrichterkästen beladene Gruppe Techs anführte. Sie war die ranghöchste Tech der Einheit, oder, wenn man es genau nahm, der aktiven Techs. Der Techstab des FBGS hatte zwar keinen Kommandeur in Absentia wie die Phantommajorin der MechKrieger, aber alle LaJoy-Bua in der Kommandostruktur übergeordneten Techs verbrachten ihre Zeit ausschließlich mit Verwaltungsarbeiten und Logistik. LaJoy-Bua hingegen arbeitete so oft wie nur möglich an den Maschinen der Einheit.

Etwas Freizeit hielt sie sich allerdings für Spielchen offen. Zumindest betrachtete Tybalt ihre mehr oder weniger subtilen Anmachversuche so. Sie selbst hätte wahrscheinlich als Erste zugegeben, dass sie als Tech-Unteroffizierin nur eine »gemeine Schmieröläffin« war und er ein MechKriegeroffizier. Beziehungen zwischen Offizieren und Unteroffizieren wurden vom Führungsstab gar nicht gern gesehen, wenn sie auch nicht mehr ausdrücklich verboten waren wie zu capellanischen Zeiten. Und da der Folterknecht seine Piloten ermutigte, das Verhältnis zu ihren Techs zu pflegen, hatte Kelly mitgespielt und zurück geflirtet. Aber dabei blieb es auch. Nicht dass LaJoy-Bua nicht attraktiv gewesen wäre, das war sie ganz sicher, aber abgesehen vom Rangunterschied hatte Tybalt jemand anderen im Auge.

»Was weißt du denn von richtiger Arbeit, du alte Schmieröläffin?«, fragte er. »Und komm mir bloß nicht mit dem Scheiß von ›Ich bin kein Offizier, ich arbeite für mein Geld‹.«

»Ich würde mir an deiner Stelle überlegen, was ich ablasse, Eismann. Wenn du die reine Wahrheit weiter als ›Scheiß‹ abtust, werden die Götter dich irgendwann mit einem Blitzschlag bedenken, so wahr du vor mir stehst. Oder hockst. Oder wie immer du diese Verrenkung nennst, die du da vollführst.« Und zu den Techs in ihrer Begleitung setzte sie hinzu: »Nicht dass ich mich über die kostenlose Gelegenheit beschwere, einen Knackarsch zu begutachten.«

»Du sollst dich um meinen Mech kümmern, nicht um mein Gesäß.«

»Ich hab genug Talent für beides«, erwiderte sie augenzwinkernd.

»Heute wird bestimmt nicht der Tag, an dem ich herausfinde, ob du dich mit Männern genauso gut auskennst wie mit Mechs. Und was die Kampfkolosse angeht – sollten du und deine Leute sich nicht darum kümmern, dass die für das Manöver fertiggemacht werden?«

LaJoy-Bua rollte mit den Augen. »Folterknecht Junior lebt.«

»Er hat Recht«, stellte Hayes, JJs Tech, fest, der anscheinend keine Lust hatte, sich das Geplauder seiner Chefin noch länger anzuhören.

Sie nickte. »Stimmt. Hopp hopp, Schmieröläffchen. Es wird Zeit, die mächtigen Kolosse unserer Herrn und Meister zu pflegen.« Statt mit ihrem Team abzuziehen, hockte sie sich allerdings neben Tybalt und wurde ernst. »Wir haben in letzter Zeit Inventarverluste und mehr Systemfehler als mir lieb ist. Ich will es nicht Sabotage nennen oder etwas in der Art, aber es empfiehlt sich, vorsichtig zu sein. Besonders mit dem, was einem etwas bedeutet.« Sie tippte auf den grauen Kasten des Schiedsrichters, der sich in nichts von denen in den Armen der anderen Techs unterschied. »Ich dachte mir, ich baue deinen besser selbst ein. Nur damit nichts schief geht.«

»Du kümmerst dich aber gut um mich.«

»Ich könnte mich noch besser um dich kümmern.«

Sie lehnte sich so dicht heran, dass er ihre Körperwärme spürte. Er fing ihren Geruch auf, einen süßen, würzigen Duft, der noch nicht vom Gestank von Schmiermittel, Myomergel und Kühlflüssigkeit erstickt war. Ein Blick in den Ausschnitt ihres ohne Zweifel bewusst nicht ganz geschlossenen Overalls, und Tybalt zog das Angebot ernsthaft in Erwägung. Aber bevor die Hormone sein Hirn völlig überschwemmten, fiel ein Schatten auf ihn und die Tech. Er schaute auf, sah Sam in einem schweißnass an ihren Kurven klebenden T-Shirt und erinnerte sich, warum er LaJoy-Buas Angebote regelmäßig ausschlug.

Sam zog einen Mundwinkel hoch. »Soll ich dem Folterknecht sagen, du hast ein besseres Angebot bekommen?«

Tybalt war zu benommen, um zu verstehen, worauf sie anspielte, und starrte sie nur verdattert an.

»Einsatzbesprechung?« Sam neigte fragend den Kopf. »In fünf Minuten?«

Purer Selbsterhaltungstrieb riss Tybalt zurück in die Wirklichkeit. Fünf Minuten, um im Laufschritt vom Sportplatz zum Besprechungszimmer zu kommen, und Folterknecht Veck wartete nicht. Er sprang auf und rannte Sam und dem Rest der Lanze hinterher.

Er schaffte es gerade noch, sich in den für Vecks Lanze reservierten Besprechungsraum zu drücken, bevor dieser den Knopf drückte, der die Tür schloss.

»Nachdem Subcommander Kelly uns jetzt auch die Ehre gibt«, kommentierte Veck trocken, »werden wir uns dem Geschäftlichen widmen.«

Das Geschäftliche war die Revanchebegegnung zwischen den Vigilantes und den Champions. Es sollte keine exakte Wiederholung der gestrigen Begegnung werden. Diesmal würden Veck's Vigilantes zuerst ausrücken und einen Hinterhalt für Chuns Champions legen. Das gefiel Tybalt. Ein Angriff aus der Deckung versprach eine weit bessere Chance, Schäden zu vermeiden, als der Kampf des Vortags. Sam kam zum selben Schluss.

»Ein netter Hinterhalt aus guter Deckung hört sich sehr einladend an, finde ich«, flüsterte sie. »Je weniger Schaden wir einstecken, desto weniger Strafdienst müssen wir schieben.«

»Du deckst meinen Rücken, ich deinen«, schlug Tybalt vor.

»Bist du sicher, dass du den *Rücken* gedeckt haben willst?«

Veck unterbrach ihr Geplänkel mit einem donnernden: »Irgendwelche taktischen Fragen, Liu? Kelly? Nicht? Dann ist diese Besprechung vorbei, Mechpaviane. Ich habe Meldung, dass alle Schiedsrichter eingebaut und synchronisiert sind. Ihr werdet zu den Maschinen gehen und sie vorsichtig hochfahren. Ich sagte vorsichtig.« Veck fixierte Schneck, der röter anlief als die Temperaturanzeige bei einer Notstilllegung. »Wir rücken in dreißig Minuten aus.«

Der Rest der Einheit strömte ebenfalls aus den Besprechungszimmern, als die Vigilantes in den Korridor traten. Prahlereien und Beleidigungen flogen über den Flur. Es war alles Teil der freundschaftlichen Kameraderie gutgelaunter Soldaten. Zumindest zum größten Teil. Subcommander Stens

Beleidigungen waren giftig und gehässig, besonders wenn sie Tybalt zum Ziel hatten. JJ behauptete, Stens Feindseligkeit rühre daher, dass Kelly den Prahlsack in so ziemlich jeder Übung und Beurteilung ausstach, aber Tybalt war überzeugt, dass sie tiefer sitzende Gründe hatte. Sam hatte auch regelmäßig höhere Bewertungen als Prahlsack, und trotzdem griff er sie kaum an. So unausgeschlafen wie er diesmal war, fiel es ihm schwerer als normal, seinen einseitigen Waffenstillstand aufrechtzuerhalten, und es machte ihm Mühe, die Stiche des Prahlsacks von sich abprallen zu lassen. Als sie das Gebäude verlassen hatten, wurde es leichter.

Die FBGS-Mechs ragten im Morgenlicht glänzend auf dem Exerzierplatz auf. Als er sich aus der Koje gehievt hatte, hatte die Sonne kaum die Brustpartie der größeren Kolosse erreicht gehabt, aber jetzt badete sie die Maschinen vom Kopf bis zu den Knöchelaktivatoren in gleißendem Licht. Die riesigen Kampfmaschinen glitzerten im Sonnenschein wie Doppelreihen titanischer, mittelalterlicher Ritter, angetreten als Ehrengarde eines mythischen Herrschers. Es war ein Anblick, der Tybalt Kelly immer wieder von neuem erschaudern ließ.

Es war ein Anblick, der Stens sarkastische Bemerkungen zu den unbedeutenden, kleinlichen Belästigungen schrumpfen ließ, die sie in Wahrheit darstellten.

Als Tybalt sich im Glorienschein der gepanzerten Giganten sonnte, bemerkte er, dass diesmal etwas ... anders war. Es dauerte einen Moment, bis er erkannte, was dieses Etwas war, aber es war das Licht, das leuchtend helle Licht der Morgensonne, das ihm die Antwort brachte. An einigen Maschinen leuchteten Nadelspitzen, wo gestern nur leere, dunkle Höhlen gewesen waren. Er blieb stehen, traute seinen Augen nicht.

»He, die Raketenlafetten sind geladen.«

Mehrere Piloten teilten ihm mit, dass er nicht mehr ganz bei Trost war.

»Seht doch hin.«

Das taten sie, und damit fingen die Fragen an.

»Was ist denn jetzt los?« Schneck kratzte sich am Kopf, als er auf die sechs Raketen in den Abschussrohren der Harpoon-KSR-Lafette seines *Raven* starrte. »Für heute ist bei *uns* doch gar keine scharfe Munition vorgesehen. Vielleicht haben die Techs was durcheinander gebracht. Soll irgendjemand heute scharf schießen?«

Niemand war für eine Schießplatzübung eingeteilt. Alle fragten sich, was los war.

Alle außer JJ.

»Befehl der Phantommajorin«, erklärte er. Allmählich erwarb JJ sich den Ruf, immer am besten informiert zu sein. Einige der Anwärter nannten ihn seines Talents wegen, die Wahrheit zu Tage zu fördern, schon Frettchen. Er behauptete, den Spitznamen nicht zu mögen, weil »Frettchen« im auf Epsilon E. gebräuchlichen Militärslang Sicherheitsdienstler bezeichnete, und er war ein MechKrieger, kein wieseliger Schnüffler. Aber andererseits sonnte er sich erkennbar in der Aufmerksamkeit, die ihm die Jagd nach Informationen sicherte. »Ab heute müssen alle Militäreinheiten der Grafschaft Shu jederzeit scharfe Munition mitführen, und da wir Teil des erwähnten Militärs der Grafschaft sind, gilt das auch für uns. Ich bin ziemlich sicher, dass auch die MGs und Kanonen geladen sind. Wir werden die Munition für unsere Manöver zwar nicht brauchen, aber Befehl ist Befehl.«

»Davon hat Veck nichts gesagt«, bemerkte Sam. Mehrere andere Anwärter bestätigten, dass ihre Lanzenführer nichts davon erwähnt hatten.

»Das Geschehen da draußen geht uns nichts an, schon vergessen?«, fragte JJ.

In diesem Fall allerdings schien sich das Geschehen außerhalb in die Isolation ihrer Ausbildung zu drängen. Tybalt gefiel das gar nicht. »Ich finde, sie hätten uns was davon sagen sollen.«

»Keine Lust, Pilz zu spielen, Schlammi?«, fragte Sten. »Bist du zu gut, im Dunkeln gehalten und mit Mist gefüttert zu werden wie wir anderen?«

»Wir sind unterwegs zu einem Lanzengefecht!« Das war Gunter Stübel, ein *Commando*-Pilot der Champions und einer der heutigen Gegner der Vigilantes. »Was, zur Hölle, sollen wir mit Raketen? Das könnte jemand den Kopf kosten.«

Sten hatte genug Gift für alle zu versprühen. »Hat dir jemand die Festplatte gelöscht, Guns? Die Schiedsrichter blockieren alle Projektilwaffen. Schon vergessen? Spielt gar keine Rolle, ob du was geladen hast oder nicht. Dein juckender Abzugsfinger kommt gar nicht in Berührung mit den Lafetten. Keine Verbindung. Ungefähr wie bei deinem Hirn und Mund.«

Reese Fu trat zwischen die beiden, bevor es zu Handgreiflichkeiten kam. »He, Frettchen. Woher weißt du, was los ist?«

JJ zuckte die Achseln. »Ich halte mich bloß auf dem Laufenden.«

»Komm schon«, lockte Fu. »Du weißt doch mehr. Spuck's aus.«

»Gestern ist scharf geschossen worden. Und nicht zum ersten Mal.«

»Banditen?« »Duviç?« Die Rufe hielten sich in etwa die Waage. »Wo?« »Was ist passiert?«

»Duviç«, bestätigte JJ. »Ich weiß auch nichts Genaues, aber die grobe Lage ist die: Es hat mehrere Konfrontationen über die Doofviçer Ansprüche auf ›freien Warentransit‹ gegeben. Sie haben ihre Miliz mobilisiert, wir unsere, und bis jetzt starren sich beide Seiten nur über den Lauf der gezückten Waffen an. Ein paar Schüsse sind gefallen, natürlich versehentlich, aber es wurde niemand verletzt. Bis jetzt.«

»Nur eine Frage der Zeit«, erkannte Sten. »Wir wissen ja, was passiert, wenn man einem Schlammi eine geladene Waffe in die Hand drückt. Früher oder später drückt er auf irgendjemand ab. Hab ich Recht, Schlammi?« Er drehte sich zu Tybalt um.

»Keine Ahnung.« Kelly starrte dem Prahlsack geradewegs in die Augen. »Ich bin MechKrieger.«

»Tatsache? Warum antwortest du dann auf Schlammi, Schlammi?«

»Ich antworte nicht darauf. Ich habe mich nur der Minderbemittelten erbarmt. Den Hiflosen geholfen, könnte man sagen, wie es die Kriegerhausphilosophie von einem wahren MechKrieger verlangt.«

»Wahre MechKrieger ...«

»Wahre MechKrieger?« Vecks Stimme peitschte durch die Diskussion und scheuchte die Anwärter auseinander. Sie nahmen hastig Haltung an, als er in die Gruppe marschierte. »Ich sehe hier keine wahren MechKrieger. Ich sehe hier überhaupt keine MechKrieger. Das Einzige, was ich hier sehe, sind Mechpaviane. Und wisst ihr, was mich wundert? Ich bin in der Erwartung hier rausgekommen, jeden Einzelnen von euch Pavianärschen in seinem Cockpit zu sehen. Da frage ich mich doch, was ihr hier in meiner Zeit herumzulungern habt? Möchte mir die Frage jemand beantworten?«

Die Antwort der Anwärter auf Vecks Frage war der hastige Abmarsch Richtung Mechs.

Tybalt versuchte die gehässigen Bemerkungen Stens zu vergessen, als er auf seine Maschine zurannte, aber das Einzige, was ihm als Ersatz für seinen Ärger zur Verfügung stand, war die Besorgnis über seine Leistungen. Auf dem Weg die Leiter hinauf stachen ihm all die Stellen ins Auge, die beim Manöver des Vortags theoretisch beschädigt worden waren. Heute würde er es besser machen. Heute musste er es besser machen! Die Routine der Startvorbereitungen ließ ihn ein wenig entspannen. Er verpatzte mehrere Codes und musste sie erneut eintippen. *Übermüdung*, beruhigte er sich. *Ich bin nur übermüdet.* Den ganzen Morgen schon waren seine Gefühle und Gedanken hin und her gerissen worden, und es war noch nicht einmal Mittag, aber alle Müdigkeit und Sorge verschwand, als er den *Commando* unter sich aufwachen spürte.

Jeder, der schon einmal einen dieser gigantischen Kampfkolosse gesteuert hatte, kannte das Gefühl. Es war schon berauschend genug, auf minimal zwanzig Tonnen Schutzpanzerung, Myomerpseudomuskeln und geschäumtem Endostahl zu sitzen, angetrieben von einem eigenen Fusionsreaktor, aber dann noch zu erleben, wie dieses technische Wunderwerk sich auf Befehl in Bewegung setzte, übertraf es noch um das Vielfache. Und die Rückkopplungsschleife des Neurohelms, die den natürlichen Gleichgewichtssinn des Piloten dazu benutzte, die Maschine beinahe unbewusst aufrecht und in Bewegung zu halten, verstärkte die Illusion des Piloten noch, nahezu gottgleiche Macht zu besitzen. Die Waffen waren gar nicht nötig, um den Rausch der Macht zu spüren, aber natürlich erhöhte die schiere Vernichtungskraft, die sich in einem BattleMech ballte, noch den Eindruck ultimativer Stärke, der von dem kleinen Menschlein auf dem Pilotensitz Besitz ergriff. Die meisten MechKrieger trainierten bewusst darauf hin, die Steuerung dieser wandelnden Vernichtungsmaschinen zur zweiten Natur werden zu lassen und die Grenze zwischen Mensch und Maschine zu verwischen.

Natürlich, erinnerte Tybalt sich, *wird ein wahrer MechKrieger zu seiner Maschine, ohne dabei seine Menschlichkeit zu verlieren.* Zumindest war das die Überzeugung der Hauskrieger. Und er strebte danach, diese Perfektion zu erreichen. Bis es soweit war, hatte er noch einen weiten Weg vor sich, aber als die Aktivatoren des *Commando* sich unter ihm bewegten und der BattleMech in Erwartung des Marschbefehls eine lockere, natürliche Haltung einnahm, spürte Kelly, dass er auf dem richtigen Weg war.

Mancher behauptete, BattleMechs wären ursprünglich in humanoider Form konstruiert worden, um die Vereinigung von Mensch und Maschine zu erleichtern. Wie viel er davon halten sollte, wusste Tybalt nicht. Auf jeden Fall fühlte er, dass der *Commando sein* war, wenn auch noch nicht *er*.

Die meisten Mechs der Vigilantes waren humanoid. Das war der »klassische« Mechtyp: Die Karikatur eines Riesen in sperriger, kantiger Metallrüstung. Zugegeben, Commander

Vecks *Vindicator* hatte nur eine Hand, weil der rechte Unterarm von einer Extremreichweiten-Partikelprojektorkanone mit Beschlag belegt wurde, aber das änderte nichts am Gesamteindruck. Sie unterschieden sich grundlegend von vogelartigen Konstruktionen wie dem *Raven* oder den beinahe bizarr anmutenden Maschinen, die wie wandelnde Krabben oder Skorpione anmuteten. Sie waren »klassische« Kampfkolosse.

Gleichgültig, welches Aussehen sie hatten, in Tybalt Kellys Augen waren alle BattleMechs schön, und keiner war schöner als sein eigener *Commando*. Er setzte ihn in Bewegung, marschierte mit geschmeidiger Bewegung an seine Position in der Lanzenformation. Vecks *Vindicator* trat zwischen sie. Sein Kopf drehte sich von der einen Seite zur anderen, als er seine Einheit begutachtete. »Abmarsch!« Der Commander führte die Lanze aus dem Lager in die wüste Einöde abseits des Redelk.

Es dauerte nicht lange, bis sie die Basis aus den Augen verloren hatten. Bis sie einander aus der Sicht verloren, dauerte länger, aber das war Absicht. Einer nach dem anderen marschierten sie in ihre Hinterhaltpositionen zwischen den Felsblöcken und Vorsprüngen der Einöde. Jeder Pilot wählte sein Versteck selbst. Als sie alle in Stellung waren und die Maschinen auf Wartungsniveau hinuntergefahren hatten, bewegte sich Veck im *Vindicator* an ihrer Linie entlang und suchte nach allem, was die Position eines der Mechs hätte verraten können. JJs ungenügende Tarnung brachte ihm ein paar harsche Zurechtweisungen des Foltermeisters ein. Sein zweiter Versuch war erfolgreicher.

»In Ordnung, Mechpaviane. Von jetzt an ist das *euer* Hinterhalt. Ich warte auf dem Restberg an Kartenposition Sieben Komma neun bei Eins zwo. Und bevor ihr mir die Ohren voll jault, dass unsere Gegner euch überlegen sind, verrate ich euch lieber gleich, dass ihr euch diesmal um Commander Chuns *Strider* keine Sorgen zu machen braucht. Er wird eine Fehlfunktion in der Mechanik entwickeln, sobald ich ihm ein Zeichen gebe, dass seine Küken sich der Schlinge nähern. Das tragt ihr Grünschnäbel unter euch aus. Gute Jagd.«

Veck verabschiedete sich mit einem Schwall supererhitzter Luft, die Wolken aus Staub und Kies aufwirbelte, wo sein Mech gerade noch gestanden hatte. Als der *Vindicator* auf den Sprungdüsen außer Sicht stieg, meldete sich JJ über die Kommleitung der Lanze.

»He, woher wissen wir, wann wir die Falle zuschnappen lassen müssen?«

»Hast du Angst, ich sehe sie nicht kommen?«, fragte Harry Trahn.

»Ich weiß, du siehst sie, Schneck, mein Freund. Aber seit Veck mich umgestellt hat, habe ich keine Sichtlinie zum Eismann mehr.« Die Mechs waren so positioniert, dass sie eine Relaiskette nahezu unentdeckbarer Kommlaserverbindungen bildeten, die ihnen eine Sprechverbindung erlaubten, bis sie aus der Deckung stürmten, aber die Kommlaser waren auf eine freie Sichtlinie angewiesen. Sie hatten geplant loszupreschen, sobald sie das Signal von Schneck erhielten, dessen *Raven* mit seiner spezialisierten Ortungsausstattung feststellen konnte, wann ihre Gegner sich in der optimalen Position befanden. JJ wollte wissen: »Wie bekomme ich jetzt das Angriffssignal?«

Vecks Stimme kam über die Leitung und erinnerte sie: »Funkverkehr kann geortet werden.«

»Bleib, wo du bist, JJ«, schlug Tybalt vor. »Und feuere erst, wenn wir es tun.«

»Es sei denn, sie finden dich zuerst«, setzte Sam hinzu.

JJ war einverstanden, und es wurde still.

Der Plan sah vor, dass die Vigilantes mindestens einen Champions-Mech ins Kreuzfeuer von wenigstens zwei Maschinen nahmen, während der unglückliche Champion sie ungewollt gegen das Abwehrfeuer seiner Lanzenkameraden deckte. Sie wollten ihn ausschalten und sich dann entlang der Formation ihrer Gegner bewegen. So nutzten sie ihre

Positionierung aus und erledigten die feindlichen Mechs nacheinander im Kreuzfeuer . Damit das auch funktionierte, mussten sie die Champions so dicht wie möglich herankommen lassen, denn fast alle Waffen der Vigilantes waren auf kurze Distanz optimiert. Die einzige echte Langstreckenwaffe der Lanze, die ER-PPK des *Vindicator*, war zusammen mit dem Commander aus dem Gefecht. Wenigstens würden auch die Champions auf ihre wichtigste Waffe über längere Entfernungen verzichten müssen, die LSR-Lafetten von Commander Chuns *Strider*.

Trotzdem, in so einem Nahkampf besteht kaum eine Chance, Schaden zu entgehen, dachte Tybalt wehmütig. *Das bringt uns bestimmt noch mehr Strafdienst ein.*

Ihre beste Chance, Schäden zu vermeiden, bestand darin, selbst schon im ersten Offensivschlag so viel Schaden wie möglich anzurichten. Es war eine elementare Taktik, aber Vecks Schadensstrafprogramm verlieh ihr zusätzliche Bedeutung.

»Warten wir, bis sie auf Kussweite ran sind«, laserte er Schneck an.

»Auf jeden Fall.« Schneck war langsam, aber nicht blöde, und wenn einer von ihnen den Strafdienst noch mehr hasste als Tybalt, dann Harry Trahn. Es verging fast eine Stunde, bevor Schneck sich wieder meldete. »Bereithalten. Sie kommen in die Schlucht.« Tybalt gab es an Sam weiter. Wenige Minuten später machte er es mit Schnecks »Scheiße, sie verteilen sich« genauso.

Soviel zu Plan A. Wenn die Champions sich über die Schlucht verteilten, gab ihnen das eine größere Chance, auf den Hinterhalt zu reagieren und das Feuer zu erwidern. Die Vigilantes hatten noch immer eine Chance, den ersten ihrer Gegner abzuschießen, aber der Rest würde erheblich schwieriger werden. Wahrscheinlich würden sie drei Champions als Team gegenüberstehen, eine sehr viel härtere Aufgabe.

Kelly wartete und fragte sich, welche gegnerische Maschine ihm wohl am nächsten kam und ob er es sein würde, der den Hinterhalt auslöste. Die Zeit schien fast stillzustehen. Die Luft in der Kanzel wurde schal, die Temperatur stieg. Es war nicht so glutheiß, wie es werden würde, sobald er die Wärmetauscher des Mechs mit vollem Geschützeinsatz überlastete, aber die Sonne über den Redelk-Einöden pumpte auch reichlich Energie in das Tal, und selbst ein stationärer Mech heizte unter diesem Einfluss auf. Seine Gedanken schweiften zu verschiedenen möglichen Gefechtsverläufen ab.

Als der *Commando* in Sicht kam, hielt er ihn einen Moment für ein Hirngespinst. Erst nachdem er mehrmals kräftig geblinzelt hatte, machte er sich klar, dass die Maschine real war.

Die IFF-Transponder der Champions schienen abgeschaltet zu sein. Möglicherweise lag es auch an den Störeinflüssen der Umgebung, dass er kein Signal empfing. Alle aktiven Sensoren waren abgeschaltet, und der Foltermeister hatte individuelle Bemalungen der FBGS-Maschinen verboten, so dass Tybalt ein paar Sekunden brauchte, um herauszufinden, welchen Champions-*Commando* er sah. Es war Gunter Stübels Maschine, die auf sein Versteck zukam.

Von Schneck hörte er nichts, was vermutlich bedeutete, dass die anderen Champions ungünstig positioniert waren. Stübels Mech war noch hundert Meter entfernt und kam näher. Wenn er Kelly entdeckte, war der Hinterhalt geplatzt.

Achtzig Meter entfernt. Der *Commando* kam immer noch vorsichtigen Schritts direkt auf Tybalt zu, aber noch schien das Tarnnetz über der Felsspalte zu wirken, in der er sich verborgen hielt. Sobald er den Reaktor auf volle Leistung hochfuhr, würden Stübels Sensoren die Abwärme registrieren. Aus dieser Nähe bestand sogar die Gefahr, dass der Champion den ersten Schuss platzierte.

Dann fingen Tybalts Außenmikrofone das Poltern eines Steinschlags auf. Aus den Lautsprechern drang das Zischen feuernder KSR-Lafetten. Niemand gab das Angriffssignal, und kein Laser knisterte, also musste es der außer Kommkontakt versteckte JJ in seiner lafettenbestückten *Javelin* gewesen sein, der zugeschlagen hatte. Stübels *Commando* blieb stehen und drehte sich in Richtung des Lärms um.

»Falsche Reaktion«, teilte Kelly ihm mit. Natürlich nicht über Funk, und Stübel hörte es nicht. Der gegnerische Pilot beachtete sein Versteck auch nicht, und offenbar bemerkte er ebenso wenig, wie der *Commando* hochfuhr, obwohl seine Sensoren es erfassen mussten. Damit war Stübel geliefert.

Tybalt machte die Waffensysteme scharf, zielte auf den Hinterkopf des gegnerischen *Commando,* drehte den Torso seiner Maschine und hob beide Mecharme, um alle Waffen abzufeuern. Er zog das Fadenkreuz des Lasers ins Zentrum der gegnerischen Rückenpanzerung. Im selben Moment bestätigte die Blitz-Lafette mit einem Glockenton die Zielerfassung der beiden Kurzstreckenraketen in der Armwaffe, und das Artemis-Feuerleitsystem meldete eine gute Schussmöglichkeit für die Sechserlafette im Torso.

»Heute nacht will ich ausschlafen«, erklärte er dem nichts ahnenden Champions-Pilot, als er die Breitseite auslöste.

Tybalts Mech erbebte. Er riss die Augen auf. Da stimmte etwas nicht! Die Schiedsrichter hatten zuwenig Kontrolle über die Systeme eines Mechs, um die Erschütterung echten Raketenfeuers zu simulieren. Und jetzt lösten sich Rauchbahnen von Brustpartie und Arm des *Commando*!

Alle Götter, das sind scharfe Raketen!

Ohne nachzudenken, stampfte Tybalt auf die Pedale und warf die Maschine vorwärts. Sein Laserschuss war auch ungedämpft gewesen! Er konnte sehen, wo er sich in den Rücken des ahnungslosen *Commando* gebohrt hatte. Schon schlugen die ersten Geschosse bei Stübel ein. Er konnte nichts tun, aber er rannte trotzdem.

Stübels *Commando* wankte unter dem Bombardement. Tybalt zählte die Raketentreffer nicht. Es war nicht nötig. Jeder Einzelne war zu viel. Die Rückenpanzerung eines *Commando* war dünn wie Papier. Sie verdampfte unter dem Einschlag der Breitseite. Flammen schlugen aus dem Mechrumpf. Der leichte Kampfkoloss taumelte wie ein Betrunkener oder wie ein Mech, dessen Pilot das Bewusstsein verloren hatte. Hoffentlich nur das Bewusstsein.

Tybalt war froh, dass er keinen armlosen Mech wie einen *Raven* oder *Strider* steuerte, als er die Mecharme ausstreckte, um Stübels *Commando* abzufangen. Falls der Pilot den Angriff überlebt hatte – *Gott, Buddha, irgendjemand, bitte!* –, konnte der Sturz ihn trotzdem noch umbringen.

Aber es reichte nicht. Stübels Maschine erschlaffte wie ein in Ohnmacht fallender Betrunkener, als Kellys *Commando* sie berührte. Es gelang ihm, einen der Arme zu fassen und sie etwas abzubremsen, so dass sie zu Boden sank, statt hinzuschlagen. Der Mech landete bäuchlings, den verwüsteten Rücken offen und für alle Welt sichtbar.

Kelly rammte den Neurohelm hoch in die Halterung und riss sich die Gurte vom Leib. Er öffnete die Cockpitluke, als die Kommleitungen mit Meldungen explodierten. Er hatte das Kommsystem nicht geschlossen. Tscha, er hatte gar nichts abgeschaltet. Es widersprach allen Vorschriften, einen aktiven Mech zu verlassen, aber er drehte nicht um. Der Lärm wurde leiser, als er sich aus der Kanzel zog, noch leiser, als er die Leiter abließ. Er verstand nicht, was sie sagten, aber das brauchte er auch nicht. Er wusste, worüber sie redeten. Sie mussten den Raketenschlag gesehen oder geortet haben. Kelly verdrängte das Plappern der Stimmen aus seinen Gedanken, als er die rasselnde Metallleiter hinabhastete.

Er wollte Stübel herauszerren, sich überzeugen, ob er noch lebte, aber als er den Boden erreichte, verweigerten die Füße ihm den Gehorsam. Selbst lang ausgestreckt ragte der *Commando* hoch über ihm auf. Sein Schatten fiel vor ihm auf den Boden, und er starrte ihn an. Verbogenes Metall warf im grellen Sonnenschein gequälte Silhouetten. Er konnte nur wie gelähmt dastehen und auf die Verwüstung starren, die er angerichtet hatte.

Er hörte die anderen Mechs nicht eintreffen. Er fühlte den Donnerschlag ihrer Schritte nicht. Die Stimmen, die auf ihn einredeten, waren nicht mehr als das Surren von Insekten.

Es berührte ihn nicht. Er wusste, er hätte auf den *Commando* hinaufsteigen sollen, aber er schaffte es nicht. In das verwüstete Cockpit schauen. Die Wahrheit darüber erfahren, was er getan hatte.

Veck kannte derlei Skrupel nicht. Er stieg schneller als ein Affe an dem Wrack hoch. Fluchend bahnte er sich einen Weg durch verdrehte Metalltrümmer. Dann verschwand er in der düsteren Höhle, die Kelly im Hinterkopf des *Commando* aufgerissen hatte.

Vigilante- und Champion-Mechs standen im Kreis um den gestürzten BattleMech wie Trauergäste bei einer Beerdigung. Und das waren sie, denn Veck trat mit eisiger Miene allein aus dem Cockpit des *Commando*.

14

Distrikt Mirandagol, Grafschaft Shu, Epsilon Eridani
Chaos-Marken

6. Januar 3062

Tybalt unterdrückte ein Schluchzen, als Veck zu ihm herüberkam. An den Händen des Commanders klebte Blut. Blutflecken bedeckten Arme und Beine, und Blut war in einem breiten Streifen über die Kühlweste geschmiert. Natürlich war es nicht Vecks Blut. Es war Stübels. Gunter Stübels. Es gehörte dem Mann, den Kelly gerade getötet hatte. Vecks Stimme war von eisiger Kälte, drang aus einer gletscherbedeckten Welt, die seit einer Milliarde Jahre keine Temperaturen über dem Gefrierpunkt mehr kannte.

»Haben Sie zu irgendeinem Zeitpunkt den Schiedsrichter in Ihrem Mech abgeschaltet oder manipuliert?«

Kelly war nicht in der Lage zu antworten. Er war irgendwo tief unten an einem sehr, sehr dunklen Ort. Aus weiter

Ferne hörte er Stimmen. Da war Sam, die sagte: »So etwas würde Kelly nicht tun.«

Dann Veck. »Ich will Ihre Antwort hören, Kelly, und zwar jetzt.«

Sam schrie: »Das kann nur ein Unfall gewesen sein. Und die Andeutung, es könnte irgendetwas anderes gewesen sein, gefällt mir gar nicht.« Sie schimpfte weiter auf Veck ein. Ihre Gefühle für ihn hätten Tybalt das Herz wärmen können, wäre er nicht so weit entfernt an einem so kalten Ort gewesen, aufgespießt auf Vecks frostigem Blick. Als Sam schließlich die Puste ausging, fragte Veck: »Fertig?«

»Sir.«

»Sie vergessen sich, Liu.« JJ und Schneck zerrten die protestierende Sam klugerweise beiseite. Veck wartete, bis sie außer Hörweite waren, und flüsterte dann: »Also, Kelly?«

»Ich habe den Schiedsrichter nicht angerührt, Sir.«

Vecks Augen wurden ein wenig schmaler. »Es wird eine Untersuchung geben.«

Natürlich würde es das. »Ich verstehe, Sir.«

»Begreifen Sie *das*, Kelly: Dieser *Zwischenfall* ist auf meiner Wache passiert. Das mag ich nicht. Das mag ich ganz und gar nicht. Ich werde dafür sorgen, dass er aufgeklärt wird. Wer immer für den Tod von Subcommander Stübel verantwortlich ist, wird sich dafür verantworten müssen. Und wenn es die Gerichte des Grafen nicht schaffen, ihm die gerechte Strafe zukommen zu lassen, werde ich es persönlich übernehmen.«

Dann ließ Veck Kelly mit dessen Lanzenkameraden allein. Sie saßen im Schatten, geschockt und stumm, während Veck und Chun mit der Basis redeten. Die ebenfalls schweigenden Champions saßen in einem anderen Fleck Schatten. Sie warteten allesamt, bis eine Staffel Transporthubschrauber in einer riesigen Staubwolke aufsetzte. Das Stützpunktpersonal in den Hubschraubern wollte nichts von den MechKriegern, und sie warteten weiter. Schließlich wuchtete sich der Transporter für den zerstörten *Commando* ins Tal, und das

Warten war vorbei. Tybalt bemerkte, dass in der Techcrew, die sich daran machte, den Mech zu verladen, keine Spur von Truppführerin LaJoy-Bua zu sehen war.

Die entmutigten Anwärter brachten ihre Mechs nicht selbst zurück zur Basis. Die »Spezialhandbuch«-Piloten waren in den Hubschraubern herausgeflogen und halfen den Techs bei dieser Aufgabe. Die MechKrieger flogen in den Transportmaschinen zurück, in getrennten Maschinen. Veck überzeugte sich, dass alle an Bord waren, dann ging er nach vorne ins Cockpit. Er war wieder am Funkgerät und sprach mit der Basis, noch bevor der Pilot die Kanzeltür schloss und die Transporterkabine abriegelte.

Sam saß neben Tybalt. Unter dem Donnern der Motoren hätten sie ebenso gut allein sein können. Sie legte den Arm um seine Schultern, aber trotz ihrer Wärme zitterte er. Dennoch, er war froh, dass sie da war.

»Danke«, sagte er.

»Wofür?«

»Dafür, was du zu Veck gesagt hast. Dafür, dass du da warst. Dass du mich festgehalten hast, als ich das Gefühl hatte, weggeweht zu werden. Aber ich … danke.«

»He, wozu hat man Lanzenkameraden?« Ihre Hand auf seiner Wange deutete eine etwas persönlichere Zuneigung an. »Wir müssen uns doch umeinander kümmern.«

JJ und Schneck saßen Sam und Kelly in der engen Hubschrauberkabine gegenüber und musterten angestrengt die Verarbeitung der Kabinenwände. Kelly wusste ihre Diskretion zu schätzen, halbwegs. Selbst Sams veränderte Haltung bemerkte er kaum. Vor seinen Augen flog wieder und wieder Stübels *Commando* in einem Inferno aus Flammen und Metall auseinander. Und aus irgendeinem Grund hörte er die Stimme seines Vaters: *Man kann mehr verlieren als nur ein Bein.*

* * *

Auf der Basis hatte sich die Nachricht von dem Zwischenfall wie ein Lauffeuer verbreitet. Alle versicherten Tybalt, dass es nicht seine Schuld gewesen war. Alle, außer Stübels Lanzenkameraden. Sie hatten ihm nichts zu sagen. Sten hatte reichlich zu sagen, und nichts davon war freundlich, aber Kelly bekam kaum etwas von der Galle des Prahlsacks mit.

Er verbrachte eine lange, schlaflose Nacht und kam nicht zur Ruhe, bis er bei den Turnübungen am nächsten Morgen stürzte und Veck ihn auf die Krankenstation schickte, wo ein MedTech ihm eine Spritze gab, die ihn stundenlang schlafen ließ. Als er wieder aufwachte, war er ausgeruht, aber längst nicht fit und einsatzbereit. Seine Gedanken lagen weiter unter einem tiefen Schatten, und er konnte sich nicht vorstellen, dass sich irgendein Kriegerhausmitglied so hätte fühlen können.

Warum hatte er solche Schuldgefühle? Stübels Tod war ein Unfall gewesen. Tybalt hatte den Mann nicht absichtlich erschossen. Aber sein Geist schien sich zu weigern, die Erklärung seines Verstands zu akzeptieren. Das machten Albträume und Schuldgefühle überdeutlich. Er versuchte nach Kräften weiterzumachen. Er musste weitermachen. Das Leben und die Ausbildung blieben nicht stehen und warteten darauf, dass er sich erholte.

Stens Angriffe gingen ebenfalls weiter, aber der eine oder andere von Tybalts Lanzenkameraden schien immer zur Stelle, um ihn abzublocken. Meistens war es Sam. Einmal verschwanden sie und Sten für eine Weile. Sie kamen beide humpelnd und mit blauen Flecken zurück. Danach ließ der Prahlsack Tybalt eine ganze Woche in Ruhe.

Vecks versprochene Untersuchung begann. Tybalt wurde von Offizieren in der Uniform von Graf Shus Sicherheitsdienst verhört. Es hieß, die Schuldige sei gefunden, als zwei Sicherheitsbeamte LaJoy-Bua aus der Basis begleiteten. Tybalt wünschte sich, er hätte das glauben können, aber es fiel ihm schwer nachzuvollziehen, wie die Tech den Schiedsrichter hätte manipulieren sollen. Sicher, sie hatte die Einheit selbst eingebaut. Aber das hatte sie nie verheimlicht. Eine derartige Offenheit schien für eine Saboteurin reichlich dumm. Außerdem hatte sie seit seiner Prüfung mit ihm geflirtet. Warum hätte sie ihm Schwierigkeiten machen sollen?

Er besuchte auch Therapiesitzungen beim Kaplan der Basis, aber weder spiritueller Beistand noch investigative Nachforschungen richteten etwas gegen seine Albträume aus.

Als Oberst Buas Frettchen kamen und LaJoy-Bua abholten, sagten einige der Anwärter voraus, damit wäre die Sache erledigt, aber viel änderte sich nach dem Weggang der Chef-Tech nicht am Leben auf der Basis. Noch immer schnüffelten Frettchen überall herum, auch wenn die Verhöre seltener wurden. Die technischen Probleme nahmen etwas zu, aber niemand starb mehr daran, was immerhin gut war.

Veck's Vigilantes zogen weiter auf Manöver, aber sie waren unter Sollstärke. »Realistische Aufstellungsübungen«, nannte Veck es. *Ja, klar doch*, dachte Tybalt. Es stimmte schon, dass Militäreinheiten in der realen Welt zu einem bestimmten Moment selten volle Sollstärke hatten, aber er hegte beträchtliche Zweifel daran, dass es irgendeine derartige Übung gegeben hätte, wäre er nicht von der Teilnahme an weiteren Gefechtsübungen gesperrt gewesen.

Die Einschränkungen, denen Tybalts militärische Aktivitäten unterlagen, waren ein sicheres Zeichen, dass er dem Schatten von Stübels Tod noch nicht entkommen war. Sein Training war auf Simulator und Schießplatz beschränkt und Letzteres nur mit Copilot. Die Beschränkungen wären sogar noch einschneidender ausgefallen, hätte Veck sich nicht für ihn eingesetzt. Der Commander erwähnte es mit keinem Wort, aber JJs Kontakte berichteten von einem regelrechten Krach zwischen dem Folterknecht und der Phantommajorin.

»Lass dir das nicht zu Kopfe steigen, Eismann«, warnte JJ. »Es heißt, die Phantommajorin wäre so paranoid gewesen, dass sie die ganze Lanze auf Eis legen wollte, bis die ganze Schei... äh, bis sich die Lage beruhigt hat. Der Folterknecht hat um die ganze Lanze gekämpft. Deine verbesserte Lage ist nur ein Begleitschaden an ihrer Position.«

Tybalt fragte sich, wie ein Kriegerhauskrieger auf diese Situation reagiert hätte. Er hatte keinerlei Anhaltungspunkt. Diese Elitekrieger schienen niemals in eine derartige Lage zu geraten. Zumindest nicht in Vids oder Erzählungen, und nur darauf konnte er sich stützen.

Er tat, was er konnte. Er trieb Sport, lernte und nutzte jede sich bietende Ausbildungsmöglichkeit. Seine Leistungen auf dem Schießstand verbesserten sich sogar, aber in den Simulatorsitzungen versagte er, sobald in der gegnerischen Aufstellung ein *Commando* auftauchte. Das war nicht die Art von Problem, die sich ein aktiver MechKrieger erlauben konnte. Ein Hauskrieger wäre entehrt gewesen.

Zum ersten Mal in seinem Leben fühlte sich Tybalt wie ein echter Hauskrieger. Er fühlte sich entehrt. Stübels Tod ließ ihn nicht los. Die Psychologen teilten ihm mit, dass er ihn wahrscheinlich nie vergessen würde, aber dass er lernen musste, den Zwischenfall aus der richtigen Perspektive zu betrachten. Sie erklärten, er müsse die Angelegenheit ›abschließen‹.

Als ob er das gekonnt hätte, bevor die Untersuchung zu Ende war.

Wenn er mitten in der Nacht schweißgebadet hoch schreckte, glaubte Kelly nicht daran, dass er je davon frei sein würde, den *Commando* in seinen Träumen explodieren zu sehen, auch nach dem Spruch der Untersuchungskommission nicht, gleichgültig, ob sie ihn frei oder schuldig sprach.

Aber einen Lichtblick gab es in seinem Leben. Sam. Sie war immer noch so konkurrenzbewusst wie je, trieb ihn auf dem Schießfeld oder in den Beweglichkeitsübungen zu Höchstleistungen, aber außerhalb des Cockpits war sie anders, wärmer. Sie ließ Andeutungen fallen, dass sie bereit war, ihm auf jede Weise aus der Versenkung zu helfen. Und selbst in den Tiefen seiner Selbstvorwürfe und Zweifel wusste Tybalt, dass er kurz davor stand, sich ihrem Trost hinzugeben. Er wollte es, ganz sicher wollte er es, aber er war noch nicht bereit, sich fallen zu lassen. Nicht, solange er nicht freigesprochen war. Sie hatte den Ärger nicht verdient, der sie erwartet hätte, falls er für Stübels Tod zur Verantwortung gezogen wurde. Er wollte sie nicht dazu verurteilen, mit der Beziehung zu einem abgehalfterten Killer leben zu müssen.

15

Distrikt Grene, Grafschaft Shu, Epsilon Eridani
Chaos-Marken

13. Januar 3062

Ein kluger MechKrieger wusste, dass auch BattleMechs nicht die Antwort auf alle Probleme waren, und der Pilot des unmarkierten *Axman* betrachtete sich als kluger Krieger. Dieser Vorstoß tief ins Innere der Grafschaft Shu war eine der Situationen, in denen der optimale Einsatz des schweren BattleMechs darin bestand, ihn außer Sicht zu halten.

Und so saß er jetzt an der besten Position, die er in Nähe der drei möglichen Stellen für einen Einsatz finden konnte. Die erste war das Ziel, das verschlafene Städtchen Barrquell, wo Langfinger bereits vollauf beschäftigt sein durfte. Die zweite war der wahrscheinlichste Einsatzort, ein passender Engpass auf der Gebirgsstraße zum Garretschnitt, dem Weg durch die Greneberge hinunter in die westliche Küstenebene, über die ein eventueller Versuch, die Operation zu stören, beinahe zwangsläufig kommen musste. Die dritte war ein anderer Zugangspunkt, die nächstgelegene Furt über den Barr und zugleich der beste Weg zurück zur Basis. Wenn alles reibungslos lief, würde er über diese Route wieder abziehen, ohne einen Schuss abfeuern zu müssen.

Mehr als unwahrscheinlich!

Aber bis er alarmiert wurde, würde er sich weiter hier langweilen. In einem heruntergefahrenen Mech gab es nicht viel zu tun. Indem er Nachrichten hörte, konnte er sich die Zeit vertreiben und auf dem Laufenden bleiben, also tat er genau das.

Die Schuhe, wie sie die Bewohner dieser Grafschaft abfällig getauft hatten, hatten völlig den Kopf verloren. Er hatte sich die Reportage über den Bombenanschlag auf das Gewerkschaftshaus angehört und die Berichterstatter, die Unmengen an heißer Luft abließen, um die Zeit zu überbrücken, bis sie tatsächlich etwas zu melden hatten. Er hatte laut über ihre wilden Spekulationen gelacht, wer hinter dem Anruf des »Freihandelsuntergrunds« stecken könnte, der die Verantwortung für den Anschlag beansprucht hatte, und zufrieden genickt, als die ersten Berichte über Aufstände eintrafen. Nach allem, was er da hörte, waren die ahnungslosen Schuhe bei den Behörden und Notfalldiensten Barrquells völlig überlastet.

So sollte es auch sein.

Wenn alles weiter lief wie geplant, würden Langfinger und seine Bergungsarbeiter die anvisierte Lagerhalle in Beschlag nehmen. Sobald die Halle gesichert war, würden sie die Laster beladen und das Gebäude ausräumen. Die beladenen Laster würden durch die im Chaos versinkende Stadt abziehen, entlang sicherer Routen, die ihnen Augenmaß 4 zeigte. Erst eine ruhige Fahrt durch die Vororte, dann hinaus ins Hinterland, aber nicht über die Straßen. Einmal weit genug außerhalb der Stadt, würden sie querfeldein abbiegen, zum Rendezvouspunkt, an dem ein fetter *King Karnov* auf sie wartete, eine Maxivariante der *Karnov*-Transportmaschine, die nur darauf wartete, dass die Transporter in ihren Laderaum rollten. Dann würde der Schwenkflügler sich in die Luft erheben und unter dem Radarnetz der Schuhe zur Heimatbasis schweben, um auf die Ankunft des *Axman* zu warten.

Unglücklicherweise war es nicht Langfinger mit der Erfolgsmeldung, der sich meldete, als sein Funkgerät knackte.

»Augenmaß 3 an Haudrauf. Hörst du mich?«

Der Pilot schaltete die Nachrichten ab. »Haudrauf hier. Ich höre.«

»Ameisen am Horizont. MAD zeichnet vier Objekte, und der Staubwolke nach zu urteilen, die sie aufwirbeln, haben sie's verflucht eilig.«

Drei war der erste und bisher einzige Späher, der feindliche Aktivität gemeldet hatte. Sie beobachtete den Garretschnitt, also reagierten anscheinend die am nächsten stationierten Milizeinheiten, allerdings nicht alle. »Nur die eine Lanze?«

»So ist es.«

»Welche?«

»Sie kommen gerade in Sichtweite.« Pause. »Ich kann des vorderste Fahrzeug erkennen. Sieht nach einem *Goblin* aus, Haudrauf. MAD meldet, dass alle vier die gleiche Masse haben.«

Goblins waren eine Kreuzung aus Panzer und Truppentransporter. Sie erfüllten keine der beiden Funktionen sonderlich effektiv, waren aber beliebt bei Kommandeuren, die nicht mehr C-Noten als nötig ausgeben wollten. Graf Shu stand im Ruf eines Knauserers, und nach allem, was der Pilot so sah, eiferte die Miliz der Grafschaft ihm nach. Er hätte sich etwas anderes gewünscht, als in den runderneuerten Oldtimern in die Schlacht ziehen zu müssen, die Shu seinen Soldaten aufs Auge drückte.

»Soso«, beobachtete der Pilot laut. »Die Infanterie rückt an.« Das bedeutete vermutlich, dass die Schuhe des Aufruhrs wegen anrückten. Er verzog den Mund zu einem Grinsen, das die anderen sein ›Appetitlächeln‹ nannten.

Die Straße durch die Grenen war nicht gerade vielbefahren. Für schwerbeladene Transporter war sie ziemlich schwierig zu navigieren, denn sie war steil und voller atemberaubender Panoramen, da sie häufig an steil abfallenden Felsklippen entlang führte. Aber sie war die kürzeste Strecke für Bodenfahrzeuge, und das waren die kettengetriebenen Schützenpanzer ganz eindeutig. Wenn sie Barrquell erreichen wollten, bevor der Mob es niederbrannte, blieb ihnen nur die Gebirgsstraße.

Er fuhr den *Axman* auf volle Leistung hoch und setzte ihn in Richtung des von den Spähern ausgesuchten Hinterhalts in Bewegung. Unterwegs fing er das »Alle Laster unterwegs« von Langfinger auf. Er überprüfte die Position der *Goblin*. Nach dem Hinterhalt stand ihnen noch eine halbe Stunde Fahrtzeit bevor, um die Stadtgrenze von Barrquell zu erreichen. Selbst wenn man annahm, dass es ihnen gelang, die Stadt schnell zu durchqueren, würden die Laster mit ihrer Beute bis dahin längst außer Gefahr sein. Er konnte einfach abziehen. Die Schuhe würden nie erfahren, dass er jemals hier gewesen war.

Aber das hätte ihn um seinen Spaß gebracht.

Genau wie in Severagol, als die *Vedettes* angerückt waren, setzte er alles auf den ersten Schuss. Diesmal brauchte er aber auf keinen zerbrechlichen KargoMech Rücksicht zu nehmen. Er brauchte die Opposition nicht anzugreifen, sobald sie in Sicht kam. Er konnte in aller Ruhe abwarten und die Schützenpanzer näher kommen lassen, so dass er das große Kaliber des *Axman* einsetzen konnte. Die Luxor Devastator hatte eine enorme Durchschlagskraft, aber sie war etwa so treffsicher wie eine fusionsgetriebene Wäschemangel gewebefreundlich.

Die Schuhe kamen ihm entgegen. Im wörtlichsten Sinne. Dumm und fett wälzten sie sich geradewegs in sein Schussfeld. Er feuerte auf den vordersten *Goblin*. Der Fahrer musste den Mech unmittelbar vor dem Angriff entdeckt haben, denn er reagierte unglaublich schnell. Er warf den Schützenpanzer zur Seite und versuchte den Schaden zu begrenzen, indem er den Angriff auf unbeschädigte Panzerung ablenkte. Beide schweren Laser des *Axman* gruben sich in die Flanke des Fahrzeugs und machten den Abwehrversuch des Fahrers zu einem kompletten Fehlschlag. Die Wucht der AK-Granaten aus der Devastator-Autokanone war sein Ende. Sie brachen das Panzerfahrzeug auf wie eine überreife

Frucht. Der Aufprall der Granatensalve schob den *Goblin* über die Fahrbahn davon, und die Panzerketten scheuerten Kieselschrot aus dem Asphalt, der in alle Richtungen davon stob. Die linke Kette schob sich vom Asphalt hinaus über den Abgrund. Der *Goblin* wiegte sich auf der Rumpfunterseite, hing am Rand der zweihundert Meter hohen Klippe.

Kann ich helfen?

Der *Axman* trat ein Stück vor. Ein gigantisches Metallbein schwang zurück, dann vor. Der Tritt war alles, was noch gefehlt hatte, um den Panzer in den Abgrund zu stoßen. Der Pilot drehte den Mech um. Er brauchte dem *Goblin* nicht nachzuschauen. Er konnte sich vorstellen, wie er sich in der Luft überschlug, tote und todgeweihte Infanteristen davon schleuderte, bis er aufschlug und in einem alles verzehrenden Feuerball explodierte. Er freute sich schon auf das Echo.

Fast augenblicklich bedauerte er, die Deckung verlassen zu haben, um dem Panzer den letzten Todesstoß zu verpassen. Das hatte ihn ins Schussfeld der anderen *Goblins* gebracht, und deren Besatzungen ließen sich diese Gelegenheit nicht entgehen. Drei schwere Lichtwerfer nahmen den *Axman* unter Beschuss. Zwei trafen ihn am linken Arm. Der dritte bohrte sich in den Rücken der Kampfmaschine, stieß tief in ihr Innenleben und in die interne Struktur vor.

Alarmsirenen heulten, und die Instrumentenkonsole leuchtete rot auf. Hitze schlug durch das Cockpit, als die Abschirmung des Nuklearreaktors im Herzen der Mechs riss.

Aber nicht ganz.

Die Sonnenhitze im Innern des Reaktors strahlte durch den BattleMech, aber der Reaktorkern war noch unversehrt. Die zusätzliche Hitzebelastung reichte allerdings aus, den *Axman* schwerfällig werden zu lassen, und jede weitere Breitseite riskierte eine Notstillegung. Sich sehr bewusst, wie knapp er einem abrupten Ende entkommen war, riss der Pilot den Kampfkoloss herum und wich dem nächsten Angriff der Schützenpanzer seitlich aus, während er das erste Opfer für die Vergeltung wählte.

Wieder feuerten die Laser der *Goblins*, aber die plötzliche Bewegung des Mechs ließ eine der Kanonen ins Leere feuern. Die beiden anderen Schüsse saßen. Der erste sprengte Panzerbrocken vom Torso des *Axman*, der zweite verzehrte die letzten Panzerreste am linken Arm. Der Pilot knurrte wütend, als die Funktionslichter des Impulslasers erloschen.

Zur Hölle! Zur Hölle mit diesen verdammten Schuhschildkröten!

Er löste die Devastator aus und feuerte eine massive Granatensalve in einen der *Goblin*. Der Schützenpanzer erzitterte, als der Treffer eine riesige Bresche in die Panzerung des Geschützturms schlug, aber die Granaten drangen nicht ins Innere des Fahrzeugs durch. Ohne sich um die Abwärme zu kümmern, feuerte der Mechpilot die Laser im rechten Arm auf einen anderen Panzer ab. Entfesselte Lichtenergie peitschte über die Panzerung des *Goblin*.

Mit einer Präzision, die der Pilot unter anderen Umständen bewundert hätte, feuerten die *Goblins* erneut. Der *Axman* schauderte unter dem Dreifachtreffer. Er wich nach hinten und ließ Panzerbruchstücke zurück.

Der Pilot schaffte es, den Mech aufrecht zu halten, aber es war offensichtlich, dass der Nahkampf der Treffsicherheit der Panzerschützen um nichts weniger zu Gute kam wie seiner eigenen. Diese »Schildkröten« waren aus anderem Holz geschnitzt als die *Vedettes* in Severagol, und sein Mech lief zu heiß für einen längeren Schusswechsel. Er gab eine letzte Salve mit der Devastator ab und duckte sich in Deckung. Er sah den Einschlag der Granaten nicht, aber nur zwei rubinrote Energiebahnen schnitten durch die Luft, wo der *Axman* gestanden hatte.

Zurück in Deckung, ließ er sich die Situation durch den Kopf gehen. Die Schuh-Schützenpanzer standen außer Sicht hinter einer Straßenbiegung. Im Laufe der Zeit würden die Wärmetauscher des Mechs ihn abkühlen und die Gefahr verringern, dass die Hitze die AK-Munition zur Detonation brachte. Andererseits wuchs mit jeder Minute die Gefahr, dass die Milizpanzer Verstärkung anforderten. Diese verdammten Schildkröten hatten dem *Axman* herb mitgespielt. Trotzdem war er sicher, sie erledigen zu können. Allerdings würde das ein Katz-und-Maus-Spiel werden, das ihn Zeit und den Mech noch einiges mehr kosten würde. Kein gutes Geschäft.

Was soll's. Ich habe einen erledigt, und ein anderer ist vermutlich außer Gefecht. Es würde eine Weile dauern, bis sie den Mut aufbrachten, den Kopf noch einmal um die Ecke zu schieben. Also hatten sie keine Chance, die Laster in Langfingers Team einzuholen. Also hatte er seine Arbeit erledigt. Also bestand kein Bedarf mehr, dass er sich mit den Schuhen ein Feuergefecht lieferte. Das machte ihm die Entscheidung leicht.

Er zog sich ein Stück zurück und gab eine Autokanonensalve auf den Berghang vor der Kurve ab. Die Explosion von Fels und Stein hatte etwas Befriedigendes. Der Berg von Felstrümmern, der sich auf der Fahrbahn auftürmte, erst recht. Die Schuhe würden Stunden brauchen, das wegzuräumen.

Zufrieden wendete er den *Axman* und machte sich auf den Heimweg.

16

Distrikt Mirandagol, Grafschaft Shu, Epsilon Eridani
Chaos-Marken

13. Februar 3062

Für Tybalt waren die Tage in einer fast zeitlosen Prozession vorbeigezogen, und noch immer war kein letztendliches Urteil über Stübels Tod angekündigt. Noch immer existierte er in einer nebulösen Zwischenwelt, die gelegentlich von Momenten der Erleichterung erleuchtet wurde wie jetzt gerade. Er saß mit Sam und Schneck in Halle A, trank kaltes Kai Lung und plauderte darüber, wie hart der Foltermeister sie heute im Manövergefecht und auf dem Beweglichkeitskurs getrieben hatte. Mitten in ihrer lockeren Diskussion stürmte JJ herein, triefnass vom abendlichen Gewitter. Das Gespräch verstummte, als er sich in einen Sessel fallen ließ und verkündete: »Gerade ist ein Frettchentransport aus der Hauptstadt eingetroffen.«

Damit meinte JJ Oberst Buas Truppe, die für alle politischen und militärischen Sicherheitsfragen der Grafschaft zuständige Agentur, einschließlich der Untersuchung aller Todesfälle, die möglicherweise in Verbindung mit Sabotage standen.

»Noch mehr Fragen«, seufzte Tybalt.

»Eher nicht«, widersprach JJ. »Diesmal sind's keine aktiven Frettchen. Das sind Elektronenhirten, taugen nur dazu, Formularherden über die endlosen Weiten der Bürokratie zu treiben.«

»Vielleicht haben die Blechhengste ihr Urteil gefällt.« Schneck klang hoffnungsvoll.

»Sie werden dich freisprechen, Tyb.« Sam nannte ihn schon seit einer Weile privat so. Niemand sonst in der Lanze tat es, aber es erwähnte auch niemand, nicht einmal JJ. »Wie könnten sie zu einem anderen Urteil kommen?«

Tybalt schüttelte den Kopf. »Ich will ja nicht pessimistisch sein, aber wie oft hast du es schon erlebt, dass hohe Militärs eine logische Schlussfolgerung ziehen?«

»Dann sei auch nicht pessimistisch«, schalt Sam.

Die daraufhin losbrechende Diskussion über Optimismus, Realismus und Pessimismus mit ihren freundschaftlichen Beleidigungen und gelegentlichen Rippenstübern brach abrupt ab, als ein sichtbar missmutiger Beamter den Raum betrat. Der Bürohengst reichte Tybalt eine Vorladung von Veck. Er sollte auf der Stelle zum Rapport erscheinen. Der Mann hatte keine Ahnung, was Veck wollte, aber seine kratzbürstige Art war nicht gerade aufmunternd. Trotz der fröhlichen

Ermunterungen seiner Lanzenkameraden marschierte Kelly in düsterer Erwartungshaltung zu Vecks Büro, darauf gefasst, noch mehr Ärger abzubekommen. Das Gewitter, das über die Basis zog, schien der Situation angemessener als die gute Laune seiner Kameraden.

»Setzen Sie sich«, befahl Veck, als Tybalt das Büro betrat. Er suchte das Gesicht des Commanders nach einem Hinweis auf sein Schicksal ab, aber dessen Miene war so unergründlich wie immer. Veck wartete kaum, bis der junge MechKrieger sich gesetzt hatte, bevor er zu reden begann.

»Ich bin soeben informiert worden, dass Sie von einer Mitschuld am Tod Subcommander Gunter Stübels freigesprochen wurden.« Veck warf ihm einen Datenchip zu. »Ich weiß, das offizielle Urteil ist nicht das Ende der Affäre, aber es hilft. Alle Einzelheiten stehen da drin. Worauf es hinausläuft: Ab 6 Uhr morgen früh sind Sie wieder im aktiven Dienst.«

Tybalt war froh, dass er saß. Die Erleichterung, die ihn durchflutete, ließ ihm die Knie weich werden. »Ich bin freigesprochen.«

»Die Untersuchung des Zwischenfalls ist abgeschlossen.«

»Ich weiß nicht, was ich sagen soll.«

»Sie brauchen nichts zu sagen. Aber wenn es unbedingt sein muss, sagen Sie mir, dass Sie der verdammt beste MechKrieger werden, der Sie werden können.«

Das war von Anfang an Tybalts Plan gewesen und er zögerte nicht, es auszusprechen.

»Gut. Das erwarte ich von meiner Lanze auch.«

Etwas an Vecks Haltung erschien Kelly noch steifer als üblich. Er hatte wahrlich nicht erwartet, dass der Commander ihm grinsend auf die Schulter klopfte, aber Vecks Distanz schien so gar nicht zu der guten Nachricht zu passen, die er überbracht hatte.

»Da ist noch etwas, oder?«

Veck schaute beiseite.

»Ja, ich habe noch etwas zu sagen.« Er machte eine lange Pause. »Ich spreche jetzt nicht als Ihr Ausbilder zu Ihnen, nicht einmal als Ihr Lanzenführer. Wir sind Lanzenkameraden, Kelly, und es gibt Momente, in denen das wichtiger ist als Rang oder relative Erfahrung.«

Eine weitere lange, unbeholfene Pause folgte, und Tybalt fragte sich, was dem Commander so zu schaffen machte.

»Ich mag dich, Junge«, sagte Veck. »Du hast eine Menge Potential. Lass dir nichts zu Schulden kommen, und eines Tages könntest du meinen Job haben. Wenn du Pech hast, könntest du sogar noch weiter befördert werden. Aber ich glaube, dass du auch damit fertig werden könntest. Du hast diese Stübel-Sache gut genug gemanagt, aber du solltest dir nicht unnötig noch größere Schwierigkeiten einbrocken.«

»Was für Probleme, Sir?«

»Du weißt, was ich meine.«

»Nein, Sir. Ich habe keine Ahnung, was Sie meinen.«

»Liu.«

Seit Sam sich Veck nach Stübels Tod widersetzt hatte, hatte er sie gnadenlos geschliffen. Wollte er Tybalt mitteilen, dass Sam in Schwierigkeiten steckte und dass jeder, der sich mit ihr einließ, den gleichen Ärger bekommen würde?

»Was ist mit ihr, Sir?«

»Vergiss sie.«

»Sie ist meine Lanzenkameradin, Sir.«

»Ich habe dich nie für dumm gehalten, Kelly. Enttäusch mich jetzt nicht.«

Vecks grober Ton machte Tybalt wütend. Aber er riss sich zusammen, bevor er antwortete. »Ihr, äh, Rat, Sir. Ist das ein Vorschlag oder ein Befehl?«

»Als Befehl wäre es reichlich dumm.«

Das fand Tybalt auch. Jetzt, wo er wieder ein unbescholtener MechKrieger war, stand nichts mehr zwischen ihm und Sam. Außer vielleicht Veck, und der hatte keine legale Handhabe. Also wäre es dumm gewesen, ihm zu befehlen, sich von ihr fernzuhalten, wie der Commander es selbst zugegeben hatte. Kein halbwegs intelligenter Offizier gab einen Befehl, von dem er genau wusste, dass er keine Chance hatte, durchgesetzt zu werden. Und Kelly dachte nicht daran, seine Beziehung zu Samantha Liu aufzugeben.

»Sonst noch etwas, Sir?«

Vecks Blicke bohrten sich wieder in Kellys Augen. Der Commander schüttelte nur den Kopf, und das Gespräch war vorbei.

17

Port Tsing, Grafschaft Shu, Epsilon Eridani
Chaos-Marken

20. Februar 3062

Graf Gabriel Shus Leute waren nicht in der Lage, Präsident Benton zu einem direkten Gespräch zu bewegen – eine ärgerliche und geradezu beleidigend respektlose Unhöflichkeit. Der Präsident war theoretisch verpflichtet, den Kontakt zu den regionalen Regierungschefs aufrechtzuerhalten, aber Pierre Benton ging dem Gespräch mit Gabriel schon seit Wochen aus dem Weg. Die Situation war so verfahren, dass der Graf es schon als Leistung ansah, dass er eine private Telekonferenz zustande gebracht hatte. Er bedeutete Romano, still zu sein, als sein Sekretär Pierson verkündete, die Leitung sei aufgebaut. Entschlossen, endlich sein Recht zu bekommen, verlor Gabriel keine Zeit, als Bentons müdes Gesicht auf dem Schirm erschien.

»Herr Präsident, ich und meine Grafschaft …«

Benton schnitt Gabriel mit einer Handbewegung das Wort ab. »Es geht um Ihren Disput mit Duviç, habe ich Recht?«

»Natürlich. Wie ich gerade sagen wollte, werden ich und meine Grafschaft hier ohne jeden Grund angegriffen. Diese Price ist völlig außer Kontrolle. Es muss etwas geschehen. Sie müssen handeln. Wenn die Eridani-Garde …«

»Gabriel, bitte, bitte. Wir sollten hier alle ein wenig Beherrschung beweisen.«

Gabriel kochte, nicht nur wegen Bentons vertraulicher Anrede, auch wegen des herablassenden Tons seiner Antwort. Das hier war kein kindisches Gezänke, sondern tödlicher Ernst. Davon ganz abgesehen hatte Gabriel als Graf Shu Anspruch auf einen gewissen Respekt.

»Erzählen Sie das Price«, polterte er. »Sie wird zurückstecken, wenn Sie die Garde ...«

»Gabriel, Sie sollten es besser wissen. Sie wissen doch, dass die Verfassung die Einmischung der planetaren Regierung in Handelszwistigkeiten zwischen den Jurisdiktionen ausdrücklich untersagt.«

»Die Lage ist ernst, Herr Präsident. Sie droht, noch ernster zu werden.«

»Und Souveränitätsfragen sind das auch. Sie haben noch die Schulbank gedrückt, als wir diese zerbrechliche Konföderation geschaffen haben, die wir wagen, Systemregierung zu nennen, aber Ihr Vater war bei diesem Prozess ein Wortführer, mehr als das, eine Inspiration. Ich muss Ihnen sagen, dass der Graf einer der stärksten Fürsprecher regionaler Souveränität war. Zur Hölle, er war es, der darauf bestanden hat, dass wir nicht nur die Souveränität der traditionellen Jurisdiktionen anerkennen, sondern die Pfalzen als gleichberechtigt anerkennen.«

Ja, das passt zu ihm. Gabriels Vater war ein erstaunlich demokratischer Autokrat gewesen. »Ich verstehe, wie wichtig die Einheit ist.«

»Gut. Das ist gut. Dann sollten Sie auch verstehen, warum ich mich aus diesem Konflikt heraushalten muss. Ein Dutzend Fürsten und fast ebenso viele Pfalzen drohen damit, die Föderation zu verlassen, wenn ich planetare Truppen in Marsch setze. Als ob ich welche übrig hätte. Sie wissen so gut wie jeder andere, dass die Banditenüberfälle zunehmen. Und wir haben Feinde da draußen, Gabriel. Leute, die der Unabhängigkeit Epsilon E.s keine Träne nachweinen würden. Was, wenn diese sogenannten Banditenüberfälle nur im Auftrag dieser Feinde unsere Verteidigungsbereitschaft testen sollen? Es läuft auch gar nicht gut auf Ingress. Wir müssen unsere Nachbarn bei ihrem Versuch unterstützen, sich aus dem Herzogtum Small zu lösen. Wenn sie den Kampf verlieren, könnten wir das nächste Opfer auf Smalls Liste sein. Das könnte die Entsendung zusätzlicher Truppen erfordern.«

»Ingress kann mir gestohlen bleiben. Wir stehen hier zu Hause auf Epsilon E. vor dem Ausbruch eines Bürgerkriegs. Ihre Hauptverantwortung, Herr Präsident, liegt hier. Sie sollten sich damit auseinandersetzen, was geschieht, nicht damit, was geschehen könnte oder was irgendein nebulöser Feind tun könnte. Ich bin überzeugt davon, dass ein Eingreifen hier dringend erforderlich ist.«

»Predigen Sie nicht zu Leuten, die Ihnen Jahrzehnte voraus haben, junger Mann. Glauben Sie etwa, ich wüsste nicht, dass uns ein Bürgerkrieg droht? Ich habe Albträume deswegen. Und wenn ich Ihnen planetare Truppen schicke, Gabriel, wird genau dieser Bürgerkrieg ausbrechen. Und er wird nicht nur zwischen Ihnen und Duviç ausbrechen.« Als hätte er an seinem Wagen einen anderen Gang eingelegt, verzog sich Bentons Groll, und eine beschwichtigende Miene trat an seinen Platz. »Hören Sie, Gabriel, es sind eine Menge hitziger Worte gefallen, und es hat viel zu viel Säbelrasseln gegeben. Nein, das ist keine Anschuldigung. Ich beschuldige niemanden. Ich würde es vorziehen, wenn sich die Dinge friedlich regeln ließen. Verstehen Sie? Ein Krieg wäre für niemanden von Vorteil.«

»Ein Krieg ist das Letzte, was ich will.«

»Gut. Es freut mich, das zu hören. In diesem Falle werde ich Ihnen sagen, was ich von Ihnen erwarte. Sie oder ein Stellvertreter werden sich vor Ende der Woche mit Duviçs Repräsentant an einen Tisch setzen. Ich habe einen Treffpunkt arrangiert. Natürlich auf neutralem Boden. Die arousischen Behörden haben, ähem, angeboten, dafür den Gewerkschaftspalast in Dori zur Verfügung zu stellen. Der Aroussee soll um diese Jahreszeit himmlisch sein. Es soll dort eine sehr friedliche, beruhigende Atmosphäre herrschen. Ich hoffe, diese Begegnung wird genau diesen Effekt auf die Situation haben.«

Gabriel erklärte sich einverstanden. Benton hatte ihm eine letzte Chance geboten, diesem Wahnsinn ein Ende zu machen. Wie hätte er ablehnen können? Wenn es noch eine Möglichkeit gab, zu einer friedlichen Lösung zu kommen, musste er sie nutzen.

»Sie tun das Richtige, Gabriel«, versicherte Benton ihm.

Gabriel unterbrach die Verbindung und sank in die Polster des Sessels. »Versteht er nicht, dass Price keine Ruhe geben wird?«

Romano zuckte die Schultern und klimperte mit den Eiswürfeln in ihrem Glas. »Es könnte sein, dass die ganzen Duviçer Reden und das, was war noch der charmante Ausdruck, den unser geliebter Präsident benutzt hat? Ach ja, Säbelrasseln. Es könnte sein, dass all dieses *Säbelrasseln* nur den Zweck hatte, der Pfalz eine bessere Verhandlungsposition zu sichern.«

»Glaubst du?«

»Nein. Ich bin überzeugt, wenn der freie Warenverkehr es nicht hergibt, wird Vorsitzende Price einen anderen Kriegsgrund finden.«

»Bist du dir da sicher, Romano? Sind wir wirklich zu diesem Irrsinn verdammt?« Gabriel wollte es nicht glauben, aber es schien unausweichlich.

»Ich werde dir sagen, wessen ich mir sicher bin. Ich bin absolut sicher, dass *du* auf keinen Fall zu diesem Treffen darfst. Die Gelegenheit wäre für bestimmte Kreise zu verlockend.«

Sie debattierten bis tief in die Nacht, wer von ihnen zu den Gesprächen reisen würde. Schließlich setzte Romano sich durch. Wie immer. Am nächsten Morgen zündete Gabriel im Familienschrein Kerzen an and betete zu seinen Vorfahren, damit sie alles taten, was in ihrer Macht stand, um zu verhindern, dass seine Schwester zu Vorsitzende Price' Kriegsgrund wurde.

Teil II

Ende der Unschuld

18

Distrikt Mirandagol, Grafschaft Shu, Epsilon Eridani
Chaos-Marken

22. Februar 3062

Seit dem unheilschwangeren Befehl, die BattleMechs kampfbereit zu machen, überschlugen sich die Gerüchte. Duviç hatte Wolfs Dragoner oder eine andere mächtige Söldnereinheit engagiert. Duviç hatte den Oberlauf des Barr vergiftet. Duviç hatte alle *Lineholder* aufgekauft, die im letzten Monat bei Kressly Kriegswerke vom Band gelaufen waren. Duviç zog seine Truppen zum Angriff zusammen. Duviç verteilte seine Truppen zum Angriff. Duviç hatte demobilisiert.

Und selbst wenn ein Gerücht nicht direkt etwas mit der Duviçer Pfalz und ihren Absichten der Grafschaft Shu gegenüber zu tun hatte, spielte der Duviçer Schatten fast immer irgendwie mit hinein. Die Einheit stand vor dem Einsatz in der Pfalz. Die Einheit stand vor der Auflösung, weil die Duviçer eingelenkt hatten. In Port Tsing stiegen wegen Duviçer Strafzölle die Preise. Die Einheit stand vor der Aktivierung, um den Wachdienst an der Duviçer Grenze zu übernehmen. Eine Menge Gerüchte drehten sich um einen baldigen Einsatz des Freiwilligen-Bataillons, aber soweit Tybalt das feststellen konnte, stand der in absehbarer Zeit nicht bevor, es sei denn, die Duviçer hätten tatsächlich angegriffen oder die Piraten schlugen irgendwo ganz in der Nähe zu.

Auch über die Banditen waren reichlich Gerüchte im Umlauf, aber da allgemein bekannt war, dass die Pfalz selbst ein Banditenproblem hatte, spielte Duviç dabei nur selten die Rolle des Drahtziehers. Es gab reichlich Ideen, um wen es sich bei den Piraten handeln könnte, einschließlich des wirklich aberwitzigen Vorschlags, es könnten Renegaten der Eridani-Garde sein. Wo mit dem nächsten Angriff zu rechnen war, lieferte ein beliebtes Diskussionsthema. Es gab genug Spekulationen darüber, wie stark die Banditen wirklich waren, und nicht zu knappes Geprahle darüber, wie schwach sie waren und wie leicht es dem FBGS fallen würde, sie aus dem Feld zu schlagen. Tybalt beachtete das Banditengeplauder mehr, weil das Freiwilligen-Bataillon schlussendlich ausgehoben worden war, um die Grafschaft Shu zu verteidigen und die Banditen zu zerschlagen. Es war nur logisch, dass sie eines Tages gegen sie in den Kampf ziehen würden.

Und natürlich hieß es auch etwa einmal pro Woche, das Bataillon würde ins All aufbrechen, um Präsident Bentons außenpolitische Abenteuer zu unterstützen.

Da die Nachrichtensperre der Phantommajorin weiterhin bestand, erreichten die Basis kaum handfeste Informationen. Selbst der Briefverkehr wurde zensiert. Aber das Interesse daran, was in der Welt vorging, ließ sich nicht per Befehl einfach abstellen, mit dem Ergebnis, dass die Gerüchteküche auf Hochtouren lief. Die mehr oder weniger wilden Pseudonachrichten schwappten ebenso über Veck's Vigilantes wie über den Rest des FBGS, aber bei ihnen liefen sich die meisten an ihrem Wellenbrecher JJ tot, der es sich zur Gewohnheit gemacht hatte, seinem Spitznamen Frettchen Ehre zu machen und harte Fakten zu liefern.

Die Lanze duschte sich gerade den Schweiß der morgendlichen Sportübungen ab, als Schneck erzählte, was er von einer Tech in Acevedos Lanze gehört hatte. Es hieß, die Vigilantes sollten einen Missionsauftrag erhalten. Ihre Mechs seien vorige Nacht umlackiert worden. Tybalt gab zu, dass er draußen auf dem Platz Lösungsmittel gerochen hatte. Auf die Frage, was los war, konnte JJ nur antworten, er wisse von nichts. Tybalt und Sam wechselten erstaunte Blicke. Wenn JJ nicht wusste, was abging, war das äußerst bemerkenswert.

JJ mochte diesmal nichts wissen, Veck hingegen war im Bilde. Der Commander stürmte in die Kaserne und brüllte seine Lanze an, Ausgehuniform anzulegen. Er selbst steckte schon in der rot-goldenen Prachtuniform.

»Ausgehuniform?«

»Für Fragen ist später noch Zeit. TEMPO!«, bellte Veck.

Und sie machten Tempo. Trotzdem dauerte es eine Viertelstunde bis alle Krägen geknöpft, Stiefel geschnürt, Bügelfalten nachgezogen und Hemdschöße weggesteckt waren. Eine Viertelstunde, während der die einzige Antwort des ungeduldigen Commanders darin bestand, seine Untergebenen anzutreiben, sich mehr zu beeilen und auf das Ankleiden zu konzentrieren. Als sie schließlich soweit waren, nickte Veck zufrieden und führte sie hinaus auf den Exerzierplatz.

Ihre Mechs standen schon auf dem Asphalt. Die Techs hatten sie aus dem Hangar gebracht. Wieder roch Tybalt Lösungsmittel. Zwischen den Einheitsabzeichen, ID-Schriftzügen und Kennnummern glänzte frischer Lack. Einzelne Rumpfabschnitte waren wie zu einer Parade weiß abgesetzt.

Das lauter werdende Brummen eines sich nähernden Hubschraubers ließ alle zum Himmel blicken. Noch war die Maschine nicht in Sicht, aber der Motorenlärm machte klar, dass sie schon in der Nähe sein musste.

»Aufstellung an den Maschinen, Jockeys«, befahl Veck.

Kelly war schon halb am *Commando*, als ihm auffiel, dass Veck sie zum ersten Mal nicht als Mechpaviane oder mit einer anderen abfälligen Bezeichnung tituliert hatte. Das konnte nur eines bedeuten: Die Einheit war tatsächlich im aktiven Dienst. Er wollte aufheulen vor Freude und Erleichterung, verkniff es sich aber. Er konnte sich denken, dass ihm das im günstigsten Fall eine lautstarke und erniedrigende Schimpfkanonade Vecks eingetragen hätte. Er beschränkte sich auf ein breites Grinsen, als er neben der Leiter des leichten Mechs Haltung annahm.

Der *Karnov* kam näher. Er flog die Basis flach über die Einöden an und hatte direkten Kurs auf den Platz. Die Maschine war im Rot und Gold Grafschaft Shus lackiert. Als sie das Feld erreichte, drehte der Pilot und richtete sie zur Landung aus. Staub wehte über den Platz, als die Motoren der Schwenkflügelmaschine zur Landung senkrecht drehten.

»In Ordnung, Jockeys.« Über dem Donnern der Propellerturbinen des *Karnov* war Veck kaum zu hören. »Jetzt wird es ernst. Es ist nicht gerade eine schicksalhafte Begegnung, aber damit euch das klar ist: Euer persönliches Schicksal kann durchaus davon abhängen, wie ihr euch schlagt. Ihr steht vor der Begegnung mit der Person, die bei eurer Beurteilung das lauteste Wörtchen mitreden wird. Haltet euch gerade. Macht mir keine Schande. Verstanden?«

»Verstanden, Sir!«

Veck nickte knapp und zufrieden und verließ sie. Er stand an der Luke des Hubschraubers, als sie sich öffnete. Der Commander ignorierte die Sicherheitsleute, die aus dem Transporter schwärmten, aber er salutierte vor der nächsten Person, die ihn verlies.

Kelly erkannte Romano Shu, sobald sie aus der Luke trat. Alle Soldaten hatten in den Nachrichten häufig genug ihr bildhübsches Gesicht gesehen. Manche von ihnen, darunter Tybalt, noch mehr – im Traum. Aber es war eine höchst lebendige, sehr reale Lady Shu, die jetzt aus der Maschine stieg und Veck begrüßte.

»Schön, Sie wiederzusehen, Commander Veck.«

»Ich bin geehrt, dass Sie sich an mich erinnern, Lady Shu.«

»Was für eine Lady wäre ich, wenn ich einen Gentleman wie Sie vergessen könnte. Ich hoffe, der Bericht der Untersuchungskommission über die Tragödie war zufriedenstellend.«

»Meine Einheit ist dienstbereit.«

»Davon gehe ich aus. Lassen Sie sehen.«

Veck verbeugte sich und führte Lady Shu an der Linie entlang, beginnend mit JJ und dessen *Javelin*.

In Wirklichkeit hatte sie eine noch lebendigere und hinreißendere Ausstrahlung als in den Nachrichten, und das lag nicht nur an ihrer Kleidung, auch wenn die beileibe nicht störte. Sie trug einen eleganten, körperbetonten Overall, wie ihn die publicitybewussteren Mecheinheiten trugen. Er orientierte sich in Farben und Schnitt an den Monturen des

FBGS, aber kein Eridani-Militär hatte je einen derartigen Overall ausgegeben. Wenn doch, hätten die männlichen Piloten zusätzliche Kühlflüssigkeit für die Westen benötigt.

Das Husarenjäckchen, das sie über der linken Schulter trug, war auch keine Eridani-Uniform. *Marik*, dachte Tybalt, und nach Einheitsabzeichen und Litzen zu urteilen, hatte es ursprünglich einem Ritter der Inneren Sphäre gehört. Das Fehlen von Aufnähern Haus Mariks oder der Liga Freier Welten zeigte, dass die Jacke kein Loyalitätszeichen, sondern ein Geschenk oder eine Trophäe war. Möglicherweise stammte sie von einem der MechKrieger-Liebhaber Lady Romanos, über die es reichlich Spekulationen gab. Vielleicht auch nicht. Die Goldlitzen funkelten bei jeder Bewegung im Sonnenlicht und zogen die Aufmerksamkeit auf sie. Das war vermutlich Grund genug für sie, das Jäckchen zu tragen.

Die Spekulationen lösten sich, zusammen mit den meisten höheren Zerebralfunktionen Tybalts, in Wohlgefallen auf, als die Lady sich seinem *Commando* näherte.

»Ah, Subcommander Kelly.«

Kelly bemerkte kaum, dass sie seinen Namen kannte. Er war zu geschockt davon, dass sie die Hand ausstreckte. Das war keine auf Planeten mit capellanischem Kulturerbe übliche Geste, aber es hatte noch die wenigsten Ladys in *Mechkampf!*, auch keine offen liaofreundlichen, davon abgehalten, MechKrieger so zu begrüßen. Kelly schob seine Hand unter die zarten Finger und beugte den Kopf. Er wagte nicht, sie zu küssen.

»Mylady.«

»Wie galant. In diesen rauen Zeiten begegnet man selten solcher Höflichkeit. Es wird so viel Aufmerksamkeit der Pflicht gewidmet und so wenig dem Benehmen. Wie kommt es, dass Sie hier sind, mein hübscher junger MechKrieger, und keinen Vidhelden spielen?«

»Es ist mir eine Freude zu dienen.«

»Wirklich?« Sie zog eine Augenbraue schräg, und ein verschmitztes Lächeln umspielte ihre Lippen. »Ich bin sicher,

Sie machen Ihre Sache gut, wenn Sie die Chance erhalten. Und die Freude könnte möglicherweise nicht einseitig sein.« Sie kicherte über seine offensichtliche Verlegenheit. »Ich bin mir sicher, wir werden uns noch begegnen. Commander Veck, bitte stellen Sie mir den Rest Ihrer tapferen MechKrieger vor.«

Als sie weiterging und außer Hörweite war, flüsterte JJ: »MedTech, MedTech. MechKrieger braucht Hilfe. Kühlwestenausfall durch Überlastung.«

»JJ?«

»Ja, Eismann?«

»Halt die Klappe.«

Als die Inspektion vorbei war, und Veck Lady Shu in die Basis begleitete, stellte Tybalt fest, dass JJ nicht der einzige seiner Kameraden war, der das Geplänkel mit der Schwester des Grafen verfolgt hatte. Nachdem Sam sich etwas beruhigt hatte, brachte er heraus: »Herrschaftszeiten, Sam. Ich war nur höflich.«

»Ich war nur höflich«, wiederholte sie, immer noch kurz vor einem neuen Wutausbruch. »Du hast dich benommen wie ein Schosshündchen mit heraushängender Zunge.«

»Hechel, hechel«, setzte JJ hinzu.

Schneck grinste nur, und Tybalt wurde puterrot.

19

Distrikt Arousia, Region Arousia, Epsilon Eridani
Chaos-Marken

23. Februar 3062

Am nächsten Tag befanden Tybalt und die Vigilantes sich auf ihrer ersten offiziellen Mission und marschierten am rosigen Ufer des Seebads Arous entlang nach Dori.

»Commander, ich zeichne Mechs«, meldete Schneck über die Lanzenverbindung. Er gab die Koordinaten durch. »Zwo Maschinen. Kein IFF-Signal.«

Eine unbekannte Mechtruppe war ganz und gar nicht die Art Gesellschaft, auf die die Vigilantes Wert legten, nicht einmal mit zweieinhalbfacher Übermacht. Ihre Mission als Lady Shus Ehrengarde sah keinen Gefechtseinsatz vor. Ganz im Gegenteil. Der Distrikt Arousia sollte als neutraler Boden dienen. Lady Shu war zu Friedensverhandlungen hier, um die Differenzen zwischen der Grafschaft Shu und der Duviçer Pfalz zu klären, bevor es zum offenen Schusswechsel kam.

»Zu uns gehören die nicht«, bemerkte JJ unnötigerweise.

»Aber wer ist es dann?«, wollte Tybalt wissen. Er vergewisserte sich auf der Ortung, dass Lady Shus Transportfahrzeug außer Gefahr war. »Banditen oder Doofviçer?«

»Es könnten Eridani-Gardisten sein«, schlug Sam vor. »Das hier ist Präsident Bentons Show.«

»Genug gelabert«, entschied Veck. »Trahn, versuchen Sie ihr Bestes, genauere Daten zu bekommen. Und melden Sie sich, sobald die beiden das geringste Interesse an uns zeigen. Bis dahin halten wir Kurs. Und den Kanal frei.«

Schneck konnte die beiden unbekannten Maschinen als leichte Mechs identifizieren, aber mehr nicht. Die beiden zeigten kein Interesse an den Vigilante-Maschinen, schienen aber dasselbe Ziel zu haben: Dori. Kurz bevor die beiden Impulse vom Ortungsschirm in die Straßen der Stadt verschwanden, verkündete Schneck, noch zwei, vielleicht sogar drei weitere BattleMechs geortet zu haben, die bereits im Stadtgebiet waren, diesmal schwerere Maschinen. Eine davon war ein überschwerer Mech, ein mechanisches Ungetüm, das allein soviel wog wie mindestens drei der Maschinen in Vecks Lanze.

»Könnte das 'ne Falle sein?«, fragte JJ.

»Wenn es eine ist, strengen sie sich nicht gerade an, sich zu verstecken«, antwortete Tybalt. Im Moment blieb ihnen nichts anderes übrig, als weiterzugehen.

Etwa einen Kilometer vor der Stadtgrenze erreichten sie etwas, das auf den ersten Blick wie eine Straßensperre aussah. Tatsächlich war es ein Begrüßungskomitee, komplett mit Medienpräsenz. Romano Shu stieg aus der Limousine, um sich in der Aufmerksamkeit zu sonnen, und Veck verließ ebenfalls den Mech, aber der Rest der Vigilantes blieb im Cockpit und hielt die Augen offen. Tybalt streckte die Hand aus und aktivierte die Außenmikros, um mitzubekommen, was gesagt wurde.

»Kwai!«, strahlte Lady Shu den Anführer der Willkommensdelegation an, einen Mann in normaler Geschäftskleidung, der sich zwischen den zeremoniellen Roben der arousischen Würdenträger deutlich abhob. »Höchstpersönlich! Jetzt weiß ich, dass dieses kleine Tête-a-tête tatsächlich die Unterstützung Präsident Bentons genießt.«

»Es ist mir, wie immer, eine Freude, Lady Shu.« Minister Kwai Jaimes Körpersprache passte nicht zu seinem freundlichen Tonfall. »Die Stadtältesten von Dori haben mich gebeten, die Delegation zu begleiten und Sie in der Stadt willkommen zu heißen. Sie hielten es für besser, dass ich als ranghöchster Repräsentant aus der Hauptstadt die Vorstellungen übernehme. Wenn Sie nichts einzuwenden haben, möchte ich das jetzt erledigen, und danach können wir eine kleine Zeremonie genießen.«

»Ich freue mich darauf, die ehrwürdigen Mitglieder der Delegation zu treffen, Kwai, aber falls Sie bei der Zeremonie eine Rede halten wollen, würde ich darauf lieber verzichten.«

Minister Jaimes Miene verdüsterte sich.

»Oh!« Lady Shu klang entsetzt. »Ich habe mich versprochen. Ich wollte natürlich sagen, ich würde lieber auf die Zeremonie verzichten, falls Sie *keine* Rede halten.«

Jaime beruhigte sich und machte sich an die Vorstellung. Tybalt sah, was dem Minister entging: Lady Shus Augenzwinkern in Richtung Veck. Nach Abschluss der Vorstellungen folgte die »kleine Zeremonie«. Vierzig Minuten später kam

Föderationsminister Kwai Jaime endlich zum Schluss seiner Willkommensansprache und bedeutete den Vidreportern, die Aufzeichnung zu beenden. Er nahm ein Lesegerät von einem wartenden Adjutanten und hielt es Lady Shu hin.

»Hier finden Sie die Einzelheiten der Sicherheitsarrangements zur Begutachtung durch Ihren Gardehauptmann. Ich bin sicher, alles wird zu Ihrer Zufriedenheit sein. Da ich auch sicher bin, dass Mylady sich von der Reise wird erholen wollen, können wir ohne weitere Verzögerung aufbrechen.«

Lady Shu forderte Veck mit einem kurzen Nicken auf, das Lesegerät anzunehmen, und stellte fest: »Mylady möchte sich so bald wie möglich mit dem Duviçer Verhandlungsführer treffen.«

»Minister Waterhouse hat mir mitgeteilt, dass er morgen am frühen Vormittag zu einem Gespräch bereitsteht.«

Veck schaute vom Lesegerät auf. »Wer gehört zu den BattleMechs?«

»Das ist Minister Waterhouses Ehrengarde«, antwortete Jaime desinteressiert.

Damit war Veck nicht zufrieden. »Beide Gruppen?«

»Beide?« Jaime blinzelte wie ein Vogel, der gerade gegen eine Fensterscheibe geprallt war. »Ja, natürlich. Was sollten sie sonst sein?«

»Wenn sie beide zur Ehrengarde des Ministers gehören, warum sind sie dann separat eingetroffen?«

Jaime seufzte. »Das weiß ich nicht. Es hat militärische Gründe, nehme ich an. Ist es das nicht immer? Außerdem, warum sollten sie nicht separat eintreffen? Die Maschinen gehören zwei verschiedenen Söldnereinheiten an.«

»Welchen Einheiten?«, wollte Veck wissen.

»Ich weiß es nicht, Commander. Es sind Söldner. Ich halte die Namen ihrer Einheiten nicht für sonderlich bedeutsam. Dies ist keine Kriegszone, und sie sind nicht zum Kämpfen hier. Vielleicht sollten Sie MechKrieger alle gemeinsam etwas trinken gehen und auf den bevorstehenden Frieden anstoßen. Lady Shu, ...«

Romano unterbrach ihn. »Lady Shu hält die Frage des Commanders für sehr vernünftig. Wer sind diese Söldner? Sie wissen es nicht? Price schickt Söldnereinheiten in diese Stadt, und Sie fragen nicht einmal?«

»Ich habe Ihnen bereits erklärt, dass ...«

»Was Sie uns bereits erzählt haben, ist unerheblich. Insbesondere, da Sie uns als Nächstes mitteilen werden, dass Sie die gewünschten Informationen auf der Stelle besorgen werden.«

»Das ist ...«

»Eine Unverschämtheit? Sicher, aber nur eine geringfügige. Sicherlich würde man sie in zivilisierten Kreisen kaum in einem Atemzug mit der Unverschämtheit erwähnen, an Stelle von Haushaltstruppen Söldner zu einer Regierungskonferenz zu schicken, aber davon reden wir ja nicht, oder? Nein, wir reden über mein unverschämtes Benehmen. Es tut mir so leid, Minister, aber solche Unverschämtheiten gehören für eine Herrscherdynastie wie meine Familie einfach dazu. Ich kann sie mir nicht verkneifen. Es muss in meinem Erbgut angelegt sein. Aber Sie haben Ihre Position frei gewählt, nicht wahr? Sie ist das Ergebnis von Anstrengung und Willenskraft. Sie sind kein Gefangener Ihrer Gene. Sie sind dank Können und Leistung durch die Ränge der Bürokratie aufgestiegen. Wie traurig, dass es die Aufgabe eines Bürokraten ist, Befehle auszuführen, besonders die Befehle, die er von einer unverschämten dynastischen Herrscherin erhält. Es wäre allerdings noch trauriger, würde eine solche Herrscherin sich an Präsident Benton wenden, weil man ihr nicht gehorcht. Wir verstehen uns doch, Minister Jaime?«

Anscheinend schon, denn die Informationen ließen nicht lange auf sich warten.

Wie sich herausstellte, nannte die erste der beiden Einheiten sich »Die 48.«, und die andere schien keinen Einheitsnamen zu besitzen, sondern wurde einfach nach ihrem Kommandeur, Kingston Crawford, als Crawfords BattleMechs bezeichnet. Oberst Buas Frettchen hatten beide Einheiten bereits in der Duviçer Gefechtsaufstellung entdeckt, so dass ihre Anwesenheit kein bis dato unbekannter Faktor war. Über die beiden Einheiten war wenig bekannt. Die Frettchen hatten über die Namen der beiden Kommandeure hinaus kaum etwas Nennenswertes herausgefunden, aber was es an Informationen gab, tauschten die Vigilantes auf dem Weg in die Stadt über den Lanzenkanal aus.

Crawfords BattleMechs waren laut JJ-genehmigtem Gerücht eine Splittergruppe der Söldnereinheit Zahn des Ymir, MechKrieger, die sich geweigert hatten, mit dem Rest der Einheit in Haus Liaos Diensten zu bleiben. Das war eine Haltung, die Respekt verdiente. Crawfords Mechstärke war nicht bekannt, aber es hieß, auf der Duviçer Soldliste stünden zwei Lanzen. Bisher hatte Oberst Bua noch nicht verraten, was über die genauen Mechtypen bekannt war, falls überhaupt etwas. Aber es ging das Gerücht, dass Crawford eine Art »Bäumchen wechsle dich« spielte, denn die Zusammensetzung der Lanzen schien sich ständig zu verändern, und es gab Sichtungen von Mechs eines Bautyps in unterschiedlichen Bemalungen. JJ hielt es für denkbar, dass die Lanzen unter Sollstärke waren und das Umlackieren über ihre tatsächliche Schwäche hinwegtäuschen sollte, obwohl Crawfords MechKrieger mit einem überschweren und mehreren mittelschweren Mechs am oberen Ende der Gewichtsklasse in jedem Fall eine beachtliche Schlagkraft besaßen.

Die 48. war, laut Frettchen und anderen Berichten, eine rein draconische Einheit. Sam hielt sie möglicherweise für Ronin, Krieger, deren Lord gestorben war und sie herrenlos zurückgelassen hatte, so dass sie gezwungen waren, sich ein Einkommen zu verdienen, indem sie sich als Söldner anboten. Die 48. sollte eine ganz aus leichten Maschinen bestehende Einheit sein, die sich auf Erkundungsmissionen und einfache Überfallaktionen spezialisiert hatte. Wenn die Piloten tatsächlich Ronin waren, konnte es durchaus sein, dass sie sich einfach keine schwereren Maschinen leisten konnten.

Das Ronin-Phänomen war früher ziemlich verbreitet gewesen, aber inzwischen wurden die meisten draconischen Überlebenden zerschlagener Einheiten einfach zu einem anderen Regiment versetzt. Ebenso wie Mecheigner wurden auch Krieger mit unbedingter Hingabe an die Samuraiethik mehr und mehr zur Seltenheit. Tybalt bedauerte das und hoffte, dass die Gerüchte über eine Wiederbelebung der Samuraitradition in bestimmten Teilen der Kombinatsgesellschaft der Wahrheit entsprachen.

»Ich würde der Ronin-Theorie nicht zu viel Gewicht beimessen«, riet JJ. »Wie es heißt, soll ›die 48.‹ in einem gehörigen Brocken von Landungsschiff angekommen sein. Ein *Overlord*, heißt es.«

»Das ist unbestätigt«, erklärte Veck. »Wir haben Besseres zu tun, als uns über Gerüchte den Kopf zu zerbrechen. Zurück an die Arbeit.«

Die Arbeit erwies sich als Teilnahme an einer Parade, als Minister Jaimes Prozession sie auf einer von den städtischen Behörden genehmigten Route in die Stadt führte. Stellenweise säumten Menschen die Straßen. Viele schienen von der Anwesenheit der BattleMechs verwirrt oder verängstigt, aber die meisten starrten in stummem Staunen zu ihnen auf. Ein paar mussten von ihren Nachbarn festgehalten werden, um zu verhindern, dass sie auf die Fahrbahn rannten und zertrampelt wurden. Die Route führte sie an den bedeutendsten Sehenswürdigkeiten Doris vorbei und schloss einige spektakuläre Aussichten auf das saphirblaue Wasser des Aroussees ein. Sie kamen auch an zwei Duviçer Mechs vorüber. Minister Jaime bestätigte, dass sie noch einen zweiten Platz an einer anderen Stelle belegt hatten.

»Probleme in der Befehlskette?«, spekulierte JJ.

»Mögliche Rivalitäten«, stimmte Veck zu.

»Könnte nützlich sein, falls wir gegen sie kämpfen müssen«, erklärte Kelly.

»Wir sind nicht hier, um gegen sie zu kämpfen«, erinnerte Sam Liu die anderen. »Das ist eine Friedensmission.«

Die beiden Maschinen waren die leichten Mechs, die Schneck auf dem Weg in die Stadt geortet hatte: ein *Panther* und ein *Jenner*. Laut Minister Jaime waren beide Eigentum der 48. Beide Maschinen waren 35-t-Mechs und galten als draconische Modelle, weil sie schon lange vor der Geburt von Commander Veck einen Großteil der leichten Mechstreitkräfte des Kombinats stellten. An den Mechs waren keine der neuesten Modernisierungen zu erkennen, aber sie wirkten gut gepflegt, was vermuten ließ, dass die Ronin zwar keine Berge von C-Noten besaßen, wohl aber ihren Stolz gerettet hatten.

Als die Parade endlich auch an Crawfords BattleMechs vorbeizog, war JJ der erste, der reagierte.

»Seht euch dieses Monster an!«

Das Monster war ein 100 Tonnen schwerer *Pillager*. Die wuchtigen Schultern und die tiefsitzende, schmale Pilotenkanzel verliehen der Maschine ein brutales Aussehen, das an die Schlägertypen erinnerte, die den Helden in Krimis regelmäßig mit Prügeln drohten. Metalldornen an den Knöcheln der modellierten Fäuste erinnerten an Tigerkrallen oder Schlagringe und verstärkten den bedrohlichen Effekt noch.

»So etwas habe ich noch nie gesehen«, hauchte Schneck ehrfürchtig.

Das war nicht weiter überraschend. Der *Pillager* hatte die glatte, gerundete Panzerung, wie sie generell mit älteren Modellen aus der Zeit vor dem Zerfall des Ersten Sternenbunds in Verbindung gebracht wurde. Diese früher einmal durchaus häufigen Maschinen waren im Laufe der Zeit fast gänzlich verschwunden, aber wie der Sternenbund erlebten sie zur Zeit eine Wiedergeburt. ComStar hatte Hunderte aus geheimen Lagerhallen geholt, und viele alte Modelle, deren Pläne in einem von der Gray Death Legion geborgenen Kernspeicher aufgetaucht waren, wurden nach und nach wieder produziert. Auf abseits gelegenen Welten wie Epsilon Eridani waren sie bislang jedoch kaum aufgetaucht.

»Was meint ihr? Original oder Nachbau?«, fragte Sam.

»Keine Ahnung«, war die einhellige Antwort.

Tonne für Tonne waren Sternenbundmaschinen schneller, stärker, besser gepanzert und besser bewaffnet als die BattleMechs, die man während des langen, langsamen Niedergangs nach dem Auseinanderbrechen des ursprünglichen Sternenbunds in den Nachfolgerstaaten gebaut hatte. Sie erreichten keine Clan-Standards, nicht einmal die der neuesten FIS-OmniMechs, aber sie waren auch so gehörig harte Brocken. Gleichgültig ob Original oder Nachbau, dieser *Pillager* war ohne Zweifel eine gewaltige Kampfmaschine. Er war mit einem schweren Laser am rechten Unterarm und zwei mittelschweren am linken bestückt. Laut Schneck kamen noch zwei weitere mittelschwere Lichtwerfer hinzu, einer im Torso, wo die Konstrukteure noch eine Lücke gefunden haben mussten, und einer am Kopf, wo er etwas geschwenkt werden konnte. Aber die Hauptbewaffnung bestand aus den zwei Gaussgeschützen im Innern des wuchtigen Torsos. Diese Zwillingsmagnetkanonen verschossen nickelüberzogene Stahlkugeln, die in der Lage waren, leichteren Maschinen einen Arm oder ein Bein glatt abzureißen oder sich schwereren bis ins Herz zu bohren. Der überschwere Kampfkoloss war eine nahezu perfekte Vernichtungsmaschine, neben der der 50 Tonnen schwere *Enforcer* und der 40 Tonnen schwere *Clint*, die sie flankierten, wie Zwerge wirkten, von den leichten Mechs der Vigilantes ganz zu schweigen.

Tybalt nahm am aufgeregten Geplapper seiner Lanzenkameraden nicht Teil, war aber von der Maschine nicht minder beeindruckt als sie. Als Veck keine Anstalten machte, das begeisterte Teenagergeplapper zu unterbinden, fragte Kelly sich, ob er mithörte. »Commander, sind Sie auf Leitung?«

»Ja, Kelly, bin ich. Ich denke nur nach.«

»Darüber, wie man einen *Pillager* besiegen könnte?«

Vecks Antwort überraschte Tybalt. »Unter den Banditen-Mechs beim Überfall auf die Gesamtbergbauanlage in Comatonfels war ein *Enforcer*. Und ein *Clint*.«

»Und ein *Axman*«, fügte JJ hinzu.

»Was ist mit *Pillagern, Panthern* und *Jennern*?«, fragte Schneck.

»Nicht dass ich davon gehört hätte«, erwiderte JJ. »Sie, Commander?«

»Vorsitzende Price hat ebenso wenig all ihre Mechs hierher geschickt wie Graf Shu.«

»Wollen Sie damit sagen, diese Typen sind die Banditen?«

»Vorsicht, Commander«, warnte Romano Shu und verriet, dass sie eine Verbindung zum Lanzenkanal hatte. »Eine wohlgeschärfte Paranoia mag vielerorts ihren Wert haben, aber in die falsche Richtung gelenkt ist sie gefährlicher als jeder Feind. Sie bewegen sich auf die Art Mutmaßung zu, die Kriege auslöst. Wir sind hier, um einen zu verhindern.«

Das beendete die Spekulationen der Vigilantes, aber Tybalt war sich sicher, dass die anderen sich ebenso wie er ihre Gedanken über die Worte des Commanders machten.

20

Dori, Region Arousia, Epsilon Eridani
Chaos-Marken

24. Februar 3062

Am nächsten Tag entschied Tybalt, dass sie, nachdem Lady Shu sicher in Dori eingetroffen war, ihre Befehle erfüllt hatten, zumindest, bis sie bereit zur Abreise war. Da die Mechs, wie in den Bedingungen der Konferenz festgelegt, für deren Dauer abgeschaltet waren, blieb den MechKriegern nicht viel zu tun – zumindest nicht offiziell. Er freute sich darauf, zusammen mit Sam die Stadt zu erkunden. Jedenfalls, bis JJ mit der Neuigkeit hereinplatzte, dass die Vigilantes weiter benötigt wurden. Er sagte, sie müssten Lady Shu zu den Verhandlungen begleiten, aber wie sich herausstellte, hatte er die Sache nicht ganz korrekt mitbekommen. Nur zwei von ihnen sollten die Schwester des Grafen an den Verhandlungstisch eskortieren: Veck und Tybalt.

Als er und Veck unterwegs waren, um Lady Shu abzuholen, konnte er sich die Frage nicht verkneifen: »Wieso ich, Sir? Ich bin kein Diplomat.«

»Keiner von uns ist Diplomat, Kelly. Das ist auch nicht nötig. Dafür ist Lady Shu dabei. Wir sind als Ehrengarde, sprich Leibwache, dabei, aber in Wahrheit sind wir nur Verzierung und Statussymbol. Trotzdem würden Sie nicht mit zu den Sitzungen kommen, wenn Minister Waterhouse nicht darauf bestanden hätte, dass ihn beide Söldnerkommandeure begleiten. Minister Jaime hat erklärt, dass wir als Gegengewicht auch zu zweit kommen dürfen. Ich, weil es meine Lanze ist. Und weshalb Sie ...« Veck zuckte die Achseln. »Lady Shu hat Sie sich gewünscht.«

Tybalt war sich nicht sicher, was er davon halten sollte, aber er war froh, dass Veck das nicht in Sams Hörweite erwähnt hatte.

Als sie an Lady Shus Suite ankamen, strahlte sie fröhlich und war bereit loszulegen. Tybalt machte sich nicht lange Sorgen darum, was Sam wohl gesagt hätte. Die Lady und ihr Team verbrachten den größten Teil des Wegs zum Gewerkschaftspalast, in dem die Verhandlungen stattfinden sollten, damit, die Situation zu analysieren. Recht schnell wuchs Tybalt die Debatte über die Details von Steuergesetzen, Handelsvorschriften und Jurisdiktionsproblemen über den Kopf. Er blendete das Gespräch aus, lehnte sich zurück und beobachtete einfach nur Lady Romano Shu. Er verlor sich völlig in ihrer Gegenwart – auf eine persönliche Weise.

Seine Träumerei dauerte nicht lange. Am Gewerkschaftspalast herrschte Hochbetrieb, und es wurde Zeit für ihren Auftritt. Die anderen Beteiligten waren bereits anwesend. Minister Jaime stellte Lady Shu und Minister Waterhouse förmlich einander vor. Die MechKrieger-Eskorten mussten ohne Vorstellung auskommen. Es dauerte nicht lange, bis

Jaime die Lady, Waterhouse und die wichtigsten Berater der beiden in ein privates Konferenzzimmer brachte. Die Vidreporter, sonstigen Berater und MechKrieger durften sich derweil draußen die Beine in den Bauch stehen.

Veck wurde zum Ziel eines gewissen Medieninteresses, und während der Commander Fragen beantwortete, war Tybalt praktisch sich selbst überlassen. Er nutzte die Gelegenheit, sich die gegnerischen Kommandeure anzusehen, die ebenfalls von der Presse belagert wurden. Er ging davon aus, dass der auffällige Hüne Kingston Crawford war, ein Verdacht, der sich bestätigte, als die Journalisten ihn mit Kommandanthauptmann Crawford ansprachen. Den anderen nannten sie Sho-sa Namihito, aber es dauerte nicht lange, bis sie den lakonischen Kommandeur der 48. ignorierten und sich ganz auf den weit gesprächigeren Crawford konzentrierten. Tybalt hielt das für ziemlich kurzsichtig. Namihito erschien ihm als weit glaubwürdigerer Offizier als der auf Pirat getrimmte Crawford, und wenn einer der beiden wusste, was wirklich los war, dann seiner Einschätzung nach der Draconier.

Beeindruckt vom Auftreten Namihitos und der Art, wie er den Reportern auswich und sich eine Position abseits des Gedränges suchte, verspürte Kelly das Bedürfnis, mit dem Offizier zu reden. Er zögerte. Der Mann war ein Fremdweltler und ein höherrangiger Militär des Gegners. Nein, dieser zweite Punkt stimmte nicht. Ha, Namihito hatte einen höheren Rang, was schon einschüchternd genug wirkte, aber die Duviçer Pfalz war nicht der Feind. Sie war ein Teilstaat der Epsilon-Eridani-Föderation, genau wie die Grafschaft Shu.

Warum sollten sie sich also nicht unterhalten? Waren sie nicht beide MechKrieger? Hatten sie dadurch nicht etwas gemeinsam? Trotzdem zögerte er. Was ihn schließlich dazu brachte, auf den Mann zuzugehen, war die Gewissheit, dass JJ ihm keine Ruhe lassen würde, falls er je herausbekam, dass Tybalt in einem Raum mit den Duviçer Kommandeuren gewesen und keinen Versuch unternommen hatte, an Informationen zu gelangen.

Aus der Nähe wirkte Namihito älter. Das kurzgeschorene, eisengraue Haar war von weißen Haaren durchsetzt, und in der dunklen Haut um Augen und Mund zeigten sich kleine Fältchen. Die plötzliche Erkenntnis, wie groß der Altersunterschied zu dem Draconier war, machte Tybalt etwas zu schaffen, aber als der Offizier sich zu ihm umdrehte, verspürte er ein Gefühl der Akzeptanz oder möglicherweise sogar Brüderschaft. Und trotzdem existierte gleichzeitig ein Gefühl der Distanz, als lebe der Asiat an einem Ort, den der Eridani erst noch würde erreichen müssen. Manchmal hatte Tybalt ein ähnliches, wenn auch weniger intensives Gefühl in der Nähe Vecks gespürt, und er schätzte, dass es vermutlich ähnlich wäre, in die Präsenz eines Meister-MechKriegers eines der Kriegerhäuser zu treten.

Plötzlich war seine Kehle trocken. Er räusperte sich und stellte sich mit einer Verbeugung nach alter capellanischer Sitte vor. »Sie müssen Sho-sa Namihito sein. Ich bin Tybalt Kelly, Freiwilligen-Bataillon Grafschaft Shu.«

Der draconische Offizier verneigte sich ebenfalls, weniger tief, wie es sich für den Gruß eines Höhergestellten geziemte, auch wenn seine dunkelgraue Uniform keine Rangabzeichen trug.

»Ich bin Namihito.«

»Ist eine Lanze nicht eine ziemlich kleine Einheit für einen Major?«

»Das sagt die Konvention.«

»Und Sie sind kein konventioneller Offizier?«

»Ein Offizier führt seine Soldaten an. Soldaten kennen ihre Offiziere. Welche Bedeutung hat ein Rang?«

»Bei uns eine sehr große.«

»So ka?«

»Ich wette, Sie verstehen das sehr gut. Sie sind Draconier, nicht wahr?«

Namihitos Blick bohrte sich in Tybalts Augen. »Sie sind neugierig.«

»Ich versuche nur, freundlich zu sein.«

»Wir sind keine Freunde.« Sein Blick ließ ihn los.

Tybalt bemühte sich, offenbar verlorenen Boden wieder wettzumachen. »Wir könnten es werden. Ich meine die Verhandlungen. Wir sind schließlich hier, um beizulegen, was immer der Vorsitzenden Price so aufstößt. Nächste Woche um diese Zeit wird sich niemand mehr für diesen Streit interessieren, und unsere Einheiten könnten vor Monatsende schon gemeinsam auf Banditenjagd sein.«

»Shigata ga nai.«

Was immer, ja? Kelly versuchte eine andere Methode, durch die Deckung Namihitos zu brechen. »Ich habe gehört, Draconier seien die besten MechKrieger – und die ehrenhaftesten.«

»Das habe ich auch sagen hören.«

»Würden Sie das bestätigen?«

»Hauszugehörigkeit hat nichts mit persönlichem Können, Leistung oder, das ganz besonders, Ehre zu tun.«

Tybalt hörte eine leichte Verbitterung aus der leisen, ruhigen Antwort des Draconiers heraus. »Sie klingen nicht danach, als hegten Sie besonders warme Gefühle für Ihre Heimat.«

»Ich bin ein Söldner. Ich habe keine Heimat, nur einen Kontrakt.«

»Dann sind Sie also Ronin«, stellte Tybalt fest und erkannte erst, dass er seine Gedanken ausgesprochen hatte, als Namihito ihn mit einem eisigen Blick aufspießte. »Ich entschuldige mich. Ich empfinde nichts als Respekt für die alten Regeln und die Krieger, die sie befolgen. Ich habe keine Respektlosigkeit beabsichtigt.«

»Sie sind jung. Ich war selbst einmal jung. Es ist eine schmerzhafte Zeit.«

War das eine Lücke in seiner Deckung? »Ein wahres Wort.«

Namihito reagierte nicht.

»Hören Sie. Diese ganze Konferenz dreht sich um gute Nachbarschaft. Gute Nachbarn müssen keine Freunde sein, aber es schadet nicht, freundlich miteinander umzugehen.

Warum leisten wir nicht unseren Beitrag zu besseren Beziehungen und trinken etwas zusammen? Wir sind alle MechKrieger, und das zählt doch auch etwas. Wir könnten Kriegsgeschichten austauschen oder uns über Politiker den Mund zerreißen oder was immer Ihnen sonst recht ist.«

Der Draconier blieb stumm.

»Ich zahle«, schlug Tybalt als letzte Rettung vor.

»Öffentliche Gaststätten sind laut und stören das Wa.«

Was keine direkte Ablehnung war. »Ich habe von einem guten Club in der Altstadt gehört, unten am Seeufer. Club Hoodedoo. Da gibt es Hinterzimmer. Ruhige Zimmer, in denen man reden kann.«

Namihito studierte Tybalts Gesicht. Was hinter der unbeteiligten Maske seiner Miene vorging, ließ sich nicht erraten. Kelly versuchte freundlich dreinzuschauen. Und respektvoll.

»Mein Kontrakt verbietet Fraternisierung nicht, aber in meiner Erfahrung fördert es nicht die Disziplin«, stellte Namihito fest. »Wird Ihr Offizier dort sein?«

»Ich kann versuchen, ihn zu überreden.«

»Wenn es Ihnen gelingt, bin ich bereit zu einem Treffen.«

»Betrachten Sie es als vereinbart«, versprach Tybalt. Er wusste, dass das voreilig war, aber er war sich *ziemlich* sicher, dass Veck die Gelegenheit zu einem Gespräch mit dem Draconier nicht ausschlagen würde. »Club Hoodedoo, okay?«

»Ich werde es finden.«

Sie vereinbarten, dass Lanzenkameraden willkommen waren. Tybalt sagte sich, dass es ihn nicht zu teuer zu stehen kommen würde, da der Draconier nur einen Lanzenkameraden dabei hatte und er seinen eigenen Kameraden ganz sicher keinen ausgeben würde. Er überlegte sich, wie er sie dazu bringen konnte, sich an den Kosten zu beteiligen, besonders den immer nach Informationen gierenden JJ.

Veck zu überreden, erwies sich als Kinderspiel. Es war weitaus schwieriger, seine Freunde von ihrem Sold zu trennen.

Unglücklicherweise hatten sie Probleme, Club Hoodedoo zu finden. Kelly und seine Lanzenkameraden trafen mit erheblicher Verspätung ein.

»Was für ein Loch!« Schneck beschwerte sich schon seit drei Häuserblocks über die Nachbarschaft. Jetzt, da sie endlich angekommen waren, schien ihm ihr Ziel noch weniger zuzusagen als der Weg.

Tybalt hatte wichtigere Sorgen. Ein schneller Blick durch den überfüllten Schankraum unterstrich nur noch seine Besorgnis, dass Namihito schon wieder gegangen war.

»Sieht aus, als bekämen wir einen Korb«, stellte Sam fest.

»He, ich sterbe vor Durst hier«, erklärte Schneck.

»Da ist die Bar.« JJ zeigte auf ein Regal voller Flaschen. Mehr war über der dichtgedrängten Menge der Gäste nicht zu sehen. »Scheint geöffnet zu sein.«

Schneck verzichtete auf den Versuch, seine Enttäuschung zu verbergen. »Ich wollte überhaupt nicht herkommen. Ich bin nur hier, weil ihr alle gesagt habt, wir sollten diese Draconier treffen.«

»Was du nicht willst, ist, für deine Drinks bezahlen«, schloss JJ messerscharf.

»Und du willst bezahlen?«

»Nein, will ich nicht. Jedenfalls nicht für dich.«

»Das ist typisch für dich, JJ. Für dich zählst nur du selbst.«

Tybalt wusste nicht, was in seine Kameraden gefahren war, aber er hielt es nicht mehr aus. »Okay, okay, ich gebe euch beiden einen aus, wenn ihr bloß endlich die Klappe haltet, während ich nach ihnen suche.«

»In der Menge wird das nicht einfach«, stellte Veck fest, als Tybalt Drinks für seine streitsüchtigen Kameraden bestellte.

»Sie sind bestimmt nicht hier in der Menge«, antwortete er. »Ich werde die Hinterzimmer absuchen.«

»Soll ich mitkommen?«, fragte Sam.

Und zusehen, wie er sich auf Knien für die Verspätung entschuldigte? »Nein, danke. Wenn ich ihn finde, komme ich zurück und hole euch.«

Er bahnte sich einen Weg zur Rückseite des Clubs. Die Hinterzimmer waren durch Vorhänge abgeschlossene Nischen entlang eines schmalen Korridors, der in einer Ecke des Schankraums abzweigte und sich in einem Halbkreis zur gegenüberliegenden Ecke zog. Es war nur Platz für etwa ein Dutzend dieser Nischen, und solange er keine Bedenken hatte, andere Gäste zu stören, konnte die Suche nicht lange dauern.

Aber er hatte Bedenken. Es war schlechtes Benehmen … und dazu nicht ungefährlich. Die ersten drei Räume waren leer, die Vorhänge aufgezogen, also stellte sich dieses Dilemma erst am vierten.

Während er noch dastand und sich überlegte, ob seine Manieren – und sein gesunder Menschenverstand – schwerer wogen als die Notwendigkeit, Namihito zu finden, kam ein Mann aus der Nische und stieß mit Tybalt zusammen. Als sie im engen Korridor versuchten, aneinander vorbeizukommen, öffnete sich der Kapuzenmantel des Fremden, und Tybalt sah ein verziertes Hemd, dessen Stil er augenblicklich mit Blakes Wort assoziierte. Der Gang war dunkel und das Gesicht des Mannes unter der Kapuze unsichtbar, aber die Stimme, die ihn für seine Ungeschicklichkeit beschimpfte, brannte sich in Kellys Gedächtnis ein. Normalerweise waren Adepten in der Öffentlichkeit höflich und zurückhaltend, und der schneidende Tonfall der ungerechten Anschuldigungen war wie ein Schlag ins Gesicht. Tybalt bemühte sich nach Kräften, dem Mann aus dem Weg zu gehen, was der ihm aber nicht dankte. Stattdessen bedachte er ihn mit einer letzten Verwünschung, bevor er den Vorhang zum Schankraum beiseite stieß und in der Menge verschwand.

Der Mantel des Adepten hatte sich im Vorhang der Nische verfangen, als er sie verlassen hatte. Tybalt hatte nur einen kurzen Blick ins schummrige Innere werfen können, aber zwei Männer im Innern erkannt. Einer war ein großer, kahlköpfiger Kerl in einer Kühlweste, der andere ein dunkelhäutiger Mann in Zivilkleidung. Der Kahlkopf hatte wie

Crawford ausgesehen, aber er hatte ihn nicht deutlich genug gesehen, um darauf schwören zu können. Er war sich jedoch sicher, dass der andere nicht Namihito gewesen war. Dessen Haut war nicht dunkel genug.

Falls es wirklich Crawford in der Nische war, konnte es dann sein, dass der Draconier zusammen mit dem anderen Söldner gekommen war? War er vielleicht auch in diesem Raum? Nein, dafür war die Nische zu klein, und wenn der Draconier sich im Innern aufhielt, hätte Tybalt zumindest ein Bein oder einen Arm sehen müssen.

Er untersuchte die anderen Nischen. Zwei weitere waren offen und leer. Blieb immer noch die Frage, wie er die geschlossenen, besetzten Zimmer untersuchen sollte. Er entschied sich, einfach an jedem Vorhang nach Namihito zu fragen. Meistens erhielt er »Nein« zur Antwort, teilweise höflich, teilweise nicht. Zwei Antworten waren obszön und enthielten Vorschläge betreffend seiner weiteren Freizeitaktivitäten, die er in bester Kriegerhausmanier nicht zur Kenntnis nahm. Aber aus keiner Nische erhielt er eine bestätigende Antwort. Er verzichtete darauf, an der Nische zu fragen, in der sich der Crawford-Doppelgänger und sein Kumpan aufhielten.

Namihito war nicht da. Er hatte es verpatzt.

Niedergeschlagen kehrte er zu seinen Kameraden zurück.

Veck wusste eine Antwort. »Wir sind hier, und sie sind es nicht. Trotzdem bleibt das hier eine Kneipe, oder? Also trinken wir. Die erste Runde geht auf mich.«

Es gelang ihnen, einen freien Tisch zu finden, aber sie hatten die Getränke der ersten Runde noch nicht aus, als ein dunkler Schatten über sie fiel. Es war Kingston Crawford in ganzer brustbehaarter Pracht. Er hatte zwei weitere MechKrieger im Gefolge, von denen keiner wie der zweite Mann aus dem Hinterzimmer aussah. Einer war ein schlaksiger, hoch aufgeschossener Blondschopf mit stark skandinavischem Einschlag, der andere eine kompakt gebaute Frau mit dunklem Haar und ebensolchem Teint. Beide trugen einen von einem roten Querstreifen überdeckten Aufnäher vom Zahn des Ymir an der Jacke. Man brauchte kein Frettchen zu sein, um zu erkennen, dass es sich um Crawfords Lanzenkameraden handelte.

»Ach nee, schau mal an«, gröhlte der. »Graf Shus schlimmste Jungs hau'n sich die Nacht umme Ohren. Vier Welpen un' ein müder alter Löwe. Sie müssen Veck sein.«

»Stimmt.«

»Un' wie überlebt man et Babysitten?«

»Ganz gut. Ich bin lieber Babysitter, als einen zu brauchen. Wie überlebt man das?«

»Oh, dat war jut. Nette Retourkutsche. Sie sin' in Ordnung, Veck.« Er stellte seine Begleiter vor. Der Blonde war Powell Jorgensson, der *Enforcer*-Pilot. Die Frau war Adelaide Tobin und steuerte den *Clint*. Jorgensson nickte nur, aber Tobin war gesprächiger.

»Hallo, Jeremy«, begrüßte sie Veck.

»Hallo, Addy«, erwiderte er.

»Sie kennen einander?«, fragte Tybalt.

»Flüchtig«, antwortete der Commander.

»Immer noch kein Mann vieler Worte, was, Jeremy?« Tobin zuckte die Achseln. »Ja, Kleiner, wir kennen uns. Lang, lang ist's her. Auf einer anderen Welt, in einem anderen Leben.«

»Ist Sho-sa Namihito mitgekommen?«

Crawford prustete. »Der Kurita-Klotz? Für den und seine Crew is' hier viel zu viel los. Der und sein Schatten sin' schon vor Ewichkeiten hier weg.«

»Sein Schatten? Ist ihm jemand gefolgt?« JJ war ständig auf Suche nach Geheimnissen.

»Watt? Ne, ich rede von, wie heeßt der denn, seine Nummer Zwo.«

»Duworschak«, half Adelaide aus.

»Wen kümmert die Blindschleiche denn eh schon. He, ich hab euch Jungs hier sitzen sehn un' mir jedacht, da sinnen paar MechKriejer, vielleicht können die mich helfen.«

»Wobei helfen?«, wollte Veck wissen.

»Et jeht um meine Einheit. Ummen Namen, versteh'n se. Eine jute Einheit brauch'n juten Namen. Ik dachte so an Ymirs Kralle.« Er klopfte auf seine Prothese. »'N paar vonnen Jungs ham nostalgische Anwandlungen, versteh'n se. Mit Zähnen un' Krallen. Was in der Art. Watt meinen se?«

»Geht uns nichts an«, erwiderte Veck.

»Sie sin' jenauso steif wie dat Kurita-Brett.« Crawford schaute sich am Tisch um und fixierte Tybalt. »Watt is mit dir, Kleiner. Watt meins' du?«

»Ich habe gehört, Ihre Einheit hat sich wegen politischer Differenzen vom Zahn des Ymir getrennt. In dem Falle wüsste ich nicht, warum Sie noch eine Verbindung im Namen behalten wollen. Es sei denn natürlich, Sie sind immer noch Teil des Zahns.«

»Noch 'n Teil? Watt, 'ne Krone, oder 'ne Füllung? Oder meinse mehr wie'n Höcker oder 'ne Wurzel?«

Tobin und Jorgensson lachten über den kümmerlichen Witz ihres Chefs. Die Vigilantes nicht. Crawford ließ nicht locker.

»Vielleicht sollte ich einfach Crawfords Killer nehmen, eh? Weil, ich bin Kingston, und wir sin' alle Killer. Einfach. Direkt. Unnen Stabreim noch dazu.«

»Das wäre Kingstons kleine Killekätzchen auch«, schlug JJ vor, und Sam kicherte.

»Haha.« In Crawfords Augen stand kein Hauch von Humor. »Wird wohl Killer wer'n. Datt werd ihr alle noch früh jenuch merken.«

21

Dori, Region Arousia, Epsilon Eridani
Chaos-Marken

25. Februar 3062

Der nächste Morgen brach ohne einen Sonnenstrahl an. Düstere Wolken beherrschten den Himmel, getrieben von zunehmend stärker werdenden Böen. Regen peitschte gegen die Fenster und trommelte einen harten, drohenden Rhythmus, während das Gewitter immer heftiger wurde. Aus einer ungewöhnlichen Ansammlung von Gewitterwolken formte sich ein gewaltiges Unwetter. Mehr als nur ein Wolkenbruch, ein regelrechter Sturm überzog einen beachtlichen Teil des Kontinents. Die Meteorologen prophezeiten ein Jahrhundertunwetter und zählten die Gemeinsamkeiten mit bemerkenswerten Orkanen der jüngeren Geschichte auf. Dori hatte in dieser Hinsicht Erfahrung, und die meisten öffentlichen Einrichtungen der Stadt schlossen ihre Tore, bis das Schlimmste überstanden war. MechKrieger und Berater versammelten sich in der Suite Lady Shus und warteten auf Nachricht von Minister Jaimes Stab, ob die Gespräche fortgesetzt werden konnten.

Die partyähnliche Atmosphäre, die sich aus der überraschenden Möglichkeit eines verhandlungsfreien Tags entwickelt hatte, verpuffte, als JJ von einem Gerücht erzählte, Duviçer Truppen hätten in einer Überraschungsaktion ein Ziel in der Grafschaft attackiert. Es gab kaum nähere Einzelheiten, aber JJ versicherte ihnen, dass man im ganzen Hotel davon sprach.

Lady Shus und Vecks Versuche, den Grafen beziehungsweise das Hauptquartier zu erreichen, scheiterten an einem durch das Unwetter verursachten Ausfall der Kommverbindungen. Die Hotelleitung versicherte ihnen, dass ein Ausfall der Langstreckenverbindungen bei heftigen Gewittern völlig normal war. Trahn, der in ihrer Gruppe einem KommTech am nächsten kam, bestätigte das und warnte sie, dass die Kommunikationssituation sich sogar noch verschlechtern würde, bevor sie mit einer Besserung rechnen konnten.

»Das gefällt mir nicht.« Veck wirkte besorgt. »Das ist eine zu gute Gelegenheit, Ärger zu machen.«

»Machen Sie sich nicht lächerlich, Commander. Die Duviçer werden in ebensolchen Schwierigkeiten stecken wie wir.« Romano wedelte mit der Hand Richtung Himmel. »Wer könnte in diesem Inferno einen Angriff koordinieren?«

»*Hier* greifen sie ja nicht an.«

»Wir wissen nicht mit Sicherheit, dass sie überhaupt irgendwo angreifen. Wir dürfen keine übereilten Schlüsse ziehen. Nur weil der Himmel hier düster ist, können wir uns keine pessimistische Auslegung der Situation erlauben.«

»Falls die Duviçer Krieg angefangen haben, stecken wir möglicherweise in ernsten Schwierigkeiten. Der Feind steht hier in Dori. Wir sind in Zahl und Kampfstärke unterlegen.«

»Und wir tappen im Dunkeln.« Wie zur Bestätigung der Lady flackerten die Hotellichter. »Demnächst möglicherweise im wörtlichen Sinne.«

Das löste ein nervöses Kichern ihrer Berater aus, aber Veck blieb ernst. »Mylady, wir …«

»Wir müssen vor allem herausfinden, was *wirklich* los ist, Commander.«

»Und falls wir uns im Krieg befinden?«

»Hier können wir ihn nicht führen. Wir müssten zurück in die Grafschaft.«

»Dann sollten wir sofort aufbrechen.«

»Und wenn alles nur blinder Alarm ist? Möchten Sie meinem Bruder erklären, warum wir die Friedensverhandlungen abgebrochen haben? Hatte ich auch nicht angenommen.«

»Mylady, wir müssen etwas unternehmen.«

»Ich kann Ihre Frustration verstehen, Commander. Wir müssen weiter alles versuchen, die Wahrheit herauszufinden.

In der Zwischenzeit können Sie alle Ihnen erforderlich erscheinenden Vorsichtsmaßnahmen treffen, aber ich möchte nicht, dass Sie irgendjemanden provozieren.«

»Verstanden.« Veck gab seine Befehle. »Alle Mechs auf einen möglichen Alarmstart vorbereiten. Trahn, Sie steigen ins Cockpit. Bleiben Sie in Ihrem Vogel und sehen Sie, was Sie aufschnappen können. Ich möchte nicht riskieren, dass wir überrumpelt werden.«

Veck begleitete sie zu den Maschinen. Als er zufrieden mit den Vorbereitungen war, schickte er Tybalt, Sam und JJ zurück ins Hotel, während er in der Hoffnung, über den *Raven* eine Verbindung zum Hauptquartier aufbauen zu können, bei Schneck blieb.

Als ein durchnässter Tybalt mit den anderen wieder in der Suite Lady Shus ankam, beschwerte sie sich gerade bei Minister Jaime über dessen »jämmerliche Angst, sich die Füße nass zu machen«. Während die MechKrieger sich mit vom Stab der Lady eingeschenkten heißen Drinks aufwärmten, verfolgten sie den Rest des Gesprächs. Wie es schien, wollte Jaime die für diesen Tag angesetzten Gespräche ausfallen lassen. Lady Shu war damit nicht einverstanden, weil sie herausfinden wollte, was Waterhouse über die »höchst beunruhigenden Gerüchte« wusste. Es kam zu einem Streit, bei dem Jaimes Besorgnis um Angemessenheit und Wohlergehen der Konferenzteilnehmer auf Lady Romanos Verärgerung traf. Jaime schien ihre Sorge über den angeblichen Angriff nicht zu teilen. Er stritt ab, irgendetwas über einen Angriff Duviçer Truppen gehört zu habe, erklärte jedoch, es scheine wohl einen Banditenüberfall bei Severagol, nahe der Grenze zwischen Shu und Pfalz, gegeben zu haben. Die Gleichgültigkeit des Ministers hatte den Zorn Lady Shus nur weiter angeheizt, und jetzt kochte sie. Ihre Berater hielten wohlweislich Abstand.

»Der Banditenüberfall könnte von den Doofviçern auch nur vorgetäuscht sein«, murmelte JJ seinen Lanzenkameraden zu.

»In der Tat«, bemerkte Lady Shu, die wie es schien über ein ausgezeichnetes Gehör verfügte. »Nun, MechKrieger, wie realistisch ist diese Möglichkeit?«

»Schwer zu sagen, Mylady.« JJ zuckte die Achseln. »Wir haben einfach nicht genug harte Fakten.«

»Na schön. Mal sehen, ob wir uns harte Fakten verschaffen können. Trish«, rief sie. »Verschaffe mir eine Verbindung mit Minister Waterhouse.«

Trish brauchte mehrere Versuche, bis sie durchkam. Anscheinend ließ das Gewitter die Kommverbindungen tatsächlich zusammenbrechen. Als sie den Hörer abgab, stellte sie fest: »Die Verbindung ist sehr schlecht, Mylady.«

Lady Shus Stimme war süß wie Honig, als sie das Gespräch begann. »Herr Minister, gerade ist mir etwas höchst Erstaunliches zu Ohren gekommen.« Sie lauschte einen winzigen Moment, dann verhärtete sich ihre Miene. »Was? Wo steckt der Minister?«

Der Gesprächspartner am anderen Ende der Leitung versuchte eine Erklärung, die Lady Shu aber ganz offensichtlich nicht zufrieden stellte.

»Was soll das heißen, er ist nicht verfügbar? Wissen Sie überhaupt, mit wem Sie sprechen?«

Eine kurze Pause.

»Na schön. Er *wird* verfügbar sein. Haben Sie mich verstanden?«

Sie schlug mit der offenen Hand auf den Tisch.

»Es interessiert mich nicht, wie Leid es Ihnen tut. Wenn Sie Ihren Vorgesetzten nicht auf der Stelle an die Leitung holen, werden Sie noch weit mehr Grund haben, das zu bedauern, bevor dieser Tag vorbei ist.«

Lady Shu knallte den Hörer auf sehr undamenhafte Weise auf die Gabel und stieß ein paar gewählte Worte aus.

»Irgendetwas geht hier vor«, erklärte sie. »Und es gefällt mir ganz und gar nicht.«

Veck traf in triefend nassem Regenmantel ein und bestätigte den Verdacht Lady Shus.

»Es schwirrt eine Menge militärischer Funkverkehr durch den Äther. Wir konnten nur Bruchstücke auffangen, aber es hört sich an, als ob Einheiten nach Severagol in Marsch gesetzt wurden.«

»Dann stimmt das mit dem Angriff also.«

»Würde ich sagen«, bejahte Veck. »Leider war aus nichts von dem, was ich gehört habe, auf die Identität der Angreifer zu schließen.«

Romano Shus Miene nahm einen entschiedenen Ausdruck an. »Na gut. Packen Sie Ihre Koffer, die Damen und Herren! Wir reisen in Kürze ab. Selina, ich werde meine Uniform tragen. Trish, besorgen Sie Regenzeug für alle, und sehen Sie auch zu, dass dieses Rattenloch für einen Regenschutz auf dem Weg zur Limousine sorgt.«

»Limousine? Die eignet sich nicht für eine Querfeldeinfahrt«, stellte Veck fest.

»Noch fahren wir nicht querfeldein, Commander. Erst habe ich noch jemandem einen Besuch abzustatten. Ich will Waterhouses Gesicht sehen, wenn ich die Verhandlungen abbreche. Ich will wissen, ob er an diesem Komplott beteiligt ist oder nur eine Marionette, die von nichts eine Ahnung hat.«

»Ich komme mit«, erklärte Veck. »Kelly, Jurewicz, Sie begleiten uns.«

»Was ist mit mir?«, fragte Sam.

»Zurück zu den Mechs. Sie und Trahn sind die Kavallerie, falls wir Hilfe brauchen.«

»Ich glaube kaum, dass das nötig sein wird, Commander. Hier besteht keine große Gefahr, dass es zu Gewalttätigkeiten kommt.«

»Mit Verlaub, Mylady, Sie haben auch nicht daran geglaubt, dass die Duviçer Severagol angreifen.«

»Wir wissen immer noch nicht, ob sie das tatsächlich getan haben. Aber ich verstehe den Einwand. Eine Ehrengarde für meinen Besuch beim hochehrenwerten Repräsentanten der Duviçer Pfalz erscheint angebracht.«

Auf der Fahrt durch die Stadt zu Waterhouses Hotel entgingen sie mehrere Male nur knapp einem Unfall, wenn der Sturm die Fahrzeuge von der regennassen Straße zu drängen drohte, aber es gelang ihnen, heil am Ziel einzutreffen. Entgegen aller Befürchtungen stampften keine Kampfkolosse durch den Wolkenbruch, um sie aufzuhalten. Die Reisegesellschaft drängte sich dampfend und triefend in die Empfangshalle, um das Regenzeug abzulegen. Lady Shu formierte ihr Gefolge zu einer Kolonne und marschierte schnurstracks zu den Aufzügen. Die Vigilantes bildeten das Schlusslicht, weil sie nicht schnell genug reagiert hatten. Als Lady Shu den Aufzug betrat, sagte sie: »Trish, es wird Zeit, Kwai mitzuteilen, wo wir sind.«

Die Sekretärin machte sich auf den Weg zur Rezeption, um den Minister anzurufen.

»Kelly, Sie bleiben hier bei ihr«, befahl Veck. »Folgen Sie uns dann hoch.«

Die Lichter flackerten, dann wurden sie schwächer, während Trish ihre Botschaft ablieferte. Auf die Verbindung schien sich das nicht auszuwirken, aber Tybalt bemerkte, dass die Uhr in der Empfangshalle stehen geblieben war. Er machte den Portier darauf aufmerksam.

»Muss am Sturm liegen«, stellte der Mann fest. »Eben ging sie noch.«

Als Kelly und Trish oben eintrafen, war Lady Shu bereits damit beschäftigt, die Duviçer Bürokraten im Vorzimmer der Ministersuite nach allen Regeln der Kunst zusammenzustauchen. Es waren keine Duviçer MechKrieger in Sicht. Die nervösen, ängstlichen Adjutanten waren von den Shulesen sichtlich eingeschüchtert, drängten sich aber vor dem Durchgang zu Waterhouses Privaträumen und weigerten sich, der Lady den Weg freizugeben.

»Zur Hölle mit dem Protokoll«, entschied sie. »Commander Veck, schaffen Sie diese Leute beiseite.«

Es handelte sich um ein Dutzend Duviçer, Beamte, Sekretäre, Diener und sonstiges Hilfspersonal. Es war kein Soldat oder Sicherheitsbeamter zu sehen. Als die drei FBGS-Mech-Krieger auf sie zu marschierten, genügte die bloße Androhung von Gewalt, sie beiseite zu scheuchen. Lady Shu stieß die Doppelflügel der Tür weit auf.

Sie blieb stocksteif stehen.

Minister Aaron Waterhouse, Repräsentant und Verhandlungsführer der Duviçer Pfalz, lag auf dem Boden seines Salons. Sein Morgenmantel war verrutscht. Auf dem dicken Teppich unter ihm breitete sich ein großer, dunkler Fleck immer weiter aus.

Veck drängte sich an Lady Shu vorbei. Nach einem kurzen Blick durchs Zimmer kniete er sich neben den Minister.

»Tot«, verkündete er. »Ermordet.«

Aus dem Gefolge der Lady ertönten Keuchlaute und entsetzte Rufe. Sie starrte nur regungslos auf den Leichnam und wurde bleich.

Veck ignorierte all das.

»Wo stecken Crawford und Namihito?«

Die gebellte Frage galt den ängstlich geduckten Duviçer Bürokraten, aber er erhielt keine Antwort.

»Das sieht nicht gut aus«, schloss er.

»Es wird noch schlimmer«, sagte Lady Romano voraus.

Alle Blicke folgten ihrem ausgestreckten Zeigefinger. In der verkrampften Hand des Toten steckte ein Fetzen gelbgesäumten, burgunderroten Stoffs in den Uniformfarben der Grafschaft Shu.

22

Dori, Region Arousia, Epsilon Eridani
Chaos-Marken

25. Februar 3062

Trish flüsterte Romano Shu zu: »Die Polizei ist hier, Mylady. Sie haben ein paar Fragen.«

»Sollen sich hinten anstellen.«

Tybalt blickte hinüber zu den beiden Beamten in Zivil, die an der Tür mit dem Personal des verstorbenen Ministers redeten und versuchten, aus dem konfusen Stimmengewirr schlau zu werden. »Wo kommen die so schnell her?«

»Vielleicht sind es nur Hoteldetektive«, schlug JJ vor.

»Selbst wenn, waren sie verdammt schnell hier.« Tybalt trat ans Fenster, um nachzusehen, ob Streifenwagen vor der Tür standen. Lichtblitze an den Fassaden naher Gebäude deuteten darauf hin, dass mit Blinklicht ausgerüstete Fahrzeuge unterwegs waren, aber bis jetzt hatte keines das Hotel erreicht. Als er sich die Lage durch den Kopf gehen ließ, offenbarte ein Blitz etwas weit Bedrohlicheres: Mehrere Blocks entfernt bewegte sich ein BattleMech. Die sperrige humanoide Silhouette war zu groß für einen *Commando*, also konnte es nicht Sam sein. Auch für den *Panther* der 48. war sie zu groß. Es musste entweder der *Enforcer* oder der *Clint* aus Crawfords Einheit gewesen sein. Tybalt rief Veck herbei und sagte dem Commander, was er gesehen hatte. Der Veteran verschwendete keine Zeit damit, Tybalts Beobachtung zu verifizieren.

»Es ist eine Falle!« Ohne langes Protokoll packte er Lady Shu am Arm und schob sie zur Tür. »Wir müssen Sie hier rausschaffen. Sofort!«

Die Beamten an der Tür wollten niemanden gehen lassen, und es kam zu einer hitzigen Debatte über Adelsprivilegien, diplomatische Immunität und Gesetzesvorschriften. Kelly flüsterte JJ seinen Plan zu und lotste den Stab Lady Romanos an der Debatte vorbei und den Gang hinunter in Richtung Aufzug. Zum Glück bemerkten die »Polizeibeamten« nichts davon. Lady Shu kapierte schnell, und als der letzte Sekretär die Suite verlassen hatte, folgte sie dem Pulk, ohne aufzuhören, mit den beiden Beamten zu debattieren. Veck stieß die Hand eines der Polizisten von den Aufzugstüren, und sie glitten zu. Eine letzte Drohung mit einer Verhaftung wegen unerlaubten Entfernens vom Tatort eines Verbrechens folgte ihnen in die Liftkabine.

»Bei Ihnen werden sie noch den tätlichen Angriff auf einen Polizeibeamten hinzusetzen, Commander«, sagte Lady Romano voraus.

»Wird wohl so sein«, antwortete Veck gelassen. »Solange sie mich nicht schnappen, heißt das gar nichts. Irgendjemand hat eine Menge Planung in diese Falle investiert. Unsere beste Chance, ihm einen Strich durch die Rechnung zu machen, besteht darin, nicht mitzuspielen. Früher oder später wird die Wahrheit herauskommen. Wir müssen nur sicherstellen, dass wir die Gelegenheit behalten, ihr auf die Sprünge zu helfen.«

»Ich fürchte, der Commander hat Recht.« Tybalt nahm an, dass die Schwester Graf Gabriels sich damit an ihre Berater wandte. »Im Moment sind unsere besten Verbündeten die Zeit und die Entfernung. Sich in den Stricken des Gesetzes zu verfangen, nützt uns gar nichts. Wir müssen diese Stadt verlassen und den Rechtsanwälten der Grafschaft Gelegenheit geben, sich mit dieser Sache zu befassen. Commander Veck, ich hoffe, Sie haben einen Plan, wie wir unsere weitere Freiheit sicherstellen können.«

»Ich arbeite daran. Als erstes müssen wir dieses Hotel verlassen, ohne ein Mitglied der angeblich neutralen hiesigen Behörden umzubringen. Wenn wir schnell genug sind und falls die Typen da oben unsere Gegner nicht vorwarnen, haben wir eine Chance.«

Wie sich herausstellte, war die städtische Polizei noch nicht eingetroffen. Aber lange konnte es nicht mehr dauern. Auf Vecks schnellen Befehl hin scheuchten Tybalt und JJ die Zivilisten durch die Halle und so schnell es sich machen ließ in ihr Regenzeug. Die gezückten Pistolen der MechKrieger sorgten dafür, dass das Hotelpersonal sich nicht einmischte. Als sich die Gruppe in den Fonds der Limousine drängte, sperrte einer der Berater sich und deutete über die Straße.

»Die Polizei, Mylady!«, kreischte er.

»Rein!« Veck stieß den Mann durch die Tür.

Aber er hatte Recht. Gerade war ein Streifenwagen in die Straße vor dem Hotel eingebogen. Noch war im Dunkel des Gewittersturms nur sein Blinklicht zu sehen. Er war noch mehrere Querstraßen entfernt und kam nur langsam näher. Anscheinend hatte der Fahrer noch keine Anweisung erhalten, sich zu beeilen. Ob das Glück oder eine Folge des Wetters war, ließ Tybalt herzlich gleichgültig. Noch konnten sie der Polizei entkommen, bevor die Beamten erkannten, wer sie waren. Dann entdeckte er eine Schwachstelle in Vecks Plan.

»Der Fahrer ist noch im Hotel.«

»Dann fahren Sie«, knurrte Veck und half Lady Shu in den Wagen.

»Was ist mit dem Fahrer?«

»Der ist von hier. Wir lassen ihn da. Abmarsch.« Tybalt zögerte. »Jetzt!«

Er sprang auf den Fahrersitz und schlug die Tür zu. Prompt ging das Licht aus, und Tybalt wusste nicht, was er machen sollte. »Beleuchtung«, rief er und hoffte, dass zur Elektronik des Wagens ein Serviceprogramm gehörte. Er hatte Glück. Ein sanftes Leuchten breitete sich in der Kabine aus, mehr als genug, um die Kontrollen zu finden und zu identifizieren. Mit einem Ruck setzte er das Fahrzeug in Bewegung.

»Vielleicht sollte ich fahren«, schlug JJ vor.

»Vielleicht solltest du die Klappe halten.« Tybalt war zu beschäftigt, um sich mit JJs Kommentaren auseinander zu setzen. »Mach dich nützlich. Sieh nach, ob sie anhalten.«

JJ fluchte. »Die Lichter haben nicht angehalten. Sie folgen uns.«

Kelly schaute in den Rückspiegel. Wie es aussah, wurde der Streifenwagen schneller.

»Hängen Sie ihn ab«, befahl Veck.

Kelly fragte sich, wie. Die verlängerte Limousine war nicht für hohe Geschwindigkeiten ausgelegt und schon gar nicht für enge Kurven. Unter diesen Wetterbedingungen war jedes schnelle Manöver selbstmörderisch. Er hatte schon Mühe, die Fahrbahn zu erkennen. Die Stadt war praktisch verdunkelt. Der größte Teil des Lichts kam von den Scheinwerfern, und das reichte nicht weit. Selbst von ihren Verfolgern sah er nur die Blinklichter. Möglicherweise war das die Lösung.

Tybalt schaltete die Lichter der Limousine ab, lenkte hauptsächlich nach Gefühl in die Mitte der Fahrbahn – zumindest hoffte er das – und gab Gas. Motorleistung hatte der Wagen, und Tybalt nutzte sie restlos aus. Mit Glück würden die Polizisten annehmen, dass er das Licht abgeschaltet hatte, um unbemerkt abbiegen zu können. Sicher würde niemand, der von einem schnelleren Fahrzeug verfolgt wurde, einfach geradeaus weiterfahren.

Wenn sie wirklich Glück hatten, würden sie in der Dunkelheit nichts rammen.

Tybalt bemühte sich nach Kräften, die Limousine weiter geradeaus den breiten Boulevard hinabzusteuern, während er immer wieder im Rückspiegel den Verfolgerwagen beobachtete und in Gedanken betete. Der Streifenwagen fuhr an der ersten Abzweigung vorbei. Zu Kellys Erleichterung und Erstaunen bog er an der nächsten Kreuzung links ab. Laut dem Straßenplan auf dem Navigationsschirm der Limousine fuhren die Polizisten in Richtung des Hotels, in dem die Delegation Lady Shus untergebracht gewesen war.

Er bremste auf ein für dieses Wetter kaum weniger halsbrecherisches Tempo ab und schaltete das Licht wieder ein. Keine Sekunde zu früh. Er zog den Wagen vom Bordstein weg, auf den sie schräg zuhielten.

»Was jetzt?«, fragte Tybalt seinen Commander. »Zurück ins Hotel können wir nicht. Da werden sie schon auf uns warten.«

»Ich hatte nie vor, zurückzukehren«, erklärte Lady Shu. »Wir fahren zum Mechpark. Ich habe die Transportcrew schon dorthin geschickt. Einmal da angekommen, fahren wir die Fahrzeuge hoch und verschwinden von hier.«

»Der Transport fährt ab, sobald er hochgefahren ist«, stimmte Veck zu. »Ich begleite ihn, und Lady Shu fährt auf meinem Notsitz mit.«

»Ich will bei meinen Leuten bleiben.«

»Sie gehören hinter die beste Panzerung, die wir haben. Es wird nicht angenehm, aber der Graf würde mir den Kopf abreißen, wenn ich etwas anderes zuließe. Beschwerden nehme ich nicht entgegen. Wenn Sie welche loswerden wollen, können Sie das bei Ihrem Bruder erledigen, nachdem ich Sie abgeliefert habe. Bis dahin sind Sie Passagier. Verstanden?«

Das Ausbleiben einer Antwort zeigte, dass sie verstanden hatte, aber ihre Miene versprach Veck eine trostlose Zukunft. Er schien es nicht zu bemerken.

»Kelly, Jurewicz, der Rest der Lanze übernimmt die Rückendeckung. Sie decken unseren Abmarsch. Verschaffen Sie uns Zeit, wenn es nötig wird, aber vermeiden Sie jeden unnötigen Kontakt mit dem Feind.«

»Sind Sie sicher, ein Mech reicht zum Schutz der Lady?«, fragte Tybalt, als er um die Ecke bog und der Mechpark in Sicht kam. Der Anblick der gigantischen Maschinen, die stumm und unbeeindruckt im peitschenden Regen standen, ließ ihn Hoffnung schöpfen, aber er brachte seine Sorge nicht völlig zum Verstummen. »Falls sie Ihnen nachsetzen, werden Sie allein nicht mit ihnen fertig.«

»Die ganze Lanze reicht nicht, aber wir müssen mit dem Blatt spielen, das uns das Schicksal gegeben hat. Maximale Stärke für die Rückendeckung. Für irgendetwas anderes ist da draußen zu viel Tonnage unterwegs, Kelly. Es ist Ihre Aufgabe, dafür zu sorgen, dass ich die Lady hier rausbringe.

Sobald Sie der Meinung sind, wir sind in Sicherheit, brechen Sie den Kampf ab und machen, dass Sie wegkommen. Nehmen Sie Kurs auf Severagol, falls vom Hauptquartier keine andere Anweisung kommt. Falls die Duviçer angreifen, wird die Majorin alle Mechtruppen dort konzentrieren wollen. Verstanden?«

»Verstanden, Sir.«

Sam wartete besorgt neben der Limousine, als sie ausstiegen. »Schneck glaubt, es sind Duviçer Mechs auf der Pirsch.«

»Wissen wir längst«, entgegnete JJ. Er erzählte ihr rasch, was in Waterhouses Hotel geschehen war, bevor er zur *Javelin* rannte. Sam wollte in ihre Maschine steigen, aber Tybalt stoppte sie. Bestimmt hatten sie ein paar Minuten Zeit, damit er ihr zeigen konnte, wie froh er war, sie wiederzusehen. Ihre Umarmung kam zu einem abrupten Ende, als Veck ihm auf die Schulter schlug.

»Genug geturtelt. Es gibt Arbeit.« Er lief zum *Vindicator*, Lady Shu im Schlepptau. »Fahrt die Blechkameraden hoch. Waffen scharfmachen.«

Tybalt und Sam rannten zu den Maschinen. Fast hätte seine Laufbahn beim Aufstieg zum Cockpit ein plötzliches Ende gefunden, als sein Fuß auf einer der nassen Sprossen abrutschte. Er konnte den Sturz durch eine schnellen Griff abfangen, aber das trug ihm eine Schulterzerrung ein. Danach stieg er vorsichtiger weiter. Er erreichte die Kanzel, gab sein Kennwort ein, noch während er sich anschnallte, und fuhr den Reaktor hoch.

Die anderen Mechs waren nur vage, unscharfe Schatten im Sturm, mit Ausnahme von Vecks *Vindicator*, der unmittelbar neben dem *Commando* stand. Tybalt konnte sehen, wie sein Lanzenführer einer bis auf die Haut durchnässten Lady Shu ins Cockpit half. Jetzt war sie ihre Mission. Die Politik hatte versagt, und mit dem Umschwung der Mission in eine Militäraktion hatte sich die Ehrengarde in eine Leibwache verwandelt. Kein Kriegerhauspilot konnte eine ehrenhaftere Aufgabe verlangen, kein MechKrieger eine Romantischere.

Tybalt Kelly schwebte in einer seltsamen Gefühlsmelange aus Befriedigung, Ruhe und bebendem Entsetzen.

Während die Maschinen warmliefen, erklärte Veck Sam und Schneck seinen einfachen Plan. Ohne neue Daten gab es keine Möglichkeit, ihn weiter auszuarbeiten, aber zumindest wussten sie jetzt alle, wie es stand. Sobald Veck das »Bereit« aller vier Piloten empfangen hatte, setzte er seinen Mech in Bewegung.

»Viel Glück, Jockeys«, rief er noch, als der Transporter hinter ihm einbog. Mech und Bodenfahrzeug verschwanden im Schleier des Sturms außer Sicht. Die Mechsensoren folgten ihnen noch etwas weiter, bevor sie zuerst den Transporter und dann auch den *Vindicator* verloren. Nur Sekunden später tauchte ein neuer Lichtpunkt auf der Ortung auf. Diesmal gellte der Alarm.

»Bandit rückt näher«, meldete Schneck. Soviel wussten sie alle, aber die Beaglesonde des *Raven* lieferte ihm zusätzliche Informationen. »Es ist der *Pillager*.«

»Hat er seine Kumpels dabei?«, fragte JJ.

»Beschrei es bloß nicht«, wies Sam ihn zurecht. »Der ist so schon schlimm genug.«

»Magnetfeldspitze!«, unterbrach Schneck. »Er lädt das Gauss auf!«

»Zeit, sich zu bewegen.« Reflexartig beschleunigte Kelly den *Commando*. Sein Blick zuckte zur Geländekarte auf dem Hilfsschirm. Sie brauchten einen Sammelpunkt. *Da!* »Boxlypark. In fünf Minuten. Bewegung, Bewegung, Bewegung!«

Die Mechs stoben auseinander wie ein von einem Jagdhund aufgescheuchter Schwarm Fasane. Es war unkoordiniert. Es war unelegant. Aber es funktionierte. Der *Pillager* feuerte nicht, hatte offenbar die Zielerfassung verloren.

Plötzlich wurde Tybalt klar, dass er den Befehl über die Einheit übernommen hatte. Ihm wurde auch klar, dass sie in einem Kampf nicht den Hauch einer Überlebenschance gegen dieses hundert Tonnen schwere Monster hatten.

Schneck bestätigte, dass der *Pillager* die Verfolgung aufnahm.

23

Dori, Region Arousia, Epsilon Eridani
Chaos-Marken

25. Februar 3062

Die Vigilantes trafen sich im Boxlypark wieder. Sam war schon dort, als Tybalt eintraf. Schneck und JJ kamen gemeinsam an, verspätet, aber intakt. Schneck meldete, dass er den *Clint* und den *Enforcer* zwölf Häuserblocks westlich mit Kurs nach Norden geortet hatte. Die Feindmaschinen hatten sich nur langsam bewegt, also waren sie vermutlich auf der Suche.

»Aber sie sind nicht hinter Veck her. Das lässt vermuten, dass sie weder wissen, wo wir sind, noch, was wir vorhaben«, schloss Tybalt. »Das ist gut.«

»Wir wissen nicht, wo die Draconier sind«, erinnerte Sam ihn.

»Und sie könnten auf Vecks Spur sitzen. Ich weiß, ich weiß. Wir haben den *Pillager* an den Fersen, und der Rest von Crawfords Leuten stolpert durch die Stadt. Wenn wir sicherstellen können, dass die Draconier nach uns suchen und nicht nach Veck, ist das die halbe Miete. Der Schlüssel zum Erfolg hier ist Überleben, Leute. Wir brauchen die Doofviçer heute nicht zu besiegen. Sie sind uns an Tonnage und Bewaffnung überlegen, aber wir sind schneller als nahezu alles, was die haben, und wir haben Schnecks Elektronik als zusätzliche Hilfe. Wir lassen uns kurz sehen, dann hauen wir ab.«

»Wir könnten uns zusammen eine ihrer leichten Maschinen holen, falls wir sie allein erwischen«, schlug Sam vor. »Ein paar gute Treffer landen und den Doofviçern zeigen, dass sie in ein Wespennest gestochen haben.«

»Dazu sind wir nicht hier. Ich halte es für das Beste, sie nach Süden und Osten zu locken. Sobald wir sie dazu gebracht haben, uns zu folgen, versuchen wir sie weit genug auseinander zu ziehen, um uns eine Stelle auszuschauen, durchzubrechen und von hier zu verschwinden. Bis dahin operieren wir paarweise. Sam, du kommst mit mir. Und wir bleiben in der Nähe unseres Partners. In der Stadt ist die Kommsituation zu unsicher, und das Wetter hilft auch nicht gerade.«

»Wo fangen wir an, Boss?«, fragte JJ.

»Wir bewegen uns zum Standplatz der 48. Das gibt uns reichlich Distanz zum *Pillager*, selbst wenn er herausfindet, dass wir dort hinunter unterwegs sind.«

»Was ist mit den Draconiern?«

»Es sollte sicher sein. Sie sind unterwegs und suchen nach uns. Und jetzt setzen wir uns in Bewegung, bevor unser Hundert-Tonnen-Freund hier auftaucht.«

Wie sich herausstellte, hatte Tybalt sich geirrt, was die Draconier anging. Beide BattleMechs standen noch auf dem leeren Grundstück, dass ihnen als Parkplatz diente. Er brauchte Schnecks »Alles kalt« nicht, um zu sehen, dass die Maschinen nicht aktiv waren. Selbst die Sensoren des *Commando* konnten erkennen, dass weder der Reaktor des *Panther* noch der des *Jenner* auf Betriebstemperatur hochgefahren war. Zumindest nicht vollständig. Aber die Piloten waren an Bord und offenbar dabei , die Mechs in Betrieb zu setzen.

»Versteh ich nicht.« JJ klang ebenso verwirrt, wie Tybalt sich fühlte. »Crawfords Leute sind sofort losmarschiert.«

Die Gründe spielten keine Rolle. Das Schicksal hatte ihnen ein Geschenk gemacht. Der *Panther* und der *Jenner* hatten das Potential, ihnen die größten Kopfschmerzen zu bereiten, denn beide waren schnell genug, Vecks *Vindicator* einzuholen, und stark genug, ihn anzugreifen. Tybalt hatte den anderen zwar erklärt, dass ihre Mission keinen Kampf beinhaltete, aber das war ihre Chance, die schnellste Feindmaschine mit heruntergelassenen Hosen zu erwischen. Diese Gelegenheit war zu gut, um sie ungenutzt verstreichen zu lassen.

»Zielt auf den *Jenner*«, befahl er seinen Kameraden. »Erst erledigen wir ihn, dann holen wir uns den *Panther*. Sorgen wir dafür, dass die beiden niemandem mehr gefährlich werden können.«

JJ und Schneck bestätigten, und Sam jauchzte vor Begeisterung.

Tybalt zog das Fadenkreuz auf den *Jenner*. Dann ließ ihn eine vage Bewegung unter dem Kanzeldach zögern. Der Draconier an Bord des Mechs war wehrlos, aber es war seine Seite, die den Kampf angezettelt hatte. Er war ein legitimes Ziel.

Oder?

Die Energiewaffen seiner Begleiter zuckten auf. Raketen glitten aus den Abschussrohren.

Kellys Finger zog den Abzug durch. Sein Daumen drückte die Feuerknöpfe. Der *Commando* schüttelte sich, als die Raketen starteten. Hitze brandete durch das Cockpit. Es war ein vertrautes Gefühl, und es sandte vertraute eisige Schauder sein Rückgrat hinab.

Der *Jenner* wankte unter dem Bombardement. Zwanzig Raketen oder mehr detonierten auf dem gepanzerten Rumpf. Mindestens drei Laserbahnen schnitten durch die Überreste der Schutzpanzerung und bohrten sich ins Innere der Kampfmaschine. Feuer brachen aus, brannten zu heiß, als dass der Regen sie hätte löschen können. Der *Jenner* dampfte und qualmte. Er kippte. Er fiel, krachte auf den berstenden Bürgersteig.

Tybalt versuchte nicht an den Piloten zu denken, der tot, sterbend oder zumindest verwundet im Wrack der Maschine lag, aber es gelang ihm einfach nicht. Der Mann hieß Duworschak. Aber vor Kellys Augen stand Stübels Gesicht und schrie vor Schmerzen.

Einen Moment geschah gar nichts. Auch Tybalts Lanzenkameraden stellten das Feuer ein, schienen ebenso geschockt von der plötzlichen Vernichtung, die ihre Salven ausgelöst hatten. Der *Jenner* war zerstört. Tybalt konnte im Cockpit keine Bewegung mehr erkennen, abgesehen von Funken und Flammen.

Die Stille endete, als ein PPK-Strahl, ein ungebändigter Blitzschlag aus ionisierten Partikeln, durch die regenschwangere Luft zuckte. Namihito hatte seinen BattleMech hochgefahren.

Der Schuss traf Sams *Commando* in der oberen Hälfte der Brustpartie. Er ging in einer Wolke aus Qualm und Dampf zu Boden.

»Sam!«

Tybalt war wie gelähmt vor Angst, sie könnte tot sein.

»Sam!«

Er erhielt keine Antwort.

JJ und Schneck feuerten auf den *Panther*. Tybalt wusste, dass er ihnen hätte helfen sollen, aber stattdessen bewegte er die Maschine in Sams Richtung.

Er brauchte eine Antwort.

Als er näher kam, sah er, dass der *Commando* sich noch bewegte. Das war nur möglich, wenn Sam noch lebte und ihn steuerte. Die Maschine kratzte mit einem Bein auf dem Pflaster, als sie versuchte, den Mech weit genug herumzuwälzen, um ihn mit den Armen aufrecht hebeln zu können. Tybalt brachte seinen *Commando* näher heran, um Sam einen Widerstand zu liefern, und rief immer wieder ihren Namen.

Sie antwortete immer noch nicht.

Als der *Commando* wieder auf den Beinen stand, hob sie einen Mecharm und tippte mit einem der Metallfinger an den Kopf der Maschine. Es war das traditionelle Zeichen für einen Kommunikatorausfall. Sie konnte aber laut Signal noch bruchstückhaft empfangen. Er nickte mit dem Kopf des *Commando* zum Zeichen, dass er verstanden hatte, während er es gleichzeitig über Funk bestätigte.

Tybalt sah, dass der Kopf ihres *Commando* an der linken Seite stark beschädigt war. Dabei war offensichtlich der Sender zertrümmert worden. Auch das Schultergelenk auf dieser Seite war beschädigt. Das hatte Auswirkungen auf den Arm, der sich ruckartig bewegte, aber der Mech war noch kampffähig.

Wie es schien, war Sam das auch. Sie setzte den *Commando* zum Gefecht hin in Bewegung und winkte ihm mitzukommen.

Sie liefen los, um JJ und Schneck zu helfen. Der Draconier war quer durch eine Gasse auf die Hauptstraße gelaufen. JJ folgte ihm dichtauf, Schneck rannte eine Parallelstraße hinunter. Tybalt führte Sam einen Häuserblock weiter und eine andere Parallelstraße hoch. Wenn sie den *Panther* einkesseln konnten, war er geliefert.

Mit vierfacher Übermacht hätte das Ergebnis des Kampfes feststehen müssen, selbst mitten in einem Sturm und in einer Stadt. Aber dem war nicht so. Der Pilot des *Panther* schien geradezu unverwundbar. Immer wieder gelang es ihm, den Schüssen der Vigilante-Mechs auszuweichen. Namihito verschwand so konsequent aus der Zielerfassung, dass Tybalt hätte schwören können, es wäre ein hochmodernes Störsystem im Spiel, aber Schneck verneinte das.

»Er ist einfach nur ein unheimlich guter Mechpilot.«

Und falls er tatsächlich keine Elektronik zu Hilfe nahm, war er tatsächlich ein unheimlich guter Pilot. Der Draconier duckte die Maschine, als Tybalt und Sam ihn gerade in einem Laserkreuzfeuer aufspießen wollten. Fast hätten sie einander gegenseitig abgeschossen. Er tauchte hinter ein Gebäude weg, gerade als eine volle Raketensalve JJs seine Position erreichte. Das Erstaunlichste aber war, wie es Schneck trotz aller Versuche nicht gelang, den *Panther* mit einer NARC-Boje zu treffen. Jedesmal fand der Pilot eine Deckung, verschwand hinter einer Häuserecke oder feuerte seinerseits mit genug Schlagkraft, dass Schneck selbst ausweichen musste und die Gelegenheit zum Schuss verlor.

Sie trafen den Draconier. Es ließ sich gar nicht vermeiden, dass sie ihn trafen, soviel geballte Feuerkraft schleuderten sie ihm entgegen. Aber es waren nur Kratzer. Das Feuer Namihitos war noch erfolgloser, aber Tybalt hielt es für höchst unwahrscheinlich, dass ihr Gegner ein so schlechter Schütze war.

Mehrmals hatte er den Draconier auf erstklassige Schussgelegenheiten gegen die eine oder andere Maschine der

Lanze verzichten sehen. Die Partikelprojektorkanone am Arm des *Panther* kam kaum zum Einsatz, und wenn doch, dann nur, um ein Schild oder eine Mauer in den Weg eines anrückenden FBGS-Mechs zu schleudern und ihn abzubremsen. Unerklärlicherweise nutzte ihr Gegner sich bietende Gelegenheiten nicht ein einziges Mal aus. Er schien die Flucht dem Kampf vorzuziehen.

Und so ging die Jagd weiter. Wie ein Geist lief der *Panther* vor ihnen her durch die sturmgepeitschten Straßen, immer einen Schritt voraus.

»Was ist los?«, wollte JJ wissen. »Er bewegt sich nach Nordosten.«

»Ja, warum führt er uns nicht zurück zu seinen Kumpels?«, fragte Schneck.

»Vielleicht glaubt er, uns von unseren wegzulocken«, schlug Tybalt vor.

»Er muss Hilfe von Crawfords Mechs wollen«, sagte JJ voraus. »Er kann uns nicht alle vier allein erledigen.«

Tybalt beobachtete die gespenstisch flüssigen Bewegungen des *Panther* und hatte Mühe, das zu glauben. Falls Namihito Hilfe wollte, warum lief er dann so schnell in die entgegengesetzte Richtung?

Er glaubte die Antwort zu kennen. »Versuchen wir etwas. Alles Halt.«

Die Vigilantes blieben stehen, aber der *Panther* lief weiter. Der Draconier wurde weder langsamer, so dass sie ihn einholen konnten, noch feuerte er, um sie im Kampf zu halten.

»Er führt uns nirgends hin. Er will weg.« Und Tybalt dankte den Göttern dafür.

»Oder wir sind, wo er uns haben will«, warf JJ ein.

»Wenn es eine Falle wäre, würde er uns angreifen. Er ist kaum beschädigt.« Tybalt war sich seiner Sache sicher. Und da war noch etwas, dessen er sich sicher war. »Aber unser kleines Feuerwerk hat unsere Anwesenheit mit Sicherheit jedem überdeutlich mitgeteilt, der sich dafür interessieren könnte. Das ist einerseits gut, andererseits gar nicht. Die gute

Nachricht: Crawfords Leute sind hierher unterwegs und nicht hinter Veck her. Noch eine gute Nachricht: Wir dürften dem Commander inzwischen genug Zeit verschafft haben und können diesem triefnassen Kaff Adieu sagen. Und jetzt die schlechte: Wir sind nicht mehr auf der Straße nach Hause.«

Der Draconier hatte sie ein gutes Stück um den Aroussee geführt. Sie mussten erst wieder nach Süden, bevor sie nach Westen zur Grafschaft Shu abbiegen konnten. Tybalt übermittelte den Kameraden die kürzeste Route. Sie waren noch nicht weit gekommen, als Schneck sich meldete.

»Kopf hoch, Leute. Schwierigkeiten an sieben Uhr.«

In dieser Richtung kündete der verblassende Feuerschein von Sprungdüsen vom Anmarsch eines BattleMechs.

Eine Autokanonensalve aus drei Uhr meldete die Ankunft eines zweiten.

24

Dori, Region Arousia, Epsilon Eridani
Chaos-Marken

25. Februar 3062

Tybalt drehte den Torso des *Commando* nach rechts und feuerte die Coventry-Lafette im Torso, noch bevor das Artemis-Feuerleitsystem das Ziel sicher erfasst hatte. Es kümmerte ihn nicht. Ihm ging es nur darum, den Gegner in Deckung zu scheuchen. Durch den Vorhang der Raketen und Rauchbahnen erhaschte er einen Blick auf den feindlichen Kampfkoloss. Es war der *Clint*. Er hob die Arme des *Commando*, wartete auf den Glockenton, der die Zielerfassung der Blitz-Lafette meldete, und jagte dem Duviçer Mech zwei Kurzstreckenraketen und einen Laserschuss entgegen. Ohne auf den Einschlag zu warten, setzte er den leichten Mech in Bewegung, drehte den Torso wieder nach vorne und brüllte: »Bewegung! Deckung!«

Die Vigilantes zerstreuten sich. Von Schnecks *Raven* fielen Panzerplatten. Er war das Ziel der Autokanonensalve gewesen, und die Duviçer Pilotin hatte das rechte Bein der Maschine getroffen. Sam folgte den anderen nicht. Sie blieb stehen und feuerte eine Raketensalve auf den *Clint* ab.

Was, zur Hölle, sollte das? »Ich sagte, in Deckung!«

Diesmal gehorchte ihr *Commando*. Ob sie seinen ersten Befehl nicht empfangen oder einfach ignoriert hatte, um den Gegner angreifen zu können, würde er später klären. Jetzt feuerte er erst einmal selbst eine Sechsersalve Raketen ab, um ihr Deckung zu geben.

»Sam hat Recht«, äußerte JJ sich. »Es steht vier gegen einen, und ich wette, Adelaide Tobin ist als MechKriegerin nicht halb so gut wie der Draconier. Wir schaffen sie.«

Möglicherweise. Der *Clint* war noch eine gegnerische Maschine, die eine Chance hatte, den mit Lady Shu flüchtenden Veck einzuholen. Ihn außer Gefecht zu setzen oder gar zu zerstören, hätte die Sicherheit der Lady garantiert. Unglücklicherweise irrte JJ sich, was das Kräfteverhältnis anging. Das Sprungdüsenfeuer, das Schneck gesehen hatte, bedeutete, dass sich ein anderer Gegner in Angriffsweite befand. Es konnte der Draconier in seinem *Panther* sein. Das hätte das Kräftegleichgewicht nicht zu stark gekippt, aber das Verhältnis der Pilotenfähigkeiten sehr wohl. Seltsamerweise hoffte er, es würde sich bei dem zweiten anrückenden Gegner um den *Enforcer* handeln. Allerdings würde auch das keine gute Nachricht darstellen. Denn dieser Mech war so schwer wie beide *Commandos* zusammen. Noch schlimmer, der unbekannte Kampfkoloss konnte sich als der *Pillager* herausstellen, und in dem Fall waren die Vigilantes hoffnungslos deklassiert.

»Vergiss es«, schlug er JJs Vorschlag ab. »Die Mission geht vor. Nur Deckungsfeuer. Wir rücken ab.«

Sams *Commando* hob den Daumen und bestätigte den Empfang des Befehls. Die Lanze setzte sich in Bewegung.

Der *Clint* setzte seine Geschwindigkeit ein und hetzte sie, aber Tybalt hielt seine Leute in Bewegung und nutzte die Möglichkeiten der Stadt, um die Mechs vor Tobins Schüssen zu schützen. Sie steckten zwar trotzdem ein paar Treffer ein, aber nichts davon war ernst, und BattleMechs konnten eine Menge einstecken. Die Vigilantes teilten auch ihrerseits aus, aber der *Clint* ließ nicht locker. Die Söldnerpilotin ließ sich nicht so leicht einschüchtern. Trotzdem hatte Kelly das Gefühl, dass sie gute Leistung zeigten. Sie kamen voran, durchquerten den Nordwestquadranten der Stadt und schienen den zweiten Gegner im Labyrinth der Straßen abgeschüttelt zu haben.

Bis Schneck rief: »Sprungdüsen an ein Uhr.«

Tybalt fluchte. Sie hatten die sprungfähige Maschine doch nicht hinter sich gelassen. Sie hatte ihnen den Weg abgeschnitten. Diesmal war der Unbekannte nahe genug, um Tybalts Sensoren Gelegenheit zu geben, die Masse der Maschine zu orten, als sie hinter einem Parkhaus aufsetzte, in Deckung vor ihrem Feuer. Es war ein mittelschwerer Mech, also vermutlich der *Enforcer*. Das bedeutete Ärger – eine Menge Ärger.

Die Vigilantes versuchten aus der Zange der beiden Feinde zu entkommen, aber sie waren zu langsam. Eine bläulich leuchtende Energieentladung schlug mit Donnerkrachen an JJs *Javelin* vorbei.

Der sprungfähige Mech hatte eine PPK abgefeuert. Der *Enforcer* hatte keinen Partikelwerfer, und der PPK-bestückte *Panther* war kein mittelschwerer Mech. Tybalts momentane Verwirrung ließ ihn den *Commando* fast in ein Bürohaus steuern. Wer war dieser neue Gegner?

Gar keiner, wie sich herausstellte.

Vecks Stimme knisterte über den Lanzenkanal. »Trahn, Jurewicz, rechte Flanke. Kelly, Liu, linke Flanke, Wir jagen diese Hündin zurück zu ihrem Herrchen.«

Tybalt wirbelte den *Commando* herum und feuerte beide Lafetten ab. JJ löste eine Raketenbreitseite aus, und Schneck setzte seine Laser ein. Sam ging leicht verspätet zum Angriff über, schleuderte dem *Clint* dann aber alles entgegen, was sie aufzubieten hatte.

Wie ein Hund, dessen Jagdbeute sich plötzlich von einem flüchtenden Kaninchen in ein aufgebrachtes Wildschwein verwandelt hatte, wich der *Clint* zurück. Der wilde Angriff der Vigilantes hatte, zumindest soweit Tybalt das feststellen konnte, nicht allzu viel Schaden angerichtet, aber er hatte das Blatt gewendet. Die *Clint*-Pilotin war ohne Bedenken einem Pulk grüner MechKrieger nachgehetzt, aber gegen eine gutgeführte Lanze anzutreten, das stand auf einem anderen Blatt. Adelaide Tobin zog ab.

Veck ließ sie den flüchtenden *Clint* nicht weit verfolgen. Er stoppte die Vigilantes auf einem kleinen Platz zu einer Konferenz. Sie öffneten die Kanzeln, damit Sam nichts entging.

Veck erzählte seine Geschichte in kurzen, knappen Sätzen. Gelegentliche Fetzen ziviler Nachrichten hatten ihn informiert, dass es in Dori zu Mechkämpfen gekommen war. Er hatte Lady Shu sicher aus der Stadt gebracht und den Transporter weitergeschickt, sowohl um ihren Stab in Sicherheit zu bringen, wie auch als Ablenkung, und die Lady Romano dann an einem sicheren Ort untergebracht, bevor er umdrehte. Er hatte erwartet, die Lanze in großen Schwierigkeiten zu finden. Tybalt glaubte, Besorgnis in der Stimme des alten MechKriegers zu hören, war aber klug genug, es nicht anzusprechen. »Sieht aus, als hättet ihr Jockeys doch was gelernt. Na schön. Kelly, Bericht.«

Kelly folgte Vecks Beispiel und beschränkte sich auf das Wesentliche.

»Gute Arbeit«, kommentierte der Commander ihre Handhabung der Draconier, aber seine Gedanken waren bereits in der Zukunft. »Im Moment arbeitet dieses Katz-und-Maus-Geballere für Crawfords Vorteil, und ich denke nicht daran, sein Spiel zu spielen. Wir werden uns einen offenen Platz suchen und unsere Geschwindigkeit einsetzen, Wir haben immer noch eine Mission. Sobald wir hier raus sind, holen wir die Lady ab, und es geht nach Hause. Keine unnötigen Kämpfe, kapiert?«

Sie bestätigten es ihm laut und deutlich. Tybalt war froh, dass Veck wieder den Befehl übernahm. Es erschien ihm richtig so. So, wie es sich gehörte.

Als alle Kanzeln wieder versiegelt waren, wendete Veck die Lanze Richtung See. Schneck meldete, dass der *Clint* sie verfolgte.

»Die greift uns nicht alleine an«, beruhigte Veck sie.

Er hatte Recht. Der *Clint* kam nicht näher, bis Schneck einen weiteren Kontakt meldete - einen mittelschweren sprungfähigen Mech, der auf einem zweistöckigen Gebäude vor ihnen landete. Diesmal war die Maschine wirklich feindlich, und sie schnitt ihnen den Weg ab. Laser- und Autokanonenfeuer schlug auf die Vigilantes herab, als der *Enforcer* gemeinsam mit dem *Clint* zum Angriff überging.

Veck ließ sich auf keinen offenen Schlagabtausch ein.

»Nach Süden«, befahl er.

Wieder fanden die Vigilantes sich in einem Rückzugsgefecht. Unter Vecks Führung nutzten sie die Deckung, die ihnen die Stadt bot, während sie versuchten, zurück auf ihre Ausgangsroute zu gelangen. Veck übernahm die Rückendeckung und hielt die Gegner mit PPK-Schlägen und gelegentlichem Impulslaserstakkato auf Distanz.

Tybalt betrachtete es als Glücksfall, dass Crawfords Leute es ebenso wenig wie sie auf eine offene Schlacht anzulegen schienen. Vielleicht hatten sie ihre eigene Version von Vecks Lektionen darüber gelernt, was Schäden für Mechs in einem Feldzug bedeuteten, und nachdem sie das Überraschungsmoment verloren hatten, stand ihnen ein Feldzug bevor.

Die kurvigen Straßen dieses Stadtviertels neigten dazu, immer wieder die breiten Prachtstraßen zu kreuzen, die sich als Hauptverkehrsadern durch die Stadt zogen. Dadurch verloren die Mitglieder der Lanze einander nur selten länger aus der Sicht.

Tybalt sah Schnecks *Raven* zwischen den Bäumen eines der ungezählten kleinen Parks Doris heranjagen. Vecks *Vindicator* tauchte am Eingang einer Gasse auf. Als Sam und JJ in den Park rannten, huschte der Schatten des *Enforcer* über die Mauer eines angrenzenden Hauses. Vecks Partikelkanone krachte, und der Schatten zog sich zurück.

»Durch diesen Park zum Westküstenboulevard«, befahl Veck. »Wir können so zu den Lagerhallen abkürzen. Da kommen wir am Seeufer entlang schneller vorwärts.«

Der Westküstenboulevard war eine Bilderbuchstraße. Der breite Mittelstreifen war mit Bäumen und Büschen bepflanzt. Jetzt wogten die durchnässten Pflanzen im Sturm und schienen den vorbeipolternden Mechs nachzuwinken.

Ohne Vorwarnung explodierte Schnecks *Raven*. Ein Bein wirbelte sich überschlagend davon, als fünfunddreißig Tonnen ehemaliger BattleMech wie eine ungelenkte Rakete durch die Baumzeile des Boulevards pflügten und eine Fontäne aus Holzsplittern, Panzerfragmenten und zertrümmerten Maschinenteilen aufschleuderten. Der Feuerball löste mächtige Eichen in Geysiren aus supererhitztem Dampf auf. Laserlanzen schlugen in das zuckende Wrack. Neue Explosionen schleuderten Teile des *Raven* durch den vom Wind fast waagerecht über den Asphalt getriebenen Regen.

Schockiert brachte Tybalt den *Commando* zum Stehen.

»Harry?«

Er erhielt keine Antwort. Er konnte keine Antwort mehr erhalten.

Wie betäubt schaute er sich nach dem Mörder um. Zwölf Querstraßen entfernt auf dem Westküstenboulevard stand der *Pillager* und lud die Waffen nach. Die breite Prachtstraße bot dem stählernen Ungeheuer eine perfekte Schussbahn.

»Auseinander, auseinander, auseinander«, befahl Veck. »Auf der anderen Seite des Sees neu sammeln.«

Reflexartig setzte Tybalt den *Commando* in Bewegung. Auch die anderen Vigilantes befolgten Vecks Befehl und räumten den Boulevard.

Crawford reagierte auf ihre Flucht, indem er mit dem *Pillager* hinter ihnen herstürmte. Kelly speicherte die Rendezvouskoordinaten, die Veck übermittelt hatte, und wich nach links aus, hielt Ausschau nach einer Deckung. Wieder feuerte der überschwere Mech die Gaussgeschütze ab. Die von riesigen Elektromagneten auf Überschallgeschwindigkeit beschleunigten Geschosse sausten über den Asphalt, fanden aber zwischen den hastig ausweichenden Vigilantes kein Ziel. Ziegel und zertrümmerter Zement prasselten auf Tybalts *Commando* ein. Laserschüsse brannten sich in die Häuser neben ihm. Nur seine schnelle Reaktion auf Vecks Befehl hatte ihm das Leben gerettet. Er konnte nur hoffen, dass die anderen Vigilantes ebensolches Glück hatten.

Der *Pillager* stampfte am Seeufer entlang und feuerte nur gelegentlich. Durch die große Reichweite seiner Geschütze konnte er jedes Ziel angreifen, dass sich am Seeufer zeigte, wie Tybalt bei dem Versuch herausfand, am Wasser entlang abzukürzen, und zwei Nickeleisenkugeln ihn nur knapp verfehlten. Fast hätte ihn das gleiche Schicksal ereilt wie Trahn. Trümmer des Gebäudes, das die Kugeln abgefangen hatte, trommelten auf die Panzerung. Laserschüsse aus den Lichtwerferbatterien des *Pillager* hämmerten auf den linken Mecharm des *Commando* ein. Panzerung flog davon. Der Aufprall wirbelte die Maschine herum. Kelly versuchte den leichten Mech auf den Beinen zu halten, schaffte es aber nicht. Er stürzte, schlug hart auf die Straße auf und Tybalt prallte mit dem Helm hart gegen eine Cockpitstrebe. Nur der Neurohelm rettete ihn vor einem Schädelbasisbruch. Er zwang sich, den Schmerz zu verdrängen, und kämpfte sich benommen wieder hoch. Der *Commando* stolperte weiter und entging nur durch Zufall einer weiteren Gausskugel, als er sich um eine Hausecke duckte. Er bezahlte die Rettung mit weiteren Panzerungsverlusten durch herabstürzende Trümmer.

Danach verzichtete er auf Geschwindigkeit und nutzte stattdessen jede Deckungsmöglichkeit, die ihm die Gebäude am Seeufer boten. Er verlor seine Lanzenkameraden aus den Augen, als er sich ganz darauf konzentrierte, sein Ziel zu erreichen. Ab und zu fingen die Außenmikrofone den Überschallknall der Gaussgeschütze des *Pillager* auf. Irgendjemand war in sein Schussfeld geraten. Er betete, dass es nicht Sam gewesen war, aber wer immer es war, Tybalt wünschte ihm Glück. Er versuchte über Funk Verbindung aufzunehmen, aber der Sturm und die Gebäude der Stadt blockierten alle Versuche, die Kameraden zu erreichen. Er dachte daran nachzusehen, auf wen Crawford geschossen hatte, ließ es aber bleiben. Sie hatten immer noch eine Mission, und das beinhaltete die Pflicht zu überleben. Also tat er sein Möglichstes, dem Killermech keine weitere Gelegenheit zu geben, ihn sich zu holen. Er konnte es sich nicht leisten, den *Commando* in Gefahr zu bringen, wenn er den Rendezvouspunkt erreichen wollte.

Die Lasertreffer hatten nahezu die komplette Panzerung vom Arm des leichten Mechs geschält und einen beachtlichen Teil der internen Struktur zerschmolzen, Der Laser war außer Betrieb, und die Instrumente zeigten unregelmäßig auftretende Ausfälle in mehreren Aktivatoren. Die Panzerung war an den meisten Stellen um 50 Prozent oder mehr reduziert. Das würde Veck nicht gefallen. Tybalts zerbeulter *Commando* war zwar schwer angeschlagen, aber wenigstens funktionierte er noch, und er konzentrierte sich darauf, ihn funktionstüchtig zu halten, bis er am vereinbarten Treffpunkt ankam.

Er gratulierte sich dazu, es geschafft zu haben, als das Ziel erreichte. Bis er abzählte. Nur Vecks *Vindicator* und JJs *Javelin* warteten auf ihn.

»Wo ist Sam?«

Eine eiskalte Hand legte sich um sein Herz, als er sich an das Krachen der Gaussgeschütze erinnerte, das über den See hallte.

25

Weltengratberge, Region Arousia, Epsilon Eridani
Chaos-Marken

25. Februar 3062

»Wir müssen davon ausgehen, dass sie gefallen ist«, erklärte Veck herzlos.

»Nein!«, protestierte Tybalt. »Ihr Sender ist zerstört. Vielleicht ist sie noch unterwegs. Wir müssen …«

»Wir müssen der Realität ins Auge sehen. Falls Liu noch lebt, wird sie zu uns stoßen, sobald sie kann. In der Zwischenzeit haben wir einen Job zu erledigen. Wir können es uns nicht leisten, zurück in dieses Schlachthaus zu gehen, um sie zu holen. Es wird Zeit, Soldat zu werden, Kelly. Wir rücken ab, bevor die Duviçer uns erwischen. Haben Sie mich verstanden?«

Kelly murmelte widerwillig eine Bestätigung. Veck verzichtete gnädigerweise auf eine verständlichere Wiederholung.

Die überlebenden Vigilantes ließen Dori hinter sich und marschierten durch die üppige Uferlandschaft ins Vorgebirge des Weltengratgebirges nördlich des Sees. Es war eine wilde Gegend voller Täler und Schluchten, von denen viele von den Regenfluten des Sturms überschwemmt waren. Sie wichen den schlimmsten Fluten aus und überquerten die zu Wildwassern gewordenen Bäche, wo sich die Gelegenheit bot. Es war kein leichter Weg, und der langsam abklingende Sturm machte ihn nicht einfacher. Die Strecke war eine schwere Prüfung ihrer Pilotenfähigkeiten. Zum Glück bestanden sie.

Obwohl Tybalt Ausschau nach ihr hielt, sah er keine Spur von Sam. Aber er sah auch keine Anzeichen, dass Duviçer Mechs sie verfolgten. Die Flucht war gelungen.

Zu welchem Preis?

Der Sturm beruhigte sich endlich wieder zu einem normalen Gewitter, als sie den alten Bergwerksstollen erreichten, in dem Veck Lady Shu zurückgelassen hatte. Sie trat aus ihrem Unterschlupf, als die Mechs in die enge Schlucht stampften. Wind und Regen zerzausten ihre Frisur, konnten ihrer königlichen Selbstsicherheit aber nichts anhaben, als sie die aussteigenden MechKrieger begrüßte. Sie hörte sich Vecks Zusammenfassung der Situation schweigend an und schenkte Tybalt einen mitfühlenden Blick, als der Commander die Verluste erwähnte.

Kelly und JJ stellten die Zwei-Mann-Unterkünfte auf, die zur Ausstattung der Mechs gehörten. Vecks Zelt war bereits aufgebaut und von Lady Shu belegt. Das Abendessen bestand aus Notrationen. Der Commander teilte JJ für die erste Wache ein und schickte ihn hoch in die Klippenwand, von wo aus er die Annäherung an ihr Versteck im Auge behalten konnte. Dann griff er sich eine Kommeinheit und machte sich auf den Weg noch höher hinauf.

»Jetzt, wo der Sturm endlich nachlässt, sollte ich in der Lage sein, das Hauptquartier zu erreichen. So oder so rücken wir im Morgengrauen aus. Ruht euch aus.«

Vecks Vorschlag war vernünftig. Lady Shu zog sich in ihr Zelt zurück, aber Kelly verzichtete. Er hätte ohnehin nicht schlafen können. Er hockte am langsam niederbrennenden Lagerfeuer und sah Bilder von Tod und Vernichtung in den Flammen. Trotzdem war er nicht bereit, die Wärme des Feuers aufzugeben. Als kaum noch glühende Scheiten übrig waren, hörte er leise Schritte hinter sich. Es war Lady Shu.

»Kann nicht einschlafen«, sagte sie verlegen.

»Ich weiß, was Sie meinen.«

Lady Romano setzte sich neben ihn. Sie war eine warme, tröstende menschliche Präsenz, die ihn erinnerte, dass er noch lebte. Aber irgendwie konnte er die Kälte nicht abschütteln, die seine Gefühle über die Ereignisse des Tages durchzog. Er hatte den Eindruck, sie würde es verstehen. Er wollte mit ihr darüber reden, aber er wusste nicht, wie er anfangen sollte.

Sie saß neben ihm, still und geduldig, bis er seine Stimme gefunden hatte.

»Kalt, nicht?«

Die Lady schob sich näher und legte ihm tröstend eine Hand aufs Bein. »Es ist immer hart, Kameraden zu verlieren.«

Es berührte ihn, wie augenblicklich sie verstand. Gleichzeitig rührte es an einen harten Knoten von Gefühlen, der sich in seinem Innern immer fester zusammenzog. Sie hatte »Kameraden« gesagt. Erst Stübel. Und dann, heute … So sehr er es auch hasste, das zuzugeben, er fing an einzusehen, dass sein Vater Recht gehabt hatte. Er hatte wirklich nicht verstanden, worum es ging. Aber langsam wurde es ihm klar.

Noch etwas machte ihm zu schaffen. Zwei Vigilantes waren heute gefallen, aber Kelly verspürte nicht dieselbe Reaktion für beide. Dabei hätte das doch so sein müssen, oder etwa nicht? »Ich habe Harry sterben sehen. Wir waren Freunde. Es macht mir weniger aus als … Ich habe ihn viel länger gekannt.«

»Sie werden um ihn trauern. Der Unterschied liegt darin, dass Samantha Liu mehr war als eine Kameradin.«

»Ja.« Er fühlte sich ein wenig seltsam, das ihr gegenüber zuzugeben. »Veck hat versucht, mich zu warnen. Er hat gesagt, ich sollte mich von ihr fernhalten.«

Sie lächelte ihn traurig an. »Ich würde sagen, Commander Veck wollte Sie beschützen. Er kann gelegentlich grob und unbeholfen sein, aber er hat ein gutes Herz. Nicht dass es ihm gefallen würde zu hören, wie ich einem seiner Soldaten so etwas sage, aber ich glaube, Sie sollten es wissen. Er ist schon sehr lange MechKrieger. Er weiß, dass es ein harter Schlag ist, einen Kameraden zu verlieren, und ein noch härterer, eine Geliebte. Beide in einer Person zu verlieren, kann einen Menschen zerbrechen.«

Das bekam Tybalt gerade zu spüren. »Ich sage mir, vielleicht hätte ich mehr tun sollen, etwas anders machen.«

»Sie haben getan, was Sie konnten und was irgendjemand von Ihnen erwarten konnte.«

»Vielleicht sollte ich es sein, der da hinten im Wrack meiner Maschine liegt.«

»Sie dürfen sich nicht vorwerfen, dass Sie überlebt haben und Ihre Kameraden nicht. Es ist, wie es ist. Sie müssen das Leben annehmen, denn wenn Sie ihm den Rücken zukehren, war das Opfer umsonst.« In Lady Shus Worten lag reine und tiefe Überzeugung. »Ich kann nicht glauben, dass sie Ihnen so wenig bedeutet haben.«

»Ich habe … ich meine, natürlich bedeuten sie mir etwas.« Er konnte ihr Andenken nicht entehren. »Ich denke nur …«

Sie legte ihm den Finger auf die Lippen. »Nein. Sie werden das hinter sich lassen.«

»Ich kann sie nicht vergessen!«

»Natürlich nicht. Sie werden auch Harry Trahn nicht vergessen. Ihre Gefühle ehren Sie und die beiden. Akzeptieren Sie den Verlust, aber akzeptieren Sie auch das Leben.«

Sie lehnte sich an ihn, legte den Kopf auf seine Schulter. Ihre Gegenwart war ein Trost, eine warme, starke Erinnerung an das Leben. Sie saßen eine Weile wortlos da, und Tybalt saugte ihre Lebenskraft in sich auf. Sie neben sich zu spüren, ließ ihn verstehen, was es hieß zu leben. Er hatte seinen ersten Kampf überlebt. Das Leben würde weitergehen. Er würde weiterleben.

»Seltsam, nicht wahr?«, fragte sie mit träumerischer Stimme.

»Was?«

»Ich konnte nicht schlafen, weil ich an all das denken musste, was geschehen war, und all das, was uns noch bevorsteht, mir Angst machte. Mein Zelt war so leer, dass mein eigener Atem zu laut schien, und ich bin hier heraus gekommen, um etwas Gesellschaft und vielleicht eine starke Schulter zu finden, an die ich mich einen Augenblick anlehnen kann. Und stattdessen bin ich die Schulter.«

»Danke«, sagte er. Seine Reaktion war unbeholfen und knapp, aber sie verstand hoffentlich, dass sie von Herzen kam. Er wünschte sich, er hätte ihren Gefallen erwidern können. Das war keine Situation, wie er sie gewöhnt war. Was hatte er einer adligen Lady schon anzubieten? »Ich, äh, ich kann zuhören.«

»Ein freundliches Angebot, und ich bedanke mich dafür, aber nicht jetzt.« Sie seufzte, lang und traurig.

Zögernd legte er den Arm um sie. Sie versank in seiner Umarmung. Langsam stieg ihm ihr Duft zu Kopf. Sie schaute ihm in die Augen, er schaute ihr in die Augen. Er sah einen Hunger darin, und eine Lust. Er fühlte dasselbe. Ihre Lippen öffneten sich. Seine senkten sich ihr entgegen. Ihr Kuss war hungrig, gierig auf den Lebensfunken, auf die Bestätigung seiner Wahrheit.

»Das Zelt«, schlug sie vor, als sie nach Luft schnappten.

Hand in Hand liefen sie in die Unterkunft. Finger grabschten in der Dunkelheit, suchten, fanden, verloren und fanden wieder. Es war ein ungeduldiger, drängender Rausch.

»Ich finde«, keuchte sie und öffnete die erste Schnalle seiner Kühlweste, »du solltest mich Romano nennen.« Beim Öffnen der letzte Schnalle fügte sie hinzu: »Zumindest, wenn wir unter uns sind.«

Schließlich nannte er sie Romano, und sie lächelte auf jene angespannt-gelöste Art, wie sie die Ekstase mit sich bringt.

* * *

Er war allein, als JJ von seiner Wache zurückkehrte.

»Wo ist sie?«, murmelte er.

»Wer?«

»Ro… Lady Shu.«

»In ihrem Zelt, nehme ich doch schwer an. Warum?«

»Ich, äh, wollte nur sichergehen, dass es ihr gut geht.«

»Träumst du schon wieder?«

Konnte das alles ein Traum gewesen sein? Nein, er hatte ihren Duft noch in der Nase. Es war bestimmt kein Traum gewesen.

Tybalt hielt durch die letzten Nachtstunden Wache, unfähig zu fassen, was in den letzten vierundzwanzig Stunden alles geschehen war. Zum Glück ersparte ihm die Erschöpfung allzu quälende Gedanken.

Schließlich, als der Himmel allmählich aufhellte, rief der nicht weniger erschöpft aussehende Veck ihn zurück ins Tal. Der Commander hatte es tatsächlich geschafft, Verbindung mit dem Hauptquartier aufzunehmen, aber alles, was er der Lanze darüber mitteilte, war: »Es sieht nicht gut aus.« Alles andere behielt er sich vor, bis Lady Shu mit der Hauptstadt gesprochen hatte. Dann knallte er wieder mit der Peitsche, und die MechKrieger beeilten sich auszuführen, was im Feld an Reparaturen möglich war. Sie mussten kampfbereit bleiben. Wer konnte sagen, was der nächste Tag ihnen bringen würde?

Als Lady Shu zurückkehrte, wirkte sie müde. Aber trotzdem schenkte sie ihm kleines, privates Lächeln. Es war ein trauriges Lächeln, und etwas daran erschien ihm seltsam. Sie bat ihn um ein kurzes Gespräch unter vier Augen.

»Samantha lebt«, sagte sie. »In Gefangenschaft.«

Tybalt wollte etwas sagen. Was, dessen war er sich nicht sicher. Seine Gedanken überschlugen sich. Romano legte ihm den Finger auf die Lippen.

»Nein. Sag jetzt nichts, was du später bereust.« Sie streichelte seine Wange. »Und bereue nichts, was du getan hast. Ich bereue es nicht.«

»Aber Sam …«

»Braucht es nie zu erfahren. Wir müssen die Rollen ausfüllen, die das Schicksal für uns schreibt, selbst wenn uns das Drehbuch nicht gefällt, so wie jetzt.«

Er schaute in Romanos traurige Augen. Er fühlte die leichte Berührung ihrer Hand, als sie ihm ein entschlossenes Lächeln anbot. Dann rief sie die anderen herüber und verwandelte sich wieder in die entschiedene, effiziente Lady Shu.

»Es besteht Kriegszustand zwischen der Duviçer Pfalz und der Grafschaft Shu«, erklärte sie. »Severagol wird tatsächlich angegriffen. Die Kämpfe sind heftig, aber die Situation ist bisher unentschieden. Es hat noch weitere Angriffe gegeben.

Nichts Größeres, aber sie haben uns geschadet. Die Grafschaft Shu ist angeschlagen, aber wir sind noch nicht ausgezählt. Unser netter, freundlicher Präsident beschränkt sich darauf, weitere Verhandlungen vorzuschlagen.« Lady Shu grinste bitter. »Wir sollten vermutlich dankbar sein, dass er sich nicht auf die Duviçer Seite schlägt. Sie behaupten, wir hätten dieses ganze Debakel begonnen. Wir hätten Waterhouse ermordet. Wir hätten die ersten Schüsse abgefeuert.«

»Wie ist das möglich?«, wunderte sich JJ. »Ihre Mechs haben uns gejagt, noch bevor wir wussten, dass Waterhouse tot war.«

»ENN zeigt Bilder, auf denen gräfliche BattleMechs auf Duviçer Maschinen feuern, die noch nicht hochgefahren sind. Ein *Jenner* wurde völlig zerstört. Kommt Ihnen das bekannt vor?«

»Jemand hat uns gefilmt, als wir die Draconier angegriffen haben.«

»So ist es.«

»Aber da war Crawford schon hinter uns her«, protestierte Tybalt.

Lady Shu runzelte die Stirn. »Davon scheint es keine Vidaufnahmen zu geben.«

Teil III

Die Last der Verantwortung

26

Port Tsing, Grafschaft Shu, Epsilon Eridani
Chaos-Marken

26. Februar 3062

Die Sprechanlage meldete sich mit elegantem und leicht irritierendem Glockenton. Gabriel Shu sah zur Uhr hoch, ängstlich, dass es Zeit für die Ratsversammlung war. Aber bis dahin blieb noch etwas Zeit. Er drückte den Empfangsknopf.

»Was gibt es, Pierson?«

»Sie wollten informiert werden, wenn Lady Shu und ihre Eskorte die Stadt erreichen, Euer Exzellenz. Sie kommen soeben durch das Osttor.«

Diese gute Nachricht brach den Panzer seiner Missmutigkeit auf. Als die ersten verworrenen Meldung über Kämpfe in Dori eingetroffen waren, hatte er gewusst, dass mit der Friedensmission irgendetwas furchtbar schief gegangen war. Er hatte Angst um die Sicherheit seiner Schwester bekommen, vor allem, als ihn die Nachricht vom Tod Minister Waterhouses erreichte und er fast im selben Atemzug erfuhr, dass Romano vermisst wurde. Die bruchstückhaften Informationen, die es über die durch den Sturm gestörten Leitungen geschafft hatten, richteten nur zusätzliche Verwirrung an und hatten Visionen neuer capellanischer Wiedervereinigungskomplotte und antiautokratischer Aufstände in ihm geweckt. Dann die Nachricht von der Invasion. Das Chaos, die Verwirrung und regelrechte Panik, die seine Grafschaft und vor allem die Regierung erfasst hatten, waren entsetzlich.

Ihr Götter, was hatte er in diesen hektischen Tagen seine Schwester vermisst.

Als er gehört hatte, dass sie den Kämpfen in Dori entkommen war, hatte er aufgeatmet. Natürlich war unmittelbar darauf die Nachricht eingetroffen, dass Pfalzvorsitzende Price eine eingehende Untersuchung des Mordes an Waterhouse und der »Verbindungen in die Grafschaft Shu« forderte. Schändlich! Price hatte zwar keine Namen genannt, aber ihre Andeutungen, Personen von hohem Rang wären in das Verbrechen verstrickt, konnte nur bedeuten, dass sie die Tat Romano anhängen wollte. Das war absoluter Schwachsinn, aber Price' Rhetorik schürte die Ängste der antiautokratischen Fraktionen, was seit dem Ausscheiden des Systems aus dem Vereinigten Commonwealth leicht geworden war. Sie standen vor der realen Gefahr, dass die Vernunft von blinder Angst überwältigt wurde. Was ging nur im Kopf dieser Frau vor? Sie schien nicht zu verstehen, welche Gefahr ihre Behauptungen für das Gerüst der planetaren Politik Epsilon Eridanis darstellten. Hielt sie das autokratische Regierungssystem ernsthaft für überholt? Hatte es dem Planeten nicht über Jahrhunderte gute Dienste geleistet?

Ein Punkt, an dem er mit ihr übereinstimmte, war die Notwendigkeit einer Untersuchung, aber um kriminalistische Nachforschungen in die Wege zu leisten, brauchte man keinen Aufstand zu entfachen. Price benahm sich, als wollte Gabriel die Untersuchung verhindern, und es schien ihr zu gelingen, die Massen zu täuschen, obwohl die Wahrheit ganz anders aussah. Er hatte nicht Price' Talent für Medienauftritte, aber er hatte Präsident Benton bereits ersucht, die Dorer Behörden zu einer zügigen Aufklärung des Verbrechens anzuhalten. Wer auch immer der Täter war, es war für alle Beteiligten besser, wenn er entlarvt wurde. Es war undenkbar, dass einer seiner Leute etwas mit dem Mord zu tun hatte, und gewiss würde die Wahrheit, sobald sie erst offengelegt war, den Duviçern den Wind aus den Segeln nehmen. Vielleicht würde das Volk Price sogar endlich als die heimtückische Unruhestifterin erkennen, die sie wirklich war.

Aber das lag alles in der Zukunft. Jetzt war erst einmal Romano zurück.

Auf ihr Drängen hin hatten die drei BattleMechs Erlaubnis erhalten, das Palastgelände zu betreten. Sie wollte so zu Hause eintreffen, wie sie dem Desaster in Dori entkommen war. Straßen waren für die Kampfmaschinen geräumt und Menschenmengen rekrutiert worden, um den Medien ein positiveres Bild zu bieten. Immerhin war dies die triumphale Rückkehr der Retter mit der Thronfolgerin der Grafschaft. Es war undenkbar, dass sie sich in den Palast schlichen. Die heldenhaften Soldaten verdienten, gefeiert zu werden, ganz gleich, was für hinterhältige, verleumderische Verzerrungen die Gegner der Grafschaft darüber verbreiten würden.

Gabriel empfing die Heimkehrer in zeremonieller Robe auf dem Schlosshof. Er stand strahlend auf den Stufen des Sommerpalais', als die BattleMechs sich scheppernd und dröhnend in Formation aufstellten. Die drei überlebenden MechKrieger kletterten flink wie Affen an den Stahltitanen herab. Romano erschien einen Moment später. Gabriel bemerkte, dass sie es geschafft hatte, ihre Frisur herrichten zu lassen, so dass nur die Andeutung eines wilden Abenteuers sichtbar war. Sie winkte der Menge – und den Kameras – zu, dann stieg sie die Leiter herab.

Er unterdrückte den Drang, sie zu umarmen, und begrüßte sie förmlich. Sie spielte mit und gab sich trotz der undamenhaften Uniform, in die sie gekleidet war, ganz als Lady von Stand. Sie stellte ihre Retter einfach als MechKrieger des Freiwilligen-Bataillons Grafschaft Shu vor, und er dankte ihnen, indem er sie zu »Helden des Hauses Shu« ernannte.

Commander Veck führte seine Soldaten in einer traditionellen Verbeugung an, bevor er salutierte und erwiderte: »Wir haben nur unsere Arbeit getan, Euer Exzellenz.«

»Ihre Hingabe und Aufopferung gehen über ein einfach ›seine Arbeit tun‹ hinaus. Sie verdienen eine Belohnung, Sie alle.«

Einer der drei Soldaten schien unglücklich. Laut Namensschild hieß er Kelly. »Bedrückt Sie etwas, Subcommander Kelly?«

»Gibt es noch weitere Informationen über Subcommander Liu, Sir?«

Gabriel musterte den ernsten, aber nervösen MechKrieger. Untergebene waren häufig nervös, wenn sie zum ersten Mal Gelegenheit hatten, mit ihm zu sprechen, aber die Blicke dieses Mannes schienen ungewöhnlich oft abzuschweifen. Gabriel bemerkte, dass sie häufig zu Romano hinüberschwenkten. Sie schien es nicht zu bemerken.

»Über ihre Gefangennahme und Verletzungen hinaus«, antwortete er dem Piloten, »wissen wir noch nichts Näheres.«

»Verletzungen? Was für Verletzungen?«

»Ich bin nicht sicher. Pierson, besorgen Sie Subcommander Kelly die entsprechenden Einzelheiten.«

»Sofort, Euer Exzellenz«, bestätigte Pierson in seinem besten, Überlastung ausdrückenden Brummton.

»Und ohne unnötige Verzögerung«, setzte Romano hinzu.

»Ganz recht«, stimmte Gabriel zu. »Der Mann hat sich unser Wohlwollen verdient. Seine Besorgnis zu lindern, ist das Mindeste, was wir für ihn tun können. Komm, wir unterhalten uns drinnen weiter.«

Als sie in den Schatten des Torbogens traten, wurde hinter ihnen eine andere Stimme laut. »Euer Exzellenz?«

»Sie ebenfalls, Commander Veck?« Wenigstens hatte der Offizier gewartet, bis die Medien ihre Bilder hatten. »Was kann ich für Sie tun?«

»Meinen Antrag auf Kompensation für Subcommander Trahns Familie genehmigen.«

»Versuchen Sie, meine gute Laune auszunutzen, Commander?«

»Wenn es anders nicht geht, Euer Exzellenz. Tote haben kaum Verwendung für Orden und ihre Familien noch weniger. Harry Trahn hat mehr verdient.«

»Wie Ihr formeller Bericht sicher ausführlich bestätigen wird. Pierson, kümmern Sie sich auch darum.«

Pierson schien von der allgemeinen Direktheit reichlich geschockt und setzte zu einem Protest an. »Aber der Rat muss doch ...«

»Der Rat muss eine Menge, aber Commander Vecks Bitte braucht nur meine Zustimmung. Legen Sie die Entschädigung aus der Privatschatulle vor, bis der Rat die öffentlichen Mittel dafür freigibt.«

Gabriels Entscheidung schien den Soldaten zu gefallen, und er nutzte die Gelegenheit, sich mit seiner Schwester zurückzuziehen. Er konnte nur hoffen, dass er ebenfalls Grund haben würde, sich darüber zu freuen, wenn er später mit dem Rat die Vergütung dieser Auslagen verhandelte. Dem Rat, dessen Mitglieder, wie Pierson ihn jetzt erinnerte, bereits auf ihn warteten. Romano stellte fragend eine Braue schräg, als der Graf den verärgerten Sekretär davon scheuchte. Die Ratsmitglieder würden über die Verschiebung der Sitzung nicht begeistert sein, aber er wollte zuerst mit seiner Schwester reden. Er zog sie in einen Privatsalon.

»Die Sitzung klang dringend«, bemerkte sie.

»Was ist das heutzutage nicht.« Und er hatte es satt. »Aber was ich nicht verstehe, ist: Wenn so vieles dringend ist, wieso geschieht so wenig?«

»Der Krieg ist nicht gerade eine Kleinigkeit.«

»Das wollte ich damit auch nicht andeuten. Ich meinte mehr seinen Verlauf. Letzte Woche hat Duviç uns an mehreren Punkten der Grenze angegriffen, auch wenn die Offensive sich auf Severagol konzentrierte. Diese Woche setzen sie zwar den Angriff auf Severagol fort, aber ansonsten geschieht nichts. Ach ja, und wir schlagen zurück. Aber ehrlich gesagt sehen Oberst Buas Karten diese Woche nicht viel anders aus als in der Woche zuvor.«

»Das überrascht mich. Ich hatte gehört, das Freiwilligen-Bataillon sei an die Front geschickt worden. Während fast die Hälfte der Duviçer Mechs mich rund um den Aroussee gescheucht hat, muss unsere hochverehrte Majorin Ling-Marabie mit ihren örtlich überlegenen Truppen doch sicher etwas erreicht haben.«

Gabriel seufzte. »So hatte ich mir das auch gedacht, als ich die Mecheinheit der Majorin nach Eintreffen der ersten

Meldungen über feindliche Kampfaktionen in Marsch gesetzt habe, aber bis jetzt hat sie sich geweigert, ihre Leute ernsthaft in die Schlacht zu werfen. Irgendetwas über strategische Notwendigkeiten, was ich nicht so ganz begreife, wenn sie es erklärt. Um ehrlich zu sein, glaube ich, sie hat die Nerven verloren und traut sich nicht, vor allem, seit die Alte Garde fast augenblicklich zurückgeschlagen wurde. Wir können von Glück sagen, dass die Duviçer Truppen keine wirklich aggressiven Neigungen an den Tag legen. Alles in allem sieht es aus, als stünde uns eine ausgedehnte Belagerung bevor. Was, wenn ich das einmal anmerken darf, meinen derzeitigen Gefühlen im Hinblick auf die Ratssitzungen entspricht.«

»Kann ich mir vorstellen. Du hattest vor, mir die neuesten Informationen zu geben, nehme ich an?«

»Allerdings. Falls du nichts Besseres zu tun hast.«

Sie zuckte die Achseln. »Maniküre, Gesichtsmaske, Frisör. Ein langes heißes Bad und eine Massage. Nur die üblichen Staatsgeschäfte.«

Sie mussten beide lachen. Es war wirklich gut, sie wieder daheim zu haben.

»Bevor du zur großen Politik kommst, Bruder, lass uns noch etwas bei alltäglicher Ehrlichkeit bleiben. Du hast etwas zurückgehalten, als du Kelly von Subcommander Liu erzählt hast. Sind ihre Verletzungen eventuell schlimmer, als du angedeutet hast?«

»Das ist es ganz und gar nicht.«

»Wenn es das nicht ist, was dann?«

»Ich befürchte, es ist, was du ›große Politik‹ nennst. Liu ist eine Gefangene der Duviçer Pfalz, nicht der arousischen Behörden. Sie behaupten, sie sei eine Verbrecherin und habe einen Duviçer Soldaten getötet, bevor die Kampfhandlungen begannen. Sie weigern sich, sie an neutrale Behörden auszuliefern, solange sie keine Garantie erhalten, dass Liu vor Gericht gestellt wird. Wir bestehen natürlich darauf, dass sie eine Kriegsgefangene ist und zivile Gerichte für sie keine Zuständigkeit haben.«

»Und all das liegt jetzt unserem netten, geschätzten Präsidenten vor?«

Romanos wütender, gepresster Tonfall machte aus ihrer Frage eine Feststellung, aber er antwortete trotzdem. »So ist es. Benton zögert und liefert Oberst Bua und Majorin Ling-Marabie etwas, worin sie sich einig sind. Sie sagen beide, Benton wird die Sache verschleppen, um es sich nicht mit dem eventuellen Sieger unseres Machtkampfs mit Duviç zu verderben.«

»Sich für keine der beiden Seiten zu entscheiden, könnte ihm schlechter bekommen, als einen Verlierer zu wählen.« Es klang wie eine Drohung.

»Wie auch immer, er versucht, niemanden zu bevorzugen. Zum Beispiel besteht er darauf, dass wir die Überreste von Lius *Commando* und Trahns *Raven* zurückerhalten, obwohl die Pfälzer Vorsitzende sie behalten will. Andererseits geht der *Jenner* des toten Söldners an Duviç als dessen letzten Auftraggeber. Keine Seite erhält das Recht auf Beutegut.«

»Das ließe sich als Bestätigung für Price' Behauptung auslegen, dass das Gefecht kein Teil des Krieges war, was Liu gerichtsfähig machen würde. Das wird Kelly nicht gefallen.«

Wieder verzichtete sie darauf, den MechKrieger mit Rang anzusprechen. Gabriel erinnerte sich an das hübsche Gesicht und den strammen Körper des jungen Mannes. »Subcommander Kelly war sehr von dir angetan. Als Veck dich aus Dori wegbrachte, hat er ihm den Befehl übergeben, nicht wahr?«

»Ja.«

Die Knappheit der Antwort überraschte ihn. Normalerweise war sie nicht so lakonisch, außer ... »Jetzt scheinst du dir Sorgen um seine Gefühle zu machen. Eine neue Eroberung?«

»Nicht unbedingt.«

»Was bedeutet denn das jetzt?«

»Ich weiß es nicht«, stellte sie fest und schaute in die Ferne.

»Ich verstehe«, sagte er.

Sie drehte sich um und lächelte ihn auf eine Weise an, die ausdrückte, dass er keinen Schimmer hatte, was in ihrem Kopf vorging.

27

Grenze zwischen Grafschaft Shu und Duviçer Pfalz, Epsilon Eridani
Chaos-Marken

27. Februar 3062

Veck's Vigilantes, beziehungsweise die Reste der Lanze, rückten fast sofort zum Rest des Freiwilligen-Bataillons Grafschaft Shu in dessen neuer vorgeschobener Basis aus, aber zuvor konnte JJ noch in Erfahrung bringen, warum Sam nicht zurück in der Grafschaft war. Das drückte Tybalts Stimmung gewaltig, und er ließ seine schlechte Laune an allen Duviçer Soldaten aus, die ihm vor die Rohre kamen, als die Einheit zu einer Streife durch die Umgebung losmarschierte. Die Schlammhüpfer der 17. Duviç-Miliz waren da keine Ausnahme.

Die Männer rannten in alle Richtungen davon, als der *Commando* in die Senke stampfte, in der sie ihr Lager aufgeschlagen hatten. Ferrofibritfüße zerfetzten Zelte, zertrampelten Sandsackstellungen und zerquetschen Geschütznester – mitsamt Besatzung. Vollmodellierte Mechfäuste rissen Kommunikatorphalanxen ab und warfen Fahrzeuge mit der gewaltigen Kraft riesiger Pseudomuskeln aus Myomersträngen auf die Seite oder den Rücken, wo sie hilflos wie gestrandete Fische liegen blieben. KSR-Lafetten spien ihre tödliche Ladung. Der Defiance B3M verzehrte alles, was Tybalts Weg kreuzte, in seiner blutroten Energiebahn.

Die Duviçer Infanterie ähnelten Liliputanern angesichts eines wütenden Gullivers. Die Schlammhüpfer hatten kaum eine Waffe, die einem Mech schaden konnte. Und selbst wenn, konnten sie damit, außer bei einem Glückstreffer, bestenfalls ein paar Panzerplatten abschälen.

Tybalt wusste das. Er war selbst einmal ein Schlammhüpfer gewesen.

Als er die KSR-Teams hastig die Lafetten schussbereit machen sah, erkannte er eine der wenigen Bedrohungen, die Infanterie-Einheiten gegen Mechs aufbieten konnten. Er gab ihnen nicht die Chance. Seine Lafetten spieen Tod und Vernichtung. Die Infanterieteams vergingen in Explosionen, Feuerbällen und zum Himmel aufsteigenden Wolken beißenden Qualms.

»Eismann«, rief JJ über Funk. Er fungierte in der Mittelgebirgslandschaft als Relaisstation. »Veck zeichnet anrückende Mechs.«

»Wie viele?«

»Zwo. Beide leicht.«

»Sollen nur kommen. Wir werden ihnen den gleichen Empfang bereiten wie ihren Hilfstruppen.«

»Wir sollen aufschließen.«

Tybalts Blick schwenkte über die qualmende Hölle, in die er das Lager verwandelt hatte. Es war still. Nichts bewegte sich, abgesehen von ein paar verletzten Schlammis, die in Deckung krochen.

»Klar. Warum nicht? Hier bin ich eh fertig.«

Vecks Meldungen lotsten sie auf seine Position zu. Er identifizierte die Feindmaschinen als einen *Panther* und eine *Firefly*, wahrscheinlich die Draconier. Bald darauf kam es zum ersten Schusswechsel. Aber nichts Ernstes. Die Draconier waren vorsichtig, was für zwei leichte Mechs, die sich mit einem mittelschweren Kampfkoloss anlegten, auch durchaus Sinn machte. Sobald sie das Geschützfeuer über die Außenmikrofone auffingen, schlug Tybalt JJ vor, mit der *Javelin* auf eine Bergkuppe zu springen, um Sichtkontakt herzustellen.

»Wir wollen so anrücken, dass wir sie erwischen können«, setzte er hinzu.

Der *Panther* stand am nächsten. JJ gab Tybalt einen Kursvektor, aber bevor er auf Schussweite heran war, verschreckte etwas den Draconier. Der *Panther* wich zurück, und Tybalt sah ihn kaum noch, bevor er hinter einem Hang abtauchte. Die Vigilantes setzten nach, aber es gelang ihnen nicht, auch nur einen der draconischen Söldner zu stellen.

Veck brach die Hetzjagd ab, aber als er die Lanze wieder auf ihre ursprüngliche Streife ansetzte, drehten die Draconier um und rückten wieder näher. Die Vigilantes wendeten zum Kampf, aber erneut wich der Gegner aus und verweigerte das Gefecht.

Dreimal spielten sie diese Farce durch, bevor Veck alle Versuche stoppte, die Söldner zu stellen. Tybalt protestierte, aber Veck schnitt ihm das Wort ab.

»Wir werden nicht nach deren Pfeife tanzen.« In seiner Stimme lag eine Spur von widerwilliger Bewunderung, als er weitersprach. »Hurensöhne. Wenn wir sie jagen, rennen sie weg. Wenn wir unseren Auftrag fortsetzen, folgen sie uns, und wir kommen kaum vorwärts, weil sie zuschlagen, sobald wir uns trennen. Und wenn wir in irgendeine halbwegs ernste Kampfsituation kommen, hängen sie uns am Arsch.«

»Na, sie leisten aber auch nichts«, stellte JJ fest.

»Nicht? Sie binden drei Mechs mit ihren zwei.«

»Was ist, wenn wir uns trennen und sie in eine Falle locken?«

Veck hielt es den Versuch für wert, aber die Draconier schluckten den Köder nicht.

»Überrascht mich nicht wirklich«, gab Veck zu. »So dumm ist Namihito nicht.«

Die Vigilantes nahmen ihre Streife wieder auf. Sie kamen voran, aber sie deckten nicht soviel Gelände an, wie sie es unter anderen Bedingungen gekonnt hätten, weil sie Formation halten mussten. Die Draconier verfolgten sie den ganzen Tag. Sie blieben immer in der Nähe, kamen aber nie auf Schussweite heran. Schließlich wurde es Zeit, zum Lager zurückzukehren. Irgendwann unterwegs, Kelly war sich nicht sicher, wo genau, drehten die Draconier ab.

Es wartete Post auf sie. Jetzt, da sie sich im Krieg befanden, war eine allgemeine Zensur an die Stelle der Ausbildungslagerzensur der Phantommajorin getreten. Sie durften die Nachrichten sehen und erhielten Post, aber aus den Botschaften seiner Schwester erkannte Tybalt, dass nur ein Teil seiner Briefe den Empfänger erreichte. Und die Briefe, die ankamen, erhielten vermutlich nur einen Teil des ursprünglichen Textes. Aber heute wartete ein Schreiben mit dem gräflichen Siegel auf ihn.

»Fragt Graf Shu dich wieder um Rat?«, scherzte JJ.

»Nein. Er ist von Lady Shu. Sie entschuldigt sich, dass es ihr nicht gelungen ist, Sam freizubekommen.«

Tybalt war sich nicht sicher, was er von diesem Brief halten sollte, weder von seinem Inhalt noch von seiner bloßen Existenz. Die Erinnerung an seine Nacht mit Ro…, mit Lady Shu bereitete ihm ein gewisses Unbehagen. Sicher, er hatte geglaubt, Sam wäre tot. Lady Shu hatte Wort gehalten und vorgetäuscht, dass nie etwas zwischen ihr und Tybalt gewesen war. Aber er hatte nicht den Eindruck gehabt, dass ihr diese Lösung gefiel. Und um ehrlich zu sein, sie gefiel ihm auch nicht. Aber ihm war nicht klar, warum nicht. Romano war so … Vielleicht war es besser, sich daran nicht zu erinnern. Jetzt schien Lady Shu die Verhandlungen um Sams Freilassung zu führen. War es denkbar, dass Mylady einen eigenen Interessenskonflikt durchlebte?

»Ich würde gern wissen, was in der Pfalz wirklich vorgeht.«

»Das wüssten wir alle gern, Eismann. Ich schau mal, was sich machen lässt.«

JJ gelang es, einen Vidempfänger aufzutreiben und die Kommeinheit des Befehlsstands mit ein paar geschickten Justierungen so einzustellen, dass sie Duviçs Rundfunksendungen empfing.

Es dauerte nicht lange, und Tybalt erinnerte sich an die alte Warnung, sich vorzusehen, was man sich wünscht.

Sie fingen vor allem Duviçer Propaganda auf, die reichlich höhnischen Spott der MechKrieger und Techs erntete, die sich um den Empfänger versammelt hatten. Das war in Ordnung. Ehrlich gesagt machte es Tybalt ziemlichen Spaß, bis sie eine Rede der Vorsitzenden Price erwischten. Der Bildschirm war zweigeteilt, und während die Pfalzpolitikerin auf der einen Hälfte Gift und Galle spuckte, liefen auf der anderen Hälfte Bilder vom Angriff der Vigilantes auf das draconische Mechlager in Dori. Price sprach davon, dass es ein verbrecherischer Akt gewesen war und sich ereignet hatte, bevor Duviçer Truppen die Grenze der Grafschaft überschritten hatten, und die Zeit- und Datumsanzeige der Bilder bestätigte es.

»Der wahre Verbrecher in dieser Angelegenheit ist der shulesische Offizier, der dieses Massaker befahl«, erklärte Price und schien direkt zu den gräflichen Soldaten zu sprechen. »Sie sehen seinen BattleMech in dieser Aufzeichnung den ersten Schuss abgeben. Durch Quellen, deren Identität wir zu deren eigener Sicherheit nicht offen legen können, haben wir erfahren, dass der Name dieses Kriminellen Tybalt Kelly ist. Der Verbrecher dient noch immer im Militär der Grafschaft Shu. Er hat für seine Rolle in diesem Verbrechen von Graf Shu sogar einen Orden erhalten. Statt zur Rechenschaft gezogen zu werden, wird dieser Mörder geehrt. Mehr noch, in Kürze …«

»Schaltet dieses Ding ab!«

Wie Mäuse vor einer springenden Katze zerstreuten sich die Soldaten, als Veck heranstürmte und seinen Befehl selbst ausführte. Nur Kelly und JJ blieben, wo sie waren. JJ versuchte, über die Duviçer Vorwürfe zu lachen. Tybalt schaute zu Veck.

»Was meinen Sie, Commander?«

Veck zuckte mit saurer Miene die Achseln. Er griff sich den Empfänger und steckte ihn unter den Arm. »Was ich meine? Ich meine, wir haben es nicht nötig, uns diesen Müll anzuhören. Wir wissen, wer hier die Schurken sind. Wir werden kämpfen. Wir werden siegen. Und nichts davon wird irgendeine Rolle spielen.«

»Der Folterknecht scheint sich ziemlich sicher zu sein, dass wir diesen Krieg gewinnen«, flüsterte JJ, als der Commander davon stapfte.

»Wenn er sich keine Sorgen macht, brauche ich es auch nicht zu tun«, antwortete Tybalt Kelly und zwang sich, das auch zu glauben.

28

Grenze zwischen Grafschaft Shu und Duviçer Pfalz, Epsilon Eridani
Chaos-Marken

14. März 3062

Tybalt saß im Cockpit des *Commando* und wartete. Mehr als zwei Wochen Streife und kaum ein Kampf zehrten an seinen Nerven. Graf Shu war bereit, den Kampf auf militärische Ziele zu beschränken, aber die Duviçer Mechs ließen sich nicht blicken. Der Krieg hatte sich zu einem frustrierenden Versteckspiel entwickelt.

Die Morgensonne kam millimeterweise hinter den fernen Bergen hoch und begann wie jeden Tag damit, die Landschaft auf unangenehm hohe Temperaturen aufzuheizen, aber noch war es kühl. Nicht dass Kelly im Innern des Cockpits davon etwas mitbekommen hätte. Der Fusionsreaktor unter der Kanzel strahlte seine Hitze durch den Mech ab, so wie der Frühstückskaffee Tybalts Körper aufgewärmt hatte, und wie die Sonne fing auch der Reaktor gerade erst an. Es würde der Moment kommen, an dem er sich nach einem kühlenden Lufthauch sehnte, aber noch saß er bequem auf der Pilotenliege, und die Kühlweste war abgeschaltet. Es hatte eine Zeit gegeben, in der er geglaubt hatte, ein Moment wie dieser verdiene es, genossen oder zur Meditation genutzt zu werden. Heute saß er unter dem wartend in der Halterung hängenden Neurohelm und wollte endlich etwas zu tun bekommen. Die Enge der Sicherheitsgurte störte ihn, erinnerte ihn an all die Einschränkungen, mit denen er tagein, tagaus zu kämpfen hatte. Er wollte sich bewegen. Wollte endlich etwas tun. Dieses Herumsitzen ließ ihm zu viel Zeit zum Nachdenken, und wenn er nachdachte, führten seine Gedanken ihn düstere, beunruhigende Pfade hinab. Was er brauchte, war ein Kampfeinsatz. Wenn die Vigilantes zum Einsatz kamen, blieb ihm keine Zeit zum Denken.

Er spielte mit dem Gedanken, die Bordsysteme durchzuchecken, aber er hatte schon drei Systemtests durchgeführt, und außer einem minimalen Anstieg der Cockpittemperatur hatte es keinerlei Veränderung in den Ergebnissen gegeben. Es schien kaum sinnvoll, deswegen noch einen Bericht anzufordern. Er tat es trotzdem. Das Knopfdrücken war eine winzige, aber höchst willkommene Abwechslung.

Er überlegte sich, ob er noch eine fünfte Überprüfung durchführen sollte, als JJs Stimme über den Lanzenkanal drang.

»Irgendeine Vorstellung, was den Folterknecht aufhält?«

»Ich hab keine Ahnung«, knurrte er. »Kapitänin Lazlo hat ihn zur Seite genommen, als wir aus dem Besprechungsraum sind.«

»Ja, habe ich gesehen. Muss eine ernste Nachricht sein, wenn sie den Commander so lange aufhält.«

Waren die Nachrichten nicht alle ernst? »Das ist nicht korrekt.«

»Was ist nicht korrekt?«, fragte JJ verwirrt.

»Dass wir hier gegen Duviç kämpfen.«

»Wieso? Wir sind Soldaten, schon vergessen? Im Krieg kämpfen wir.«

JJs Tonfall war unpassend herablassend und ärgerte Tybalt. »Wir dürften gar nicht im Krieg sein. Duviç ist genau wie die

Grafschaft ein Teilstaat von Epsilon Eridani. Wir sind Provinzen derselben Nation. Wir sollten nicht gegeneinander kämpfen.«

»Und nur weil wir alle von Epsilon E. kommen, haben wir einen göttlichen Dispens, was Bürgerkriege angeht? Die Politiker haben das Sagen, mein Freund, und wenn die sich nicht vertragen, müssen du und ich kämpfen.«

»Ein Bürgerkrieg ist nicht korrekt.«

»He, die Großen Häuser Steiner und Davion werden von Geschwistern regiert und bekämpfen einander. Okay, das ist vielleicht kein so gutes Beispiel. Deren Auseinandersetzung ist mehr ein Familienstreit als ein echter Krieg.«

»Wieso ist das kein echter Krieg? Stirbt dabei keiner? Du kannst darauf wetten, dass es Tote gibt. Das macht es zu einem ebenso echten Krieg, wie unserer einer ist«, beschwerte Tybalt sich. »Wir sind alle Eridanis. Angeblich haben wir dieselbe Regierung, oder? Sollten wir nicht eine große, fröhliche politische Familie sein?«

JJ schnaufte vor Lachen. »Ah, die Naivität des ergebenen Soldaten. Na schön, mein Freund. Wolltest du deinen Bruder noch nie umbringen?«

»Ich habe keinen Bruder.«

»Dann deine Schwester.«

»Nicht wirklich«, erwiderte Kelly, auch wenn er ihr oft genug die schlimmsten Foltern bis hin zum Mord angedroht hatte. »Es ist mir ernst.«

»Ja, ich sehe, dass es dir ernst ist«, stimmte JJ zu und wurde ebenfalls ernst. »Aber wir reden hier nicht wirklich darüber, was dich zwickt.«

»Was weißt du denn, was mich zwickt!«, bellte Tybalt.

»Du hast Angst, dass Sam nicht wiederkommt.«

Und frage mich, wie es sein wird, wenn doch. »Stimmt.«

»Hör zu, Eis… Hör zu, Kelly. Wir haben alle Angst um Sam. Das Beste, was wir für sie tun können, ist, was Veck gesagt hat. Wir gewinnen diesen Krieg, und alles kommt in Ordnung. Du wirst es sehen. Zu schade, dass wir keinen ihrer Mechjockeys haben, den wir austauschen könnten. Allermindestens würde es die Verhandlungen erleichtern.«

Das war durchaus möglich, aber Tybalt hatte in letzter Zeit überdeutlich zu spüren bekommen, dass es das Gegenteil einer guten Nachtruhe versprach, sich zu wünschen, was man nicht haben konnte. »Es ist nicht leicht, einen Krieg zu führen, wenn der Gegner sich nicht zum Kampf stellt und der eigene Kommandeur einem nicht erlaubt, ihn aufzuscheuchen.«

»Gelegenheiten können sich in Kürze auftun«, stellte JJ in bester Glückskeksmanier fest. »Da.«

Veck war auf dem Weg zu seinem *Vindicator*.

Der Commander hatte es nicht sonderlich eilig. Er war auch nicht sonderlich interessiert an Fragen nach der Verzögerung. Tybalt saß in seinem Cockpit. Er überprüfte noch einmal die Bordsysteme. Der *Commando* war ebenso einsatzbereit wie schon den ganzen Morgen. Tybalt war mehr als bereit.

Die Lanzen des FBGS rückten aus. Selbst die Kampflanze der 1. Kompanie, Lazlos Alte Garde, die normalerweise als letzte Gruppe auf Streife ging, marschierte in die Wildnis davon. Nur Veck's Vigilantes blieben im Lager. Natürlich hatten sie Gesellschaft im Müßiggang. Die 3. Kompanie war wieder einmal als strategische Reserve eingeteilt, was in der Praxis Postendienst bedeutete. Aber so erfreulich der Anblik von Prahlsack Stens einarmigem *Caesar* war, wie er tatenlos herumstand, es reichte nicht aus, Tybalts wachsende Unlust zu vertreiben. Dass er zusehen konnte, wie der *Caesar* verstaubte, bedeutete nur, dass auch Kelly herumsaß. Was ihm ganz und gar nicht gefiel. Er wollte dort draußen Jagd auf den Feind machen, sich um nichts mehr Gedanken machen müssen als das Steuern des Mechs und seine Arbeit.

Schließlich gab Veck doch noch den Marschbefehl, und sie gingen auf Streife. Sie sollten die Schluchten westlich der Grünkniebiegung des Barr nach Duviçer Truppen absuchen. Der Nachrichtendienst hatte eine Panzergrenadierkompanie in diesem Gebiet gemeldet, und die Schlammis waren das

Ziel der Vigilantes. *Falls* sie sie fanden *und* die Duviçer Mechs sich nicht einmischten.

Tybalt hoffte darauf, dass sie es taten. Immerhin waren BattleMechs die wirklichen Gegner für BattleMechs. Bis jetzt hatten die Könige des Schlachtfelds sich noch nicht in einer wirklichen Schlacht gegenübergestanden.

Die begrenzten regulären Mechtruppen der Pfälzer hatten nicht mehr Kampfeinsätze erlebt als die 3. Kompanie des FBGS. Wenn die Duviçer Mechs einsetzten, schickten sie ihre Söldner vor, und die schienen wenig Interesse an dem offenen Mechkampf zu haben, den Tybalt sich erträumt hatte, für den er ausgebildet worden war und den er sich jetzt heiß ersehnte.

Zu seinem Bedauern spielte der Gegner nicht mit. Crawfords Leute, Kingstons Killer, wie die Medien sie inzwischen nannten, schienen es vorzuziehen, Shus konventionelle Truppen anzugreifen und beim Auftauchen von Mech-Entsatztruppen das Weite zu suchen. Auf eine gewisse Weise waren sie noch schwerer zu fassen als die Draconier. Die tauschten wenigstens ein paar Schüsse aus, bevor sie abdrehten.

Zwei Stunden nach Aufbruch bemerkte Tybalt, dass Veck sie von der Grünknieregion des Flussufers fort führte. »Was ist los, Commander? Der Kurs führt uns aus dem Streifenbereich.«

»Wir haben einen Hinweis auf ein Duviçer Nachschublager«, antwortete Veck. »Wir sollten versuchen, es uns zu holen. Die Daten über dieses Gebiet sind lückenhaft, also haltet die Augen offen, Jockeys.«

Veck hatte unverschlüsselt geantwortet, was Tybalt erstaunte. Das neue Angriffsziel erstaunte ihn auch. Die Lanze hatte keine Mitteilung von der Basis erhalten, also musste Veck den Hinweis während der Unterhaltung mit Kapitänin Lazlo bekommen haben. Normalerweise teilte der Commander ihnen das Angriffsziel mit, *bevor* sie ausrückten. Irgendetwas ging hier vor. Tybalt wollte nachfragen, aber JJ kam ihm zuvor.

»Jurewicz«, schnitt Veck JJ rüde das Wort ab. »Ich sagte, Augen offen halten, nicht die Klappe. Kein Kommverkehr, es sei denn, Sie haben etwas zu melden.«

Um 13 Uhr 17 meldete JJ einen draconischen Verfolger. Eine *Firefly*.

»Ignorieren, solange sie nichts anfängt«, befahl Veck. »Wir können keine Ablenkung gebrauchen.«

Zweiundvierzig Minuten später fing der Draconier etwas an. Die *Firefly* griff JJs *Javelin* mit ihren Lichtkanonen an. Panzer barst, schmolz und verbrannte. Die *Javelin* sank in die Hocke, dann stieg sie in den Himmel, um dem Beschuss zu entkommen. Ein Partikelstrahl krachte durch die Luft, wo der Mech gerade noch gestanden hatte, als zweihundert Meter rechts der Lanze Namihitos *Panther* hinter ein paar Felsen auftauchte.

»Sie haben es nicht anders gewollt«, brüllte Veck. »Gebt es ihnen, Vigilantes!«

Die PPK seines *Vindicator* schleuderte einen künstlichen Blitzschlag, der sich durch die Luft zwischen ihm und dem *Panther* brannte. Aber der Draconier bewegte seinen Kampfkoloss mit unübertroffener Leichtigkeit. Die geladenen Teilchen schlugen eine Brandspur in die linke Armpanzerung des Mechs, aber der weitaus größte Teil ihrer Energie entlud sich gegen die Felsen hinter ihm. Eine Wolke aus Dampf und Steinstaub wogte auf, in die der *Panther* verschwand.

Tybalt feuerte seine Raketen auf die *Firefly* ab, während JJ ihn deckte. Krater öffneten sich in der Panzerung der leichten Maschine, als die Geschosse einschlugen, aber der Mech schüttelte den Schaden ab. Er wich im Rückwärtsgang zurück und feuerte durch ein von drei smaragdgrünen Laserbahnen markiertes Dreieck eine eigene LSR-Salve ab.

Veck führte die Lanze gegen die Draconier. Wie üblich zogen die Söldner sich zurück, aber die Shulesen ließen nicht locker und blieben ihnen auf den Fersen. Sie tauschten Schüsse aus, wann immer sich die Gelegenheit ergab, aber durch die zerklüftete Umgebung war das recht selten der

Fall. Energiestrahlen zuckten, Raketen detonierten, aber die Schüsse demolierten hauptsächlich die Landschaft. Die Vigilantes konterten jeden Versuch der Draconier, abzuschwenken und sich aus dem Staub zu machen. Das Rückzugsgefecht führte sie in eine breite Schlucht. Riesige Säulen aus Sedimentstein an beiden Seiten warfen breite, kalte Schatten über den Felsboden. Die Mechs erhellten sie mit Geschützfeuer.

Tybalt warf einen Blick voraus und sah, dass sich die Schlucht verengte. Das würde den Bewegungsspielraum der Draconier spürbar reduzieren. Er grinste wild. Dort zwischen den tiefen Schatten würden sie ihre Gegner zum Endkampf stellen.

Dann sah er einen Schatten sich bewegen.

»Hinterhalt!«, brüllte er. Jetzt bewegten sich eine ganze Reihe von Schatten.

Ein 70 Tonnen schwerer *Cataphract* trat ins Licht. Zwei *Lineholder* folgten. Einer dieser beiden 55-Tonner allein war schon so schwer wie JJs *Javelin* und Tybalts *Commando* zusammen. Ein vierter Mech, ein avoider Typ wie die *Firefly*, tauchte hinter ihnen auf. Das harte Knistern, das plötzlich ihre Kommverbindung störte, ließ vermuten, dass es sich um einen *Raven* handelte, der seine Störsender einsetzte, um die anderen Maschinen abzuschirmen. Als ob die metallenen Giganten, die da auf sie zustampften, irgendeine Hilfe gebraucht hätten, um die Vigilante-Mechs zu Schrott zu verarbeiten.

Die Duviçer Mechtruppen waren endlich aus der Versenkung aufgetaucht.

»Wir stecken in der Schei–ße!«, brüllte JJ und klang verängstigt.

Er hatte auch allen Grund dazu.

29

Grenze zwischen Grafschaft Shu und Duviçer Pfalz, Epsilon Eridani
Chaos-Marken

14. März 3062

Die Vigilantes verteilten sich, ohne auf einen Befehl zu warten. Vecks Drill auf den Manöverfeldern hatte ihnen Reflexe antrainiert, die auch ohne bewussten Gedanken funktionierten. Die Tatsache, dass die normale menschliche Reaktion auf den Anblick von zig Tonnen Metall, die geradewegs auf einen zu rasen, in Flucht besteht, half zusätzlich.

Die sofortige Reaktion auf Tybalts Warnung rettete ihnen die Haut. Der Angriff der Duviçer Maschinen erwischte sie nur mit den Ausläufern. Dadurch wurden die Mechs nur von einem Netz von Lichtenergie, den donnernden Explosionen von Kurz- und Langstreckenraketen und Autokanonengranaten aller Kaliber durch die Mangel gedreht. Statt auf der Stelle pulverisiert zu werden.

»Ruhig bleiben«, rief Veck. Seine Stimme war so fest und ruhig wie ein Gletscher. Seine PPK erwiderte das Feuer der Angreifer. »Lasst sie kommen.«

War er noch bei Sinnen? Tybalt sah ebenfalls zu, dass er seine Maschine schnellstens aus der Schusslinie brachte, aber er war sich sicher, dass seine Stimme nicht annähend so beherrscht klang. »Mit den Burschen können wir uns nicht prügeln.«

»Das werden wir auch nicht. Zurückfallen zu Sammelpunkt Zeta. Habt ihr meine Kartenaktualisierung zu Punkt Zeta erhalten? Bestätigung.« Tybalt und JJ bestätigten. »Während der Bewegung auf alle sich anbietenden Ziele feuern, aber auf maximaler Schussweite bleiben. Lasst sie nicht herankommen. Lasst euch nicht in die Zange nehmen.«

Eigentlich hätten sie keine Chance haben dürfen, schon gar nicht, nachdem Veck die Vigilantes beisammen hielt und die beiden schnelleren Maschinen Eismanns und JJs auf die langsamere und plötzlich potentiell tödlich langsame Geschwindigkeit des *Vindicator* abbremste. Wäre Tybalt an seiner Stelle gewesen, hätte er auf Tempo gesetzt. Abgesehen von dem gigantischen Waffen- und Panzerungsvorsprung der Duviçer war ihre langsamste Maschine der antike *Cataphract*, und selbst der konnte mit Vecks *Vindicator* mithalten. Die *Lineholder* waren schnell genug, die Maschine des Commanders zu überrennen wie einen Papiertiger und die beiden überlebenden Vigilantes in wilder Panik in die Flucht zu schlagen, falls sie die Feuerwalze überlebten, die ihnen von diesem Angriff blühte.

Aber das Schicksal war mit den Vigilantes, und der Duviçer Anführer – Veck identifizierte ihn als »Red« Shang, den Kommandeur der Pfalz-Beschützer – teilte Tybalts Analyse der taktischen Situation nicht. Oder falls doch, war sie ihm wohl gleichgültig. Shang hielt die Mechs der Beschützer unter dem Störsenderschild des *Raven* wie eine empfindliche und kostbare Rarität.

Kelly schickte ein Dankgebet für Shangs Zurückhaltung zum Himmel. Ohne Zweifel war sie der Hauptgrund dafür, dass die Vigilantes noch lebten. Ein schneller Blick zur rechten Flanke ließ ihn allerdings vermuten, dass sich das bald ändern würde. Die beiden draconischen Mechs, Namihitos *Panther* und die *Firefly*, waren dabei, sie in einem Flankenmanöver zu umgehen und ihnen den Weg abzuschneiden.

»Bleibt vor den Duviçern«, befahl Veck.

Dann war er in einem Feuerstoß der Sprungdüsen verschwunden. Seine Partikelprojektorkanone feuerte, bevor er aufsetzte, und traf den *Firefly*-Piloten völlig überraschend. Der Draconier war zu spät ausgewichen. Entfesselte Energietentakel verzehrten die Panzerung am rechten Bein des leichten Mechs und fraßen sich in die Endostahlknochen. Beim nächsten Schritt der *Firefly* brach das Bein weg. Die

Maschine stolperte wild schwankend seitwärts. Mit jedem Schritt verbog sich das Bein weiter, bis der Pilot endgültig die Kontrolle verlor und der Mech zu Boden stürzte.

Namihitos *Panther* antwortete mit einem Gegenangriff. Ein künstlicher Blitzschlag brach aus der PPK-Mündung des Mechs. Der Strahl erwischte Vecks *Vindicator* frontal an der Brustpartie. Tybalt war darauf gefasst, den Commander stürzen zu sehen, aber wie es schien, hatte der Schuss intakte Panzerung getroffen. Veck hielt den *Vindicator* aufrecht und erwiderte den PPK-Angriff mit gleichem Kaliber. Seine Treffsicherheit war weniger beeindruckend als die des Draconiers, und er schoss daneben. Trotzdem schien es zu genügen, um Namihito einzuschüchtern, und der *Panther* zog sich in Richtung seiner anrückenden Verbündeten zurück.

Wenigstens bestand keine Gefahr mehr, dass die Vigilantes vom Rückzugsweg abgeschnitten wurden.

Der Commander kehrte zur Lanze zurück, und die schmerzhaft langsame Flucht ging weiter. Mehrmals sah Tybalt eine Gelegenheit für die Vigilantes, in ausreichend Deckung versprechendes Gelände abzuschwenken, aber Veck gab keinen entsprechenden Befehl. Kilometer um Kilometer spielten sie weiter das tödliche Versteckspiel mit den Duviçern.

Es dauerte nicht lange, dann wurde deutlich, dass der Aufschub, den Veck den Draconiern abgetrotzt hatte, nicht von Dauer war. Wieder schwenkte Namihitos *Panther* seitlich ab und drohte erneut, die Vigilantes zu umgehen.

Veck zog erneut an die rechte Flanke der Formation, aber er griff den *Panther* nicht an. Er drohte nur damit, wann immer der *Panther* Anstalten machte, sich aus der Formation zu lösen. In einem Gegenstück zu Shangs Vorsicht hing Namihito an ihrer Seite, eine wirksame Ablenkung und konstante Bedrohung.

Kilometer um Kilometer rückte der Sammelpunkt näher. Mit zittriger Stimme sprach JJ das Problem an.

»Wie können wir uns an Zeta sammeln? Sie treiben uns immer noch vor sich her!«

»Nicht nervös werden, Jockey. Neuer Sammelpunkt Lambda. Koordinaten einspeichern.«

Der neue Sammelpunkt war noch einen Kilometer entfernt. Tybalt verstand die Welt nicht mehr. Die Duviçer hatten sie schon kilometerweit vor sich hergetrieben. Wozu sollte es gut sein, sich noch einen hetzen zu lassen?

Ihr verzweifelter Rückzug ging weiter. Kelly klingelten die Ohren, nicht von Treffern auf den *Commando*, von zu vielen Beinahetreffern und dem unaufhörlichen Donnern des endlosen Bombardements. Irgendwie hielten die Vigilantes ihre Maschinen in Bewegung. Es war ein kleines Wunder, und es konnte nicht ewig halten.

»Ruhig bleiben, Jockeys.« Selbst Veck klang allmählich verzweifelt. »Noch ein bisschen weiter, und wir sind frei.«

Ein bisschen weiter? Frei?

Noch fünfhundert Meter Stakkatobeschuss brachte sie zu einem Wald himmelhoher Fichten. Die Stämme der mächtigen Baumriesen boten ihnen eine kurze Zuflucht vor dem Duviçer Geschützfeuer. Hinter den Fichten wartete eine weite Flussbiegung des Barr und weites, offenes Gelände. Sobald die Vigilantes in diese Ebene getrieben waren, konnte ihr Ende nicht mehr lange auf sich warten lassen. Der Gegner sah das ebenso. Shangs Lanze beschleunigte wie ein zum Angriff ansetzendes Wolfsrudel.

»Macht es die Mühe wert«, bemerkte Veck leise.

Einen Augenblick glaubte Tybalt, der Commander habe den Befehl zu einem Verzweiflungsangriff gegeben, aber dann erkannte er, dass nicht alle Titanen dieses Waldes Bäume waren. Riesige Kolosse traten hinter noch breiteren Stämmen hervor. Fast hätte Tybalt auf sie gefeuert, aber er konnte sich gerade noch beherrschen, als ihm klar wurde, dass er keine Feindwarnung erhielt. Die neuen BattleMechs waren eigene Maschinen! Da waren ein *Cataphract* und ein *Lineholder*, dann noch zwei *Lineholder* und ein zweiter *Cataphract*. Es war die Alte Garde. Lazlos KampfLanze hatte einen eigenen Hinterhalt gelegt.

»Gut gemacht, Vigilantes«, lobte Kapitänin Lazlo. »Überlasst sie uns.«

Die Alte Garde rückte an den Waldrand vor und eröffnete das Feuer. Angesichts dieser neuen Bedrohung, die das Kräfteverhältnis zu ihren Ungunsten veränderte, verloren die Pfalz-Beschützer jedes Interesse an den Vigilantes.

»Zeit, dieses Spiel zu verlassen und uns etwas zu suchen, das näher an unserer Leistungsklasse liegt. Kelly, im Galopp das Flussbett runter. Jurewicz, Sie springen mit mir. Zeit, dass wir uns dieses nervende Kurita-Kätzchen holen.«

Tybalt versuchte, dem Befehl zu folgen, stellte aber fest, dass er den *Commando* nicht auf seine Höchstgeschwindigkeit von knapp unter hundert Stundenkilometern bringen konnte. Er kam nicht einmal auf fünfzig. Sobald er es versuchte, geriet der Mech plötzlich ins Wanken und drohte zu stürzen. Die Instrumente zeigten grünes Licht für Kreiselstabilisator und Beinaktivatoren, aber das konnte nicht stimmen. Er musste irgendeinen Schaden haben. Er setzte auf die rechten Knieaktivatoren, denn die Panzerung des Beins war praktisch weggescheuert.

Er konnte mit dem schnellen Schlagabtausch eines leichten Mechgefechts nicht mithalten. Freund wie Feind würden innerhalb kurzer Zeit außer Reichweite seiner Waffen sein.

Der lange, mühsame Rückzug hatte ein brennendes Verlangen in ihm geweckt, Schaden auszuteilen, und jetzt raubte ein mechanischer Fehler ihm die Chance dazu. Ob es ihm gefiel oder nicht, die Jagd auf Namihito fand ohne ihn statt.

Er schlug mit den Fäusten gegen die Cockpitwand. Irgendetwas musste es doch geben, was er tun konnte! Endlich stellten die BattleMechs der Grafschaft ihre Gegner auf halbwegs gleichberechtigter Basis, und er wurde von einem defekten Aktivator ausgeschaltet.

Er weigerte sich, nur zuzusehen.

Sinnlos hinter erheblich beweglicheren Maschinen herzurennen, war nicht die Antwort. Dann erinnerte er sich, dass ganz in der Nähe ein Kampf stattfand. Er drehte den

Commando auf dem Absatz um und brachte ihn zurück zum Gefecht der KampfLanze gegen die Pfalz-Beschützer. Allerdings sorgte er dafür, dass er im Rücken der Beschützer auftauchte.

Der Hinterhalt der Alten Garde hatte sich in einen Stellungskampf verwandelt. Die Garde war den Duviçern deutlich unterlegen, zumindest was die Treffsicherheit anging. Trotz ihres zahlenmäßigen Übergewichts schien sie zu unterliegen. Das laute Knistern auf allen Kanälen bestätigte Tybalt, dass der *Raven*-Pilot noch immer Funk und Ortung störte.

Es wurde Zeit, dass jemand das änderte.

Er fand den *Raven* ein gutes Stück hinter den Linien und in Deckung. Der Duviçer Pilot verhielt sich so, wie es sich für eine leichte Maschine in einem Kampf zwischen Mechs der höheren Gewichtsklassen gehörte. Er setzte seine Möglichkeiten zum Vorteil der Lanzenkameraden ein und blieb dabei bestmöglich aus der Schusslinie.

Tybalt entschied, den Piloten zum Tanz mit einem Gegner seiner Gewichtsklasse aufzufordern, und er wusste die Einladung auch gekonnt zu formulieren. Das Artemis-IV-Feuerleitsystem beschwerte sich über fehlende Zielerfassung, und das Blitz-System verweigerte das Feuer. Tybalt zog das Fadenkreuz auf das Antennengehäuse des Mechs und zielte so gut es ging von Hand. Dann feuerte er. Kurzstreckenraketen zischten auf hellen Rauchbahnen aus den Rohren, und sein Laser schleuderte eine Lanze aus gebündelter Lichtenergie. Mindestens die Hälfte der Raketen zerschellten am Fels, aber die Salve reichte trotzdem aus.

Der *Raven* kippte und fiel um.

Die Sensorkanäle klarten auf.

Ein Grinsen spannte Tybalts Gesicht.

Lazlos Alte Garde nutzte die Gelegenheit, die Tybalts Angriff ihnen bot. Ihr plötzlich sehr viel akkurateres Geschützfeuer krachte auf die Duviçer Maschinen herab, und alle Feindmechs steckten Treffer ein, sogar der gestürzte *Raven*.

Mit wild strampelnden Beinen schob der Mech sich an eine Geröllhalde und den Hang hinauf an die Felswand. Mit heldenhafter Anstrengung schaffte der Pilot es, den *Raven* wieder auf die Beine zu stellen. Mit etwas weniger heldenhafter Einschätzung seiner Lage entschied er dann, schleunigst das Weite zu suchen. Tybalt ließ ihn laufen. Er hätte ohnehin keine Chance gehabt, die leichtfüßige Maschine einzuholen.

Frei vom Störfeld des *Raven,* machte sich die Überlegenheit der Shulesen bemerkbar. Die Duviçer Mechs zogen sich widerwillig zurück. Aber Shang war nicht der Typ, sich leicht geschlagen zu geben. Der Duviçer Lanzenführer kämpfte weit besser als seine Kameraden und teilte mehr aus, als er einstecken musste.

Shangs *Cataphract* kam Kellys Stellung immer näher. Entweder hatte der Pilot der schweren Maschine den *Commando* nicht bemerkt, oder er sah ihn nicht als ernsthafte Bedrohung. Vielleicht hatte Shang auch einfach nur größere Sorgen.

Allzu viel konnte ein *Commando* gegen einen *Cataphract* nicht ausrichten, und das Wenige, was er tun konnte, erforderte eine Angriffsdistanz, die für den leichten Mech nichts Gutes verhieß. Andererseits war auch Shangs *Cataphract* an einem für sein Wohlergehen nicht sonderlich geeigneten Ort, und allmählich sah man der Maschine das an. Selbst ein Dackel konnte eine ausgewachsene Dogge erledigen, falls die nur schwer genug verletzt war. Lazlos Leute taten ihr Bestes, die Duviçer Dogge zu verletzen.

In einer plötzlichen Eingebung sah Tybalt seine Gelegenheit. »Red« Shang war Kapitän Lazlos Gegenstück bei den Duviçer Mechtruppen. Wenn es ihnen gelang, einen so hochrangigen MechKrieger gefangen zu nehmen, würde die Pfalz ihn mit Sicherheit zurück haben wollen. Ein Gefangenenaustausch wäre praktisch garantiert.

Das einzige Problem dabei war, dass die Alte Garde entschlossen schien, Shang in genug Einzelteile zu zerlegen, um in jede buddhistische Hölle eines davon zu senden.

Kelly rechnete fieberhaft. Er konnte mitmachen und Shang ebenfalls unter Beschuss nehmen, aber das brachte ein zu großes Risiko mit sich, sich selbst die Chance zu nehmen, um die es ihm ging. Falls es gelang, den *Cataphract* kampfunfähig zu machen, würde Shang sich ergeben müssen. Aber wie?

Eine klassische Methode, einen BattleMech zu Boden zu bringen, bestand darin, ihn zu rammen oder ihm die Beine wegzutreten, aber für einen 20-Tonnen-*Commando* waren beide Möglichkeiten einem 70-Tonnen-*Cataphract* gegenüber illusorisch. Es musste etwas geben, was Tybalt tun konnte, irgendeine Möglichkeit, seine Position auszunutzen.

Hätte er einen größeren Mech gehabt, hätte er die schwere Maschine einfach umrennen können. Aber den hatte er nicht. Er saß im Äquivalent eines Kindes, nicht eines Muskelmanns. Er brauchte eine dementsprechende Taktik.

Dann sah er, wonach er suchte. Durch ihre humanoide Gestalt besaßen BattleMechs einige der Schwächen eines Menschen. Die gewaltige Kraft ihrer Myomerbündel ließ sich ebenso neutralisieren wie die der Muskeln, die sie imitierten. Ein Schlag in die Kniekehlen warf jeden Menschen um, egal wie groß oder klein. Sicher war es möglich, einen Mech auf dieselbe Weise zu fällen.

Er würde es versuchen.

Er brachte den *Commando* aus der Deckung und stürmte so gut es ging in den Rücken des *Cataphract*. Er trieb den Mech an, versuchte die Strecke zu überbrücken, bevor Shang reagierte oder dessen Lanzenkameraden ihn unter Beschuss nahmen. Der *Commando* wankte. Er kippte nach rechts, aber Tybalt zog ihn zurück auf Kurs. Er rang mit den Kontrollen, um die Maschine auf Kurs zu halten, während die Entfernung zusammenschmolz.

Fünfzig Meter!

Vierzig! Der Torso des *Cataphract* drehte sich.

Dreißig! Tybalt trieb den *Commando* an. Die Rückkopplung über den Neurohelm vermittelte ihm ein Schwindelgefühl, dass sich ihm den Magen umdrehte.

Zwanzig! Autokanonenfeuer krachte aus dem rechten Arm des *Cataphract*.

Zehn! Granaten rissen den Boden um den *Commando* auf.

Fünf! Das riesige Kanonengehäuse des *Cataphract* senkte sich.

Drei! Die wuchtigen, rückwärts geknickten Beine des *Cataphract* füllten Tybalts Sichtschirm.

Die Zeit schien stillzustehen, als er seinen Irrtum erkannte. Die generell humanoide Silhouette des *Cataphract* hatte ihn vergessen lassen, dass er eine der seltenen Hybridkonstruktionen war. Dieser BattleMech hatte keine Kniekehlen, in die er den *Commando* hätte …

Aufprall!

Kellys Gesicht schlug mit lähmender Gewalt gegen die Sichtscheibe des Neurohelms. Die Welt um ihn herum überschlug sich. Metall kreischte wie ein gefolterter Mensch. Er fiel, hilflos, bis ihm etwas einen Schlag auf den Helm versetzte, der ihn in die Düsternis schleuderte.

30

Grenze zwischen Grafschaft Shu und Duviçer Pfalz, Epsilon Eridani
Chaos-Marken

14. März 3062

Am Pfad der Stiche und Schmerzen seines zerschlagenen, gebrochenen Körpers zerrte Tybalt Kelly sich aus der Dunkelheit zurück ans Licht. Es war Zeit vergangen. Der *Commando* lag am Boden, den Kopf zur Seite gedreht. Durch das Kanzeldach sah er, dass er nicht lange bewusstlos gewesen sein konnte. Die Alte Garde rückte an ihm vorbei vor, vorbei an ihm und an Shangs am Boden liegenden *Cataphract*. Hatte er es geschafft? Oder hatte er Shang nur lange genug abgelenkt, um der KampfLanze die Möglichkeit zu geben, ihn abzuschießen?

Wie auch immer, nach dem Ausfall des *Cataphract* hatte die anderen Duviçer der Kampfesmut verlassen. Die *Lineholder* dachten nicht daran, die Linie zu halten. Stattdessen drehten sie um und rannten dem längst verschwundenen *Raven* hinterher.

Als Tybalt den *Commando* wieder auf die Füße hebelte, kehrten Veck und JJ mit der Nachricht zurück, dass Namihitos *Panther* auf dem Rückzug war. Yi Cha-song, Kapitänin Lazlos Stellvertreter, gab zu verstehen, dass die Kapitänin verletzt war, und wies die Kompanie an, die Verfolgung abzubrechen.

»Wir haben sie in die Flucht geschlagen«, protestierte Tybalt. »Holen wir sie uns, solange es noch geht!«

»Immer schön ruhig«, erwiderte Veck.

»Wir können noch mehr von ihnen erledigen!«

»Tatsache?« Veck klang ungläubig. »Womit?«

Jetzt erst bemerkte Kelly, dass die Systemanzeige nahezu komplett rot leuchtete. Selbst den Aktivatorschaden hatte der Computer endlich bemerkt. Der *Commando* konnte sich noch bewegen – langsam –, und Reaktor und Munitionslager waren unbeschädigt. Das war's aber auch.

Ernüchtert blickte er sich um. Die Alte Garde war zerschlagen. Kapitänin Lazlos *Lineholder* hatte strukturelle Schäden an allen Gliedmaßen, und schlimme Löcher klafften im Torso. Einem anderen *Lineholder* fehlte ein Arm, einer der *Cataphracte* humpelte mit starrem rechten Bein herum, der andere war um die Torsogeschütze so schwer beschädigt, dass seine Hauptbewaffnung nahezu garantiert außer Gefecht war. Vecks *Vindicator* war auch nicht gerade makellos. Namihito hatte ihm noch mindestens einen zweiten PPK-Treffer beigebracht. Von allen Grafschaftsmechs war JJs *Javelin* der am besten erhaltene, und der ähnelte stark den Zielscheiben, die Sam nach einer Schießfeldübung zurückgelassen hatte.

Aber sie hatten gewonnen.

Und als er »Red« Shang aus dem Cockpit des am Boden

liegenden *Cataphract* kriechen sah, wusste Tybalt, dass er gewonnen hatte.

»Für eines können Sie dankbar sein, Sie trauriger Sohn eines befehlsverweigernden, selbstmörderischen Affen«, stellte Veck fest.

Nach Tybalts Rechnung gab es mehr als eines. Da war Shang. Und Kelly hatte überlebt, es zu sehen. »Was denn, Commander?«

»Dass Sie die Reparaturen an dem Wrack, zu dem Sie den BattleMech reduziert haben, den Ihnen das Bataillon anvertraut hat, nicht aus Ihrem Sold bezahlen müssen.«

»Oh, ich bin noch für mehr als nur das dankbar.«

Veck knurrte. »Wir werden sehen. Ich habe mitbekommen, was Sie da gemacht haben, Kelly. Glauben Sie mir, Sie werden es bereuen.«

Auf dem langen, langsamen Marsch zurück weigerte Tybalt sich störrisch, sich von Vecks schlechter Laune anstecken zu lassen. Er ging mit reichlich Wundverbänden, der Körper von Kopf bis Fuß schmerzend, aber froh zu Bett.

* * *

Seine Stimmung änderte sich, als er bei der nächsten Frühbesprechung hörte, dass Kapitänin Lazlos Verletzungen sich als schwerer herausgestellt hatten als zunächst vermutet. Sie stürzte komplett ab, als er erfuhr, dass die Vigilantes jetzt, nachdem auch sein *Commando* bis zum Ende der Reparaturen ausfiel, aus dem aktiven Einsatz zurückgezogen wurden. Soweit es die Phantommajorin betraf, waren zwei beschränkt einsatzfähige Mechs keine Lanze.

Als sie aus dem Besprechungszimmer in die Mittagssonne traten, wollte Tybalt wissen: »Wie sollen wir denn jetzt den Krieg gewinnen?«

»Wir sind nicht die einzigen Truppen in diesem Kampf«, erinnerte JJ ihn. »Ehrlich, Eismann, wenn du diese Draufgängernummer weiter abziehst, müssen wir dir einen neuen Spitznamen suchen.«

»Dann lass dir halt was anderes einfallen.«

»Nicht so hastig. Unter Feuer bist du immer noch kalt wie Stahl. Bloß zwischen den Missionen hakst du aus. Was dir fehlt, mein Freund, ist ein ernsthaftes Abhängen. Wie wäre es, wenn wir das Messzelt inspizieren und nachsehen, ob sie es inzwischen geschafft haben, anständiges Bier aufzutreiben? Ein kühles Helles hilft die Zeit vertreiben, und es ist nicht so, als hätten wir was Besseres zu tun.«

Das Angebot hatte seinen Reiz, aber es kam nicht gegen Tybalts Drang nach Aktivität an. »Wir könnten den Techs beim Reparieren der Maschinen helfen.«

JJ zuckte in gespieltem Entsetzen zurück. »Wenn du unbedingt die Techs verärgern willst, indem du ihnen im Weg rumstehst, ist das deine Sache. Ich bin schlauer. Ich nutze die Möglichkeit zu einer schwerverdienten Erholung. Das Bier ist nur die erste Rate. Ich weiß, du hast technisches Talent, aber willst du dich ernsthaft in die Höhle des Techs wagen?«

»Ich will meinen Mech so schnell wie möglich wieder einsatzbereit bekommen.«

»Tu, was du nicht lassen kannst, Eismann. Wenn du genug Schmieröl gefressen hast, weißt du, wo du ein Bier findest, um es runterzuspülen. Ich sorge sogar dafür, dass es gekühlt wird, während du dir den schlimmsten Dreck abspülst.«

Tybalt ließ sich JJs Angebot durch den Kopf gehen, während er zum Abstellplatz der Mechs ging. Vielleicht übertrieb er es tatsächlich. Wie viel konnte er denn ernsthaft ausrichten? Schließlich konnte er den Krieg ja nicht ganz allein gewinnen.

Aber er konnte einfach nicht herumsitzen. Seit er erfahren hatte, dass Sam noch lebte, war er dazu nicht mehr in der Lage gewesen. Es steckte Schuldgefühl in seiner Rastlosigkeit, aber das war nicht alles. Er wollte Sam wiederhaben, selbst wenn sie ihn für seine Zeit mit Romano hasste. Spielte es wirklich irgendeine Rolle, dass er geglaubt hatte, Sam sei tot? Einerseits ja, andererseits nein. Er war nicht sicher, ob er sich darüber je ganz klar werden würde.

Eines Tages, sobald er es einrichten konnte, würde er Sam wiedersehen. Und dann? Möglicherweise, wahrscheinlich, würde Sam ihm mitteilen, dass es zwischen ihnen aus war, aber trotzdem sehnte er sich danach, sie wiederzusehen. Er brauchte die Gewissheit, dass sie frei und lebendig war.

Aber das lag in der Zukunft. In der Gegenwart erwartete ihn ein Platz voller zertrümmerter Kampfkolosse und ein Techstab, der sich bemühte, sie wieder kampfbereit zu machen. Die meisten Techs waren um die Mechs der Kampf-Lanze versammelt. Tybalt sah nicht einen, der sich um die ähnlich schwer beschädigten Maschinen der Vigilantes kümmerte. Das waren die Privilegien von Rang und Status, nahm er an. Es gefiel ihm gar nicht. Der Anblick seines ausgestreckt am Boden liegenden *Commando*, so hilflos, wie ein BattleMech nur sein konnte, verschlimmerte seine Laune nur noch.

BattleMechs waren die Ritter in schimmernder Wehr des modernen Schlachtfelds. Dieser Ritter wirkte tot.

Er konnte nur hoffen, dass er sein »Leben« für einen guten Zweck geopfert hatte. Noch immer war keine Nachricht eingetroffen, ob Kapitän Shang ausgetauscht werde sollte. Er begann zu befürchten, Shang könnte doch nicht der Schlüssel zu Sams Freiheit sein.

Tybalt zerrte seine Gedanken aus der möglichen Zukunft in die Gegenwert und zwang sich, den zertrümmerten *Commando* zu betrachten. Aus der Ferne war es schwer, die Waffentreffer von den offenen Wartungsluken zu unterscheiden. Aus der Nähe war es kein Problem. Wartungsluken hatten weder Brandflecken noch scharfkantige oder zerschmolzene Ränder. Er stellte aus der Nähe noch etwas fest, was er aus der Entfernung übersehen hatte.

Aus einer Luke, die Zugang zur sechsrohrigen Coventry-KSR-Lafette bot, hingen ein Hintern und zwei Beine. Etwas an dem wohlgeformten Hinterteil erschien Tybalt vertraut, aber er wusste es nicht einzuordnen. In der Erleichterung, dass tatsächlich jemand daran arbeitete, ihn zurück ins Feld zu bringen, schob er den Gedanken beiseite.

»He, Tech, wie sieht's aus mit meiner Maschine?«

Aus dem Inneren des *Commando* ertönte eine gedämpfte, unverständliche Antwort. Die Beine bewegten sich, fanden Halt, und ihre Besitzerin zog sich aus dem Mechtorso. Auch das schmierölverdreckte Gesicht war vertraut. Es gehört Meryl LaJoy-Bua.

Kellys Hand fiel auf den Griff der Sternennacht Python an seiner Hüfte. LaJoy-Bua hob die Hände, ohne den schmutzigen roten Lappen loszulassen, den sie in einer davon hielt.

»Ganz ruhig, Eismann. Wir stehen auf derselben Seite.«

»Tatsächlich, Verräterin? Ich kann mich daran erinnern, dass die Frettchen dich mitgenommen haben.«

»Ja, haben sie, aber sie haben sich geirrt. Stell dir das vor. Wer hätte das für möglich gehalten, ej? Natürlich würde ich immer noch in einer ihrer Zellen sitzen, wenn ich mir nicht die Mühe gemacht hätte zu tun, was eigentlich deren Aufgabe gewesen wäre. Aber wie ich immer sage, wenn du willst, dass eine Arbeit gut gemacht wird, schnapp dir das Werkzeug und mach es selbst.«

Die Tech sprang zu Boden. Tybalt behielt sie misstrauisch im Auge, beschränkte sich aber darauf, die Schutzklappe des Pistolenholsters zu lösen. LaJoy-Bua wirkte durch und durch harmlos, aber die alte Wut über Stübels sinnlosen Tod machte ihn skeptisch. *Sie muss die Wahrheit sagen, oder? Sonst könnte sie nicht hier sein, oder?*

»Du bist also nicht die Saboteurin?«

»O Junge, nichts entgeht diesem Mann. Es gibt einen Maulwurf in diesem Garten, aber ich bin es nicht.«

»Oberst Buas Leute waren aber der Meinung. Wie hast du sie vom Gegenteil überzeugt?«

»Weißt du was, manchmal hat ein Mädel Freunde. Die Art Freunde, die erkennen, wenn sie geleimt werden soll, und was dagegen tun. Dieses Mädel hier hatte einen Freund, der ihr Computerzugang verschafft hat, damit sie ein bisschen arbeiten konnte. Klar?«

Er verstand nichts und sagte das auch.

»Okay, so helle ist der Mann wohl doch nicht. Die Frettchen glaubten, ich hätte den Schiedsrichter in deinem Mech manipuliert. Von wegen Mittel und Gelegenheit, und sie wollten einfach nicht einsehen, dass ich kein Motiv hatte. Hatte ich aber wirlklich nicht. Da sie dafür aber offensichtlich Beweise brauchten, habe ich sie ihnen besorgt. Ich habe mich in die Datenbank vom wunderschönen, sonnenverwöhnten Lager Redelk geschlichen und ihnen genau gezeigt, wann und wie am Schiedsrichter herumgedoktert worden ist, die Manipulation stattgefunden hat, während das Gerät physisch an einen Computer in einem Wartungsschuppen angeklinkt war. Und ich war zu der Zeit mit zwölf anderen SeniorTechs, einschließlich dem persönlichen Bastelmeister der Phantommajorin, in einer Stabsbesprechung am anderen Ende des Lagers. Quod und erat und noch ein demonstrandum: Ich kann's also nicht gewesen sein.«

Die Geschichte hörte sich gut an. Sie hatte auch nicht gezögert, als sie sie erzählt hatte, aber Tybalt glaubte, einen Schwachpunkt zu erkennen. »Wenn du dich in die Datenbank eingeschlichen hast, kannst du die Daten manipuliert haben.«

»So ein misstrauischer Junge. Genau das hat auch das Chef-Frettchen gesagt. Bloß sind seine Spinnen dann quer durchs Netz und zurück marschiert, ohne eine Spur von Manipulationen zu entdecken. Und ich bin zwar gut, aber so gut nun auch wieder nicht. Das ist keiner. Die Signatur verstecken, den Modus ändern, klar, aber absolut keine Spur hinterlassen? So was gibt es nicht. Es ist ihnen nichts anderes übriggeblieben, als mir zu glauben.«

»Also haben sie dich freigelassen?«

»Freigelassen? Du meinst, zurückgeschickt. Falls du es vergessen hast, wir sind im Krieg. Die Blechfritzen haben mein ölverschmiertes Fell noch immer unter Vertrag, und sie denken nicht daran, irgendwen faulenzen zu lassen.«

Tybalts Blick wanderte zu dem zerschlagenen *Commando*. LaJoy-Buas Augen folgten dem Blick.

»Außer natürlich, sie haben keine Wahl«, fügte sie hinzu.

»Also bist du freigesprochen und wieder im Dienst.«

»Freigesprochen und zurück an der Maloche, aye. Hast du mich vermisst?«

Er musste zugeben, dass der *Commando* seid ihrem Verschwinden schlechter funktioniert hatte, aber der nervöse Unterton in ihrer Stimme machte es ihm schwer, sein Misstrauen ganz zu begraben. »Veck hat nichts von deiner Rückkehr erwähnt, Hast du Papiere?«

»So was wie eine ›Verlass das Gefängnis‹-Karte? Traumtänzer. Wenn der Foltermeister noch nichts gesagt hat, hat er wahrscheinlich noch nichts davon gehört. Du weißt doch selber, dass die Bürokraten hier ein Tempo an den Tag legen, dass es aussieht, als hätte jede Gartenschnecke einen Kearny-Fuchida-Antrieb.«

Er verkniff sich ein Lachen bei der Vorstellung einer Schnecke mit Sprungantrieb, denn ihre Einschätzung saß. Aber auch Witze machten ihre Geschichte nicht glaubhafter. Oder unglaubhafter. Irgendjemand hatte den Schiedsrichter sabotiert und Stübels Tod verursacht.

»Und wer war jetzt der Saboteur?«, fragte er.

»Keine Ahnung«, antwortete sie schulterzuckend. »Die Frettchen sind immer noch auf der Pirsch. Früher oder später werden sie ihn schon in die Finger bekommen. Hoffen wir früher. Natürlich wollten sie, dass ich ihnen helfe, aber ich konnte die oberen Etagen davon überzeugen, dass es den Kriegsanstrengungen besser bekommt, mich das tun zu lassen, was ich am besten kann, nämlich Blechkameraden am Laufen halten. Ich hatte gleich das Gefühl, sie stimmen mir zu schnell zu, und seit ich wieder hier bin, weiß ich auch warum. Die Arbeit ist schwieriger geworden, weil bestimmte Mechjockeys, nicht dass ich irgendwelche Namen nennen will, nicht in der Lage zu sein scheinen, ihr Spielzeug ganz zu behalten. Ich höre, sie wandern dauernd in anderer Leute Schusslinie oder rammen Mechs, die dreimal so schwer sind. Ganz schön traurig, findest du nicht? Ich nenne so was

Mangel an Respekt, aber was soll man machen? Zusammenflicken und gleich wieder ihren mit zwei linken Patschhändchen geschlagenen Piloten ausliefern. So was bricht einer Tech das Herz, sage ich dir, mit ansehen zu müssen, wie fahrlässig manche Menschen mit ihrem BattleMech umgehen. All unser Schweiß, die Tränen, die ganze harte Arbeit, das technische Genie, benutzt und weggeworfen wie billiges Klopapier.«

Sie verstummte abrupt und reckte den Hals, als hätte sie hinter Tybalts Rücken etwas entdeckt.

»He, JJ, schön dich zu sehen«, rief sie. »Klemmt das rechte Pedal immer noch?«

»Immer noch.« JJ hob das Bier. »Siehst gut aus, LJ-B.«

JJs lockere Reaktion konsternierte Tybalt. »Sagt sie die Wahrheit?«

»Kommt drauf an. Worüber?«, fragte JJ verwirrt. Kelly kam LaJoy-Buas Versuch, ihre Geschichte zu wiederholen, zuvor und lieferte eine Zusammenfassung. Als er fertig war, stellte JJ nüchtern fest: »Ja. Ich dachte, du wüsstest davon.«

»Mir hat er es nicht geglaubt«, erklärte LaJoy-Bua mit beleidigter Stimme.

»Aber das ist nicht die große Neuigkeit«, unterbrach JJ, bevor sie sich Luft machen konnte.

Der Ärger der Tech verflog. Sie lehnte sich vor. »Lass hören, Mechboy.«

»Lady Shu hat Shang um den kleinen Finger gewickelt. Sie hat einen Gefangenenaustausch arrangiert.« Er drehte sich strahlend zu Tybalt um. »Sam kommt nach Hause.«

»Was?«, murmelte der. Einen Moment stand er verdattert herum. Dann jauchzte er. Sam kam nach Hause. Über seine Probleme damit würde er später nachdenken. Sam kam nach Hause!

»Na toll«, kommentierte Meryl LaJoy-Bua frostig. »*Ihr* Mech ist in einer Kiste zurückgekommen. Man sollte meinen, sie hätte den Anstand, dasselbe zu tun.«

31

Ausbildungszentrum Redelk, Grafschaft Shu, Epsilon Eridani
Chaos-Marken

18. März 3062

Der zusammen mit dem Gefangenenaustausch vereinbarte Waffenstillstand würde nicht von langer Dauer sein, aber er bot den verstreuten Lanzen des FBGS Gelegenheit, ins Redelk-Ausbildungszentrum zurückzukehren. Niemand wollte Sams Rückkehr verpassen, auch diejenigen nicht, die dafür aus dem Lazarett herangekarrt werden mussten, nicht einmal Sten. Er war ein Prahlsack und ein Holzkopf, aber selbst er verstand die Notwendigkeit, die Solidarität der Einheit zu zeigen, nicht nur dem Gegner, auch den neuen Rekruten und Ersatzleuten für die Gefallenen. Die MechKrieger des Freiwilligen-Bataillons Grafschaft Shu kümmerten sich um ihresgleichen wie ein Kriegerhaus.

Der Anblick all der versammelten MechKrieger in Paradeuniform, alle im kühlen Schatten ihrer herausgeputzten Kampfkolosse, brachte Tybalts Herz zum Schwingen. Es war nicht der Prunk und Pomp der Parade, der ihn berührte, es war der Korpsgeist dieser Männer und Frauen.

Und es *waren* Männer und Frauen. Dafür hatte der Krieg gesorgt. Manche trugen Orden, die sie sich für schwierige Missionen erworben hatten, andere die gräflichen Ehrenmedaillen für Verwundungen im Kampfeinsatz, und allen sah man an, was sie durchgemacht hatten. Aus den halben Kindern, die Redelk verlassen hatten, waren Veteranen geworden. Tybalt war stolz, einer der ihren zu sein.

Seit dem Angriff der Duviçer war die Einheit zum ersten Mal wieder komplett versammelt. Sie hatten sich ebenso wenig zu Kapitänin Lazlos Begräbnis eingefunden wie zu dem Harry Trahns. Für diese Trauerfälle hatte es keinen Waffenstillstand gegeben.

Wir werden ihr Angedenken bewahren, schwor Tybalt.

Lazlos Asche war in den Wind gestreut worden, aber Tybalt glaubte, die Anwesenheit der Kapitänin in der Brise zu spüren, die über den Asphalt zog, als wollte die gefallene Kriegerin ebenfalls dabei sein, um die Rückkehr einer ihrer vermissten Soldatinnen zu feiern.

Am anderen Ende des Felds regte sich etwas, als die Honoratioren dieses Tages auf die Bühne traten. Unter den Mitgliedern des Begrüßungskomitees waren Romano Shu und Majorin Ling-Marabie.

Der Anblick der beiden zog Tybalts Emotionen in verschiedene Richtungen. Seit der Rückkehr aus dem Arousiadistrikt sah er Romano zum ersten Mal, und das Gefühlschaos, das dieser Anblick bei ihm auslöste, verwirrte ihn und dämpfte die Begeisterung über Samanthas Rückkehr. Was seine Gefühle beim ersten Anblick der Phantommajorin in Fleisch und Blut betraf, hatte er weniger Schwierigkeiten. Soweit es ihn betraf, hatte eine Offizierin, die sich nur bei ihren Truppen zeigte, wenn die Medien anwesend waren, kein Recht, den Exerzierplatz mit ehrbaren MechKriegern zu teilen.

Ein Donnergrollen ertönte vom Himmel. Kelly schaute hoch und sah einen Lichtblitz, als der anfliegende Transporter zum Ladeanflug einschwenkte.

Die zehn Minuten, bis die Maschine aufgesetzt, über das Feld zurückgerollt und knapp zehn Meter vor der Bühne gestoppt hatte, schienen länger als die drei Wochen seit jener furchtbaren Nacht in Dori. Eine weitere Ewigkeit verging, bis die Luke sich öffnete und die Bodencrew die Treppe brachte. Als Sam auftauchte, trat die Zeit in eine ganz andere Dimension.

Kelly stockte der Atem. Die Kleider, die sie trug, offensichtlich Duviçer Lumpen, hingen an ihr wie ein Sack. Sie war schon immer schlank gewesen, aber jetzt wirkte sie weniger wie die geschmeidige Tigerin seiner Erinnerung, sondern mehr wie ein Hund, den man im Haus seines toten Herrchens vergessen hatte. Sie trat vor, stützte sich mühsam auf einen Gehstock. Auch die pirschende Eleganz des Tigers war verloren.

Aber trotzdem war sie das Schönste, was er seit langem gesehen hatte.

Als die Reden vorüber waren und Sam die Folter der Kundgebung hinter sich hatte, kam sie in gerader Linie über den Platz auf die Vigilante-Mechs zu. Tybalt machte einen Schritt auf sie zu, dann stoppte er sich. Er hatte keine Erlaubnis erhalten, die Formation zu verlassen.

»Geh ruhig, mein Junge«, sagte Veck. »Übernimm die Führung.«

Das war alles, was Tybalt an Erlaubnis brauchte. Er rannte auf Sam zu. Ihr Lächeln ließ die Entfernung zusammenschmelzen. Er wirbelte sie in einer leidenschaftlichen Umarmung herum, hörte den Stock zu Boden klappern. Einen wundervollen Moment waren sie allein auf der Welt. Ihre Augen funkelten. Ihre Lippen trafen sich. Er versuchte sie so fest zu halten, dass er sie nie wieder verlieren konnte.

»Vorsicht, Tyb, oder du machst mich wirklich zu dem Wrack, für das die MedTechs mich halten.«

Vorsichtig setzte er sie ab, plötzlich ängstlich, ihre Verletzungen zu verschlimmern. Sie schnaubte.

»He, ich bin nicht aus Glas! Ich bin einsatzfähig, auch wenn die MedTechs mich noch nicht für den aktiven Dienst freigeben wollen. Aber das werde ich schon hinbekommen.«

»Wenn du noch ...«

»Ich bin noch. Bereit zum Einsatz nämlich. Du kannst mir glauben, ich würde lieber eine Uniform tragen als diese Fetzen.« Sie zupfte an der gelbgrauen Bluse. »Hast du jemals so was Hässliches gesehen? Grundgütiger Himmel! Aber genug von mir. Lass dich ansehen! Ich gehe auf Urlaub, und während ich weg bin, schleichst du dich die Leiter rauf. Ein Commander!« Sie senkte die Stimme und lächelte. »Ich freue mich für dich. Glückwünsch.«

Leicht verlegen antwortete Tybalt: »Es ist erst vor ein paar Tagen passiert. Kapitän Veck leitet jetzt die Kompanie. Er ist auch stellvertretender Kommandeur des Bataillons, direkt unter der Phantommajorin.«

»Ich wette, selbst auf ihr würde es ihm nicht gefallen.«

»Auf wem, Subcommander Liu?«, fragte Veck, der jetzt auch herantrat.

»Niemand von Bedeutung, Sir.«

Veck schürzte die Lippen und nickte. »Ah ja. Nun, es ist schön, Sie wieder im Lande zu wissen, Liu. In mancher Hinsicht war Ihre Abwesenheit schlimmer als Ihre Gegenwart.«

Veck salutierte und entschuldigte sich, um mit der Majorin zu reden. Als er sich entfernte, flüsterte Sam Tybalt zu: »War das jetzt eine Beleidigung oder ein Kompliment?«

»Es war Veck«, nahm JJ ihm die Antwort ab. »Wer kann das sagen?«

»JJ!« Sam warf ihm die Arme um den Hals. »Wo ist Schneck? Zu sehr in die Lektüre vertieft für ein Klassentreffen?«

Tybalt und JJ tauschten traurige Blicke aus. Kelly wollte nicht derjenige sein, der ihr die traurige Nachricht überbrachte, und für JJ galt sichtlich dasselbe. Sam verstand es auch so.

»Keiner hat was gesagt. Ich meine, ich habe das Wrack überlebt. Ich dachte, bei ihm wäre es genauso gewesen und die Doofviçer hätten ihn nur nicht geschnappt. Ich dachte nicht, dass er ...«

Sie schluchzte, und Tybalt nahm sie in den Arm. Sie lehnte sich an ihn und plapperte, wie leid es ihr tat. Sie schien mindestens so entsetzt über den Verlust ihrer Selbstbeherrschung wie über Harrys Tod. Tybalt tröstete sie, bis ein schlanker Mann in der traditionellen capellanischen Ärztetracht erschien und Sam bat, ihn zu begleiten. »Lady Shu möchte sichergehen, dass Sie die beste Versorgung erhalten.«

Sam wischte sich die Tränen ab und warf Tybalt einen erstaunten Blick zu. »Hörst du das? Seit wann kümmert sich die großmächtige Lady Shu um einfache MechKrieger?«

JJ rettete den plötzlich mit Stummheit geschlagenen Tybalt. »Hier hat sich einiges getan. Hast du nicht mitbekommen, wer deine Freilassung ausgehandelt hat? Es würde ihrem Image gar nicht bekommen, wenn du zusammenklappst, kaum dass du zurück bist. Von jetzt an können die großen Tiere nicht mehr behaupten, alles, was dir passiert, wäre der Fehler der Doofviçer.«

»*Das* glaube ich«, stellte Sam fest und folgte dem Arzt.

* * *

Nachdem Sam in Sicherheit war, musste Kelly wieder an die Arbeit.

Dank der Beförderung war er jetzt Lanzenführer und hatte Vecks Funktion als Chef der VorhutLanze übernommen. In seinem Büro – *seinem* Büro, das Konzept war mehr als seltsam – ging er den Papierkram durch und stellte fest, mit wie viel Müll sich Veck hatte herumschlagen müssen. Da waren Kleinigkeiten, weniger Unbedeutendes und manches, von dem er nicht wirklich der Ansicht war, dass es in den Aufgabenbereich eines MechKriegers fiel. Verbrauchszahlen für Waschraumbedarf? Er erledigte die in seinen Augen überflüssigen Verwaltungsaufgaben so schnell er konnte, aber an diesem Abend wurde er nicht damit fertig.

Bis zum nächsten Morgen hatten sie sich vervielfacht. Erst am späten Nachmittag fand er die Zeit, sich mit dem seiner Meinung nach dringendsten Problem der Lanze zu befassen.

Angeblich wurde die Vorhutlanze wieder auf volle Sollstärke gebracht, aber die Transferpapiere führten nur zwei neue Piloten auf. Nach Vecks Beförderung fehlten den Vigilantes drei Jockeys. Sollte er später einen dritten Neuzugang erhalten, oder wurde er um einen Piloten geprellt? Oder hatte die Phantommajorin sich plötzlich entschieden, zur traditionellen Lanzenstruktur zurückzukehren, und sich nicht die Mühe gemacht, einen bloßen Lanzenführer zu informieren? Oder war das alles einfach nur die übliche bürokratische Inkompetenz?

Während er noch versuchte, sich darüber klar zu werden, mit wem er sich in Verbindung setzen musste, um die nötigen Informationen zu erhalten, kamen Sam und JJ ins Büro. Sie klopften nicht an.

Sam trug wieder Uniform.

Er runzelte die Stirn. »Ich dachte, du bist noch krankgeschrieben?«

»Leichter Dienst.«

Er blickte betont auf ihren Gehstock. »Haben die MedTechs diese Statusänderung genehmigt?«

»Laut Computer, ja.«

Tybalt schaute sie stirnrunzelnd an. Sie blickte zur Decke und pfiff vor sich hin. Er drehte sich zu JJ um, der mit den Achseln zuckte.

»Hier und da ein paar Fäden gezogen«, gab er schließlich zu. »Vielleicht den ein oder anderen Arm umgedreht. Aber ich versichere Ihnen, Commander, dass bei der Manipulation der Daten keine fundamentalen Wahrheiten zu Schaden gekommen sind. Subcommander Liu ist wirklich die bestqualifizierte Pilotin des FBGS für eine Stelle in der 1. Kompanie, 2. Lanze, Vorhut. Sie ist eine qualifizierte *Commando*-Pilotin, und wir haben einen leerstehenden *Commando* in der Einheit.«

Tybalt freute sich über die Initiative, die sie bewiesen hatten, aber … »Als Kommandeur dieser Einheit kann ich das nicht genehmigen.«

»Ist auch nicht nötig, Sir. Das haben Sie schon.«

»JJ!«

JJ schaute beleidigt. »Ich habe nichts getan, *Sir*. Ich bin ein Schnüffler, kein Manipulierer. Für die Art ernsthafte Datenveränderung, die Sie uns zu unterstellen scheinen, braucht man einen Computerzauberer, und der bin ich nicht.«

Aber sie hatten jemanden im Bataillon, für die das zutraf. »LaJoy-Bua.«

»Wirklich, *Sir*, wie können Sie glauben, eine Tech, noch dazu eine SeniorTech, könnte irgendein Interesse daran haben, die Personalunterlagen der Einheit zu manipulieren? Also wirklich. Ich bin sicher, wenn LJ-B zu so etwas aufgefordert würde, sie würde es vehement von sich weisen.«

»Aber ein paar in die richtige Richtung gezogene Fäden oder ein umgedrehter Arm könnten das ändern?«

Jetzt war es JJ, der beiseite schaute und flötete.

Ein MechKrieger, selbst ein unerbittlicher Krieger eines der großen Kriegerhäuser, wusste, wann er einen Kampf verloren hatte.

»Leichter Dienst also.«

»Ja, Sir!«, strahlte Sam.

Dann machten die drei sich auf den Weg, um die Neuzugänge des FBGS zu inspizieren. Als sie zur Empfangshütte unterwegs waren, lenkte JJ ihre Aufmerksamkeit auf zwei neue Maschinen in der Nähe der Wartungshangars.

»Der *Lineholder* ist meine neue Maschine«, erklärte Tybalt und verzichtete darauf zu erwähnen, dass es sich um Franny Lazlos instand gesetzten Kampfkoloss handelte. »Veck hat sich geweigert, den *Vindicator* aufzugeben. Und da die hohen Tiere verlangen, dass der Kommandeur einer Vorhutlanze einen mittelschweren Mech führt, haben sie irgendwo einen ausgegraben. Der *Raven* ist möglicherweise auch für uns. Ich weiß es nicht genau, aber ich schätze, wir werden es bald herausfinden.«

Meryl LaJoy-Bua kam ihnen mit einer anderen Frau in FBGS-Overall entgegen. Die Fremde hatte eine Kühlweste über die Schulter geworfen. Nach einem fahrigen Salut stellte die Tech sie vor.

»Das hier ist Sally Trahn, jüngste in einer langen Serie von Trahn-MechKriegern. Harry war ihr Vetter. Sally, Verzeihung, wo sind meine Manieren, Subcommander Trahn, das ist der Alte. Der Kerl da ist JJ Jurewicz, *Javelin*. Und das Mädel ist die berühmt-berüchtigt aus Gefangenschaft befreite MechKriegerin Samantha Liu.«

Trahn setzte zu einer Verbeugung an, stoppte sich und salutierte nachlässig. »Es ist mir eine Ehre, Sie kennen zu lernen, Commander, und in der 1. Kompanie dienen zu dürfen. Ich werde mein Bestes tun, dem Ruf von Veck's Vigilantes gerecht zu werden.«

»*Kelly's* Vigilantes«, verbesserte Sam.

Trahn wirkte verwirrt.

»Der offizielle Beiname dieser Lanze ist *Kelly's* Vigilantes«, bestätigte JJ mit einem Augenzwinkern in Sams Richtung.

»Die Vigilantes«, erklärte Tybalt und verzichtete bewusst auf jeden weiteren Namen, »freuen sich, Sie an Bord begrüßen zu können. Ich bin sicher, Sie werden Ihrer Familie alle Ehre machen.«

»Ich hoffe nur, ich überlebe«, antwortete Sally Trahn ehrlich.

32

Port Tsing, Grafschaft Shu, Epsilon Eridani
Chaos-Marken

5. April 3062

Gabriel Shu starrte auf den Bildschirm. Das Schweigen dehnte sich. Seine Unwilligkeit, etwas zu sagen, war zum Teil nur Trotz. Hatten seine Berater ihn mit ihren Berichten und Vorträgen nicht gestresst und gequält? Hatten sie nicht auch die Unannehmlichkeit verdient, angespannt warten zu müssen, während ihr Herr und Meister seine Entscheidungen überdachte? Aber es war mehr als nur das, was seine Zunge lähmte. Ehrlich gesagt, fühlte er sich in all dem, was da auf ihn eingetrommelt hatte, der Realität der Grafschaft im Krieg, ein wenig verloren.

Seit der Rückkehr der Kriegsgefangenen Liu waren weitere drei Wochen verstrichen, und immer noch zog der Kampf sich ohne erkennbare Veränderung dahin. Die Grafschaft Shu war weitgehend in der Defensive. Die Duviçer setzten ihre Strategie fort, die shulesischen Truppen in einem endlosen Katz-und-Maus-Spiel zu binden.

Majorin Essie Ling-Marabie räusperte sich. Ein nicht gerade subtiles Drängen nach einer Antwort auf ihren Vortrag. Seit Beginn der Kampfhandlungen war sie überheblich und ganz schön eingebildet – und das, obwohl ihre Leistungen das in keiner Weise rechtfertigten. Aber immerhin hatten die Truppen die Duviçer Angriffe zum Stehen gebracht, auch wenn es ihnen nicht gelungen war, Grafschaftsboden in nennenswerter Menge zurückzuerobern. Manche Stimmen flüsterten, es werde Zeit, einen Nachfolger für sie zu finden, aber dieselben Stimmen waren auch nicht in der Lage, jemanden vorzuschlagen, der besser qualifiziert gewesen wäre, das Militär der Grafschaft zu kommandieren. Zumindest niemanden, den Gabriel ernennen konnte, ohne wichtige politische Interessensvertreter gewaltig vor den Kopf zu stoßen.

Wieder räusperte die Majorin sich, diesmal etwas lauter. Es war ein berechtigter Rückruf in die Wirklichkeit der Ratssitzung.

»Na schön«, sagte er. »Diese Operation Theta ist also Ihr großer Plan, unsere Schwierigkeiten zu beenden, ja? Ein Angriff auf die Duviçer Hauptstadt, auf breiter Front?«

»Eine entschlossene Offensive«, antwortete Ling-Marabie begeistert. »Während die Duviçer BattleMech-Truppen durch unseren Ablenkungsangriff auf Lushon und die Demonstration bei Severagol abgezogen sind, können wir leicht durch die Linien brechen, uns den Weg zur Hauptstadt freikämpfen und sie in die Knie zwingen. Wir werden sie zwingen, diesen Krieg zu beenden.«

Gabriel war sehr für ein Ende des Krieges, aber dieser Ansatz behagte ihm nicht. »Der Angriff auf Lushon macht mir Probleme. Es befindet sich keine militärische Präsenz dort. Das stimmt doch, Oberst Bua?«

Im Gesicht des Obersten zuckte kein Muskel. »Nichts von Bedeutung. Eine kleine Milizgarnison. Nicht mehr als eine Kompanie Infanterie und eine Batterie Panzerabwehrgeschütze. Nichts, was einem BattleMechangriff standhalten könnte. Die Verteidigungspläne scheinen sich auf Entsatzeinheiten zu verlassen.«

Gabriel ließ sich das durch den Kopf gehen. »Also beweisen unsere Mechs ihre Gefahr, indem sie die Bergwerksanlagen und das Transportnetz zerstören, Vernichtung säen und größtmögliche Verwirrung stiften. Die Duviçer reagieren auf die Bedrohung, und wir überrumpeln sie. Sehe ich das richtig so, Majorin Ling-Marabie?«

»Korrekt. Wir ziehen die Aufmerksamkeit des Gegners auf unsere Aktion und rauben ihm zur gleichen Zeit den Zugang zu strategisch wichtigen Rohstoffen. Sobald der Feind auf unsere Bedrohung reagiert, rückt der Rest unserer Truppen auf einer anderen Angriffslinie vor und greift seine Hauptstadt an. Seine Truppen im Feld sind effektiv neutralisiert, da sie unseren Einheiten in Lushon und Severagol nicht den Rücken zukehren dürfen. Sobald wir die Hauptstadt erreichen, werden die Duviçer kapitulieren.«

Duviçs Kapitulation klang gut, aber … »Mir scheint, dass dieser Plan beträchtliche Opfer unter der Zivilbevölkerung und ausgedehnte Begleitschäden mit sich brächte.«

»So etwas lässt sich in einem Krieg kaum vermeiden.« Ling-Marabie zuckte die Schultern. »Sie haben damit angefangen.«

Die Gleichgültigkeit der Majorin machte Gabriel wütend. »Die Bevölkerung der Duviçer Pfalz hat diese Albtraumfarce nicht angefangen. Sie sollte jetzt auch nicht dafür bezahlen müssen.«

Ling-Marabie lehnte sich zurück, und ihre Augen wurden schmal. »Es ist nicht möglich, diesen Krieg zum Abschluss zu bringen, solange Sie die Liste der militärischen Angriffsziele nicht erweitern.«

Gabriel hob die Hand, um die erwarteten Wortmeldungen für und gegen die Position der Majorin abzublocken. »Abgesehen von dem bedauernswerten Angriff auf Severagol scheint Duviç bereit, die Kämpfe auf militärische Ziele zu beschränken. Ich möchte glauben, Vorsitzende Price sieht inzwischen ein, dass unsere Staaten gegen unseren Willen in diesen Krieg gedrängt wurden.«

Der Graf ignorierte das leise Stöhnen von Justin Whitehorse. Der alte Mann hielt nicht viel von Gabriels Theorie, dass fremde Agitatoren den Konflikt verursacht hatten. Wenn er ehrlich war, musste Gabriel zugeben, dass er langsam selbst Zweifel daran entwickelte, aber dies war nicht der Moment, das zuzugeben.

»Wir stehen vielleicht im Krieg«, schloss er, »aber es ist ein Krieg hier auf Epsilon Eridani. Dies ist unsere Heimatwelt. Was wir hier zerstören, trifft uns alle. Als Graf bin ich verantwortlich für das Wohlergehen meines Landes und damit in gewissem Maße auch des restlichen Planeten. Das ist eine altehrwürdige Verantwortung. Solange ich hier das Sagen habe, werden wir den Kreis der Verwüstung nicht fahrlässig ausweiten. Wir werden die Grenzen des Krieges ehren, solange die Duviçer Pfalz dies ebenfalls tut.«

»Die Kriegshandlungen zu beschränken ist eine perfide Taktik unserer Gegner«, beschwerte sich Ling-Marabie. »Sie wissen, dass ihre Anlagen verwundbarer sind als unsere. Sie haben Angst vor dem Schaden, den wir anrichten könnten, also verstecken sie sich hinter den Kriegskonventionen. Solange sie unseren Mechs keine offene Feldschlacht gestatten, haben sie eine Chance.«

»Was für eine Chance?«, wollte Ismael Shu-Larabie wissen.

»Eine kleine, aber nicht vernachlässigbare Chance. Unsere Mechtruppen sind umfangreicher und haben eine größere Durchschnittstonnage. Aber der Gegner hat die schwersten Maschinen. Die Strategie der Duviçer scheint darin zu bestehen, kleine Scharmützel anzuzetteln, in denen sie das Übergewicht der Tonnage haben.«

»Und Sie lassen ihnen das durchgehen«, beschwerte sich Justin Whitehorse.

»Ich habe keine Wahl«, bellte Ling-Marabie. »Sie haben Pilotenveteranen, die mit Leichtigkeit die Versager und untertrainierten Anfänger, die ich am Hals habe, an der Nase herumführen!«

»Sind Sie sicher, dass es nicht eher die MechKrieger sind, die Sie am Hals haben, Majorin?« Romano lächelte freundlich, während sie ihren Pfeil auf Ling-Marabie abschoss.

»Genug«, befahl Gabriel und schnitt die beleidigte Antwort der Majorin ab. »Wir haben schon genug Probleme, ohne uns gegenseitig zu bekämpfen. Oberst Bua, haben Sie diese Scharmützelstrategie ebenfalls bemerkt?«

»Betreffs der Verweigerung von Mechkämpfen? Ja.«

»Aber Sie sehen eine andere Strategie, was die konventionellen Truppen angeht.«

»Natürlich ist für die konventionellen Truppen eine andere Strategie im Spiel«, antwortete Ling-Marabie für den Geheimdienstoffizier. »Sie haben immer eine andere Strategie. Aber das spielt keine Rolle. BattleMechs sind der entscheidende Faktor. Es ist der Ausgang des Mechkonflikts, der diesen Krieg entscheiden wird.«

»Stimmen Sie dem zu, Oberst Bua?«, fragte Gouverneurin Hall.

»Teilweise.« Bua lehnte sich vor. »BattleMechs können die Entscheidung bringen. Ob das in diesem Konflikt so sein wird, muss sich noch erweisen. Wir können die konventionellen Truppen nicht einfach ignorieren, wenn sie die Masse der beteiligten Armeen darstellen. Aber wie ich mich entsinne, hat der Graf mich nach meiner Meinung über die BattleMechstrategie unserer Gegner gefragt, und in dieser Hinsicht muss ich Majorin Ling-Marabie Recht geben. Die Duviçer BattleMechs tauchen nur selten in einer unterstützenden Rolle an der Seite ihrer konventionellen Truppen auf. Sie greifen nicht unterstützte Einheiten an und weichen unseren Mechkonzentrationen aus. Sie scheinen tatsächlich eine Strategie zu verfolgen, die darauf beruht, einzeln oder paarweise operierende Maschinen aus dem Hinterhalt anzugreifen und Teile einer Einheit beiseite zu locken, um sie mit deutlicher Übermacht zu überfallen.«

»Das können wir nicht zulassen«, erklärte Gabriel.

»Wie können wir es verhindern?«, fragte Whitehorse.

»Wir zwingen sie zur Schlacht«, insistierte Ling-Marabie.

»Sie scheinen unsere Einladungen nicht anzunehmen, Majorin«, stellte Romano fest. »Vielleicht sind sie nicht elegant genug.«

»Operation Theta ...«

»Das ist keine Operation, die wir derzeit durchführen werden«, entschied Gabriel. »Wir werden andere Möglichkeiten finden. Wir werden nicht zulassen, dass die Duviçer BattleMechs weiter unsere konventionellen Einheiten massakrieren. Wir werden ihnen auch nicht gestatten, weiter unsere Mechtruppen aufzureiben. Und da wir schon einen Krieg führen, werden wir uns endlich daran machen, ihn zu gewinnen.«

Die Majorin schnaubte wütend. »Und wo genau fangen wir damit an?«

»Bei ihren BattleMechs«, bellte Gabriel zurück, der allmählich selbst wütend wurde. »Sie haben gesagt, darauf kommt es an. Kümmern Sie sich darum.«

»Wäre der Graf so gütig, seine Weisheit mit uns armen Sterblichen zu teilen und zu erklären, wie ich das machen soll?«

Gabriel wusste nichts zu sagen. Oberst Bua sprang in die Bresche und bot dem Grafen mit seiner unerschütterlichen Gelassenheit eine Deckung, in der er sich zusammenreißen und wieder klar denken konnte.

»Wir könnten vielleicht Gefechtspatrouillen einsetzen«, schlug er ruhig vor. »Da die Duviçer MechKrieger Taktiken einsetzen, die denen der Banditen ähneln, können wir vermutlich auf dieselbe Weise mit ihnen fertig werden, die wir für den Kampf gegen die Piraten vorgesehen hatten.«

Ling-Marabie knurrte. »Es bleibt also ein Suchspiel.«

»Machen Sie ein Finden daraus«, befahl Gabriel. »Und denken Sie daran, dass dies kein Spiel ist, Majorin.«

»Der Krieg ist mein Geschäft, Graf Shu. Ich habe keine Belehrungen nötig, ihn ernst zu nehmen.«

Die Majorin war ganz offensichtlich noch nicht fertig, aber Romano kam ihr zuvor. »In der Tat ein ernstes Geschäft, Majorin. Es ist sicher am besten, wenn wir Sie nicht länger davon abhalten, sich ihm zu widmen. Ich möchte wetten, wir haben alle Arbeit genug, an die wir dringend zurückkehren wollen.« Sie strahlte die ganze Runde an. »Und da es nicht den Anschein hat, als könnten wir hier heute Morgen noch viel ausrichten, würde ich die Meinung vertreten, dass diese Sitzung beendet ist. Gabriel?«

Dankbar bestätigte ihr Bruder. »Sie ist beendet.«

Diese formelle Feststellung ließ den Ratsmitgliedern keine Wahl, als sich ihre Argumentationen für eine spätere Gelegenheit aufzuheben. Als sie fort waren, verbesserte sich die Atmosphäre im Konferenzraum spürbar. Romano konnte bleiben, da sie zur Familie gehörte. Und das tat sie auch, zu Gabriels Erleichterung.

»Danke, dass du Ling-Marabie abgeblockt hast.«

»Ist nicht nötig. Sie wird langsam unerträglich. Mit jedem Tag geht ihre Stimme mir mehr auf die Nerven.« Sie rieb sich die Stirn. »Was für eine Meute! Aber ich schätze, in einer Autokratie kann man sich seine politischen Verwandten nicht aussuchen. Berater! Ist je einer geboren worden, der sich nicht zu einem Jammerfinken, einem Angsthuhn oder einer Gewitterkrähe entwickelt hat?«

»Ja, irgendwie liefern sie nichts als schlechte Neuigkeiten.«

»Nicht nur schlechte.«

»Gut, zugegeben«, lenkte er ein. »Es ist nicht alles eitel Nacht und Finsternis. Ich sehe, dein Commander Kelly scheint sich auch gut einzuleben. Dann ist er wohl keiner von Ling-Marabies Versagern und untertrainierten Anfängern.«

Romanos Antwort war ein knappes: »Er ist nicht mein Commander Kelly.«

»Höre ich da eine Spur von Bedauern?«

»Ist das eine Nase, die ich da in Angelegenheiten sehe, die sie nichts angehen?«

»Ich bin ein besorgter Bruder.«

»Und ich eine besorgte Schwester. Ich bin besorgt, dass du deine Sorge an Unwichtiges verschwendest. Weißt du nicht, dass wir Krieg haben?«

Das wusste er allerdings und nur zu gut.

So, wie er nur zu gut wusste, wann er besser den Mund hielt. Sie verabschiedete sich, und die Last der Verantwortung senkte sich wieder auf die Schultern des Grafen.

33

Distrikt Mirandagol, Grafschaft Shu, Epsilon Eridani Chaos-Marken

19. April 3062

Die reparierten Vigilante-Mechs, also alle, hatten reichlich Probleme. Selbst Sally Trahns »neuer« *Raven* war aus verschiedenen Rumpfteilen von der Schrotthalde der Familie zusammengestückelt und enthielt unter anderem auch Bauteile aus Harrys unglücklich verendeter Maschine. Angesichts der Tatsache, dass Ersatzteile für so ziemlich jede Mechkonstruktion außer dem auf Epsilon Eridani selbst produzierten *Lineholder* etwa so schwer zu finden waren wie ein Steiner-Davion-Anhänger am capellanischen Hof, hatten die Techs durchaus gute Arbeit geleistet. Und selbst *Lineholder*-Ersatzteile waren knapp. Dafür hatte Präsident Bentons Isolationsedikt gesorgt. Das Edikt verhängte hohe Bußgelder für alle Firmen, die den Bruderkrieg zwischen Grafschaft Shu und Duviçer Pfalz durch den Verkauf von Munition, Waffen oder sonstigen »militärischen« Gütern unterstützten. Dadurch war Improvisation zum Leitmotiv des letzten

Monats geworden. Aber das hatte zur Folge, dass keine der Maschinen sauber und problemfrei funktionierte.

Die gute Nachricht war, dass sie täglich besser wurden, denn nächtlich behob LaJoy-Buas Team einen weiteren Softwarefehler, integrierte ein Hybridsubsystem tiefer oder bearbeitete ein Bauteil so, dass es besser mit seinen ursprünglich aus anderen Typen stammenden Partnern zusammenarbeitete.

Die schlechte Nachricht war: Da sich die Details ihrer Fahrzeuge täglich änderten, hatten die neuen Lanzenmitglieder Probleme, ihre Fähigkeiten zu verbessern. Jedenfalls hoffte Tybalt, dass es daran lag.

Sally Trahn ging das Pilotentalent ihres Cousins offenbar ab. Um genau zu sein, sie wirkte in ihrem *Raven* ebenso unbeholfen wie außerhalb des Cockpits. Der *Raven* hatte die Eigenart, auf Steuerimpulse an die linken Beinaktivatoren verzögert zu reagieren, aber das war eine Entschuldigung, kein Grund. Eine gute MechKriegerin hätte das ausgleichen können und müssen.

Aldo Snell hatte Tybalts *Commando* geerbt. Snell war ein Schlammhüpfer gewesen, bevor er einer der »Sonderhandbuch«-Piloten wurde. Seine Leistungen bei den Schlammis waren bewundernswert gewesen, und er ging die neue Aufgabe mit derselben Mischung aus Hingabe und Verbissenheit an. Leider hatte ihm, wie allen Sonderhandbüchlern, die Gelegenheit gefehlt, seine Mechfähigkeiten an einer realen Maschine zu verbessern. Das würde sich im Laufe der Zeit legen. Aber niemand wusste, wie viel Zeit sie hatten, und angesichts der Gerüchte über zunehmende Duviçer Aktivitäten, die JJ meldete, war sich Kelly sicher, dass die Vigilantes sich mit fünf funktionstüchtigen BattleMechs bald wieder an der Front melden mussten.

Die Neuzugänge mussten kampfbereit werden, und das schnell. Es war seine Aufgabe, dafür zu sorgen. Es war eine Verantwortung, an der er selbst mit JJs und Sams Hilfe beim Training der Neuen zu verzweifeln drohte.

»Tscha, waren wir jemals solche Grünschnäbel?«, fragte er laut.

»Wie wer?«, erwiderte Sam. »So wie du, Tyb? *Niemand* war je so ein Grünschnabel.«

Tybalt beobachtete, wie Trahns *Raven* schon wieder mit der Ecke von Hütte 32 kollidierte und schüttelte den Kopf. »So schlimm war ich nicht.«

»Ach ja, die Freuden lückenhafter Erinnerung«, seufzte JJ. »Wir waren alle so schlecht, wenn nicht noch schlimmer.«

Auch Tybalt stöhnte. Hatte Veck sich genauso frustriert und entmutigt gefühlt, als er einen Haufen unfähiger Rekruten zur Ausbildung erhalten hatte?

* * *

Drei Tage später stand Tybalt noch vor Sonnenaufgang auf. Er war bereit für einen weiteren langen, harten, frustrierenden Tag, erfüllt von Bemühungen, seine Anfänger zu Mech-Kriegern zu machen, auch wenn er sich nicht gerade darauf freute. Nach dem Duschen überließ er Sam ihren Physioübungen und joggte ins Büro, wo er feststellte, dass der Kommandostab noch früher aufgestanden war. Ihn erwartete eine Order der Phantommajorin, die seine Vorhutlanze wieder in den aktiven Dienst befahl.

Die Zeit zwischen dieser Aktivierungsorder und dem ersten Marschbefehl betrug schätzungsweise drei Nanosekunden. Das Timing sagte allerdings weniger über die Gefechtsbereitschaft der Einheit aus als über die Entschlossenheit der Kommandeurin, Truppen an die Front zu werfen.

Tybalt sah sich den Marschbefehl an. Wenigstens hatte die Majorin genug Verstand bewiesen, für den Anfang einen leichten Auftrag zu wählen. Die Vigilantes sollte eine Erkundung nach Osten durchführen, in die von Kanälen durchzogene Prärie zwischen Redelk und Caroloco. Der Nachrichtendienst hatte mehrere Positionen markiert, die er untersucht haben wollte: mögliche Nachschubdepots, vorgeschobene Beobachterposten und Ähnliches. Die Mechs wurden eingesetzt, weil sie die nächststationierte Kundschaftereinheit waren. Es ging in dieser Mission um ihre Schnelligkeit und Geländegängigkeit, nicht um Kampfkraft. Laut Oberst Buas Leuten hielten sich kaum Feindeinheiten im betreffenden Gebiet auf, und was sie unter Umständen finden würden, waren nur Lastwagen mit Infanterie.

»Hört sich nach einem Kinderspiel an«, kommentierte Sam, als sie davon hörte.

»Vorausgesetzt, der ND hat Recht.«

»Hat er das nicht immer?«

Diesmal zumindest schien es tatsächlich so zu sein. Die Vigilantes bewegten sich durch ihre Suchzone, ohne eine Spur von Feindaktivität zu finden, was Tybalt sehr Recht war. Solange er halbausgebildete MechKriegeranwärter unter den Fittichen hatte, war er wenig erpicht darauf, dem Feind zu begegnen. JJ schien über den Mangel an Opposition weniger begeistert.

»Was machen wir hier draußen?«, wollte er wissen. »Hier gibt es nichts als Steppe und Taumelbüsche. Vielleicht noch gelegentlich eine Schaffel-Ranch.«

»Jede Menge Schaffel-Dung nicht zu vergessen«, stellte Sam fest und stellte ihre Pilotenfähigkeiten unter Beweis, indem sie den *Commando* auf einem Bein balancierte, während sie vortäuschte, den Kot der genmanipulierten Nutztiere von der linken Mechfußsohle zu kratzen.

Das Gebiet schien wirklich nichts von militärischem Interesse zu enthalten. Offiziell war es Grafschaftsterritorium, aber die örtliche Bevölkerung hatte eine Tradition kurzlebiger Unabhängigkeitsbestrebungen. Bisher war es nie weiter von Bedeutung gewesen, da das Gebiet äußerst dünn besiedelt war. Nicht einmal die Duviçer hatten sonderliches Interesse gezeigt, die nicht vorhandenen Verteidigungsstellungen der Region als günstige Möglichkeit zu nutzen, die shulesischen Linien zu umgehen. Der Nachrichtendienstbericht, der die Vigilantes hatte ausrücken lassen, schien von einem überaktiven und besonders paranoiden Frettchen zu stammen. Bis jetzt hatten sie kein deutlicheres Anzeichen der gemeldeten Duviçer Aktivitäten gefunden als Wochen alte Reifenspuren, die ebenso gut von Farmerwagen stammen konnten, und alle angeblichen Nachschubdepots hatten sich als Schaffel-Tränken herausgestellt. Eine letzte Position stand noch auf der Liste, und der erste Eindruck deutete auf eine kleine, heruntergekommene Ranch hin, etwas größer als die Viehtränken, die sie bis jetzt ausgekundschaftet hatten, aber um nichts militärisch aktiver.

Tybalt ging voraus. Er sah jemand den Mech bemerken, einen Moment herüberstarren und dann in das niedrige Lehmziegelhaus laufen, in dem er vermutlich wohnte. Sekunden später kehrte er zusammen mit mehreren anderen Personen zurück. Tybalt war sich zwar nicht sicher, aber sie sahen alle nach Schaffel-Ranchern aus. Ein paar von ihnen winkten.

Als die *Commandos* der Lanze aus dem Wäldchen traten, das ihre Annäherung verborgen hatte, reagierte das Begrüßungskomitee. Sie rannten weg und verteilten sich auf der Farm. Die meisten liefen in eine lange, niedrige Scheune, ein paar zurück ins Haus, und zwei hasteten zu einer Gruppe zuchtangepasster Akazien auf der anderen Seite der Anlage.

Als Tybalts *Lineholder* auf hundert Meter heran war, tauchte die Scheunengruppe wieder auf. Beritten. Sie trieben die Pferde vor dem näher kommenden Mech davon. Zwei trabten am Wohnhaus vorbei, um ein mit Taschen beladenes Pärchen abzuholen, dann trieben sie die schwerbeladenen Tiere zum Galopp.

Tybalt, der immer noch nicht einmal Handwaffen sah, lehnte Snells Vorschlag ab, die flüchtenden Rancher zu stoppen. Dies war offiziell shulesisches Gebiet, und selbst angesichts der bewegten Geschichte dieser Region und der Tatsache, dass sie vor Grafschaftseinheiten die Flucht ergriffen, war keineswegs sicher, dass es sich bei den Zivilisten um Feinde handelte.

»Da stimmt was nicht«, gab Sam zu bedenken.

»Der Schuldige flüchtet, selbst wenn niemand ihn jagt«, erklärte JJ.

»Um vor einem Kampfkoloss, der auf deinen Hof zustampft, die Flucht zu ergreifen, brauchst du nichts verbrochen zu haben«, widersprach Tybalt. »Trotzdem, ich kann auch nicht behaupten, dass mir das gefällt.«

Er wies Trahn an, die Sensoren im Auge zu behalten, und stellte Sam und JJ als Posten auf. Dann stieg er zusammen mit Snell aus und durchsuchte die Ranch. Trotz seiner Kameradschaft mit Sam und JJ war ihm der Neuling Snell als Partner bei Infanterieaufgaben wie dieser lieber. Außerhalb des Mechs wirkte Snell ganz und gar nicht unerfahren, und er hielt die Rugan-K12-MP mit lässiger Vertrautheit.

Sie rückten entlang der Lammgehege vor. Zwei trächtige Schaffele blökten laut, von ihrer Anwesenheit und dem fremden Geruch irritiert.

»Haus«, flüsterte Snell, während er den Horizont absuchte.

»Ja.« Auch Kelly hatte eine Bewegung im dunklen Innenraum bemerkt, täuschte aber ebenfalls vor, in eine andere Richtung zu blicken. Wer immer sich im Haus aufhielt, wusste, dass die MechKrieger hier waren, aber es gab keinen Anlass, ihn wissen zu lassen, dass er seinerseits gesehen worden war. Da der Fremde im Haus auch über eine Waffe verfügen konnte, war es auch nicht angebracht, im Freien zu bleiben. »Sie rechts«, flüsterte er zurück. »Jetzt.«

Die beiden ehemaligen Schlammhüpfer stürmten auf das Haus zu. Tybalt drückte sich mit dem Rücken gegen die Wand und keuchte. Snell postierte sich auf der anderen Seite des Eingangs.

Im Haus rührte sich nichts.

Ein paar schnelle Gesten erklärten den Plan. Snell nickte. Kelly schwang sich an den Rand der offenen Tür und ließ sich mit schussbereiter Rugan in die Hocke fallen. Snell lief ins Innere und beeilte sich, den Eingang hinter sich zu lassen. Tybalt folgte ihm in das leere Zimmer.

Es war niemand hier, aber sie fühlten sich beobachtet. Kalte Glasaugen starrten sie aus allen Richtungen an. In althergebrachter rustikaler Tradition war das Zimmer mit ausgestopften Tieren und Trophäen dekoriert.

Es herrschte Unordnung, was verständlich war, denn die Bewohner hatten offensichtlich schnell das Nötigste zusammengepackt, bevor sie geflohen waren. Aber es war noch jemand hier. Sie hatten eine flüchtige Bewegung gesehen. Das Haus hatte noch vier weitere Zimmer. Sie fanden den Mann im dritten Raum, einem Schlafzimmer. Er hielt sich im Kleiderschrank, unter einem Haufen alter Decken, versteckt.

Der Mann war wie ein Einheimischer gekleidet, aber Tybalt bemerkte einen unter dem Wollhemd baumelnden Anhänger. Er zog ihn hervor, um ihn sich anzusehen. Die glänzende Metallscheibe mit der technischen Dekoration war ein vertrautes Symbol, auch wenn es Kelly persönlich anwiderte.

»Blakes Wort.«

Der Gefangene zog ihm den Anhänger aus der Hand und stopfte ihn zurück unter das Hemd. »Ich glaube an das Wort des Seligen Blake. Das ist nicht verboten.«

Tybalt musterte das arrogante Gesicht. Die Haut um Augen und Mund war faltig. Eine Folge häufig missmutiger Miene, vermutete er. Aber sie hatte nicht das wettergegerbte Aussehen eines Schaffel-Ranchers.

»Sie kommen nicht von hier, oder?«

Der Mann sagte nichts. Er runzelte nur die Stirn und zeigte den Soldaten seinen Ausweis.

Kelly blätterte ihn durch. »Roman diMassi?«

»So steht es da, oder?«

Der Name klang nicht weiter vertraut, aber irgendetwas am Gesicht des Mannes kam ihm bekannt vor. Oder war es seine Haltung? »Sind wir uns schon einmal begegnet?«

Mit einem übertriebenen Seufzen drehte der Blakist sich weg. »Das glaube ich kaum.«

Der beleidigte Ton des Mannes löste eine Erinnerung aus. Tybalt hatte erst nicht gewusst, wo er den Mann platzieren sollte, aber er hatte ihn schon einmal getroffen. Oder genauer gesagt, er war von ihm getroffen worden. Das war der Blakist, mit dem er im Club Hoodedoo in Dori kollidiert war, als er nach Namihito gesucht hatte.

Was, in der Götter Namen, machte der Kerl jetzt hier?

»Ich bin auf der Durchreise – als Tourist«, behauptete diMassi. »Und bringe nebenbei den Verblendeten das Selige Wort.«

»Ihre potentielle Herde ist davon gestoben wie ein Schwarm schuldbewusster Krähen, als wir auftauchten. Genau wie Sie. Warum?«

»MechKrieger sind Männer der Gewalt. Ist es ein Wunder, dass ehrbare Menschen die Flucht ergreifen, wenn sie in ihren Kriegsmaschinen angestampft kommen?«

Tybalt hatte selbst ganz ähnlich argumentiert. Aber diese Leute hatten zuerst gewinkt, dann hatte irgendetwas ihre Meinung geändert. Und es konnte an nichts gelegen haben, was die Vigilantes getan hatten, denn sie hatten nichts getan, als sich in Richtung Ranch zu bewegen.

»Wollen Sie mich festhalten?«, fragte diMassi.

»Momentan müssen wir das«, erklärte Tybalt ihm. »Wir haben Grund zu der Annahme, dass es in diesem Gebiet zu Feindaktivitäten kommt. Sind Sie sicher, die Leute hier sind ehrlich?«

Der Blakist schien eine Weile nachzudenken. »Nun, wo Sie es schon ansprechen, nein, das bin ich nicht. Ich kann natürlich nicht in der Menschen Herz sehen, Commander, aber ich weiß, sie waren begierig, meinen Worten zu lauschen und die Weisheit des Seligen Bla...«

»Schon gut, schon gut. Ersparen Sie mir die Predigt. Die Tatsache, dass die Rancher geflohen sind, macht sie verdächtig. Wir werden dieses Haus nach Hinweisen auf Sympathisantenaktivität absuchen. Und wenn Sie die Bemerkung verzeihen, dadurch, dass Sie sich vor uns versteckt haben, haben Sie sich auch verdächtig gemacht.«

DiMassi explodierte förmlich vor Protest. Als Tybalt endlich auch wieder etwas sagen konnte, war es: »Versuchen Sie die Situation aus unserer Warte zu betrachten, Sir. Es wäre sehr freundlich von Ihnen, wenn Sie uns gestatten würden, Sie ebenfalls zu durchsuchen.«

»Als einfacher Bürger kann ich leider keine diplomatische Immunität gegen diese Zumutung beanspruchen.« Die Haltung des Blakisten drückte Bitterkeit und Empörund aus, aber er fügte sich. Sie fanden nichts Verdächtiges. »Zufrieden, Commander?«

Tybalt, den die feindselige Haltung diMassis wütend machte und der zudem das Gefühl nicht los wurde, etwas übersehen zu haben, war ganz und gar nicht zufrieden. »Ich versuche nur, nach besten Kräften meine Pflicht zu erfüllen, Sir.«

DiMassi starrte ihn mit geschürzten Lippen schweigend an.

Tybalt wünschte sich, er hätte einen Anlass gehabt, den Mann mitzunehmen, vorzugsweise in Ketten. Aber er hatte keinen. Und obwohl er Grund hatte, diMassi zu verhören, schien er nicht allzu viel Erfolg damit zu haben. Er brauchte zumindest eine Gelegenheit, sich abzureagieren.

Kelly nahm Verbindung mit der Lanze auf. »JJ, ich habe hier jemanden, mit dem du dich mal unterhalten solltest.«

Während JJ sein Glück beim Verhör diMassis versuchte, rief Kelly auch Sam aus dem Mech und schickte sie mit Snell los, den Rest der Ranch absuchen. Er saß im Hauptraum des Wohnhauses, erholte sich von seiner Begegnung mit dem Blakisten und brütete über der nagenden Gewissheit, dass irgendetwas mit dieser Ranch nicht stimmte.

Vor allem diMassi war völlig fehl am Platz. Die Blakisten missionierten zwar, aber sie suchten sich ihre Anhänger vor allem in den Bevölkerungszentren, dort, wo nennenswerte Konzentrationen an Technologie existierten. Eine Schaffel-Ranch war ganz und gar nicht der Ort dafür. Was hätten Schaffel-Rancher der Habgier der Blakisten bieten können?

Nichts, was Tybalt ins Auge sprang.

Was also wollte diMassi hier? Die Rancher hatten ihn im Stich gelassen. Das war nicht die Art Benehmen, die man von frischbekehrten Gläubigen erwartete. Trotzdem, falls diMassi nur durch Zufall in diese Sache hineingeraten war, warum war er dann nicht mit den anderen geflohen?

Er schützte vor, sich aus Angst versteckt zu haben, aber nachdem sie ihn aus seinem Versteck gezerrt hatten, hatte er sich ganz und gar nicht verängstigt benommen. Der Blakist trat mehr wie jemand auf, der von nicht standesgemäßen Rüpeln gestört worden war.

Irgendetwas fehlte in diesem Puzzle.

Eine haptische Erinnerung kehrte zurück. Als Tybalt diMassis Anhänger in der Hand gehalten hatte, hatte er an der Rückseite eine Aushöhlung von der Form und Größe eines Datenchips bemerkt.

War diMassi geblieben, weil er Zeit brauchte, einen Datenchip zu verstecken? Falls es so war, hatte die Ankunft der Vigilantes ihn vielleicht am Entkommen gehindert.

Oberst Bua wäre sicher interessiert an Daten, die ein »verirrter« Blakist für wichtig genug erachtete, um sie vor gräflichen Soldaten zu verstecken.

Aber falls dieser Chip existierte, wo steckte er?

Ein Loch im Kleiderschrank, in dem sie diMassi gefunden hatten? Zu offensichtlich für jemanden, der so verschlagen war, wie Tybalt es in diesem Fall vermutete. Also irgendwo anders. Tybalt sah sich um. Dieser Raum bot unzählige Versteckmöglichkeiten.

Die flüchtenden Bewohner hatten das Zimmer in ihrer Hast, das Nötigste zusammenzusuchen, mehr oder weniger in ein Schlachtfeld verwandelt. Zwischen dem Müll konnte alles Mögliche liegen, aber zugleich war das ein zu unsicherer Aufbewahrungsort für irgendetwas von Bedeutung. Aber wo steckte es dann?

Die gläsernen Augen der ausgestopften Tiere ringsum schienen ihn zu verspotten, wie sie kalt funkelnd seine Verwirrung beobachteten.

In die Höllen mit euch, dachte er. *Und du ganz besonders*, warf er einem schräg auf der Stange sitzenden Kronenhabicht zu.

Schräg? Möglicherweise war jemand versehentlich an den ausgestopften Raubvogel auf seiner an der Wand montierten Stange gestoßen. Das musste allerdings ein sehr großer Jemand gewesen sein, denn Tybalt wäre der Zweig, auf dem der Habicht saß, gegen die Stirn geschlagen.

Er ging hinüber, um sich den Vogel näher anzusehen. Unter seinen Krallen entdeckte er einen glänzenden Datenchip mit einer Verzierung, die dem Symbol auf diMassis Anhänger entsprach.

Also hatte diMassi doch etwas zu verbergen.

Er schob den Chip in den Compblock an seinem Gürtel, und beinahe sofort meldete die Maschine, dass sie die Verschlüsselung nicht enträtseln konnte. Tybalt war keineswegs überrascht, dass der kleine Apparat damit überfordert war. Er befahl eine Spiegelung, um die enthaltenen Daten gegen mögliche Schäden durch Entschlüsselungsversuche des Mechcomputers oder der Nachrichtendienstmaschinen zu sichern, falls der Bordrechner des *Lineholder* sich als nicht ausreichend erweisen sollte.

Aber dann kam ihm ein anderer Gedanke.

Der Blakist hatte den Chip versteckt, damit er nicht in ihren Besitz kam. Wissen, von dem der Gegner – oder auch ein potentieller Gegner wie Blakes Wort – nicht ahnte, dass man es besaß, war besonders wertvoll. Nachdem er den Inhalt des Datenchips gespiegelt hatte, brauchte er das Original eigentlich nicht mehr.

Er schob den Datenchip zurück in sein Versteck und bemühte sich, jeden Hinweis darauf zu verwischen, dass er schon einmal entfernt worden war. Er war gerade fertig, als Sally Trahn sich mit zittriger Stimme über den Lanzenkanal meldete.

»Ich zeichne einen möglichen Banditen.«

Tybalt war sich ziemlich sicher, dass es sich um mehr als nur einen möglichen Feind handelte. Er befahl JJ, diMassi zu fesseln, und rannte dann zurück zum *Lineholder*. Im Cockpit angekommen, ließ er sich die Daten von Trahns *Raven* überspielen.

»Bandit bestätigt. Alle Mann in die Maschinen!«

»Himmel helft uns!«, jammerte Trahn, als Sam, JJ und Snell zu den Mechs rannten. »Es ist ein Schwergewicht! Und er kommt schnell näher!«

34

Distrikt Mirandagol, Grafschaft Shu, Epsilon Eridani Chaos-Marken

19. April 3062

Kelly steuerte den *Lineholder* auf Abfangkurs. Trahn begleitete ihn im *Raven*. Ob sie mitspielen oder nicht allein zurückbleiben wollte, war schwer zu sagen. Es würde ein paar Minuten dauern, bis die anderen aufgesessen waren und folgen konnten.

»Lassen Sie hören, Trahn. Was erwartet uns?«

»Ich habe die Maschine kurz am Horizont gesehen, aber nicht erkannt. Also habe ich das Bild in den Computer gegeben. Das Identifikationsprogramm hält den Mech mit 70 Prozent Wahrscheinlichkeit für einen *Axman*.«

»Nur 70%?« Ein *Axman* hatte mehrere Eigenheiten, die seine Silhouette leicht erkennbar machten. Der Computer hätte keine Probleme damit haben dürfen, es sei denn, eines dieser Elemente fehlte. »Lassen Sie mich raten. Kein Beil.«

»Richtig. Woher wissen Sie das?«

»Ich bin der Commander. Das ist mein Job.« Er musste ihr nicht erzählen, dass es nach bestem Wissen aller Autoritäten nur einen einzigen *Axman* auf Epsilon Eridani gab, die Banditenmaschine, der das Beil fehlte.

»Und was machen wir jetzt, Commander?«

Zusammen waren sie dem *Axman* an Tonnage überlegen. Sobald der Rest der Lanze eintraf, würden sie ein mehr als doppeltes Übergewicht belebten Metalls gegen den Banditen ins Feld führen.

»Jetzt holen wir ihn uns und bringen ihn zur Strecke.«

Er gab dasselbe an Sam und die anderen durch und fügte hinzu, dass sie aufpassen und das Frontalschussfeld der Maschine meiden sollten. »Er hat eine Monster-Autokanone im Torso, die jedem einzelnen von euch ein Loch in den Rumpf blasen kann. Haltet euch links und rechts von ihm, oder nähert euch von hinten, aber bleibt in Deckung, bis ihr nahe genug seid zuzuschlagen.«

»Irgendwelche Vorschläge, was diese Deckung angeht, Boss?«, fragte Sam nach.

Eine besonders große Auswahl an Deckungsmöglichkeiten für sechs oder mehr Meter hohe Kampfmaschinen bot die Prärie tatsächlich nicht. Die gelegentliche Baumgruppe wie jene, die momentan ihren Anmarsch verdeckte, war so ziemlich das Einzige. Tybalt rief die Geländekarte auf. Entlang der Kursprojektionen der BattleMechs war nicht viel an Baumbestand zu sehen.

»Okay. Dann eben weiträumig einkesseln, aber bleibt mir aus dem Schussfeld dieser AK.«

»Zwo links, zwo rechts?«, schlug Sam vor.

»Negativ. Zwo links, du und Snell. JJ rechts. Er wird meinen *Lineholder* vermutlich als die größte Gefahr betrachten.« Immerhin war sein Mech nur zehn Tonnen leichter als der *Axman*. Er war schneller, fast so schwer gepanzert und besaß eine Langstreckenwaffe, die dem Banditenmech abging. »Trahn, Sie bleiben hinter mir und geben uns mit den Störsendern elektronische Deckung, sobald es losgeht.«

Die *Commandos* verließen die relative Deckung der Nadelbäume zuerst. Sam meldete, dass der *Axman* sie entdeckt hatte. Ein Laserblitz aus der Richtung des Banditen bestätigte die Meldung. Die Vigilante-Maschinen waren zu weit entfernt, um das Feuer zu erwidern, also wichen sie aus und schlugen ihren Bogen weiter. Schnell und beweglich wie die leichten Scoutmechs waren, blieben sie unversehrt.

Tybalts *Lineholder* trat hinter dem Wäldchen hervor und sah den Gegner zum ersten Mal selbst. Er senkte das Fadenkreuz über die Maschine und holte sie auf dem Sichtschirm näher heran. Der Bandit reagierte auf das Auftauchen des mittelschweren Gegners und schwenkte herum, gerade als Trahns Störsender die Arbeit aufnahm und Tybalt die Langstreckenraketen und den BlazeFire-Laser abfeuerte.

Der rubinrote Energiestrahl des Lichtwerfers zerkochte nur Luft. Auch die meisten Raketen zischten am Ziel vorbei, aber Kelly sah mindestens vier in enger Formation in die linke Schulter des *Axman* einschlagen. Es war keine sonderliche Glanzleistung, aber es genügte, die Aufmerksamkeit des Piloten zu erregen, wie die beiden glutheißen Energielanzen belegten, die über die Schulter des *Lineholder* zischten und eine Jahrhunderte alte Lärche zertrümmerten.

Der Pilot des *Axman* schien die Gefahr, in der er schwebte, sofort zu erfassen. Er wendete den Mech und beschleunigte auf einem Kurs, der JJs Umgehungsmanöver jeden Sinn nahm. Das brachte ihn näher an Sams und Snells *Commandos*, aber auch auf Kurs zur nächsten Flussbiegung des Redelk und den gebirgigen Einöden auf der anderen Uferseite.

Tybalt setzte dem flüchtenden Banditen nach. JJ stürmte ebenfalls vor und verwandelte seine Flankenbewegung in einen Sturmangriff auf den Rücken der schweren Maschine. Er kam nahe genug, um aus etwa maximaler Entfernung, aus der er einen Treffer erwarten konnte, eine Raketenbreitseite abzufeuern. Während die Raketen noch in der Luft waren, drehte der Bandit in einem Schauspiel exzellenter Pilotenkunst den Torso des *Axman*, ohne den Kurs zu ändern. Feuer schlug aus den Armwaffen der Maschine, und die Devastator-Autokanone donnerte.

JJs *Javelin* war zu weit entfernt, um von Trahns Störsender zu profitieren. Kelly befürchtete das Schlimmste. Aber sei es durch Glück, sei es durch Zufall, die Breitseite des *Axman* war zu kurz gezielt und schlug vor JJ in den Prärieboden ein, wo sie tiefe Krater schlug und furchtbare Wunden in das Erdreich riss. JJ war mit zu viel Geschwindigkeit unterwegs, um der Verwüstung auszuweichen. Die Füße der *Javelin* rutschten weg. Die Maschine krachte zu Boden.

Der Banditenmech schluckte die Treffer von JJs Salve und stürmte weiter.

Tybalt hetzte ihm nach und feuerte weiter mit den Langstreckenraketen. Allzu treffsicher war der Beschuss nicht, was angesichts der Entfernung und der Tatsache, dass beide Mechs mit Höchstgeschwindigkeit über die Prärie donnerten, kaum verwunderlich war. Ein paar Geschosse trafen, aber der erzielte Schaden war minimal. Um Schaden ging es ihm allerdings auch nicht.

Aber der *Axman*-Pilot weigerte sich, stehenzubleiben und sich zum Kampf zu stellen.

Die *Commandos* tauchten hinter den Bäumen auf, die sie als Deckung benutzt hatten, und fanden sich in weit größerer Nähe des *Axman* wieder, als sie erwartet hatten. Schwärme von Kurzstreckenraketen glitten aus ihren Lafetten. Der Bandit antwortete mit peitschenden Laserschüssen und dem dumpfen, drohenden Wummern der Devastator.

Als der Rauch sich verzogen hatte, lag Sams *Commando* in einem Gewirr von gefällten Bäumen am Boden. Der *Axman*, von dessen Rumpf die Panzertrümmer fielen, war gefährlich nahe an Snells Maschine. Der ehemalige Schlammi versuchte verzweifelt, aus der Bahn des schweren Mechs zu kommen, aber seine Pilotenkünste waren der Aufgabe noch nicht gewachsen. Der *Axman* rammte den *Commando* und stieß ihn beiseite wie ein Erwachsener ein kleines Kind. Snells Mech stürzte zu Boden und regte sich nicht mehr. Der *Axman* stampfte weiter, immer noch mit Kurs auf den Fluss.

Drei Maschinen am Boden. Nein, nur zwei. JJs *Javelin* war wieder auf den Beinen, schien aber zu humpeln.

»Ich habe einen Myomerbündelriss im linken Oberschenkel«, meldete er.

Sam fluchte und rief Hilfe herbei, um ihre Maschine aus dem Astwerk der Bäume zu befreien, in denen sie festhing. Snell blieb stumm.

Die Vigilantes waren noch immer im Vorteil gegenüber dem *Axman*. Sie konnten ihn noch immer einholen. Aber der Bandit hatte bewiesen, dass er ein ausgezeichneter Pilot und gefährlicher Gegner war. Einem BattleMech nachzuhetzen, der über bessere Langstreckenbewaffnung verfügte, als Tybalt erwartet hatte, war eine Aufgabe ganz anderen Kalibers als das geplante Umschließungsmanöver. Und falls die Vigilantes dem *Axman* jetzt nachsetzten, würden sie auf zwei Maschinen verzichten müssen. Das waren Bedingungen, die Tybalt nicht zusagten. Es bestand eine zu große Gefahr, einen oder mehr seiner leichten Mechs zu verlieren.

Falls er nicht ohnehin schon einen verloren hatte.

Er schaute hinüber zu Snells *Commando*. Der neue Rekrut meldete sich immer noch nicht über Funk.

»Lasst den Kerl laufen.« Der Befehl kam ihm nicht leicht über die Lippen, aber im Moment hatte er drängendere Sorgen. Er stoppte den Mech neben der Maschine Snells.

»JJ, hilf Sam«, befahl er, während er die Gurte löste.

Er blockierte die Kontrollen und stieg nach unten. Als er Snells Cockpit öffnete, fand er den Mann in Schock, aber ohne erkennbare Verletzungen vor. Der *Axman* war lange fort, als alle Mechs der Vigilantes wieder auf den Beinen standen und die Piloten bereit waren, den Weg fortzusetzen.

»Das war der Bandit, der vor dem Krieg Severagol überfallen hat«, stellte JJ fest.

»Stimmt«, bestätigte Tybalt. »Er war unterwegs zur Schaffel-Ranch. Und die Leute dort schienen einen Mech zu erwarten.«

»Aber nicht uns«, bemerkte Sam.

»Ich glaube nicht, dass der *Axman* die Rancher besuchen wollte«, warf JJ ein.

Tybalt war derselben Meinung. »DiMassi?«

»Wen sonst?«

»Und was haben die Banditen mit Blakes Wort zu tun?«

»Warum fragen wir das nicht den gestrengen Adepten diMassi?«

Unglücklicherweise erwies diMassi sich als fähiger als erwartet. Er war verschwunden. Er hatte sich von den Fesseln befreit, und sie fanden keine Spur mehr von ihm. Der Datenchip war ebenfalls verschwunden.

Auf dem Weg zurück zur Basis setzte Tybalt seinen Bordcomputer auf die Datenkopie an. Er hatte ebenso wenig Erfolg wie der Compblock.

Nach der Ankunft erstattete er Bericht und übergab die Daten Veck. Der Basiscomputer konnte die Verschlüsselung auch nicht knacken, aber zumindest zu einem Schluss kam er: Es handelte sich um einen capellanischen Code.

»Politik.« Veck sprach das Wort aus wie eine Obszönität. »Das müssen wir nach oben weiterreichen. Gut gemacht, Kelly. Ich wette, diese Daten sind jeden Kratzer wert, den die Vigilantes einstecken mussten, aber mach dir keine Hoffnungen, dass wir irgendwie davon profitieren.«

Während sie auf die Ergebnisse der Entschlüsselung warteten, ging der Krieg weiter. Mit jeder Streife sammelten die Vigilantes Erfahrung. Aldo Snell erhielt sein gräfliches Ehrenabzeichen und schien sich darüber zu freuen. Zumindest betrachtete er es als absolut angemessen. Sam und JJ erholten sich davon, wie der Bandit sie abgefrühstückt hatte. Sally Trahns Stimme und Auftreten wurden ruhiger. Und Tybalt gewöhnte sich langsam daran, das Kommando zu führen.

Der Krieg schien ein Plateau erreicht zu haben. Wochen vergingen. Gelegentlich trafen Mechs auf Mechs, aber es kam zu keiner ernsthaften Schlacht. Die wirklichen Schlachten, mit wirklichen Verlusten, trugen die konventionellen Truppen aus, aber selbst auf deren Ebene war kein erkennbarer Fortschritt zu verzeichnen.

Nur in der Kriegspropaganda schien es Offensiven zu geben, und auf diesem Feld war die Duviçer Pfalz im Vorteil.

Wobei ihre Propaganda vor allem Tybalt ungemein sauer aufstieß.

Die Duviçer bezeichneten die Vigilantes als Kriegsverbrecher, als eine Bande von Schlägern, angeführt von einem verbitterten, zynischen Killer namens Tybalt Kelly. Kriegsverbrechen aller Art wurden ihnen zur Last gelegt, vom Mord an einem wehrlosen Söldner vor Kriegsausbruch bis zur Vernichtung von Privatbesitz, was Hinterhöfe oder gleich komplette Schaffel-Ranchen umfasste.

Wenn die Sendungen in der Messe vorgeführt wurden, reagierten die meisten MechKrieger mit lautem Gelächter. Veck nicht. Aber obwohl Vecks ernste Miene Anlass zur Sorge gab, weigerte Tybalt sich, die Anschuldigungen Ernst zu nehmen. Schließlich wusste er, wie die Situationen sich tatsächlich dargestellt hatten, die ihre Duviçer Gegner in den Progandasendungen maßlos aufbliesen.

»Wenn der Krieg vorbei ist, wird die Wahrheit herauskommen«, sagte er zu Veck. »Die Menschen werden sehen, dass Vorsitzende Price und ihre Helfershelfer nur machtgierige Politiker waren, die zum eigenen Vorteil Unruhe gestiftet haben.«

»Wir wollen es hoffen«, erwiderte Veck. »Wenn dieser Krieg vorbei ist, werden Wunden zurückbleiben. Wir haben auch Politiker. Und Politikern steht die Wahrheit im Allgemeinen eher im Weg.«

»Worauf wollen Sie hinaus, Sir?«

Veck zuckte die Schultern. »Ich würde mir nicht zu viele Gedanken über das Später machen. Erst einmal müssen wir überleben. Wer weiß? Vielleicht haben wir Glück und überleben die Politiker.« Er drückte Tybalt ein Bier in die Hand. »Trinken wir darauf.«

Tybalt trank mit, aber es gab eine Person, die Veck vermutlich mit unter den Begriff Politiker subsummiert hätte, der Tybalt dieses Schicksal nicht wünschte.

35

Port Tsing, Grafschaft Shu, Epsilon Eridani
Chaos-Marken

3. Mai 3062

Ausnahmsweise hörte Graf Gabriel Shu diesmal zu, als Majorin Ling-Marabie wieder einmal ihre Operation Theta anpries. Mit jedem Tag, den sich dieser Konflikt länger hinzog, wurde das Verlangen nach einer endgültigen Lösung stärker. Beiden Seiten fehlten die Ressourcen für einen langen Krieg.

Ehrlich gesagt fehlte Gabriel auch jede Neigung dazu. Er wünschte sich eine schnelle, saubere Entscheidung, und in Momenten der Schwäche war er beinahe soweit, dass es ihm egal war, wer schließlich als Sieger dastand. Nur sein Pflichtgefühl hinderte ihn daran, diese Linie zu überschreiten, während die wachsenden Kosten der letzten zwei Monate ihn immer näher an eine andere drängten.

Konnte die Majorin Recht haben? War ein skrupelloser Vernichtungsschlag wirklich die Antwort? War es unverantwortlich von ihm, ihr die Erlaubnis dazu zu verweigern? Er ertappte sich dabei, Ling-Marabies Vorschlag ernsthaft zu erwägen und sich zu fragen, ob der Weg, den sie aufzeigte, so wenig er Gabriel auch zusagte, nicht möglicherweise der einzige Ausweg aus ihren Problemen war.

»Die Lage ist nicht ganz so günstig wie bei Ihrem ersten Vorschlag«, stellte Oberst Bua fest, als die Majorin fertig war.

»Die Operation ist weiterhin durchführbar«, insistierte Ling-Marabie.

»In den letzten Wochen haben wir spürbare Verluste erlitten«, bemerkte Ismael Shu-Larabie. »Und die Munitionspreise steigen rapide. Wir sind nicht mehr so stark wie wir einmal waren.«

»Der Feind auch nicht«, antwortete die Majorin. »Er steht vor denselben Problemen wie wir. Wir waren stärker, als der Krieg ausbrach, und wir sind es immer noch.«

»Momentan«, schränkte Oberst Bua ein. »Unsere Verluste sind höher als die der Duviçer.«

»Propaganda«, zischte Ling-Marabie.

»Sie scheinen Oberst Buas Einschätzung anzuzweifeln, Majorin«, stellte Gabriel fest. »Vielleicht verfügen Sie über Informationen, die dem Oberst und mir nicht vorliegen? Ich zumindest wäre dankbar, davon zu erfahren, denn ich finde es nicht gerade ermutigend, dass wir mehr Soldaten verlieren als unser Gegner.«

Die Majorin schnaufte und winkte ab. Bua bedankte sich mit einem kurzen Nicken beim Grafen und sprach weiter. »Von den Verlustzahlen einmal abgesehen, könnte sich das Machtgleichgewicht in Kürze verschieben. Ich halte die von Commander Kelly erbeuteten Informationen für zuverlässig. Wir können es uns nicht leisten, sie zu ignorieren.«

»Sie meinen, wir müssen etwas unternehmen, und zwar schnell?«, fragte Whitehorse nach.

»Ganz genau«, erklärte Ling-Marabie.

Die Majorin setzte an, die Argumente für Operation Theta noch einmal von vorne aufzulisten. Claudia Hall stellte fest, dass ihre Redezeit dafür vorbei war. Der daraus entstehende Streit hatte mehr mit Persönlichkeitsunterschieden als mit Verfahrensfragen zu tun.

Während seine Berater sich zankten, betrachtete Gabriel missmutig den Operationsplan, der immer noch auf dem Wandschirm prangte. Schnell oder langsam, ihre Chance, die Initiative zu ergreifen, schwand.

Oberst Bua hatte Recht damit, dass sie die Gefahr heimlicher Truppenverstärkungen für die Duviçer nicht ignorieren durften. Die Gefahr war möglicherweise für ganz Epsilon Eridani noch größer als für die Grafschaft Shu. Er hätte die Informationen Präsident Benton schicken sollen, aber er befürchtete, dass es wenig nutzen würde. Benton würde die

Daten vermutlich als Versuch verwerfen, Price anzuschwärzen, so wie er überhaupt alles zu verwerfen schien, was Gabriel vorbrachte. Ohne unwiderlegbare Beweise für Prices Heimtücke würde Benton keinen Finger rühren. Unglücklicherweise lagen die Beweise in Hinchuan, wo sie langsam zu der Waffe zusammengebaut wurden, die das Ende der Grafschaft bedeuten konnte.

Gabriel starrte auf die Karte. Alles schien so dicht beieinander zu liegen. Hinchuan schien nur einen Katzensprung von Lushon entfernt, aber zwischen beiden Orten lagen hundert Kilometer felsiger Einöde. Hundert Kilometer. War das wirklich so weit? Er fuhr hundert Kilometer, um ins Theater zu gehen, ohne einen Gedanken daran zu verschwenden. Nein, so weit war es wirklich nicht.

Natürlich lag Hinchuan hinter den feindlichen Linien, und das machte den Weg sehr weit. Oder doch nicht? Wie stark waren die Truppen, die das Landefeld bewachten? Er stellte die Frage über den Computer Oberst Bua, während die anderen sich weiter beschimpften.

MINIMAL, antwortete Bua. GEHEIMHALTUNG IST DER WICHTIGSTE SCHUTZ.

Geheimhaltung war für den Duviçer Plan tatsächlich wichtig. Sie befürchteten sichtlich, Aufmerksamkeit auf den Landeplatz ihrer illegalen Verbündeten zu ziehen, indem sie ihn durch eine Garnison schützten. Seine Überlegungen näherten sich einem Entschluss. War es denkbar, dass Commander Kellys Glückstreffer ihnen den Schlüssel zum Sieg geliefert hatte?

Gabriel klopfte auf den Computer. »Damen und Herren«, setzte er an und machte eine Pause, während die Ratsmitglieder sich beruhigten. »Ein Punkt, an dem wir uns sicher einig sind, ist, dass unsere Lage sich nur verschlimmern kann, wenn wir nichts unternehmen. Also müssen wir etwas tun. Schlussendlich ist es meine Verantwortung als Graf, den Kurs der Grafschaft festzulegen. Und ich werde mich der Verantwortung stellen. So sehr ich bedauere, was damit verbunden ist, bin ich zu dem Schluss gekommen, dass wir eine Offensive starten müssen. Majorin, würden Sie die Ausgangskarte für Operation Theta noch einmal aufrufen?«

Ling-Marabie gab mit einem triumphierenden Grinsen den Befehl in ihr Terminal ein.

»Wir werden eine Variation des Theta-Plans benutzen. Statt der Jenzo-Bergwerksanlage werden wir den Huang-Lu-Raumhafen als Ziel wählen. Wir stoppen die eintreffenden Verstärkungen, bevor sie ausschiffen können. Vor allem sollte es uns so gelingen, zivile Verluste und Begleitschäden auf ein Minimum zu reduzieren, da das Raumhafenfeld bei Hinchuan abseits der Stadt gelegen ist, während das Lushoner Ziel sich mitten in einer Siedlung befindet.«

»Ein lobenswertes Vorhaben, aber Hinchuan liegt über hundert Kilometer tiefer im Duviçer Territorium als Lushon.« Ling-Marabie hielt sichtlich wenig von Gabriels Einmischung in ihren perfekten Plan. »Das wirft die gesamte Zeitplanung über den Haufen. Bestenfalls erhöht es die Verlustzahlen, im schlimmsten Fall kann uns das sogar den Sieg kosten.«

»Ich wüsste nicht, wie«, konterte Gabriel. »Die zusätzliche Entfernung kann so viel nicht ausmachen. Wir können die Einsatztruppen aus unseren schnellsten Mechs zusammenstellen. Bei maximaler Geschwindigkeit erhöht das die Reisezeit um gerade einmal eine Stunde.«

»Mechs bewegen sich nicht mit Höchstgeschwindigkeit durch feindliches Territorium.«

Ling-Marabie klang, als rede sie mit einem kleine Kind, aber Gabriel ignorierte die implizite Beleidigung. »Von mir aus zwei Stunden. Es macht keinen großen Unterschied. Die Zeitplanung lässt sich anpassen.«

»Sobald unsere Einheiten den Bechulla überschreiten, wird der Gegner ihr Ziel kennen. Hinchuan ist vom Fluss weit genug entfernt, um ihren BattleMechs ausreichend Zeit zur Reaktion zu geben«, stellte Oberst Bua fest.

»Wollen wir denn nicht genau das?«

»Es könnte ein Problem werden«, sagte der Oberst. »Ihre Mechs könnten unsere leichten Einheiten vernichten und dann umdrehen und unsere auf die Hauptstadt marschierende Hauptstreitmacht abfangen.«

»Aber unsere Truppen werden die Hauptstadt nicht angreifen. Sie werden die Duviçer BattleMechs stellen. Wir werden endlich unsere Entscheidungsschlacht bekommen. Und es ist nicht notwendig, dass wir dazu Zivilisten umbringen oder ihren Besitz zerstören. Wir brauchen nicht einmal die Duviçer Truppen zu vernichten. Wir brauchen ihnen nur eine blutige Nase zu schlagen und sie in die Flucht zu treiben.«

Justin Whitehorse gab der Verwirrung auf den Mienen der Ratsmitglieder eine Stimme. »Wie das?«

»Ist das nicht offensichtlich? Sobald wir Hinchuan erobert und Price' capellanische Unterstützung gefangengenommen haben, werden wir ohne Zweifel mehr als genug Dokumente über ihre Verschwörung erbeuten. Das wird die öffentliche Meinung grundlegend beeinflussen. Selbst unser ach so neutraler Präsident Benton wird keine andere Wahl mehr haben, als sich gegen Price zu kehren. Wir werden nicht länger alleine stehen. Es ist Price mit ihrer Clique, die plötzlich auf sich allein gestellt sein wird, und auf sich allein gestellt können sie nicht gewinnen. Wir müssen schnell und entschlossen zuschlagen, Damen und Herren.« Gabriel stand auf und reckte sich zu voller Größe. »Geben wir die Befehle. Schlagen wir zu und beenden diesen Krieg.«

36

Distrikt Mirandagol, Grafschaft Shu, Epsilon Eridani Chaos-Marken

6. Mai 3062

In den nächsten Tagen reiste die Nachricht von Operation Theta vom Rat des Grafen über Majorin Ling-Marabie zu Kapitän Veck, der die Pläne den MechKriegern des Freiwilligen-Bataillons Grafschaft Shu erläuterte.

»Es ist ein riskanter Plan«, stellte er in der Besprechung fest. »Unsere Kräfte werden aufgeteilt, und damit alles funktioniert, muss der Gegner genau so reagieren, wie wir es von ihm erwarten. Bevor wir zu den Einzelheiten kommen – hat noch jemand Fragen zur Mission selbst und den Zielen dieser Operation?«

Statt einer Frage machte Bayard Sten eine Feststellung. »Sie klingen nicht, als würden Sie hinter diesem Plan stehen, Kapitän.«

»Es ist nicht meine Aufgabe, ihn zu genehmigen, Subcommander. Ebenso wenig wie Ihre. Wir sind für seine Ausführung verantwortlich. Wir sind diejenigen, die die Pläne der hohen Herrschaften in die Wirklichkeit umsetzen.«

»Oder bei dem Versuch umkommen«, flüsterte Tybalt Sam zu.

Veck fixierte ihn. »Haben Sie einen besseren Plan, Commander Kelly?«

»Nein, Sir«, bellte Tybalt zurück.

»Was haben Sie dann für ein Problem?«

»Kein Problem, Sir.«

»Eine Frage also? Einen Wunsch? Ein Bedürfnis?«

»Ich bitte nur darum, dass die Vigilantes eine verantwortliche Rolle erhalten, die wir ehrenvoll erfüllen können.«

Veck schüttelte den Kopf. »Um Ehre bitten ist kaum etwas anderes als sich freiwillig melden, Junge. So etwas macht man nicht, wenn man mit heiler Haut davonkommen will. Wie es der Zufall will, liegt eure Rolle schon fest. Genau wie unser aller Rollen in diesem Plan.«

Veck entließ die einfachen Piloten und hielt nur die Lanzenführer für eine Planungskonferenz zurück, in der er ihnen alles erklärte. Tybalts Lanze war tatsächlich für eine ehrenvolle Aufgabe vorgesehen. Sie hatten die Aufgabe, nach Hinchuan vorzustoßen und den Huang-Lu-Raumhafen zu erobern.

Militärisch war es nur ein Nebenschauplatz des Vormarschs zur Duviçer Hauptstadt, aber in Tybalts Sicht war es das Herzstück der ganzen Operation. Ein Erfolg in Hinchuan würde die Beweise liefern, um die Verschwörung zwischen Duviç und den Capellanern zu beweisen und den Zorn ganz Epsilon E.s über die Duviçer Pfalz und deren Regierung zu bringen. Und mit dem Zorn vermutlich auch die militärische Gewalt. Es war eine Mission, deren Erfolg der Grafschaft nützen würde, selbst wenn es nicht gelang, das Hauptziel von Operation Theta zu erreichen.

Tybalts Lanzenkameraden versammelten sich um ihn, als Veck die Besprechung endlich beendet hatte. Er hatte kaum damit begonnen, ihre Aufgabe zu erklären, als JJ unterbrach.

»Freut mich, dass du keine Chance bekommen hast, um diese Ehre zu *bitten*. Die hätten uns wahrscheinlich gezwungen, einen Mecharm auf den Rücken zu schweißen. Nur damit es noch ehrenvoller wird.«

»Wäre mir egal«, erwiderte Sally Trahn mit spöttischem Lächeln. »Mein *Raven* hat keine Arme.«

»Für dich hätten sie eine besondere Ehre. Vielleicht ein blockierter Knieaktivator, damit dein *Raven* bis Hinchuan und zurück humpeln kann.«

»Genug«, befahl Tybalt. »Ihr habt Nachschub abzuholen, und ich möchte, dass ihr alle eure Maschinen von oben bis unten durchcheckt. Danach treffen wir uns zu einer taktischen Einsatzbesprechung. Mit etwas Glück schaffen wir noch ein Nickerchen, bevor wir ausrücken.«

Wie beim Militär und auch bei Mecheinheiten so üblich, gab es Verzögerungen. Die Taktikbesprechung kostete sie den Rest der Zeit, und niemand kam zu seinem Nickerchen.

Trotzdem rückten die Vigilantes pünktlich aus, kurz nach Sonnenuntergang, als noch die letzte Glut der Sonne die Unterseite der tief hängenden Wolken rot färbte. Die Wolken waren Teil des Plans. Sie würden die Truppenbewegung vor dem Feind verbergen – der Nachrichtendienst hielt es für zu gefährlich, bis zur tiefen Nacht zu warten – und das Land in eine für einen Marsch durch Feindgebiet geeignete Dunkelheit tauchen. Die Vigilantes bewegten sich mit gleichmäßiger, respektabler Geschwindigkeit, wie sie ein Beobachter angemessen für eine Einheit gehalten hätte, die zu einem neuen Garnisonsposten unterwegs war. Um diese Illusion noch zu verstärken, folgte ihnen ein Lastwagenkonvoi.

Und es war eine Illusion, denn die Laster transportierten keine Techs und Nachschub, sondern Soldaten. Die Infanteristen würden den Raumhafen besetzen, sobald die Mechs ihn erobert hatten.

Als es schließlich tiefe Nacht war, drehten Mechs und Laster um. Sie bewegten sich langsamer als vorher und zogen vorsichtig durch die Dunkelheit. Sally Trahn lauschte angestrengt auf feindlichen Funkverkehr, fand aber keinen Hinweis darauf, dass jemand die Vigilantes entdeckt hatte. Tybald betete, dass es so blieb, und er war sich sicher, dass es die anderen ebenso hielten. Mit jeder Minute, die sie unentdeckt blieben, stiegen die Erfolgschancen.

Zwei Stunden nach Beginn der Mission änderten sie die Marschrichtung. Statt sich wie bisher parallel zur »Front« zu bewegen, bogen sie nun direkt darauf zu. Falls die ND-Karten stimmten, führte sie der neue Kurs in der Mitte zwischen zwei Wachposten hindurch. Die Mechs überquerten die Grenze und drangen in feindliches Gebiet ein. Die Laster folgten ihnen ein kurzes Stück, bevor sie Halt machten, um auf ihr Einsatzsignal zu warten.

Irgendwo hinter ihnen wurden andere Signale gegeben. Suchscheinwerfer strahlten die Unterseite der Wolkendecke an. Infanterie und Panzer der Grafschaft rückten im von den Wolken reflektierten Lichtschein aus, verließen ihre Einsatzstationen und näherten sich den Angriffsstellungen. Nicht mehr lange, dann würden sie die Pfälzer Einheiten attackieren und eine Bresche öffnen, damit das FBGS durchbrechen konnte. Weiter nördlich fand ein ähnliches Unternehmen statt, mit Angriffen in und um Severagol. Diese Angriffe wurden nicht von Mechs unterstützt, da es sich nur um ein Ablenkungsmanöver handelte. Beide Vorstöße sollten die Aufmerksamkeit der Duviçer auf sich ziehen und die Chancen der VorhutLanze erhöhen, unbemerkt ins Hinterland der Pfalz einzudringen.

Der Duviçer Funkverkehr nahm zu. Dank der Panik der Funker war ein Teil davon unverschlüsselt. Die Sturmphase Operation Thetas war angelaufen. Tybalt wollte gerade eine Erhöhung der Geschwindigkeit anordnen, als Sally Trahn eine Kommlaserverbindung aufbaute.

»Eine feindliche Panzerformation auf Abfangkurs«, kündigte sie an.

»In Kampfaufstellung?«

»Nein. In Marschkolonne.«

Tybalt befahl einen sofortigen Halt. Besser, die Duviçer Panzer kreuzten ihre Route vor den Mechs als hinter ihnen, wo sie Spuren der Mechs hätten bemerken können. Leider wussten die Duviçer Panzercrews nicht, was er von ihnen erwartete. Sie änderten den Kurs. Sie rollten nicht direkt auf die BattleMechs zu, aber sie würden sehr, sehr nahe vorbeiziehen. Tybalt sah auf einen Blick, dass eine hohe Gefahr für die Lanze bestand, von den Panzern entdeckt zu werden.

»Bekommen diese Kerle ihre Orders von General Murphy?«

»Bitte wiederholen, Commander«, reagierte Trahn.

»Schon gut.« Er sah auch, dass das Gelände den Vigilantes die Chance zu einem Hinterhalt bot. »Wir versuchen, sie uns zu holen. Tote Soldaten reden nicht.«

Trahns *Raven* und JJs *Javelin* ließ er auf dem Geröll eines seit langem aufgegebenen Steinbruchs in die Hocke sinken. Er befahl Sams und Snells *Commandos* in einen Hain riesiger Shenkoföhren, deren Stämme breit genug waren, die leichten Maschinen zu verbergen. Er selbst nahm eine unterstützende Position auf der linken Seite ein, von der aus er den Rückzugsweg der Panzer im Blick hatte. Falls sie den Hinterhalt überlebten, konnte er sie sich von dort aus vornehmen, wenn sie heimwärts jagten.

Die Panzer kamen. Es waren vier Maschinen. Die Crews schienen nichts von der Gefahr zu ahnen, in die sie glitten. Sie hatten sich nicht einmal die Mühe gemacht, die Geschütztürme zu drehen, um alle Seiten abzudecken. Tybalt identifizierte sie als *Scimitars*, mit Armstrong-Autokanonen und leichten KSR-Zwillingslafetten. Sie waren den Vigilantes weit unterlegen.

Zeit für den Weckruf.

»Sam, klopf mal an.«

Das tat sie und feuerte sämtliche Raketen auf den letzten Panzer der Kolonne ab. Sie stieß mit den Lasern in die von den Geschossen geschlagenen Krater und blies den *Scimitar* ins Jenseits.

Die *Commandos* rückten in der »Doppelmoppel«-Taktik vor, die Tybalt und Sam in der Ausbildung entwickelt hatten, und die Panzercrews fielen darauf herein. Ihr Feuer war erratisch, und sie hatten arge Manövrierprobleme, weil sie nicht vorhersagen konnten, wo die unberechenbar heranstürmenden Mechs als Nächstes auftauchten.

Ein Panzer zog genau in Sallys Schusslinie. Der *Raven* stand auf und feuerte eine NARC-Boje auf ihn ab. Das Geschoss flog ins Ziel und hängte sich knapp vor dem Motorraum an den Panzerrumpf, um mit seinem Sirenengesang die Raketen der Vigilantes zu locken.

Trahn badete den Panzer in der gebündelten Energie der beiden Laserkanonen und verdampfte einen beträchtlichen Teil der Protec-Panzerung. *Den* Treffer überlebte der *Scimitar*, aber nicht lange. Eine von der Boje ins Ziel gelenkte Doppelbreitseite aus sechzehn Kurzstreckenraketen machte ihm den Garaus.

Die *Commandos* erledigten einen weiteren Panzer, und der letzte Überlebende entschied sich, sein Heil in der Flucht zu suchen. Tybalt versperrte ihm mit einer LSR-Salve und vier Laserbahnen den Weg. Zerschossen und qualmend, kämpfte der Panzer sich weiter. Eine zweite Raketensalve traf ihn, riss das Luftkissen unter den Schürzen weg und schleuderte ihn durch die Luft. Der Geschützturm flog in eine andere Richtung davon als der Rumpf. Beide brachen auseinander, als sie auf dem Boden aufschlugen.

»Funkverkehr?«, fragte Tybalt Sally.

»Ich habe nichts aufgefangen.«

Das war gut. Die Lanze hatte getan, was nötig war. Sie hatten sauber und im Team gearbeitet. Er war stolz auf sie. »Gut gemacht, Leute. Und jetzt weiter.«

Hinchuan lag fast zweihundert Kilometer hinter den Frontlinien. Tybalts *Lineholder*, die langsamste der Vigilante-Maschinen, konnte diese Entfernung in unter drei Stunden zurücklegen. Vorsichtshalber durften sie sich nicht mit Höchstgeschwindigkeit bewegen, und so hatten sie drei Stunden später kaum mehr als die halbe Strecke zurückgelegt. Sie marschierten in lockerer Keilformation, mit Tybalt an der linken Flanke, JJ an der rechten und Sally an der Spitze, wo die Elektronik des *Raven* die größte Chance hatte, Gefahren rechtzeitig zu entdecken.

»Ich glaube, wir haben einen Schatten«, verkündete Sally.

Der Vektor, den sie durchgab, platzierte Tybalts *Lineholder* am dichtesten an der Ortung. Er überprüfte seine Sensoren. Sie zeichneten einen leichten Mech schräg rechts voraus. Das konnte nur ein Bandit sein. Einen umherschleichenden Banditen zu jagen, war zwar nicht die Aufgabe des Lanzenführers, aber Tybalt war ihm am nächsten, und sie befanden sich in einer Situation, die schnellstmögliches Handeln verlangte. Außerdem schien der Bandit ihn nicht bemerkt zu haben und näherte sich Snells *Commando*, vermutlich, um ihn sich näher anzusehen.

»Ich bin dran.«

Auf dem Schirm sah er Sam auch reagieren und näher an Snells Position rücken. Sie war nicht die einzige. Danach zu schließen, wie der Geist nach links wegzog, hatte der Pilot den sich nähernden *Lineholder* bemerkt.

Tybalt beschleunigte und erhaschte einen Blick auf eine langbeinige Maschine mit einem horizontalen Rumpf und einem tief hängenden, vorragenden Cockpit. Eine so ungewöhnliche Silhouette war nicht zu verwechseln. Es war ein *Jenner*. Die 48. besaß zwei dieser Maschinen und war, soweit er das wusste, die einzige Einheit im weiteren Umkreis, die über Mechs dieses Typs verfügte.

Der linke Arm des *Lineholder* hob sich, und der BlazeFire erhellte die Nacht. Die Strahlbahn streifte den *Jenner*, der augenblicklich davonrannte. Sich duckend und Haken schlagend, wich der leichte Kampfkoloss aus und unternahm keinen Versuch, das Feuer zu erwidern. Er hatte sichtlich kein Interesse an einem Kampf mit einem doppelt so schweren Gegner, und der Pilot setzte Deckung und Geschwindigkeit so gekonnt ein, dass Tybalt eine Konfrontation nicht erzwingen konnte.

Sam und Snell stürmten an ihm vorbei.

»Negativ«, stoppte er sie. »Wir haben keine Zeit, ihn zu jagen, und wir können uns nicht erlauben, uns aufzuteilen.« *Jenner* waren so rasante Teufel, dass sie jeder Vigilante-Maschine davonrennen konnten. »Der Pilot ist gut genug, uns stundenlang zum Narren zu halten.«

»Einer der Draconier?«, fragte Sam.

»Ich nehme es an«, erwiderte Kelly. »Die interessieren uns heute Nacht nicht.«

Tybalt ließ sich von ihrem Protest nicht beeindrucken. Der *Jenner* würde die Begegnung mit Sicherheit melden, und sie mussten zusehen, dass sie ihr Ziel erreichten, bevor sie das Überraschungsmoment verloren. Sie konnten nur hoffen, dass die Bosse des Draconiers nicht erkannten, wohin die Lanze unterwegs war.

Die drei kehrten in die Formation zurück und marschierten weiter. Zweieinhalb Stunden später waren sie keinen weiteren Duviçer Einheiten mehr begegnet. Die Vigilantes bewegten sich in engerer Formation und näherten sich am Kennesokanal ihrem Ziel.

Wie viele der Siedlungen in den nördlichen Regionen Epsilon Eridanis war auch Hinchuan eine zur Ausbeutung von Mineralvorkommen gebaute Oase in der Felseneinöde. Und wie die meisten dieser Siedlungen war der Ort nicht gerade eine pulsierende Metropole. Er lag in einem breiten Tal, das wie ein Großteil des Kontinents von verwitterten Basaltnadeln und Restbergen streifigen Sedimentgesteins geprägt war. Industriebauten und Bergwerksmaschinen dominierten, umgeben von Lagerhallen und gelegentlichen mehrstöckigen Wohnsilos, einer kleinen Innenstadt aus Geschäften und Büros sowie weitläufigen Vierteln mit Wohnhäusern und kleinen Geschäften. Der ganze Ort lag still und weitgehend dunkel unter den tief hängenden Wolken.

Am Rand der Siedlung, dicht an den Frachtrampen des Kanals, lag der Huang-Lu-Raumhafen. Als er in Sicht kam, fragte Sam sarkastisch: »Das soll ein Raumhafen sein?«

Huang-Lu war tatsächlich ein Raumhafen. Laut Unterlagen sogar ein Hafen der Klasse 4. Soweit Tybalt das einschätzen konnte, allerdings nur an einem guten Tag, mit einem wohlwollenden und gut geschmierten Prüfer, der zudem noch blind war.

Der Stahlbeton des Landeplatzes war von Rissen durchzogen und stellenweise kaum mehr als ein dickes Kiesfeld. Er hatte ernste Zweifel, dass er mehr als ein Landungsschiff der kleinsten Kategorie tragen konnte, und selbst das nicht mehr lange. Aber irgendwo auf diesem Trümmerfeld gab es noch eine Stelle, die für ein mittelgroßes Frachtlandungsschiff geeignet war, denn im Windschatten der größten Hangarhalle stand eines.

Tybalt vergrößerte das Bild auf dem Sichtschirm und suchte das Schiff nach capellanischen Markierungen ab. Er fand keine, was ihn nicht sonderlich überraschte. Trotzdem hatte er keinen Zweifel daran, dass dies das Landungsschiff war, das sie in ihren Besitz bringen mussten.

Wenigstens schien es nicht bewaffnet zu sein. Er konnte weder Geschütztürme noch -luken am Rumpf entdecken. Natürlich bestand die Möglichkeit, dass es über versteckte Waffen verfügte, oder es konnten Mechs an Bord sein, die aus den Luftschleusen feuern würden, aber improvisierte Abwehrmaßnahmen dieser Art waren nicht sonderlich effektiv. Sie konnten mit minimalem Widerstand von Seiten des Schiffes rechnen. Kelly wollte gar keinen.

Er stellte seine Leute sorgfältig auf und positionierte sie in einem Kreis um das Ziel. Er achtete darauf, dass sie alle im Freien standen und eine gute Schusslinie hatten, ohne Gefahr, dass ihr Feuer am Ziel vorbei zuckte und eine eigene Maschine gefährdete. Und er achtete darauf, dass sie alle schnell in Deckung gehen konnten.

Alles blieb still, als sie in Position gingen. Es sah ganz danach aus, dass ihnen die Überraschung gelungen war. Sie rückten bis auf neunzig Meter vor, ohne einen Alarm auszulösen. Auf Tybalts Signal schalteten die Vigilantes die Scheinwerfer an und badeten den Schiffsrumpf in gleißendem Licht. Während Trahn die Langstrecken-Kommfrequenzen störte, schaltete er die Außenlautsprecher ein und sendete auf den Duviçer Militärfrequenzen und offenen Handelskanälen.

»Achtung, Landungsschiff. Sie sind von BattleMechs der Grafschaft Shu umstellt. Wir verlangen Ihre Kapitulation. Falls Sie kämpfen, werden Sie zerstört.«

Mehrere Sekunden geschah nichts. Trahn meldete Kommverkehr innerhalb des Schiffes. Also war die Nachricht angekommen. Die erste Frage war jetzt: Glaubte man ihm? Und die zweite: Würde die Besatzung sich ergeben?

Die Antwort auf die zweite Frage erhielt er, als Menschen aus dem Landungsschiff stürzten und auf den Hangar zustürmten. Einige von ihnen trugen Kühlwesten. MechKrieger. Im Innern des Hangars mussten Mech stehen, möglicherweise schon startklar. Wie gefährlich sie waren, konnte Tybalt nicht wissen, aber er sah keinen Anlass, diesen Mechpiloten Gelegenheit zu geben, ihm die Fähigkeiten ihrer Maschinen zu demonstrieren.

Er setzte in einer massiv übertriebenen Geste den schweren BlazeFire-Laser ein und schnitt quer über den Weg der Piloten eine tiefe Furche in den Stahlbeton.

»Jeder Versuch, aus dem Schiff zu fliehen, wird geahndet. Noch einen Schritt, Herrschaften, und Sie erleben am eigenen Leibe, wie.«

Diese Machtdemonstration erwies sich als ausreichend. Die MechKrieger zogen sich ins Schiff zurück. Angesichts kampfbereiter Gegner und eines kaum bewaffneten oder gepanzerten kommerziellen Landungsschiffs dauerte es danach nicht mehr lange, bis dessen Skipper sich ergab.

JJ meldete sich freiwillig, auszusteigen und in das Landungsschiff zu gehen, um sicherzustellen, dass Triebwerke und möglicherweise vorhandene Geschütze abgeschaltet und blockiert waren. Außerdem würde er sein Möglichstes tun, die Daten zu sichern, mit deren Löschung die Besatzung ohne Zweifel bereits begonnen hatte. Sein einziger Schutz dabei waren seine Lanzenkameraden auf dem Landefeld. Und die einzige Verbindung zu ihnen ein Kommset, dessen Übertragung von einem leichten Rauschen gestört wurde, sobald er im Innern des Schiffes war. Aber die Verbindung hielt und mit ihr die Drohung. JJ meldete eine mürrische Stimmung an Bord, aber niemand hinderte ihn daran, seine Arbeit zu tun, nachdem er klargestellt hatte, dass jeder entsprechende Versuch dazu führen würde, dass seine Lanzenkameraden das Feuer eröffneten und das Landungsschiff in einen glühenden Schlackeberg verwandelten.

Während JJ seine Pflicht tat, bereitete Tybalt die kodierte Funkbotschaft vor, die den Stab von ihrem Erfolg unterrichten sollte. Er wollte sie so bald wie möglich abschicken, denn bis er das Signal gab, würde das Oberkommando die Bodentruppen nicht losschicken, die er brauchte, um den Raumhafen zu besetzen und die Gefangenen zu bewachen. Die Mechs waren eine grobe Keule, ein großartiges Drohmittel, aber zu wuchtig und zerstörerisch für den Rest der Aufgabe. Fünf Vigilantes waren zu wenig, um Gefangene zu bewachen, *und* die Anlage nach den inkriminierenden Beweisen abzusuchen, die der Nachrichtendienst verlangte, *und* den Raumhafen gegen Versuche zu schützen, ihn zurückzuerobern.

Trotzdem, dachte er, es war leicht gewesen. Zu leicht? Wie hätte er das beurteilen können. Sie waren am Raumhafen auf keine Gegenwehr getroffen, aber man hatte ihnen erklärt, dass sie mit keiner zu rechnen hatten. Die Duviçer verließen sich zum Schutz der Anlage auf Geheimhaltung und Tarnung, hieß es. Natürlich hatten sie die importierten Mechs als Reserve, aber Dank der Vigilantes hatten sie die nicht einsetzen können. Sie waren schnell und in eigener geheimer Mission angerückt und hatten zugeschlagen, bevor die Mechs einsatzbereit waren. Die Operation war planmäßig verlaufen, und wirkten solche Missionen nicht immer zu einfach?

Sally Trahn unterbrach seine Gedanken, als sie sich auf dem Lanzenkanal meldete. »Erinnern Sie sich, wie Kapitän Veck gesagt hat, der Plan erfordert, dass der Gegner genauso reagiert, wie die hohen Tiere sich das vorstellen?«

Ja, daran erinnerte er sich nur zu gut.

»Tja, den Gefallen tun sie uns nicht«, erklärte Trahn. »Die Gegner, meine ich. Ich meine, sie sind zwar der Gegner, aber sie tun nicht, was die Blechheinis von ihnen erwarten.«

»Trahn, hören Sie auf, dummes Zeug zu plappern.«

»Entschuldigung, Commander. Es sind BattleMechs im Anmarsch. Vielleicht eine Lanze. Tonnage gemischt, aber es ist ein wirklich schwerer Brocken dabei.«

»Hunderttonner?«

»Woher ... schon gut, Commander. Ja, Sir, ein Einhunderttonner.«

So viel zum Thema ›zu einfach‹. »JJ?«

»Ich hab's gehört. Crawfords *Pillager*.«

Tybalt hätte auch nicht gewusst, welche Maschine es sonst hätte sein können. Sie standen vor einer Konfrontation mit Kingstons Killern, und das war ein Spiel in einer ganz anderen Gewichtsklasse als der ihren.

»JJ, bist du da drinnen soweit?«

»Ich habe einen Sperrcode über ihr Betriebssystem installiert, aber er ist nicht wirklich ...«

»Das muss reichen. Komm raus und sitz auf.«

»Verstanden.«

»Sam, Snell, sobald JJ draußen ist, schweißt ihr die Schiffsluken zu. Trahn, versuch, die anderen Mechs zu identifizieren.«

Er musste herausbekommen, wie schlimm die Lage war.

37

Hinchuan, Duviçer Pfalz, Epsilon Eridani
Chaos-Marken

6. Mai 3062

Sie war schlimm.

Neben dem *Pillager* identifizierte Trahn den *Enforcer* und den *Clint*, die ihn schon zuvor begleitet hatten, und als vierte Maschine einen *Catapult*. Der Feind rückte mit nahezu der doppelten Tonnage der Vigilantes an.

JJ fluchte. »Was machen die hier?«

»Der *Jenner*, der uns entkommen ist«, antwortete Snell.

»Nein, ich meine, warum sind sie nicht dabei, die große Invasion abzuwehren?«

»Spielt keine Rolle«, stellte Tybalt fest. »Sie sind nun mal hier, und wir müssen mit ihnen fertig werden.«

Niemand fragte: »Wie?«, aber alle dachten es. Die Götter wussten, dass er es dachte.

»Wenigstens haben wir die überlegene Elektronik«, bemerkte Trahn.

»Und die haben die überlegene Feuerkraft«, erwiderte JJ.

»Diesmal überraschen sie uns nicht wie in Dori«, stellte Sam fest.

»Und da haben wir uns ja auch bravourös geschlagen. Damals waren sie zu dritt, jetzt sind sie zu viert. Soweit ich mich entsinne ...«

»Das reicht«, unterbrach Tybalt. »Ganz egal, wie viele sie sind, wir können nicht hier herumsitzen und auf sie warten. Wir brauchen Deckung. Vermutlich wissen sie von unserer Anwesenheit. Das heißt aber nicht, dass wir es ihnen leicht machen müssen. Trahn, blockiere ihre Ortung.«

Er führte die Lanze nach Hinchuan. Es fiel ihm nicht leicht, den Raumhafen zu verlassen, aber er sah keine Möglichkeit, ihn vor Ort zu verteidigen. Seine Gedanken rasten, suchten nach einer Strategie für den Kampf gegen die anrückenden Söldner. Ein Plan nahm Gestalt an.

»Der *Catapult* liefert ihnen eine Schlagkraft über weite Distanz, der wir nichts entgegenzusetzen haben. Also werden wir das gar nicht erst versuchen. Wir bewegen uns *in die Nähe* des Ortsrands, aber *nicht* in den Ort hinein. Sobald sie ankommen, benutzen wir die Häuser als Deckung, und ihr Schussfeld ist eingeschränkt. Trahns Störsender wird es schwerer für sie machen, uns zu finden und ihre Bewegungen zu koordinieren, wenn sie uns sehen.«

Sam verstand als Erste, worauf er hinauswollte. »Das kostet sie den Lanzenzusammenhalt, und wir holen sie uns einzeln.«

»Genau.«

Tybalt führte seine Lanze in eine Erzverarbeitungsanlage. Die Halden und schweren Maschinen boten ihnen reichlich Deckung. Und vor allem hatten sie eine Zeile Lager- und Fabrikhallen im Rücken, die ihnen auf dem Rückzug Schutz boten.

Trahn bewegte sich langsam vor, um die Gegner besser beobachten zu können. Sie meldete, dass Crawfords Leute näher kamen. Seit der *Raven* ihre Ortung störte, bewegten sie sich langsamer. Trotzdem waren sie nur noch wenige hundert Meter vom Ortsrand entfernt. Der *Pillager* führte die Formation an, flankiert von *Enforcer* und *Clint*. Die beiden leichteren Mechs hatten ihre Geschwindigkeit auf die des Hunderttonners abgebremst.

»Der *Cat* hält sich zurück«, berichtete Trahn.

Das war keine große Überraschung. Er war ein Artillerie-Mech und setzte das Arrow-IV-Raketensystem hauptsächlich gegen Fußtruppen ein. Das Arrow IV war nicht zum Einsatz gegen Mechs entwickelt worden, aber ein Treffer von einer dieser Riesenraketen konnte einen Mech, jeden Mech, mit einem Schuss kampfunfähig machen.

»Lasst euch auf keinen Fall in seine Schusslinie zwingen«, warnte Tybalt die anderen.

Kingstons Killer kannten sich aus in ihrem Gewerbe. Als sie sich dem Siedlungsgebiet näherten, teilten sie sich auf, und jeder Mech suchte sich einen eigenen Weg durch das Straßenlabyrinth. Sie wussten, im Gänsemarsch durch die Stadt zu ziehen, bot dem Feind nur ein kostenloses Ersatzziel für alle Schüsse, die den vorangehenden Mech verfehlten. Es machte Sinn. Es brachte den *Enforcer* auch ziemlich dicht an das Versteck der Vigilantes heran.

»Wir haben unser erstes Ziel«, gab Tybalt über Kommlaser durch.

Sie warteten unter Trahns Sensorstörfeld und ließen Powell Jorgensson näher kommen. Der Kopf des *Enforcer* drehte sich von einer Seite zur anderen, während er nach Zielen suchte. Zu seinem Pech war er selbst die fetteste Beute.

Tybalt gab das Zeichen, und die Vigilantes griffen an. Laserbahnen kreuzten sich um den *Enforcer* und blitzten blutrot durch den Qualm explodierender Raketen. Zerbeult und durchlöchert kippte der mittelschwere Kampfkoloss nach hinten. Sein Sturz war das Einzige, was ihn vor Trahns NARC-Boje rettete. Ihr Schuss ging daneben, und die Boje hängte sich an einen leeren Kran. Gekonnt schaltete sie den

Peilsender ab, bevor er die Raketen der Lanze auf das falsche Ziel lenkte.

Mit granatenspeiender Autokanone kroch Jorgenssons Mech in Deckung. Donnernde Schritte kündigten den *Pillager* an, der heranpreschte, um seinem leichteren Partner zu Hilfe zu kommen. Aber Trahn hatte das Monster auf dem Schirm und führte die Vigilantes in Sicherheit.

Sie zogen sich zurück und umgingen die beiden Killer in weitem Bogen, bevor sie sich den *Clint* vornahmen, als Adelaide Tobin die Maschine über die Häuser flog, um schneller den Kampfschauplatz zu erreichen. Durch die erhöhte Position im Flug musste die Pilotin zumindest einen Teil der Vigilante-Mechs gesehen haben. Ein zweiter Sprung brachte den mittelschweren BattleMech in die Nähe der beiden *Commandos*. Der *Clint* feuerte bereits im Absinken. Einer der Laserschüsse traf Snells linke Beinpanzerung. Er und Sam rannten auseinander und fort von Tobins Landestelle. Staub und von den Sprungdüsen aufgewirbelter Müll wirbelten um die Maschine, und die Myomermuskeln beugten die Mechbeine, um die Wucht der Landung abzufedern. Der *Clint* kam aus der Hocke wieder hoch und feuerte. Seine Ziele waren die flüchtenden *Commandos*, aber weder mit Granaten noch Lichtbahnen erzielte er einen weiteren Treffer.

Tybalt, der zu ungünstig platziert war, um einzugreifen, sah, was der Killer-Pilotin zu entgehen schien.

Trahns *Raven* trabte unbemerkt näher, im Rücken des *Clint* von einer Deckung zur nächsten huschend. Der Torso der leichten Maschine drehte sich und richtete die Waffen auf den allem Anschein nach ahnungslosen Gegner, während der mittelschwere *Clint* blieb, wo er war, wie es aussah, um besser auf die fliehenden *Commandos* zielen zu können. Trahn musste sich entschieden haben, genau zu zielen, um sicherzugehen, denn sie feuerte nur eine Rakete ab. Diesmal flog die NARC-Boje nicht vorbei. Sie hängte sich mitten zwischen die Sprungdüsen des *Clint*. Trahn juchzte vor Freude über einen offenen Kanal.

Der *Clint* wirbelte herum.

Die *Commandos* auch.

Als die Waffen der mittelschweren Maschine vergeblich versuchten, den *Raven* abzuschießen, feuerten Sam und Snell. Kurzstreckenraketen zischten auf den *Clint* zu, geleitet vom Signal des Peilsenders. Tybalt konnte nicht feststellen, ob es an der Wucht der Einschläge lag oder die Folge des angerichteten Schadens war, aber wie auch immer, der *Clint* ging zu Boden.

Trahn warnte sie, dass der *Enforcer* im Anmarsch war. Tybalt lehnte einen Versuch ab, Tobins Maschine zu erledigen. Sie zogen ab, während Jorgensson seiner gestürzten Lanzenkameradin Deckung gab.

Es war klüger so. Bis jetzt hatten sie Glück gehabt und waren nahezu unversehrt geblieben, aber der Vorteil des Überraschungsmoments wurde stetig kleiner. Und jetzt befanden die Vigilantes sich zwischen den beiden Killern und deren Boss. Das war keine Position, die sie sich lange erlauben konnten. Um sie zu ihrem Vorteil auszunutzen, befahl Tybalt einen schnellen Passierangriff auf den *Pillager*, während sie hinter ihm eine neue Deckung suchten.

Es wurde ihre bisher beste Leistung. Jeder erzielte mindestens einen Treffer bei dem Monster, aber dessen dicke Panzerung verhinderte, dass sie irgendwelche wichtigen Systeme ausschalten konnten. Crawfords Antwortfeuer kostete sie mehr als beide Angriffe gegen die mittelschweren Maschinen zusammen. Sam meldete einen Panzerdurchbruch am linken Bein des *Commando*, und JJ hatte so gut wie keinen Schutz mehr auf dem größten Teil der rechten *Javelin*-Flanke. Die Kressly-Felsfell-30M-Panzerung an Tybalts Maschine war von Lasertreffern kraterübersät. Nur dank der Gnade der Götter und Trahns Störsendern hatte niemand einen Treffer mit einer der Nickeleisen-Gausskugeln des *Pillager* einstecken müssen.

Crawford brüllte wilde Flüche über einen offenen Kanal und sandte den abziehenden Vigilante-Mechs eine Gaussalve nach der anderen hinterher. Die Nickeleisengeschosse zertrümmerten Maschinerie und sprengten Gebäude, aber nur fliegende Trümmerstücke trafen die gräflichen BattleMechs.

Nach der Erniedrigung, die sie Kingston Killern zugefügt hatten, erwartete Kelly, dass der wütende Crawford ihnen seine Lanze nachhetzte, aber dazu kam es nicht. Trahn meldete, dass der *Enforcer* und der *Clint* zu ihrem Herrn und Meister zurückkehrten, aber statt vorzurücken, blieben sie stehen.

»Warten sie darauf, dass wir zu ihnen kommen?«, fragte Snell.

»Da können sie lange warten«, antwortete Tybalt.

»Commander.« Trahns Stimme war unsicher. »Ich glaube, ich habe gerade einen Lichtblitz beim *Catapult* aufgeschnappt.«

»Kommlaser?«

»Wäre möglich. Der *Cat* ist außerhalb meiner Störreichweite, aber er würde einen Laser brauchen, um die anderen zu erreichen.«

»Und was haben sie zu besprechen?«, wollte JJ wissen.

»Ich hoffe, Sie fordern kein Arrow-Feuer vom *Catapult* an«, meldete sich Snell.

»Er müsste blind feuern«, gab Trahn zu bedenken.

»Der *Catapult* könnte Informationen vom Duviçer Hauptquartier durchgeben«, vermutete Tybalt. »Sein Empfänger wird nicht gestört.«

»Sie wissen schon, dass wir hier sind«, erwiderte Snell.

»Aber sie sind es auch«, konterte Tybalt. »Und haben hier eigentlich nichts verloren. Möglicherweise wissen sie nicht, was anderswo abgeht.«

Mit einem Timing, wie es Tybalt nur in Holodramas für möglich gehalten hätte, dröhnte Kingston Crawfords Stimme über den offenen Kanal.

»Macht ihr euch auf den Weg, Ling-Marabie den Arsch zu versohlen. Dieser Kübel ist dafür zu langsam, und Price' Beschützer brauchen jedes Geschütz. Hier ist eh nur

Schuhabfall, und die haben nicht die Kugeln und schon gar nicht den Mumm, sich mit mir anzulegen.«

Es war ebenso sehr Herausforderung wie Beleidigung.

»Hört ihr mich, Schuhmüll?«

Tybalt war zu sehr damit beschäftigt, sich die Ortungsdaten anzusehen, die Trahn ihm lieferte. Wie es schien, war Crawfords Befehl keine Finte gewesen. Der *Enforcer* und der *Clint* hatten umgedreht und waren auf dem Weg zurück aus der Stadt. Der *Catapult* hatte seine Unterstützungsposition verlassen. Der einzige Killer-Mech, der nicht abzog, war Crawfords Maschine. Der *Pillager* blieb stehen, wo er stand, und strahlte Beleidigungen ab.

Plötzlich hatte sich die Situation geändert, und Tybalt wagte zu hoffen, dass diese Änderung zu ihren Gunsten ausgefallen war. Die Vigilantes hatten gemeinsam mehr als die anderthalbfache Tonnage der überschweren Maschine, aber der Hunderttonner war mit Waffen bestückt, die einen leichten BattleMech mit einem Treffer erledigen konnten. Die meisten Waffen der FBGS-Mechs dahingegen waren relativ schwach und besaßen nur eine geringe Reichweite. Trotzdem bestand die Chance, dass sie für die alte Kriegerhausstrategie des Tods der Tausend Stiche ausreichten. Jetzt, wo er auf sich allein gestellt war, war der *Pillager* verwundbar. Sobald Trahn eine NARC-Boje an dem Stahlgiganten platziert hatte, würden die Raketen der Vigilantes auf ihn hinabstoßen wie Wespen auf Zuckerwasser. Es konnte funktionieren.

Aber Crawford war ein erfahrener Pilot. Der *Pillager* war keine leichte Beute. Es würde einen hohen Preis kosten.

Tybalt fragte sich, wer den wohl bezahlen musste.

38

Hinchuan, Duviçer Pfalz, Epsilon Eridani
Chaos-Marken

6. Mai 3062

Tybalt fand schnell heraus, dass Crawford nicht bereit war, bei seinem Plan, mit dem *Pillager* fertig zu werden, mitzuspielen. Trotz wiederholter Attacken gegen den Riesenmech weigerte der Söldnerführer sich, den Köder zu schlucken und sie durch Hinchuan zu verfolgen. Stattdessen wuchtete er sich weiter in Richtung Raumhafen. Die Vigilantes spekulierten, was er vorhatte, während sie ihm folgten.

»Es muss ihm darum gehen, uns vom Landungsschiff fernzuhalten«, vermutete Sam.

»Warum führt er uns dann hin?«, fragte Snell.

»Tut er gar nicht«, antwortete Tybalt. »*Er* will dorthin. Auf dem Raumhafen hat er freies Schussfeld und kann uns besser vom Schiff fernhalten.«

»Es könnte ihm um noch mehr gehen«, schlug JJ vor. »Die MechKrieger, die versucht haben, das Schiff zu verlassen, wollten ein paar teilweise zusammengebaute Mechs hochfahren. Ich habe an Bord die Berichte gesehen. Die Maschinen sind noch ungepanzert, aber sie können sich schon bewegen, und ein Teil hat funktionstüchtige Waffen. Sie könnten Crawford Deckung geben.«

»Ohne Panzerung wären sie schnell erledigt, wenn sie uns angreifen«, warf Trahn ein.

»Solange der *Pillager* steht, wo wir hin wollen, sind wir gezwungen, nach Crawfords Regeln zu spielen. Wenn wir das tun, sind *wir* erledigt.«

Der *Pillager* erreichte den Raumhafen und stampfte über das Feld zum Landungsschiff. Die Vigilantes sahen ihn zwar nicht, denn sie wagten nicht, ihre Deckung zu verlassen, um seinen Vormarsch direkt zu beobachten, aber sie verfolgten Crawfords Weg auf der Sensorkarte. Fast fünfzehn Minuten stand der überschwere Kampfkoloss auf dem Landefeld, als warte er auf etwas. Dann näherte er sich dem Schiff. Auf den Ortungsschirmen deckten sich die Symbole fast. Das Kreischen gequälten Metalls drang an die Außenmikrofone der FBGS-Maschinen.

»Hab ich es nicht gesagt«, stellte JJ fest. »Er versucht die Büchse aufzuschneiden.«

Mechlaser waren in der Lage, Panzerung zu zerschmelzen und eine Luke zuzuschweißen, aber sie waren nicht flexibel genug, um sie aufzuschneiden, jedenfalls nicht sicher. Crawford benutzte vermutlich die Handstachel des *Pillager*, um die Rumpfplatten des Schiffs zu lockern und einen Spalt zu erzeugen, der breit genug war, um die Finger der modellierten Mechhand hindurchzuschieben. Wenn er sie gut im Griff hatte, konnte der Stahlkoloss die Landungsschiffsluke aufreißen.

»Das können wir nicht zulassen«, entschied Tybalt. Das Kräfteverhältnis war so schon ungünstig genug.

Er vergewisserte sich, dass er unter dem Störschirm des *Raven* lag. Dann suchte Tybalt sich eine lange Schusslinie durch die Straßenzüge Hinchuans. Er fand eine Stelle, in der maximalen effektiven Reichweite der Raketen. Dort war er zwar in Schussweite der gefährlichen Gausskanonen des *Pillager*, aber er verließ sich darauf, dass die Wächter-Phalanx in Trahns *Raven* deren Trefferchance reduzierte. Außerdem legte er es ja nicht auf ein Duell an, beruhigte er sich, also würde das keine große Rolle spielen. Er wollte nur lange genug aus der Deckung treten, um zehn Langstreckenraketen abzufeuern. Es ging nur darum, Crawford abzulenken.

Er machte die Raketen scharf und wünschte sich, er hätte Infernos geladen. Das klebrige Brandgel konnte die Innentemperatur eines BattleMechs rapide in die Höhe treiben, und vermutlich war das die einzige Chance, einen Mech mit so ausbalanciertem Abwärme-Wärmetauscher-Verhältnis wie den *Pillager* in die Gefahrenzone zu treiben. Sein *Lineholder* war weniger gekonnt konstruiert.

Aber da es ihm nicht um ein Mechduell ging, sondern nur um einen schnellen Raketenschlag, nach dem er sofort wieder in Deckung springen würde, konnte er sich einen Hitzeschub leisten. Zu schade, dass er über keine bessere Bewaffnung dafür verfügte. Aber immerhin hatte er den schweren Blaze-Fire. Er bemühte sich, die Lichtkanone auf dieselbe Trefferzone zu zielen wie die Raketen, und drückte ab.

Die Raketen jagten in sicherer Linie ins Ziel und detonierten auf dem Rücken des überschweren Mechs. Der Laser bohrte sich in die Kraterlandschaft. Kurz brach ein wildes Plasmafeuer aus dem Torso der Maschine und verriet Tybalt, dass er die Sprungdüsen des Gegners beschädigt hatte. Andererseits erloschen die Flammen zu schnell für eine vollständige Zerstörung der Sprungfähigkeit. Aber wenigstens würde die Reichweite sinken.

Lieber wäre es ihm gewesen, er hätte den Kreiselstabilisator getroffen oder noch besser den Fusionsreaktor.

Crawford drehte die Maschine. Trotz des internen Treffers wirkte der Söldner nicht sonderlich beeindruckt. »Dachte ich mir, dass ich euch Schuhwiesel damit aus dem Versteck locke.«

Der Killer feuerte Gaussgeschütze und Laser auf Tybalt ab und rief dabei: »Komm zu Papa!«

Tybalt Kelly hatte die Vernichtungsorgie erwartet und war nicht mehr zur Stelle, als sie eintraf. Und er war froh, dass er fort war, denn sie zertrümmerte einen beträchtlichen Teil der Hinchuaner Innenstadt.

Das Ausmaß der Verwüstungen ließ ihm kalte Schauder den Rücken hinablaufen. Die Lichtwerfer des *Pillager* waren schon schlimm genug. Sie schleuderten genügend gebündelte Energie ins Ziel, um ohne die damit verbundenen Abwärmeprobleme die Schlagkraft seines *Lineholder* zu erreichen, aber die beiden Poland-Hauptmodell-A-Gaussgeschütze machten den Mech zu einem Zerstörer mystischen Ausmaßes. Nichts mussten die Vigilantes so sehr fürchten wie diese Waffen.

Aber Gaussgeschütze verbrauchten Munition, und Munition ging irgendwann aus.

Wie oft hatte Crawford die Gaussgeschütze in diesem Kampf schon abgefeuert? Tybalt rief auf dem Hilfsmonitor die *Pillager*-Daten auf und war entsetzt, welche Mengen an Munition die Maschine mitführte. Crawford konnten die Kugeln nur ausgehen, falls er den Kampf mit bereits reduzierter Ladung angegangen war, und daran hegte Tybalt ernste Zweifel.

»Zu was Besserem, als einem Gegner in den Rücken zu schießen, seid ihr wohl nicht fähig?«, höhnte Crawford. »Ihr Schuhe seit Feiglinge mit dem Ehrgefühl eines Randwelten-Sklavenhändlers. Stellt euch und kämpft!«

Sam und Snell taten ihm den Gefallen. Sie verließen die Deckung und rückten in Doppelmoppelfaçon vor. Sams erste Salve saß, und Snell schaffte es sogar, ein paar KSR zu landen, aber Crawford fiel auf das Täuschungsmanöver nicht herein. Er peitschte den rechten Arm des *Pillager* herum und erwischte Sam mit dem Defiance-B3L-Laser. Der Schuss schälte Panzerung vom Rumpf und fraß sich in die interne Struktur, war aber nicht tödlich. Sam zog den stolpernden *Commando* hastig in Deckung.

Tybalt war froh, dass der Söldner sich seines Ziels nicht sicher genug gewesen war, um eines der Gaussgeschütze einzusetzen.

»Vergesst die Finessen«, wies er Sam und Snell an.

»Schon geschehen«, antwortete Sam. »Was machen wir jetzt, Boss?«

Tybalt dachte angestrengt nach. »Wir müssen ihn von allen Seiten gleichzeitig angreifen. Auf die Weise können ein paar von uns Treffer landen, auf die er nicht antworten kann.«

Niemand erwähnte die offensichtliche Tatsache, dass mindestens einer von ihnen dazu aus einem Winkel würde angreifen müssen, in den hinein Crawford antworten *konnte*.

»Schön und gut«, bemerkte JJ. »Aber er hat den Kanal im Rücken.«

Das stimmte. Der Kennesokanal war breit, locker hundert Meter, und sicher noch einmal hundert Meter das gegenüberliegende Ufer hinab gab es kaum eine Deckung. Das andere Ufer war kaum besser als ein Schießfeld für den *Pillager*. Schlimmer noch, Vigilante-Maschinen würden dort außerhalb des schützenden Störfelds von Trahns *Raven* stehen. Und falls der *Raven* am anderen Ufer war, konnte er keine der Maschinen auf der Hinchuanseite beschützen.

»Falls Trahn irgendwo stromabwärts übersetzen kann, könnte ich irgendwo hinüberspringen«, schlug JJ vor. »Ihre Wächter-Phalanx liefert uns den besten Schutz, bis wir in Angriffsposition sind.«

»Der Kanal wäre eine noch bessere Deckung«, erwiderte Sam.

»Der ist nicht besonders tief«, erinnerte Tybalt sie. Er hatte größtenteils eine Tiefe von drei bis vier Metern, genügend Tiefgang für die Lastkähne, die ihn benutzten, aber für die leichten Mechs kaum mehr als hüfthoch. »Das reicht nicht, um sich unter Wasser anzuschleichen.«

»Muss es auch nicht«, gab Sam zurück. »Das Ufer liefert noch zwei Meter zusätzliche Deckung. Die *Commandos* können sich ducken und am nahen Ufer anschleichen, ohne gesehen zu werden. Und was noch besser ist, so bleiben wir in Reichweite von Sallys Wächter. Dann können wir aufstehen, wenn ihr anderen Crawfords fetten Hintern aus der Nähe des Landungsschiffs lockt, und ihm einen anständigen Tritt in den Arsch versetzen. Ich persönlich wäre sehr dafür.«

Tybalt genehmigte den Plan, aber mit einer Einschränkung. »Ihr rückt auf Position, aber ihr bleibt unten, bis wir eine NARC-Boje an dem Monstrum haben. Wir brauchen schon beim ersten Angriff maximale Schlagkraft, wenn das funktionieren soll.«

Dem *Pillager* die Boje zu verpassen, war ein Problem für sich.

Tybalt sah sich gezwungen, eine andere Straße in Schusslinie des Raumhafens hinabzuspurten. Diesmal hatte er keine Deckung durch den *Raven*. Trahn war mit dem Mech so unauffällig wie möglich vorgerückt. JJ hatte sich eine nähere Schussposition gesucht. Der Gedanke dahinter war folgender: Tybalt und JJ würden gleichzeitig aus der Deckung treten und feuern, damit Crawford mehrere Ziele hatte und abgelenkt genug war, um Trahn Gelegenheit zu einem gezielten Schuss zu geben.

Tybalt gab das Signal. Raketen flogen über den Stahlbeton. Detonationen schüttelten den *Pillager* und den Boden ringsum. Nickeleisenkugeln donnerten durch die Luft und jagten auf den hastig in Deckung springenden Tybalt zu. Trahn kam hoch und feuerte. Tybalts Ortungsschirm leuchtete auf, als er das Peilsignal der NARC-Boje auffing. Erfolg!

Leider war ihr Ablenkungsmanöver nicht erfolgreich genug. Wieder bewies Kingston Crawford seine mörderischen Reflexe. Der Torso des *Pillager* schwenkte in Richtung des *Raven*. Beide Gaussgeschütze spien ihre elektromagnetisch beschleunigten Kugeln. Eine erwischte den leichten Mech am rechten Armstummel. Ferrofibritpanzerung, Waffen, Aktivatoren und Endostahlskelett barsten, als der Treffer die komplette rechte Schulter der Maschine wegriss. Der Schock des Treffers kostete Sally Trahn die Herrschaft über den Mech. Mit aus der Bresche spritzender Kühlflüssigkeit, die wie grünes Blut aussah, krachte der *Raven* zu Boden.

Zu Trahns Glück fiel sie aus Crawfords Schusslinie. Das hinderte ihn allerdings nicht an dem Versuch, das hinter ihr stehende Haus über ihr zum Einsturz zu bringen, indem er es mit Gausskugeln bombardierte. Trahn strampelte mit den Beinen der Maschine, dessen armlose Konstruktion es selbst unter günstigsten Umständen zu einem Problem machte, nach einem Sturz aufzustehen. Sie erkannte, dass sie nicht schnell genug Erfolg hatte, und stieß sich stattdessen mit den kräftigen Mechbeinen ab, um den *Raven* über den Boden aus der Gefahrenzone zu treiben.

Der Einsturz des Gebäudes sandte Schockwellen durch den Boden, die Tybalt noch einen Viertelkilometer entfernt spürte. JJs *Javelin* sprintete durch die Staubwolke hinüber zu Trahn. Die Laser des *Pillager* zuckten durch die Wolke, konnten dem flinken Scoutmech aber nicht gefährlich werden. Tybalt deckte Crawford mit Raketen und Laserfeuer ein, obwohl der Söldner zu weit entfernt war, als dass die Lichtwerfer einen erkennbaren Schaden hätten anrichten können. Alles, um ihn anzulenken und JJ zu decken.

Der stürzte sich auf den *Raven*. Mit den modellierten Händen der *Javelin* half er Trahn wieder auf die Mechbeine, und die beiden leichten Kampfkolosse hasteten in die Deckung der Lagerhallen.

Tybalt, der es endlich geschafft hatte, Crawfords Aufmerksamkeit auf sich zu ziehen, entkam mit leichtem Panzerschaden vom schweren Laser des *Pillager* hinter einen Hangar. Crawford verfolgte keinen von ihnen. Das war gut. Sie brauchten die Atempause.

»Tut mir leid, Boss, ich habe die Laser verloren«, entschuldigte sich Trahn.

»Du hast deinen Job erledigt, und du hast es überlebt. Ich beschwere mich nicht.«

Aber der eigentliche Job stand ihnen noch bevor.

Er vergewisserte sich, dass Sam und Snell in Stellung waren. JJ ließ er sich selbst eine Position suchen, Sally befahl er zurückzubleiben. Wenn es schief ging, würden sie ihre Störsignale brauchen, um davonzukommen. Er selbst wählte eine Stelle, von der er annahm, dass Crawford dort mit einem Vigilante-Mech rechnete. Er war am äußersten Rand des elektronischen Schutzschirms. Ein Schritt nach rechts, und der *Lineholder* hatte das Feld verlassen.

Alles war bereit. Ihm blieb nur noch, das Angriffssignal zu geben. Auf sein Zeichen schlugen die Vigilantes zu. KSR jagten auf das Peilsignal zu. Laserbahnen stießen in den Rücken des *Pillager*. Weitere Laserstrahlen, unter anderem aus einer schweren Lichtwerferkanone, schlugen aus den Geschützmündungen des *Lineholder*.

Sie verletzten den *Pillager*, aber der blieb ein Hunderttonner. BattleMechs waren darauf ausgelegt, reichlich Schaden einzustecken, und die riesigen Hunderttonner waren die zähesten von allen. Der überschwere Kampfkoloss überlebte den Angriff.

Crawford heulte vor Wut und schlug zurück.

JJ erregte als Erster die Aufmerksamkeit des Killers. Für die Gaussgeschütze war die Distanz tödlich, und diesmal war die Wächter-ECM-Phalanx überfordert. Beide Kanonenkugeln schlugen ein. Laser peitschten über die *Javelin*, zerfetzten sie in einem grellrotten Lichtgewitter. Der zertrümmerte leichte Mech überschlug sich und flog in einer Explosion von Metalltrümmern auseinander. JJs Kommleitung fiel aus.

Tybalts Hände spannten sich um die Steuerknüppel. Er feuerte mit allem, was er hatte. Zur Hölle mit der Abwärme. Der Eismann kannte keine Hitze.

Die Wucht des Angriffs ließ den *Pillager* wanken. Laser brannten sich in die gepanzerte Haut und ließen sie schmelzen. Raketenexplosionen sprengten sie in großen Metallkeramikklumpen weg. Ein riesiger Panzerblock mitsamt der ihn haltenden Gerüststruktur löste sich vom linken Oberschenkel. In einer Korona elektrischer Funken prasselten Gausskugeln auf das Landefeld, als eine der Munitionskammern aufplatzte.

Zu spät, verdammt zu spät.

Trotz des Schadens ignorierte Crawford den *Lineholder*. Der Killer griff die *Commandos* an.

»War die erste Lektion noch nicht genug, Liu?«

Sam unterstrich ihre Antwort mit einer Salve von acht Kurzstreckenraketen. »Friss das und stirb, Drecksack!«

Der *Pillager* schüttelte die Raketentreffer mit beinahe verächtlicher Leichtigkeit ab. Die erhobenen Mecharme wandten sich von Sam ab und überschütteten Snells *Commando* mit Geschützfeuer.

Eine Nickeleisenkugel schlug durch die rechte Hüfte des *Commando*. Die andere riss das Bein komplett ab. Laserspeere bohrten sich in die Eingeweide des Mechs, und seine komplette rechte Torsoseite flog in die Luft, als die dort eingelagerte Munition detonierte. Die Maschine kippte nach hinten und verschwand unter der Wasseroberfläche.

»Soviel zu deinem kleinen Freund.« Der gigantische Stahlkoloss setzte sich in Bewegung und trat über das Ufer. Ein kurzer Feuerstoß der Sprungdüsen setzte ihn im Kanal ab. Aufgewühlte Fluten schlugen gegen die Metallschenkel. Crawford watete auf Sam zu. »Ich habe dich schon einmal abgeschossen, Kleine.«

»Nein!«, schrie Tybalt und preschte mit dem *Lineholder* los. Vor seinem inneren Auge sah er Sams Mechs wie Snells Maschine auseinanderfliegen. Es war eine Horrorvision, in der er durch die Panzerung über dem Cockpit und die Sichtscheibe des Neurohelms Sams von Todesschmerz verzerrte Züge sah.

In Wahrheit sah er nichts davon, denn Crawfords *Pillager* verdeckte Sams *Commando* völlig.

»Heute werde ich es noch einmal tun«, hörte er den Killer sagen. »Und diesmal endgültig.«

Tybalt hörte Raketenfeuer. Das musste Sam sein, die einen letzten trotzigen Angriff startete. Auf dem offenen Kanal jaulte Crawford vor Schmerzen. Sam hatte ihn getroffen!

»Du dreckige Schlampe! Das wirst du büßen!«

Der *Lineholder* jagte mit Höchstgeschwindigkeit über den Asphalt, rannte so schnell, wie die von Myomermuskeln bewegten Endostahlbeine ihn tragen konnten.

Er war nahe genug, um über die Außenmikrofone das Knistern der voll aufgeladenen Gaussgeschütze zu hören.

Langsam. Zu langsam.

Der mittelschwere Kampfkoloss trat aus der Deckung der Gebäude, die Crawford vor Tybalts Rache beschützten. Das

Drama spielte sich nicht exakt dort ab, wo er es erwartet hatte. Crawford hatte Sam stromabwärts getrieben.

Tybalt drehte den Torso der Maschine. Er musste genug Feuerkraft aufs Ziel richten!

Der Kreiselstabilisator kreischte unter der Drehung auf, als Tonnen von belebtem Stahl gegen den Schwung des Sturmlaufs ankämpften. Schwindel schlug durch den Neurohelm. Instinktiv kämpfte Tybalt gegen einen Sturz.

Es kostete ihn die Chance zum Schuss.

Sam war nur Sekunden vom Tod entfernt. Sekunden, die er nicht mehr hatte, um sie zu retten.

Eine Bewegung hinter dem Killer riss seine entsetzten Blicke vom Szenario des Untergangs.

Ein zertrümmerter Koloss erhob sich triefend aus den Tiefen des Kanals. Es hätte ein Rachegeist sein können, der mit anklagendem Finger auf den Schuldigen zeigte.

Aber es war Snells *Commando*.

Er stand auf einem Bein, eine Pilotenleistung, die den größten Kriegerhauskämpfern gerecht wurde, und der Arm, den er auf Crawfords *Pillager* richtete, war mit einem mittelschweren Defiance-B3M-Laser bestückt.

Das Bild des rächenden Geists zerplatzte, als es Snell nicht gelang, die Maschine aufrecht zu halten. Der Arm des Mechs glitt aus der Schusslinie, als er versuchte, die Maschine auszubalancieren. Snell feuerte trotzdem. Ungezielt.

Der Laserstrahl verdampfte eine Spur im Wasser des Kanals und traf das linke Knie des *Pillager*. Aktivatoren zuckten. Das Bein knickte ein, gerade als Crawford schoss. Nur die Ausläufer seiner Breitseite erwischten Sams *Commando*. Die Gaussgeschütze verfehlten den Mech völlig, und die Laser schüttelten ihn zwar durch, brachen aber nicht durch die Panzerung.

Sams *Commando* setzte sich.

Der *Pillager* drehte sich um.

Racheschwüre ausstoßend, schlug Crawford mit allem, was er hatte, auf Snells wehrlosen Scoutmech ein. Der verwüstete

Commando löste sich unter dem Bombardement in seine Einzelteile auf.

Erst JJ. Jetzt Snell. Das war zu viel.

Viel zu viel.

Der zernarbte und durchlöcherte Hunderttonner drehte sich zu Kelly um. Er war noch nicht fertig.

Tybalt auch nicht.

Er feuerte die Laser, löste sie aus, so schnell sie wieder aufladen konnten. Der Computer warnte vor Überhitzung und der Gefahr einer Munitionsexplosion. Er reagierte, indem er auf den Vetoschalter schlug und Munition verbrauchte, so schnell er konnte. Er sah nichts mehr außer Crawfords *Pillager*, und er tat nichts mehr, außer zu schießen.

Die LSR waren auf so kurze Entfernung wertlos. Den Lichtwerfern war die Entfernung egal. Sie schnitten und schälten, zerschmolzen und verdampften. Wie ein in den Grundfesten erschütterter Berg neigte der *Pillager* sich unter der Wucht des Angriffs zur Seite und kippte weg. Sein Sturz schleuderte eine Welle auf, die hoch genug war, den *Lineholder* am Ufer zu erreichen. Das Wasser schloss sich über Crawfords Mech, und nur Luftblasen markierten, wo er gestanden hatte.

Jetzt, wo sein Feind verschwunden war, hatte Tybalt nur noch einen Gedanken. »Sam? Sam?«

»Okay«, antwortete ihre benommene Stimme. »Ich bin okay.«

Eine Last, die er gerade erst bemerkte, hob sich von seinem Herzen.

»Crawford?«, fragte sie.

»Ist erledigt.«

»Reichlich Weihrauch für Buddha heute Abend.«

Tybalt sprang mit dem *Lineholder* ins Wasser. Er hatte keine Sprungdüsen, um den Sturz abzudämpfen, und sank tief in den Schlamm am Boden des Kanals. Er brauchte ein paar Sekunden, das Gleichgewicht wiederzuerlangen und den Mech unter Kontrolle zu bringen. Dann nahm er Kurs auf Sam, um ihr aufzuhelfen.

Links von ihm regte sich etwas. Er drehte sich um und sah mit Entsetzen, wie der *Pillager* sich mit beiden Armen aufrichtete und versuchte, wieder auf die Beine zu kommen.

»O nein«, sagte er. »Heute nicht.«

Er trat zu. Der breite Metallfuß des *Lineholder* traf den linken Arm des *Pillager*. Panzer brach. Tybalt spürte den Aufprall am ganzen Körper. Er jaulte auf, als ein Aktivatorkurzschluss einen Stromstoß durch das Rückkopplungssystem des Neurohelms jagte. Aber der Tritt saß. Der Arm des *Pillager* rutschte weg. Der gigantische Kampfkoloss schlug frontal auf die Wasseroberfläche und verschwand wieder unter den düsteren, aufgewühlten Fluten.

Das Wasser brodelte.

Luftblasen?

Mit der ganzen Wucht der austretenden Luft ging Tybalt eine ganze Scheinwerferbatterie auf. Der *Pillager* war durchlöchert. Seine strukturelle Integrität war verloren! Er erinnerte sich an die Schäden, die er am Kopf des Mechs bemerkt hatte. Das Cockpit war nicht mehr dicht!

Er schaltete den Sichtschirm auf Infrarot und sah die mehrfarbige Silhouette des überschweren BattleMechs, der sich unter dem Wasser bewegte. Es waren keine geschmeidigen Bewegungen, wie er sie von Crawford gewohnt war. Es lag Verzweiflung in den deutlichen Bemühungen des Söldners, das Cockpit über die Wasseroberfläche zu heben.

»Heute nicht«, stellte Tybalt fest.

Er hakte den Fuß des *Lineholder* unter den beschädigten linken Arm des *Pillager* und zog. Die Dornfortsätze an der Hand des Mechs mussten Furchen in den Bodenschlamm gegraben haben, aber sie konnten Tybalt nicht daran hindern, den Arm zur Seite zu schlagen. Wieder sank der monströse Metallkoloss tiefer. Tybalt stampfte auf den Mecharm, drückte ihn in den Schlamm. Er presste mit den ganzen 55 Tonnen des *Lineholder* auf das Metall.

Die Kraft der Myomer-Pseudomuskeln, die einen hundert Tonnen schweren BattleMech bewegten, war gewaltig. Aber selbst ihre Leistungsfähigkeit hatte Grenzen. In diesem Kampf erreichte der *Pillager* sie. So sehr er sich auch abmühte, es gelang ihm nicht, mit einem Arm fünfundfünfzig Tonnen Metall abzuschütteln.

Die meisten Waffen der Maschine saßen im Torso. Bäuchlings im Schlamm liegend, konnte er sie nicht einsetzen. Die CeresArms-Laser im rechten Arm blitzten auf, brachten das Wasser zum Kochen und sprengten Löcher in die Kanalwand, aber so, wie der *Pillager* im Schlamm lag, konnte Crawford sie nicht auf Tybalt ausrichten. Das Einzige, was ihm blieb, war brutale Gewalt.

Der *Pillager* bäumte sich auf.

Er bockte.

Tybalt hielt ihn unten. Das war kein BattleMechkampf, wie er ihn sich erträumt hatte. Das war ein Kampf ohne jede Verbrämung. Brutal. Direkt. Skrupellos.

Das war Krieg.

Tybalt Kelly hatte keinen Zweifel daran, dass er ein wahrer MechKrieger war.

Nach einer Weile stiegen keine Luftblasen mehr auf.

Der *Pillager* regte sich nicht mehr.

Langsam beruhigte sich das Wasser.

39

Hinchuan, Duviçer Pfalz, Epsilon Eridani
Chaos-Marken

6. Mai 3062

Es war mühsam, Sam zu helfen, ihren *Commando* aus dem Schlamm zu befreien, aber sich zu vergewissern, dass er Snell nicht mehr helfen konnte, war eine Arbeit, die Tybalt sehr viel schwerer fiel. Alles, was er fand, waren Metalltrümmer.

Eine leere, zerfetzte Pilotenliege war das letzte Fundstück, das zu untersuchen er sich die Mühe machte.

Aldo Snell war als Held gestorben. Aber er war tot, und daran ließ sich nichts mehr ändern. So wie Stübel. So wie Schneck. So wie JJ.

Tybalt war froh, den Mech aus dem Kanal hieven und zu den beiden anderen überlebenden Mechs auf dem Landefeld des Huang-Lu-Raumhafens steuern zu können. Er betrachtete ihre Beute. Das Landungsschiff stand gedrungen und düster auf dem Stahlbeton. Es war Crawford nicht gelungen, eine der Schiffsluken zu öffnen. Sie hatten ihn rechtzeitig gestoppt. Die Vigilantes hatten einen hohen Preis dafür bezahlt.

Eine Bewegung erregte seine Aufmerksamkeit. In der Dunkelheit unter dem Schiff bewegten sich Menschen. Während er zusah, fiel jemand aus dem Rumpf, schlug auf und rollte ab.

Die Gefangenen an Bord des Landungsschiffes waren offenbar nicht untätig gewesen. Irgendwie hatten sie einen Weg durch das Innenleben des Schiffs und eine Luke gefunden, die sie öffnen konnten. Die meisten Flüchtlinge rannten davon, aber er bemerkte zwei, die sich zu dem Hangar schlichen, in dem die halbfertigen BattleMechs standen.

Er war nicht in der Stimmung für Spielchen, und sie waren gewarnt. Der schwere Laser machte der Laufbahn der beiden Mechpiloten ein jähes Ende.

Nur um ganz sicher zu gehen, riss Kelly das Hangartor auf. Die Halle lag im Dunkeln.

Er stellte Trahn auf Posten, um weitere Fluchtversuche zu vereiteln, und machte sich mit Sam auf die Suche nach JJs Überresten. Er hatte wenig Hoffnung. So brutal zerlegte Mechs wie die *Javelin* seines Kameraden lieferten selten genug für mehr als eine symbolische Beisetzung.

Zu seiner absoluten, begeisterten Überraschung fanden sie JJ, verwundet, aber lebend, in der Kanzel der *Javelin*.

Angesichts des Zustands des Mechwracks war das ein Wunder. Tybalt schickte ein Dankgebet an alle Götter, die ihm einfielen.

Mit geschientem Bein und mehrere schmerzstillende Injektionen später versuchte JJ vorzutäuschen, er sei so gut wie neu. »He, wir haben gewonnen. Entweder das, oder der Richter der Toten hat einen Fehler gemacht und mich an den falschen Ort geschickt.«

»Keine Bange, Jurewicz«, stellte Sam fest. »Du bist nicht fälschlicherweise im Himmel gelandet.«

»Hatte ich auch nicht erwartet. *Fälschlicherweise*, meine ich. Wo sind Trahn und Snell?«

»Trahn ist hinten am Landungsschiff«, antwortete Tybalt. Den Rest brachte er nicht über die Lippen.

»Snell hat mir das Leben gerettet«, erklärte Sam ernst.

JJ nickte. Er verstand.

Sam trug ihn in der Hand des *Commando* zurück zum Raumhafenfeld.

Die Stadt war still. Trahns Langstreckenortung zeichnete nichts, was ihnen gefährlich werden konnte. Nachdem er das Signal für den erfolgreichen Abschluss der Mission gegeben hatte, kam der Befehl zurück, bis auf weiteres die Stellung zu halten. Sie schlugen ein provisorisches Lager auf dem Raumhafen auf und ruhten sich von ihren Anstrengungen aus.

Gegen Morgen krochen die Einwohner Hinchuans aus den Verstecken, in die sie sich während der Nacht klugerweise geflüchtet hatten. Langsam versammelte sich eine Menschenmenge am Rand des Raumhafens. Trotz zertrampelter und zerfetzter Zäune, die niemanden hätten aufhalten können, betrat kein Mensch das Feld.

Tybalt gab bekannt, dass der Ort unter der Kontrolle der Grafschaft Shu stand. Es kam ein leichtes Murren auf, aber die Hinchuaner waren klug genug, sich nicht mit BattleMechs anzulegen. Er war froh darüber. Es hatte schon genug Tote gegeben.

Aber die Menge zerstreute sich auch nicht. Erst zwei Stunden später löste sie sich auf, dann allerdings mit erstaunlicher Geschwindigkeit. Manche der Einheimischen rannten regelrecht davon.

»Gibt wohl doch nicht genug zu sehen«, vermutete JJ.

Tybalt hatte so seinen Verdacht. »Trahn!«

»Ich bin wach«, antwortete sie. Ihre überraschte Stimme verriet, dass sie in Wahrheit eingenickt war. »Überprüfe die Ortung.«

»O nein«, heulte sie gleich darauf. »Ich zeichne zwei schnell anrückende leichte Mechs. Das müssen *Jenner* sein. Hinter ihnen kommt noch ein Dritter. Der ist langsamer.«

»Die 48.«, schloss Tybalt. »Der dritte Mech wird Namihitos *Panther* sein.«

Viel konnten sie nicht tun, um sich auf die Ankunft der Draconier vorzubereiten, aber das wenige taten sie. Trahn beobachtete weiter den Anmarsch der Söldner und lieferten den anderen aktuelle Lageberichte, während sie sich bemühten, für JJ einen der halb zusammengebauten Mechs im Hangar hochzufahren. Er würde in einem Gefecht nicht lange durchhalten, aber er verfügte über Bewaffnung, die sie momentan gut gebrauchen konnten. Tybalt behagte der Gedanke nicht, aber JJ bestand darauf. »Ich bin kein Schlammi, und ich werde mich nicht als Schlammi aus dieser Welt verabschieden.«

Es dauerte zu lange, die Skelettmaschine in Gang zu setzen. Die Vigilantes schafften es nicht, auszurücken und die Draconier zu empfangen, wie sie es mit Kingstons Killern gehalten hatten. Gefechtspositionen am Stadtrand wären gegen die anrückenden leichten Maschinen günstiger gewesen, aber es gab andere Möglichkeiten, die fast ebenso gut waren. Das freie Schussfeld des Raumhafenfelds würde den Vigilantes jetzt ebenso nützlich sein wie zuvor Crawford.

Tybalt empfand es als seltsame Umkehrung der Vorzeichen.

Sie warteten angespannt, während Trahn die Fortschritte der 48. meldete. Am Ortsrand wurden die *Jenner* langsamer, aber nur kurz, bevor sie vorsichtig ins Stadtgebiet vordrangen. Tybalt erwartete, dass die Maschinen geradewegs auf das Landefeld preschten, aber das taten sie nicht. Stattdessen nahmen sie Positionen in der Nähe, aber außer Sicht ein.

»Sie warten auf den Boss«, erklärte JJ.

Die Tatsache, dass sie sich nicht bewegten, bis der *Panther* eintraf, bestätigte die Vermutung. Die drei Maschinen kamen langsam näher. Tybalt erhaschte ab und zu einen kurzen Blick, aber die Draconier bewegten sich mit der für sie typischen Eleganz und Vorsicht. Die Chancen, einen soliden Treffer zu landen, standen bei Null.

»Irgendwas geht da vor«, erklärte Sam. »Ihre Abschussrohre sind geschlossen.«

Trahn stimmte zu. »Ja, und die Energiewaffen sind nicht aufgeladen.«

»Wollen die etwa verhandeln?«, fragte JJ ungläubig.

»Sieht so aus«, stellte Tybalt fest.

»Der *Panther* nähert sich«, meldete Trahn.

Kurz darauf kam der Mech in Sicht. Er bewegte sich über die Schutthalde, die Crawford erzeugt hatte, als er versucht hatte, sich an Trahn für die NARC-Boje zu rächen. Der rechte Arm des *Panther* hing herab, die Mündung der PPK zeigte zu Boden. Kelly war von dem Können beeindruckt, das nötig war, um den Arm bei der Überquerung von derart schwierigem Gelände stillzuhalten, aber nicht überrascht.

»Das wäre unsere beste Chance, ihn zu erledigen, Boss«, bemerkte Sam.

»Bist du wirklich so wild auf einen neuen Kampf?«

»Man tut, was man tun muss.«

»Wir können damit leben, keinen zweiten Piloten zu verlieren. In dieser Runde arbeitet die Zeit für uns. Ich bin bereit, ihm zuzuhören. Zumindest eine Weile.« Mehr zur Unterstützung der Kampfmoral als aus Überzeugung setzte er hinzu: »Mit jeder Minute kommen unsere Schlammhüpfer näher.«

Der *Panther* blieb am Rand des Raumhafens stehen. Seine Metallfüße berührten die Überreste des Zauns. Die Cockpitluke öffnete sich, und ein Mann stieg heraus. Tybalt überzeugte sich mit Hilfe der Vergrößerung, dass es Namihito war. Der Draconier ließ die Leiter hinab und kletterte zu Boden.

»Die Schlange hat Mumm«, kommentierte JJ.

»Das wussten wir schon«, bemerkte Sam.

»Ich gehe hinüber«, stellte Tybalt fest.

»Ist das klug, Boss?«, gab Sam zu bedenken.

Tybalt hörte Besorgnis in ihrer Stimme. »Wer weiß. Aber das halte ich wirklich für ein ›Was man tun muss‹.«

Er stieg aus und traf Namihito in der Mitte des Platzes. Der Draconier nahm Haltung an und verbeugte sich. »Commander Kelly.«

»Sho-sa Namihito.« Tybalt salutierte.

»Ihre Maschinen sind in schlechtem Zustand.«

»Sie können noch kämpfen.«

»Kommandanthauptmann Crawford?«

Tybalt deutete über die Schulter zum Kanal. »Beeindruckt die Fische.«

»Ah so. Er war ein Kämpfer von bemerkenswertem Können, aber in einem großen BattleMech ist selbst ein schlechter Krieger gefährlich.« Namihito verneigte sich respektvoll. »Eine gute Leistung.«

»Danke.« Tybalt erwiderte die Verbeugung unbeholfen. Es behagte ihm nicht, mitten im freien Gelände zu stehen, und er entschied sich, die Präliminarien abzuschließen. »Und was machen Sie hier?«

»BattleMechs kämpfen gegen BattleMechs, hai? Schnelle Maschinen stoßen vor und greifen sekundäre Ziele an, politische Ziele, während die schweren Maschinen in großen Schlachten aufeinandertreffen. Diese Aufteilung der Kräfte ist Ihnen vertraut, hai?«

Der Draconier hatte den Plan des gräflichen Oberkommandos zusammengefasst. Natürlich hätte er dazu nicht in der

Lage sein dürfen, da laut Olan *alle* Duviçer BattleMechs in die »großen Schlachten« hätten gelockt werden sollen. Offensichtlich ließ die Umsetzung des Plans zu wünschen übrig.

Namihitos Vortrag hatte etwas Beunruhigendes. Wie viel wussten die Duviçer? Und was genau meinte Namihito mit politischen Zielen? Wusste er, was die Vigilantes hier beweisen sollten?

»Ich hatte gehofft, Sie könnten die Frage, was Sie hier machen, etwas genauer beantworten«, stellte er fest und versuchte, locker zu wirken, wie jemand, der die Lage im Griff hatte. »Sie haben nicht angegriffen, und das macht mich neugierig.«

»Ich bringe Nachrichten. Unangenehme Nachrichten für Sie, befürchte ich. Ihre Infanteriekolonne wird nicht hier eintreffen. Sie ist auf eine Kompanie Duviçer Panzergrenadiere gestoßen. Die Soldaten haben tapfer gekämpft. Die Überlebenden haben sich ergeben.«

»Versuchen Sie mir mitzuteilen, dass unsere Position hier unhaltbar geworden ist?«

»Die Entscheidung über die Stärke Ihrer Position bleibt Ihnen vorbehalten. Ich teile Ihnen nur die Situation mit.«

Aber wie wahrheitsgetreu? Falls die Hauptschlacht der Offensive für die Duviçer so günstig verlief, dass sie es sich leisten konnten, die Draconier hierher zu schicken, konnte die shulesische Situation im Ganzen nicht erfreulich sein. Tybalt wusste, dass die Lage der Vigilantes prekär war. Einer seiner Piloten war tot, ein weiterer verwundet, und sie hatten nur dreieinhalb einsatzbereite Mechs. Die draconischen Söldner waren ausgeruht. Gegen einen so erstklassigen Gegner zu kämpfen, würde schwer werden. Und falls die Infanterie tatsächlich aufgehalten worden war, konnte die Lanze mit keiner Verstärkung rechnen. *Können die Draconier mit Verstärkungen rechnen?*

Die Beweise, die die Vigilantes hier in Hinchuan gesammelt hatten, waren wichtig für die shulesische Sache, erst recht, wenn die militärische Situation sich zu ihren Ungunsten entwickelte. Der Kommandostab brauchte und wollte, was die Lanze erbeutet hatte. Es würde eine Entsatzaktion geben. Die Grafschaft würde die Vigilantes nicht aufgeben.

»Wir sind keine Bauern, die man gedankenlos opfert«, erklärte er.

»Alle Menschen sind Bauern und sei es nur Bauern ihres Schicksals. Das Schicksal hat beschlossen, dass die Truppen der Grafschaft Shu ihr Ziel nicht erreichen werden. Aber Politik ist kein Schicksal und braucht keine unabänderliche Gewalt über das Schicksal eines Menschen zu haben.«

Tybalt hatte den Eindruck, dass der Draconier versuchte, ihm etwas Wichtiges mitzuteilen, aber er verstand nicht, was. »Ich habe nur Ihr Wort dafür, dass die Einheiten des Grafen verlieren.«

»Die Schlacht läuft noch. Wenn sie diese nicht verlieren, dann die nächste. Sie haben mein Wort. Es wird so kommen.«

»Das ist ein Trick«, beschuldigte Tybalt Namihito. Er hätte ebenso gut zu einer Wand sprechen können. »Sie bluffen«, versuchte er es wieder. »Ich erkenne einen Bluff, wenn ich ihn höre.«

»Dann sind Ihre Ohren defekt.«

»Vielleicht liegt es daran, dass ich nichts höre, was das Zuhören lohnt. Wenn ich Rätsel will, öffne ich einen Glückskeks.«

»Manches lässt sich nur in Rätseln sagen. Aber manches kann man klar aussprechen. Sie wünschen Direktheit, hai? Lassen Sie sich das Folgende durch den Kopf gehen. Ich bin berechtigt, die Kapitulation Ihrer Einheit anzunehmen, aber es ist nicht erforderlich. Falls Sie kapitulieren, werden Sie alle in Gefangenschaft kommen. Falls Sie nicht kapitulieren, habe ich Befehl, Ihre Einheit zu eliminieren. Außerdem ist ein Kopfgeld auf Sie ausgesetzt.«

Ein Kopfgeld? »Legen die Draconier ihren Herren und Meistern noch immer den Kopf eines getöteten Feindes zu Füßen?«

»Nur sehr wenige befolgen die alten Sitten.«
»Aber Sie tun das.«
»Ich versuche, auf dem Weg der Ehre zu gehen.«
»Wie viel Ehre kann ein Söldner besitzen?«
»Genug, seine Seele zu befriedigen, aber die Seelen der Menschen sind verschieden, hai? Mancher betrachtet loyale und fraglose Pflichterfüllung als den Weg zur Ehre. Mancher sagt, die Ehre des Herrn ist die Ehre des Samurai. Mancher behauptet, jeder Krieger müsse seinen eigenen Weg der Ehre finden. Wo liegt Ihre Ehre, Commander Kelly? Kennen Sie Ihren Weg?«
Worauf will Namihito hinaus? Was hatte Tybalts Ehre mit dieser Situation zu tun? »Wir haben von Ihnen geredet. Haben Sie mir nicht einmal erklärt, dass Sie Ronin sind?«
Namihito zuckte die Schultern. »Selbst Ronin können Ehre haben. Oder glauben Sie das nicht?«
Soweit Tybalt es verstand, unterschied sich das draconische Konzept der Ehre nicht wesentlich von dem der Kriegerhäuser. Aber wenn in den Nachrichten Ronin erwähnt wurden, schienen sie kaum besser als Banditen. Es fiel ihm schwer, den Mann, der ihm gegenüberstand, als Banditen oder Briganten zu sehen. Namihitos ruhige Gelassenheit, sein sicheres Auftreten und das unbezweifelbare Können waren Eigenschaften, die er bei den Besten der Kriegerhäuser bewunderte. Einer Verkörperung solcher Tugenden gegenüberzustehen, beunruhigte ihn ein wenig.
Die Vorstellung, gegen sie in den Kampf ziehen zu müssen, beunruhigte ihn sehr.
»Es spielt keine Rolle, welche Bezeichnung jemand trägt«, murmelte er. »Entweder er besitzt Ehre oder nicht.«
»Sie empfinden es also nicht als eine Herabsetzung Ihrer Ehre, als Kriegsverbrecher beschimpft zu werden?«
»Es gefällt mir nicht, aber es ändert nichts daran, wer ich bin.«
»So ist es.« Namihito verbeugte sich. »Wir haben eine gemeinsame Basis.«

Allmählich machte die Undurchschaubarkeit des Draconiers Tybalt ernsthaft zu schaffen. »Hören Sie, ich bin nicht hier, um über Ehre oder deren Abwesenheit zu philosophieren. Ich bin gekommen, um dieses Landungsschiff und seine Mechladung zu erobern und zu halten. Und genau das werde ich … werden wir tun. So lauten unsere Befehle. Das ist etwas, das ein Samurai verstehen sollte.«

»Die Last der Befehle ist etwas, das ich sehr gut verstehe, Commander. Haben Sie gefunden, wonach Sie gesucht haben?«

»Und wenn ich sage Ja, dann vergessen Sie die ganze Kapitulationsgeschichte und löschen uns aus, damit wir niemandem von Vorsitzender Price' schmutzigem kleinen Geheimnis erzählen können.«

Namihito zuckte die Achseln. »Sie haben Befehle. Ich habe Befehle.«

»Dann werden wir wohl kämpfen.«

»Wir können kämpfen. Viele werden sterben. Sie werden verlieren.«

»Möglicherweise. Aber Sie werden hinterher spüren, dass Sie kämpfen mussten.«

»Tapfere MechKrieger werden sterben. Sie werden trotzdem verlieren.«

Namihitos absolute Sicherheit erschütterte Tybalt. Er versuchte, eine ähnliche Überzeugung in seine Stimme zu legen. »Ich nehme Sie mit ins Grab.«

»Vielleicht.« Namihito zuckte die Achseln. »Man sagt, der Tod ist eine Feder.«

»Ich habe keine Angst vor dem Tod.«

»Eines Tages werden Sie das glauben.«

»Es stimmt.«

»Vielleicht ist es das. Möchten Sie weiter prahlen, oder sind Sie bereit, meinen Vorschlag anzuhören?«

Der Themenwechsel überraschte Tybalt. »Vorschlag?«

»Es ist vielleicht ein zu kräftiges Wort. Sagen wir, es gibt Dinge, über die wir reden sollten.« Namihito hob die Hand zu einem Kommsender, den er am Ohr trug. »Kommen Sie.

Matsumoto hat den Raum vorbereitet. Er ist ruhig und privat. Wir werden Tee trinken.«

Einer von Namihitos MechKriegern war mitten in der Konfrontation ausgestiegen und hatte einen Ort gefunden, *Tee* zu servieren? »Sie sind sich ziemlich sicher.«

»Meiner bin ich sicher. Bei Ihnen sind noch Fragen offen.« Namihito deutete mit einem Schwenk der offenen Hand auf ihre Umgebung. »Offene Plätze sind selten der geeignete Ort für offene Gespräche, hai?«

Das fand Tybalt auch. »Wo ist dieser Raum?«

»Auf halber Strecke zwischen den Stellungen Ihrer und meiner Lanze. Einer meiner Soldaten wird in der Nähe sein, und Sie können einen der Ihren mitbringen. Das entspricht der Etikette, hai?«

»Gut genug. Ich komme.« Er wollte immer noch glauben, dass die Zeit für ihn arbeitete, und mit Namihito zu reden, war besser, als gegen ihn zu kämpfen. Aber falls es zum Kampf kam, konnten die Vigilantes es sich nicht erlauben, zwei Krieger zu verlieren, vor allem nicht, wenn die Gefahr bestand, dass sie am Boden überfallen wurden. »Aber falls Sie nichts dagegen haben, komme ich allein. Nennen Sie es eine Geste des Vertrauens.«

Namihito stimmte mit einer Verbeugung zu.

Er führte Tybalt zu einem Gebäude, dessen Erdgeschoss einen Teeladen enthielt. Anscheinend hatten nicht einmal traditionelle Draconier die Utensilien für eine Teezeremonie im Cockpit dabei, wenn sie in den Kampf zogen. Der Laden war bis auf einen einzelnen Tisch ausgeräumt. Zwei prächtige Porzellanschalen standen sich gegenüber, und durch den geschlossenen Vorhang zum Hinterzimmer drang Teeduft. Als sie Platz genommen hatten, ergriff Namihito das Wort.

»Lassen Sie mich mit der Feststellung einer Tatsache beginnen. Allen Truppen der Grafschaft Shu, die sich bei Erklärung eines Waffenstillstands noch nicht ergeben haben, würde freies Geleit zurück in die Grafschaft Shu gewährt. Die einzige Ausnahme wären Einheiten, die den Waffenstillstand brechen oder versuchen, ›Staatseigentum‹ über die traditionellen Grenzlinien zu befördern. Solche Einheiten würden eliminiert.«

»Sie wollen damit sagen, wir können nur heim, wenn wir *nicht* tun, wozu wir hier sind.«

Namihito neigte den Kopf. »Eine weitere Tatsache ist, dass eine Kapitulation, über die zum Zeitpunkt des Waffenstillstands noch verhandelt wird, keine gültige Kapitulation ist.«

»Sie sprechen wieder in Rätseln.«

Namihito schloss wieder die Augen. »Überlegen Sie. Ich könnte *vermuten*, dass Sie über Beweise verfügen, denen zufolge die Duviçer Pfalz die gemeinsamen Interessen Epsilon Eridanis unterminiert, wenn nicht sogar völlig verraten hat. Ich *weiß*, dass ich Befehl habe, bestimmte Dinge zurückzuerobern oder zu vernichten, die möglicherweise als Beweis für eine derartige Aktivität angesehen werden, sollte ich sie in der Hand grafschaftlicher Truppen finden. Wären solche Beweise in *meinem* Besitz, bräuchte ich sie nicht zu zerstören. Sie wären also noch in Existenz, und dadurch *blieben* sie eine Gefahr für die Schuldigen.«

»Worauf wollen Sie hinaus?«

»Ich will auf nichts hinaus. Ich stelle fest. Es ist wohlbekannt, dass schuldige Parteien versuchen, alle Spuren ihrer Schuld zu verstecken, hai? Aber wer kann voraussagen, wie erfolgreich sie damit sind? Werden sie alle Spuren finden? Wenn ohne ihr Wissen Kopien von Dokumenten angefertigt werden, werden sie diese entdecken? Zudem lehrt uns die Geschichte, je mehr Menschen von einem Geheimnis wissen, desto unwahrscheinlicher ist es, dass es ein Geheimnis bleibt. Es könnte sein, dass Dinge, die im Krieg gesucht und erobert wurden, erst benutzt werden können, wenn die Kanonen schweigen.«

»Wollen Sie damit sagen, Sie wollen, dass ich Ihnen die Beweise übergebe, damit Sie sie aufbewahren und später aufdecken können, damit sie gegen Price und ihre Handlanger verwendet werden?«

»So etwas könnte ich nicht sagen, ohne meinen Eid zu verletzen.«

Plötzlich ergab all das rätselhafte Gerede einen Sinn. Namihito hatte das Gespräch eröffnet, indem er Tybalt auf die Probe stellte und herauszufinden versuchte, ob er die Art Offizier war, die sich auf diesen Plan einlassen würde. Dann hatte er versucht, Tybalt die Natur seines Vorschlags deutlich zu machen, ohne dies auf eine Weise ausdrücken zu müssen, die seine persönliche Ehre verletzt hätte. Möglicherweise ließ sich manches tatsächlich nur in Rätseln sagen.

Tybalt betrachtete den Mann, der ihm gegenübersaß. Namihito hatte eine klare Meisterschaft der MechKriegerkunst bewiesen, und hieß es nicht schon seit Jahrhunderten, dass ein Meisterkrieger von Natur aus auch ein Meisterstratege war? Meisterstratege oder nicht, Namihito besaß einen subtilen, verschlagenen Verstand. Tybalt glaubte dem Draconier, dass er diesen Taschenspielertrick mit den Beweisen gegen Price fertigbrachte. Ganz sicher würde er es besser können als Tybalt. Aber wollte Namihito das auch tatsächlich?

Er sah dem Mann in die Augen. Er suchte nach einer Spur von Verrat, fand aber nur Gelassenheit, Selbstsicherheit und, zu seiner Überraschung, Respekt. Er bemerkte auch ein Gefühl der Erwartung.

»Sie erwarten von mir, Ihnen zu vertrauen. Aber Price zahlt Ihren Sold.«

»Ich hege keine Zuneigung für Menschen ohne Ehre.«

Tybalt überlegte. Der Vorschlag war ein Verhalten, das man als Kollusion mit dem Feind hätte bezeichnen können. Oder als intelligente Lösung. Möglicherweise war es die einzige Chance, seine Leute am Leben zu erhalten. Was hätte ein Kriegerhausmitglied getan?

»Eine Frage, Sho-sa Namihito. Wieso sollte ich Ihnen glauben?«

Der Draconier sagte eine Weile nichts. Als er antwortete, tat er es mit leiser Stimme, wie jemand, der ein Geheimnis verriet. »Es gibt in diesen Endtagen nur noch wenige Männer von Ehre. Noch weniger sind in der Lage, Lüge von Wahrheit zu unterscheiden. Noch weniger sind dazu fähig, wenn derjenige, der sie ausspricht, auf der anderen Seite eines Schlachtfeldes steht. Sie, Tybalt Kelly, tragen Lügen und kennen die Wahrheit. Manche Kämpfe hebt man sich besser für später auf, hai?«

»In den Kriegerhäusern hieß es, ein Krieger schlägt keine Schlacht, von der er weiß, dass er sie nicht gewinnen kann.«

»So ka? Diese Redensart ist weise. Werden Sie handeln wie das Mitglied eines Kriegerhauses?«

Es hatte eine Zeit gegeben, da hätte Tybalt das augenblicklich bejaht. Aber jetzt?

Was spielte es für eine Rolle, wie ein Hauskrieger gehandelt hätte? Es war keiner hier. Nur Tybalt. Nur ein Mann, der langsam begriff, dass es Grenzen gab, die man besser nicht überschritt. Es gab Zeiten, in denen ein Mann sich nicht allein auf sich selbst und ein paar enge Freunde verlassen konnte, sondern ein Risiko eingehen musste. Und Zeiten, in denen es besser war, einem anderen zu vertrauen. Selbst wenn dieser Andere auf der anderen Seite eines Schlachtfelds stand.

»Eine Kapitulation«, stellte er fest, »ist oft nur schwer mit der Ehre zu vereinbaren.«

»Aber es ist möglich, hai? Wir können darüber reden, hai?«

»Während anderen Orts ein Krieg zum Stillstand kommt?«

»Hai.«

»Wir können darüber reden.«

Hinter dem Vorhang ertönte ein diskretes Rascheln.

»Ah. Der Tee ist fertig«, erklärte Namihito.

Sie saßen und tranken. Sie redeten. Namihito sprach von Ehre und davon, dass ein ehrbarer Mann keinen Anteil an einem Mordkomplott nehmen konnte, und Tybalt verstand endlich, warum der *Panther* in Dori vor den offensichtlich unterlegenen Anfängern geflohen war. Seine letzten Zweifel an Namihitos Ehre verschwanden. Der Weg, den einzuschlagen er sich entschlossen hatte, würde nicht leicht werden, aber er garantierte, dass heute keine weiteren Vigilantes sterben mussten. Und für heute war das genug.

Sie redeten weiter. Dann traf die Nachricht vom Waffenstillstand ein.

Der Konflikt zwischen der Duviçer Pfalz und der Grafschaft Shu war vorüber. Die Vigilantes würden mit leeren Händen nach Hause zurückkehren. Gewisses Staatseigentum würde in ehrbaren Händen verbleiben. Die Wahrheit *würde* ans Tageslicht kommen.

Tybalt Kelly genoß den Tee.

Manche Kämpfe hebt man sich besser für später auf.